明清诗词三百首

陈伉　编著

 远方出版社

图书在版编目(CIP)数据

明清诗词三百首 / 陈伉编著. –– 呼和浩特 : 远方
出版社, 2019.4

（国学经典精神家园丛书）

ISBN 978-7-5555-1265-3

Ⅰ.①明… Ⅱ.①陈… Ⅲ.①古典诗歌—诗集—中国
—明清时代②词(文学)—作品集—中国—明清时代 Ⅳ.
①I222.74②I222.84

中国版本图书馆CIP数据核字(2019)第056211号

明清诗词三百首
MING QING SHICI SANBAI SHOU

编　　著	陈　伉	
责任编辑	蔺　洁　刘洪洋	
责任校对	蔺　洁　刘洪洋　王　叶	
装帧设计	晓　乔　王改英	
出版发行	远方出版社	
社　　址	呼和浩特市乌兰察布东路666号　　邮编 010010	
电　　话	（0471）2236473 总编室　2236460 发行部	
经　　销	新华书店	
印　　刷	三河市万龙印装有限公司	
开　　本	170mm×240mm　　1/16	
字　　数	488千	
印　　张	22	
版　　次	2019年4月第1版	
印　　次	2019年4月第1次印刷	
印　　数	1—3 000册	
标准书号	ISBN 978-7-5555-1265-3	
定　　价	49.80元	

明清诗词概述

一

　　明代传统文化的全面兴盛，时至今日，依然是我国文化史的一道亮丽的风景线。这种突然呈现的兴盛发展，表现在文化领域的方方面面：公私著述之多超越前朝历代；《永乐大典》等一系列文史典籍的编纂出版；以王阳明为代表的"格物致知"哲学的兴起；文坛上有"明初四杰"和前后"七子"，书法绘画领域有"江南四才子"；以《牡丹亭》为标志的大批戏文的产生；特别是通俗小说的创作空前繁荣，所谓"四大奇书"《三国演义》《水浒传》《西游记》《金瓶梅》以及"三言二拍"相继问世。这真是一个群星璀璨，令人目不暇接的时代。

　　明王朝之所以会出现这样的气象，是有其深层的心理原因的。在元亡明兴之初，全社会渴望回归正统，恢复传统文化的主流地位；从统治阶级的角度来说，正好顺势而为，借机整合社会各阶层。

　　我们这里只谈诗词。虽然明代除了通俗小说，在诗、词、曲方面的成就无法跨越唐诗、宋词、元曲，但仍有不少清新可爱之作值得鉴赏。而且明代文士大多都是诗词曲赋无不通晓的全才通家。

　　明太祖朱元璋以匹夫而得天下于马上，开大明近三百年大一统的基业，历史又授命于文人骚客，要他们为大地山河而歌唱，于是大批诗人应运而生。据朱彝尊《明诗综》所收的就有3400多家；王昶所编《明词综》共选录380家；明代散曲的作家和作品数量均远超元代；至于明杂剧，据傅惜华《明代杂剧全目》，著录523种，其中有姓名可考者349种，无名氏作品174种。

明代诗歌发展可分为四个时期（也有按六个时期划分的）。

1.明初讲坛

明初诗坛最有成就的大家是刘基和高启。刘基以雄浑奔放见长，高启则以爽朗清逸取胜。刘伯温后期因已成为太祖的"吾子房也"，卷入了政治斗争。高启是纯粹的诗人。他作诗非常勤奋，是个多产作家。他的诗词才气纵横，有人把他比作李白，有名句"雪满山中高士卧，月明林下美人来"。高启与杨基、张羽、徐贲被称为"明初四杰"。可惜四人的下场都很悲惨。高启被腰斩时年仅39岁。张羽投江，徐贲下狱死，杨基殒命于寓所。

在词的创作上，这三人由元入明，所作词能自成家数，各具特色，尚存宋元遗风。刘伯温的词"感喟激昂"，十分凄婉，于摹写中并寄深意，多可咏之篇章。杨基的词感慨甚深，颇为缜丽，并有一种清气行乎其间，亦耐玩味。高启的词或以"疏旷见长"，或"极缠绵之至"，颇具宋人风韵。

2.复古运动——前后"七子"的复古运动

经历过以杨士奇、杨荣、杨溥为代表的近50年歌功颂德的台阁体统治后，终于出现了以李东阳为首的茶陵诗派。李东阳工古文，朝廷行文多出其手。他又善篆隶，碑版篇翰，流逝播四裔。他以数十年宰相身份主持文坛，力矫正台阁体流弊，主张文崇宋元，诗追唐代，文风为之一变，开启了以李梦阳、何景明为代表的"前七子"之复古诗风。台阁体、茶陵派靠官居极品而产生影响，"前七子"则以自己提出的诗论和创作实践而引起重视，故其影响范围较为广泛深入。李、何与其响应者徐祯卿、边贡、康海、王九思、王廷相号为"七子"。他们重视民歌，认为"真诗乃在民间"（李梦阳《诗集自序》），推崇汉魏、盛唐的诗歌。在他们看来，要创造兴象造拔、神意雄丽的作品，必须复古。

就在"前七子"复古运动大盛之际，江南有一批画家兼诗人，如沈周、文徵明、唐寅、祝允明，作诗不事雕饰、自由挥洒，诗词皆不乏生趣盎然、才情烂漫之什。后三人与徐祯卿被称为"江南四才子"。

由于前七子的声势影响，遂有以李攀龙、王世贞为首，谢榛、宗臣、吴国伦、梁有誉、徐中行积极响应的"后七子"的接踵而起。七人中，声望最高、影响最大的当推王世贞。在整个明代讲坛上，他是一颗耀眼的明星。他才高位显，饮誉海内，无论朝堂士子、山林隐逸，得其片言褒赏，立刻身价倍增。他的学术和诗文皆为一代大家，所著《弇州山人四部稿》凡380多卷，《四库提要》说"自古文集之富，无有过于世贞者"。他早年的《艺苑卮言》鼓吹复古理论，随着阅历的增长，对其弊病有所洞悉，对自己从前的诗歌理论也有所匡正。

3.公安派、竟陵派和"公安三袁"的崛起

万历、天启年间，一批有识之士，如徐渭、汤显祖、李贽等人开始反对复古模拟倾向。李贽是理学家中的异类，他虽然大声疾呼"饮食男女"就是"人伦物理"，但他的内心其实充满了悲苦之情，以至晚年自刎身死。但他提出的"童心说"，为公安派和竟陵派的诗歌理论奠定了基础。徐渭也是一个特立独行的大才子，他诗文、书画、音乐、戏曲无不擅长。

反复古运动中，以汤显祖的文学创作成就最为全面，也最为突出。他不但是一位杰出的诗人，其诗意化的戏曲创作尤为著名，合称"临川四梦"或"玉茗堂四梦"的剧作《牡丹亭》《紫钗记》《南柯记》《邯郸记》不但为国人所喜爱，而且已传播到英、日、德、俄等国，被视为世界戏剧艺术的珍品。汤显祖晚年潜心佛学，自号"茧翁"。在文艺理论上，汤显祖反对前后"七子"的复古主张，强调文章之妙在于"自然灵气"。在反对复古的论争中，他是从李贽、徐渭到以袁宏道为首的公安派之间的桥梁性的人物。

至于词的创作，杨慎、王世贞的词难称本色当行。杨慎、王世贞博闻广识，堪称一代通儒，所作词亦时有过人之处，只是"逞才恃博，强作解事"，与乐章多有不谐。汤显祖偶有佳作，却患在好尽，而字面往往混入"曲子"，与两宋蕴藉之旨相距甚远。要而言之，明中叶以后，词的创作已成江河日下之势。

"公安三袁"即袁宗道、袁宏道、袁中道兄弟三人。他们都受李贽的影响，在其"童心说"的基础上较为完整地阐明了独抒"性灵"的诗歌理论。袁氏昆仲不仅从理论上与前后"七子"相抗衡，而且在创作上也以清新的诗风使人耳目一新。万历中叶后，公安派轻率作诗的倾向日益严重，以钟惺、谭元春为代表的竟陵派应运而生。钟、谭欣赏"幽情单绪""奇理别趣"之类的意境，所以他们喜欢描写朦胧的月色、淡淡的雨丝、孤僻的玄想、冷漠的情怀，形成一种孤峭奇崛的诗风。

4.慷慨悲歌陈子龙

明亡之际，诗歌的主要成就表现在既是政治结社又是文学团体的复社、几社里的几位诗人身上。其中最著名的是陈子龙和夏完淳。陈子龙反对当时影响较大的公安派和竟陵派，强调诗歌反映现实的战斗作用。由于他身处社会变动异常激烈的时代，面对惨痛的现实，他的诗歌倾注了沉重的感情，显得悲劲苍凉，带有明显的时代色彩。另一位少年英雄夏完淳14岁从军，17岁就义，在他短暂的一生中，留下赋12篇，诗337首，词41首，曲4首，文12篇。他在狱中用血泪写作的诗篇，壮志凌云，视死如归，生动地展示了一个少年英雄的感人形象。正如诗评家所言："其忠肝义胆，发为文章，无非点点碧血所化。"

明朝末年，词的创作始有转机。陈子龙的词托体骚辨，所指甚大。早期所作风流婉丽，婀娜韶秀出于刚健之中；后期所作绵邈凄恻，神韵天然而又有不尽风味。陈子龙是转变风气的第一人，允为明词大家。清词论家陈廷焯推许陈子龙为明代第一词人，谭献则将陈子龙置于明清两代词家之冠。而夏完淳的《玉樊堂词》"慷慨淋漓，不须易水悲歌，一时凄感，闻者不能为怀"（沈雄《柳塘词话》）。

二

清朝入主中原，鉴于历史上数次少数民族夺取政权却不能长治久安的教训，在文化方面，采取了软硬兼施的统治策略：硬的一手是大兴"文字狱"，用高压政策打击所有反清复明的知识分子；软的一手是采取怀柔政策，不仅全面接受汉语言文字，而且以儒学和理学为依托，用"以孝治国"的口号来整合、维系世道人心。清朝统治者在思想文化上凭借这样的策略，配合军事上的长驱扫荡，只用十八年就完成了统一大业。尽管如此，清朝立国近三百年，民族矛盾始终没有消弭。清代的诗词，就是在这样一种大背景下迂回曲折地前进发展着，所呈现的最大的特点是名家辈出，流派众多。

1.清朝初期

清初诗坛的主流是"遗民诗"。在汉族和满族之间民族矛盾异常尖锐的情况下，具有反清思想的明末"遗民"诗人，有的直接参加反清的政治、军事斗争；有的流亡隐居或削发为僧，以保持气节。这些诗人以傅山、黄宗羲、顾炎武、王夫之等人为代表，其中如顾炎武的诗，宗法杜甫，写易代之痛，词意坚实，风骨劲健；王夫之的诗瑰丽纵横，寄托亦深；稍后的屈大均、陈恭尹崛起于岭南，这二人的诗多悲恸亡国之作，写得铿锵遒壮，兼具气韵声色之美。

以明臣仕清的诗人，最著名的是钱谦益、吴伟业。"虞山诗派"的领袖钱谦益声名和影响较大，他力扫明代前后"七子"和竟陵派之弊，兼取唐和宋金诸名家之长，入清后的诗，哀思明室，托兴更深。"娄东诗派"的领袖吴伟业以"藻思绮合，清丽芊绵"之笔写晚明史事及兴亡、身世之感，影响颇巨，在诗歌史上有创新意义。

清初诗人大多同是词人，如王夫之、屈大均、龚鼎孳、宋琬、尤侗、余怀、曹贞吉等都有词集。王士禛的小令风韵秀发，意趣近其绝句。"贰臣"词人中，以吴伟业为一时领袖，其词兼有婉约、豪放两种风格，不少篇章颇有高妙之处。王夫之世称"船山先生"，是明末清初杰出的思想家、哲学家、诗人、词人。学问渊博，对天文、历法、数学、地理学等均有研究，尤精于经学、史学、文学，留有词作279首，悱恻缠绵，风格苍遒。

屈大均与陈恭尹、梁佩兰并称"岭南三大家"。诗有李白、屈原的遗风；词多"香草美人"之风情，表明他对《离骚》的仰慕及追随。

清初词坛成就最高者当属纳兰性德（容若），他与顾贞观、曹贞吉并称"京华三绝"，为北派词人之代表。纳兰性德的先祖是蒙古吐默特氏，是武英殿大学士纳兰明珠之子。性德天赋英才，性情仁厚，笃于友情，惜英年早逝。他的词在我国词坛上享有很高声誉。特殊的生活环境，加之个人的超逸才华，使其文学创作呈现出独特的个性和鲜明的艺术风格。其词善白描手法，直写性情，真挚动人，接近南唐李煜。其尤以小令最工，哀婉缠绵，具有极强的审美意趣。长调《金缕曲·赠梁汾》一气呵成，情真意切，诚为清词之上品之作。词评家常将他和李煜、贺铸、陈子龙等名家相提并论。

顾贞观的佳作是寄给谪戍在宁古塔的吴兆骞的《金缕曲》二首。作者以词代信，别开生面，缠绵悱恻，字字皆蘸血写成，风格感情与纳兰性德《金缕曲·赠梁汾》一词相似，故纳兰叹曰："河梁生别之诗，山阳死友之传，得此而三。"

2.康熙、雍正时期

生活于康熙、雍正两朝的应试出仕诗人，有所谓"南施北宋"两家。施指施闰章，诗学唐代的王、孟、韦、柳，以"温柔敦厚"著称。宋指宋琬，诗学陆游，以"雄健磊落"著称。不过这一时期的讲坛首领是王士禛。他的"神韵"说左右诗坛数十年。其诗善于融情入景，神韵悠然。与王士禛齐名的朱彝尊是著名学者，作诗才力宏富。这一时期的诗人还有尤侗、梁佩兰、吴雯、洪升等。堪与王士禛并称为第一流诗人的是查慎行。他的诗受苏轼、陆游的影响最深，用笔劲炼，运思刻入，讲究音节色泽，又兼得唐诗之妙。赵翼《瓯北诗话》论诗于唐代只列李白、杜甫、韩愈、白居易四家，于宋列苏轼、陆游、元好问、高启四家，于清代只列吴伟业、查慎行两家，由此可见吴伟业、查慎行在诗歌史上的地位。

康熙年间的两大词派为"阳羡派"与"浙西派"，分别以陈维崧和朱彝尊为盟主。

陈维崧为文辞藻富丽，发而为词，才华横溢，倜傥豪迈，接近苏轼、辛弃疾。其词多至1800首，时人称之"词富无双"。他是"阳羡派"的代表性作家。

朱彝尊诗词文兼工，但以词影响最大。他崇尚南宋姜夔、张炎一派清空、幽雅的词风。其词多寄托沧桑之感，风格上务求淳雅，有独特的成就。

这一时期还有一位诗人应该特别关注，那就是西藏六世达赖仓央嘉措。在以往的选本，都不选赏他的诗，这有些不公允，一来他理应被列入中国文学史，二来他的情诗是中原地区的诗人所未曾有的。近年来，他的情诗广泛传播并深受大家的喜爱。他十四岁被选为"转世灵童"，入住布达拉宫，却终生不忘青少年时代的情人，因此反映在诗歌中，佛法与情爱不可兼得又尖锐对立，使他终生纠结而不能自拔。那是用生命和灵魂谱写的绝唱，还从未见历代诗人如此凄切忧伤的悲歌。

3.乾隆、嘉庆时期

活动年代在雍正和乾隆初年的著名诗人是厉鹗。他性耽山水，留意著述，尤工辞令，著有《宋诗纪事》，搜罗广博。他对宋诗钻研颇深，诗作幽峭妍秀，工于炼字，五古尤胜，在学宋诗派中能够别开生面，号为"浙派"领袖。乾隆时期的重臣沈德潜作诗注重"格调"，作诗效法汉魏盛唐。他的诗论影响较大。

继之而起的诗人能开拓新局的是袁枚和赵翼。袁枚的思想在当时比较通达，论事论情，务求平恕，敢于菲薄崇古、泥古的观念。他作诗反对模拟，提倡自写"性灵"。袁枚终其一生以诗文自娱，是个典型的文人。他《随园诗话》的影响比他的诗作更大。诗作从内容到形式，都有新鲜之处。赵翼也是学识博通、重视创新的诗人。他的五言古诗，说理诙谐，评论世事，常有精辟而进步的见解很有特色。此外，郑板桥所作古诗继承古乐府的优良传统，朴素生动，感情较厚。人们往往因书画而忽略郑板桥的诗词，其实他写诗不装模作样，有话就说，直抒胸臆，憎爱分明，很受青睐。

黄景仁是一个早熟而短命的诗人，诗才极高。他的诗作感情强烈，笔调清新，境界真切，兼有"清窈之思"和"雄宕之气"，读之回肠荡气。

乾隆皇帝喜欢到处题诗，是个热情的诗歌爱好者。他平生赋诗四万多首，自称是"十全老人"。就诗的数量而言，他还可能是"中国第一"的诗人。虽然文学史不把他当诗人看待，但他的一些诗其实写得不错。

乾隆、嘉庆时期的著名诗人有张问陶（号船山）。他相貌古怪，有似猿猴，自称"蜀山老猿"。幼有异禀，读书过目不忘，诗书画皆工。他与袁枚、赵翼并称乾嘉"性灵派三大家"。张船山是清代乾嘉诗坛大家，不单是蜀中诗冠，也是著名诗学理论家，是性灵派后期的主将和代表人物。

乾隆、嘉庆期间，诗人很多，在上述诸家之外，还应提到的有气概豪迈、工于咏史的严遂成；以清迥为宗的姚鼐；缒幽凿险、诗中有画的黎简；格调秀雅、词采妍丽的吴锡麒；笔势奔放、语多奇崛的洪亮吉；不避粗犷、直抒胸臆的宋湘等人。从总的趋势看，清代后期的诗歌创作已开始日渐衰微。

4.晚清时期

清朝中叶后，不树派别而卓然成家的是龚自珍。他精于佛学，所作诗词哀艳而雄肆，绵丽而飞扬，最为感人。其诗词为同时代人所爱好，盛极一时。道光、咸丰年间，内外矛盾爆发，鸦片战争使国家陷入内忧外患之中。在鸦片战争爆发之前，龚自珍就看清了官僚政治的腐朽，预感到危机的来临，呼吁进行社会改革，写了许多抨击现实的著作，诗歌也是他批判现实的武器。

和龚自珍齐名的魏源也是一位思想家和诗人，其忧国爱民的诗作同龚自珍近似。鸦片战争中的民族英雄林则徐也有许多好诗传世。

十九世纪后期，清王朝内外交困，社会危机进一步加深。随着救亡运动的展开与发展，梁启超等人提出"诗界革命"，这时的杰出诗人是黄遵宪。他是一名职业外交家，在东西各国居住多年，深受西方文化影响，但他一直是一位坚定的爱国者，是清末维新运动的骨干。

和黄遵宪同时的一些著名的维新派人士，如康有为、梁启超、谭嗣同等也都有许多好诗传世。

十九世纪末二十世纪初，旨在推翻清王朝的革命运动蓬勃兴起，许多革命志士，如章太炎、秋瑾、邹容、陈天华等都是才华横溢的诗人，他们掷地有声的诗歌将与他们的英名永远垂示后人。

清朝后期著名词人有张惠言、谭献、蒋春霖、龚自珍、王国维诸人。他们的共同特点是不但在创作上躬身实践，而且在研究词的理论方面用力甚深，影响甚巨。

综观清词，可约略概括为三点。一是作者多。叶恭绰编《全清词钞》，入选者有3196人。二是立论高。"常州派"在词的创作和批评方面都眼界较高，其他人的词论或词话也不乏独到之言。三是功夫细。清代词人无论取法哪家哪派，都不完全局限于此，而是博参约取，用功细密；不以模拟为满足，力求创新。在词的发展史上，大有后来居上之势。

三

明清两代，女性作家群的兴起，是一道亮丽的风景线。

文学有其时代性、地域性，在一个特定时代中、特定地域内，往往会形成一个有特定时空印记的作家群体。明末清初所形成的前所未有的女性作家群，就是在这样的时代背景下产生的。当时女诗人之多，创作之富，与文苑整体不振的颓势形成强烈的反差。清时徐树敏、钱岳编选《众香词》，选录明代及清代前期女性词作，其中明代约占三百家，而其中之成就突出者，足以与名家抗衡，比如明末清初的女诗人徐灿，时人比作李清照再世。她的身世与易安居士也十分相似，起初安逸富贵，随后家破人亡，四海飘零。她后来所经历、感受的易代之悲、身世之痛，使其诗词具有一种少有的深沉的沧桑感。如其七绝《感旧》：

> 人到清和辗转愁，此心恻恻似凉秋。
> 阶前芳草依然绿，羞向玫瑰说旧游。
> 丁香花发旧年枝，颗颗含情血泪垂。
> 万种伤心君不见，强依弱女一栖迟。

纵观明清两季蓬勃崛起的女性作家群体的格局，大略有以下几个特点。

第一，从时代先后来看，女作家自明中叶开始崭露头角，至明代后期蔚为大观。之所以出现这种情况，主要有两个原因：一是明中后期思想文化氛围较为宽松活跃，女子舞文弄墨不再被视为有伤风化，而是受到欣赏羡慕；二是市民文化事业的繁荣，尤其是名门闺秀，热衷文墨是普遍现象，而诗词书画则俨然成了女性品位高低的标识。

第二，从地域分布来看，明清两代女作家大多集中在长江下游即江浙一带。这与男性诗人占籍情况大致相同，表明长江下游由于经济上的繁荣富庶，在促进文化繁荣的同时，为女性文化素养的孕育和提高提供了客观条件。

第三，女性作家群集中涌现在江南地区，与东南一带文化家族在这一带的集中有很大关系。在旧氏教育体制下，文化家族既是文化的载体，又构成文化传播的网络。明清时期许多文学群体和流派，往往也是以某一家族为核心，通过姻亲、师友等人脉关系向外扩散形成的。女性诗人顺势而为，酝酿出了不可遏制的文坛新秀。

第四，女诗人群体就其身份来看，大致可分为两类，一类是名门闺秀，一类是城市名妓。作为名妓，必须具备才色俱佳的资质。而城市高等妓院的接纳对象，大都是风流文人，这使聪颖过人的妓女在与文士墨客的交往过程中，或者自己自觉地加强琴棋书画的修养，或者受到钟情才子的亲手栽培，譬如秦淮八艳柳如是、马湘兰等就是这样。

至于名门出身的女诗人，一方面因在闺阁时期已经有了较好的文学功底，另一方面门当户对的婚姻为她们继续发展提供了条件。这种情况最典型的是吴江沈氏和叶氏家族。沈、叶两家均为书香门第，世代通婚，构成累世重叠的姻亲关系。譬如被吴人盛称的沈宜修，其家极一门之盛，除三女——叶纨纨、叶小纨、叶小鸾外，与之有亲属关系者尚有李玉照、沈宪英、沈华鬘、沈智瑶、张倩倩等人，无不俊雅风骚，诗文皆工。钱谦益在《列朝诗集小传》中讲到沈、叶两家时说："宛君（宜修字）与三女相与题花赋草，镂月裁云。中庭之咏，不逊谢家；娇女之篇，有逾左氏。于是诸姑伯姊，后先娣姒，靡不屏刀尺而事篇章，弃组纴而工子墨。松陵之上，汾湖之滨，闺房之秀代兴，彤管之诒交作矣。"

其他闺秀诗人如王凤娴、徐媛、商景兰、黄媛介、吴绡等，皆为这一群体中的佼佼者；青楼名媛除秦淮八艳外，较著名者有王微、杨宛、郑如英等。某种程度上可以说，明清时代的文坛，能够杂彩纷呈、争奇斗艳，与她们的热情参与有着不容忽视的关系。

四

明清词学理论之群体效应式的产生，对于我们从整体上审视词的艺术创作规律和审美观点的特征，有着重要意义。对于历代诗论和词论，我们有必要简略言之，虽然是浮光掠影，但对理解和欣赏诗词大有裨益。

开诗论之先河的是南朝钟嵘的《诗品》，他的着眼点固然是为魏晋和南朝的诗人和作品评定品级优劣，但他首次提出了"情景交融"的"诗味说"。同时代的沈约，主要贡献是"四声八病"的音律学的建立。

中唐时期，释皎然的《诗式》《诗评》重点研究了诗歌创作的风格和艺术形式。他最大的贡献是对"意境"的提出和探讨。

司空图的《诗品》把诗分为二十四美，有雄浑、典雅、绮丽、含蓄、飘逸并用十二句四言诗加以形象化的说明。如"纤秾"：

　　采采流水，蓬蓬远春。窈窕深谷，时见美人。碧桃满树，风日水滨。

　　柳阴路曲，流莺比邻。乘之愈往，识之愈真。如将不尽，与古为新。

美则美矣，可究竟什么是"纤浓"，只可意会，难以言传。后人论诗喜欢引用的"不著一字，尽得风流""韵外之致""象外之象"等词语，皆出自《诗品》。

宋代的诗话从欧阳修的《六一诗话》开始，有很大的发展。他关于"兴趣""入神"以及强调诗歌整体美的见解，是对诗歌理论的进一步探讨和总结。

我国诗词史上第一次撰写专题论文探讨词法的是女词人李清照。她提出词"别是一家"的观点，主要是针对苏轼"以诗入词"而发。女词人之所以撰专论捍卫婉约派正统地位，是因为当时文坛正在争论诗与词应合应分的问题。

时至南宋，随着词的发展，论词之作日渐多了起来。词人张炎的《词源》即其一。他主张作词要注重"清空""骚雅"，因而不看好豪放派辛弃疾的词。而刘克庄的《后村诗话》对辛弃疾和陆游却极力推崇。当时有影响的还有张戒的《岁寒堂诗话》、叶梦得的《石林诗话》、姜夔的《白石道人诗说》和严羽的《沧浪诗话》，特别是后者，提出了系统的诗歌创作纲领，因而对后世产生了深远而广泛的影响。张戒论诗，严守温柔敦厚的儒家诗教；姜夔则总结自己的创作体会，格外强调含蓄和隐约，为诗作词，贵在吟咏情性，要"自然高妙"，做到"言有尽而意无穷"。

严羽诗论的突出特点是以禅喻诗，见解颇为精到独创。他认为诗的最高境界在于"如空中之音，象中之色，水中之月"，"透彻玲珑"，如"羚羊挂角，无迹可求"。因此他提倡作诗之奥妙在于妙悟、兴趣、传神、本色，与学识无关。

金代王若虚的文学理论主要是反对形式主义文风。他的《诗话》批评黄庭坚的所谓"夺胎换骨，点铁成金"的诗法，主张"辞达理顺，浑然天成"，写真去伪，发乎情性。

元好问的《论诗绝句》三十首以诗的形式纵论古今诗家诗作，表述了自己对于诗歌创作的见解。归纳有四点：诗歌的神韵来自作者的真情实感，反对伪饰失真；反对模拟和酬唱之作；提倡自然真淳，反对斗奇粗烂；提倡刚健诗风，反对浮丽纤弱。譬如他对北朝民歌《敕勒歌》大声赞美道：

> 慷慨歌谣绝不传，穹庐一曲本天然。
> 中州万古英雄气，也到阴山敕勒川。

明李东阳的《怀麓堂诗话》纵论唐宋元明诸大家，宗唐宗杜，强调诗的音乐美，提倡诗要有所寄托，"贵情思而轻事实"。

诗人谢榛表现在其诗论专著《四溟诗话》的诗学主张虽然和王世贞一致，但他较重视诗歌创作中各有所得的所谓"天机"和"超悟"，认为诗要想出神入化，必须"养气"。胡应麟有《诗薮》二十卷，诗论因袭王世贞的格调和神韵说。这一皇皇大作搜集记述历代诗人、诗篇、诗论甚富，极具史料价值。值得注意的是他和谢榛首次感觉到文学创作的"退化"，明确提出历史越前进、文学越倒退的看法。

王世贞的文学观集中反映在他的《艺苑卮言》一书里。他对华与实、文与质的关系提出了自己的看法，诗论以格调为中心，由格调深入意境。他主张"气从意畅，神与境合"。

诗论影响最大的是李贽的"童心说"，随后的徐渭、汤显祖等人大体上都继承了这种文学观。"公安三袁"的"性灵说"实为"童心说"的引申发挥。

文学理论到了清代，格外兴盛起来，诗论词论著述如雨后春笋般面世。王士禛在《带经堂诗话》中，借用书画理论中的习用语，第一次在诗论中倡导"神韵说"。这其实是一种唯美主义的诗学主张。

诗论中最有名的是袁枚的"性灵说"。《随园诗话》三十六卷基本上是围绕这个命题展开的。他的"性灵说"与公安派的"性灵说"有所不同。袁子才"性灵说"的核心是情感的真挚，题材的广泛，风格的多样，而且他已经触及了艺术创作的灵感作用这一美学上的重大命题。

清代词论方面，"常州派"张惠言强调词的"比兴"作用和社会意义，词要"意内言外，比兴寄托"。周济的《词辨》主张词要有空有实，空实统一。他同时倡导"非寄托不入，专寄托不出"所谓"寄托说"。

刘熙载以品论词，他提出词品和人品一致的论点，认为作者人品高尚，词品才高，否则"卑卑无足论"，而词品主要表现为"含蓄寄托、空灵蕴藏"。

谭献论词主张"柔厚说"。他词论的新颖之处是提出了"作者之用心未必然，而读者之用心何必不然"。他认为这是在艺术形象和意境的空间外延下，因读者主客观条件的种种差异必然会产生的正常现象。这已经几近乎接受美学的观点了。

稍后的陈廷焯提出"沈郁说"。在他的《白雨斋诗话》中给"沈郁"下的定义是"意在笔先，神余言外"。"意在笔先"是书画家的习惯用语，但陈廷焯把"哀怨"作为沈郁说的核心，并以"哀怨"为审美标准来衡量词之工拙，把"含蓄蕴藉、委婉曲折"的格调作为词的外部特征。

况周颐著有《蕙风词话》，论词主张词境的拙、重、大，风韵的"深静淡远"。"拙"指气质，要直率而朴厚，至真之情从性灵中流出。"重"的内涵是沉着凝重，词境的沉着凝重，所得在学养，在词外，即所谓"词外求词"。"大"指"笼罩全阕"的气象和旨趣要有"大气真力"。而这一切，都需要"有寄托"才能体现出来。

词论的经典性的成大集之作，自然非王国维莫属。他的《人间词话》深刻广泛地影响了20世纪的文论和词学。他对词曲创作在理论研究上的贡献主要表现在：对境界的界定；隔与不隔观念的提出；有我之境和无我之境的分别。境界一词源自佛家典籍，后被移植到了美学和文论中来。传为唐王昌龄的《诗格》已提出"物境""情境"和"意境"。明清时的王世贞、金圣叹和叶燮都使用过这一概念，近代更成了文论家的口头语。王国维认为，词要有境界，必须具有三个特征：一是真切自然；二是直观性或曰直觉，第一观感；三是寄兴深微。所谓"不隔"，就是做到艺术形象的鲜明、具体、逼真、传神，否则就"隔"。所谓"有

一三

我之境"，就是带着主观情见观察、描写客观事物；"无我之境"就是情与境、主体与客体融为一体，这时的"我"完全成为超功利的"无我"。这一观点，其实也是受佛典启发提出来的。

王国维《人间词话》中最被称道且已成为不同阶层的人们惯用的，是他的那个三种境界说：

> 古今之成大事业、大学问者，必经过三种之境界："昨夜西风凋碧树，独上高楼，望尽天涯路。"此第一境也。"衣带渐宽终不悔，为伊消得人憔悴。"此第二境也。"众里寻他千百度，蓦然回首，那人却在灯火阑珊处。"此第三境地。

国学经典精神家园丛书

凡例

❖ 体例按作者小传、注释、赏析、名家评点之顺序排列。

❖ 作者皆依生年先后排列，生年不详者依卒年，生卒年皆不详者，依其登第、仕宦年代，列于经历相仿者前后。

❖ 诗作部分有作者小传者，词作只注明见诗卷，不再复出。

❖ 注释只求便于理解作品，除对创作有直接关系的一些典实外，一般不做详尽例释。部分在赏析中串讲者，不再另行列出。

❖ 赏析重点放在审美意趣的开拓和鉴赏方法的引导上。凡是用典太多和寄托太深者，考虑到现代读者的客观情况，一般不予选编。

❖ 只要有名家评点的，择其精辟者用之。

❖ 若无必要，通假字皆改用现代通用字，以方便读者。

❖ 历史纪年一般用史书体例，年号后括号内加注公元纪年，省略"年"字。

目　录

诗卷一·明

国学经典精神家园丛书

诗卷二·清

国学经典精神家园丛书

词卷一·明

词卷二·清

诗卷一·明

张以宁

张以宁（1301—1370年），字志道，福建古田人。家住翠屏山下，故自号翠屏先生。元泰定四年（1327年）进士，官翰林学士承旨。明洪武元年（1368年）仕于明朝，官侍讲学士。次年出使安南（即今越南），旋即卒于归国途中。诗风遒健，才气充盈。著有《翠屏稿》《淮南稿》等。

峨眉亭 [1]

白酒双银瓶，独酌峨眉亭。
不见谪仙人，但见三山 [2] 青。
秋色淮上来，苍然满云汀。
欲将五十弦，弹与蛟龙听。[3]

【注释】

〔1〕峨眉亭：亦称捉月亭，位于今安徽省马鞍山市采石矶。世传李白曾旅游至此，醉后在水中捉月，故名；又因月牙形似峨眉，故又称峨眉亭。

〔2〕三山：位于江苏省江宁西南，其山有三峰，南北相接，故名。

〔3〕"欲将"二句：相传伏羲氏曾命素女奏五十弦瑟，琴声悲切，伏羲令罢奏，素女情不自禁，无法住手，伏羲遂去弦一半，只留二十五弦。

【赏析】

本诗为作者游访采石峨眉亭，缅怀诗人李白所作。作者来到昔日诗仙李白醉后捞月的峨眉亭，遥想当年诗仙"举杯邀明月，对影成三人"的风姿，悠悠然情思绵长，何况此时正值落叶飘零，满目秋霜的季节。既然是"独酌"，为什么要放置"双银瓶"？显然诗人是在重温昔日诗仙的境况，另一樽酒杯是为明月准备的，同时表明了"欲取鸣琴弹，恨无知音赏"的凄苦心境。此时诗人茕茕孑立，把酒临风，极目峨眉亭东北江宁境内的三山，峻峰入云，苍茫青翠，他心中澎湃激荡的缅怀先哲、感伤时事的所有思绪，终于凝结为一首浩歌，来献给苍茫的群山，浩荡的秋风，奔腾的江涛。

"欲将五十弦，弹与蛟龙听"——远古时代的素女弹奏五十弦的锦瑟而悲怆难禁，伏羲只好将弦减半。现在作者心中的万端感慨，非五十弦不能尽兴，可见他心绪之浩茫。

本诗尽显诗人缅怀李白的热情以及诗人壮志难酬的苦痛。

汪广洋

汪广洋，字朝宗，高邮人，流寓太平。元末举进士。朱元璋召为元帅府令史。历官江西、广西、广东参政、右丞相，又与胡惟庸同为左右丞相，隐忍依违，不能发其奸，然终难保全，洪武十三年（1380年）贬广南，于中途被赐死。广洋精通经史，工诗善书，诗风清典，一洗元人纤巧之气。著有《凤池吟稿》。

过高邮[1]有感

去乡已隔十六载，访旧惟存四五人。
万事惊心浑[2]是梦，一时触目总伤神！
行过毁宅寻遗址，泣向东风吊故亲。
惆怅甓湖[3]烟水上，野花汀草为谁新？

【注释】

〔1〕高邮：作者的故乡，明代属扬州府。

〔2〕浑：全。

〔3〕甓湖：即甓社湖，在高邮西北。

【赏析】

这首诗是作者被贬还乡时所作。欣赏这首诗之前，不妨想象一下：一位白发苍苍的老人，踽踽蹒跚，徘徊于故乡满目疮痍的街道上。谁曾想他就是那位辅佐朱元璋荣登宝座的开国元勋、当朝右相！可惜现在他已经被削职还乡了。其时是洪武三年（1370年）。诗人的故乡，曾是朱元璋的劲敌张士诚洗掠过的战场。当他在风雪中归来的时候，在兵荒马乱中离开故乡已有十六载之久了。他在荒芜残破的里弄间寻访着昔日的故旧，却大多已在战乱中离散亡故；掠过眼帘的唯有破败的墙垣、幸存的乡民，岂不让人黯然神伤！回首这一切，胜败兴亡也罢，物旧人非也罢，统统不过是春梦一场而已，对人的警示只不过是倏然"惊心"罢了。

大明王朝开天辟地的伟业，如今在诗人的内心引发的仅只是一种如梦如烟的幻灭感。在萧瑟春风中，寻找毁于战火的故宅，洒泪悼念伤逝于战乱中的亲人，是一种寻求补偿的心理，也是一种希图重温旧梦的悲哀。当他缓步水波荡漾的甓社湖畔时，只见欣欣向荣地舒绿绽红在湖水四周的草木，无视人世的轮回更替，重新焕发出勃勃生机。大自然自来不管人世的悲欢离合，它如此欣欣然地勃发，是在追悼同归幽寂的灭国亡人，还是在喜迎改天换地的新世界？只此一问，即可激发后世的读者对世道人心的深长思索。

凄婉的情思，溶于幽清的景语中收结，咏来只觉余韵悠悠，今读者哀从中来，不禁与诗人一起，坠入茫然无际的悲凉之中。

宋 濂

宋濂（1310—1381年），字景濂，号玄真子。元末明初迁浙江省浦江。元至正中，荐授翰林编修，后辞官归乡。后与刘基等人同受朱元璋聘请重用，任江南儒学提举。官至侍讲学士知制诰。后因长孙受胡惟庸案牵连，全家谪茂州。次年病故。追谥文宪。明初著名学者、文学家，散文直承唐宋诸大家，诗宗韩柳。有《宋学士文集》。

蕊珠岩〔1〕

吟上蕊珠岩，诗成不敢写。
疑有绿毛仙〔2〕，洗髓梅花下。

【注释】

〔1〕蕊珠岩：道家传说中，上清宫内有蕊珠宫，为神仙所居。这处以"蕊珠"命名的幽岩，即华山上的一处胜地。

〔2〕绿毛仙：道家云，道士在深山中修行，不食人间烟火，久则体生绿毛。语本曹松《赠道人诗》："闻苑驾将雕羽去，洞天赢得绿毛生。"

【赏析】

作者作为明初开国文臣，一代宗师，儒、道、释三教皆通。他曾自称"濂自幼至壮，饱阅三藏诸文，粗识大雄氏（释迦年尼）所以见性明心之旨"，又曾"入仙华山为道士"。这首五绝即作于他在华山修道之时。

有一次，诗人在道观中做完功课，信步所行，徜徉在层峦叠翠的仙境，不知不觉来到了蕊珠岩。他虽然一路上诗兴大发，边走边吟，有许多佳句回荡在胸间，可是这时骤然而止，不敢把这些诗句写出来。因为他依稀仿佛觉得有得道高人此时正在这幽寂的处所修炼，在梅花树下正处在脱胎换骨的关键时刻。他生怕惊动了这位即将驾鹤仙去的天人，因而成竹于胸的诗句也不敢写了。

结尾二句"疑有绿毛仙，洗髓梅花下"是诗人的想象，还是他的直觉，不得而知。总之，这种超凡脱俗、不类人间的神秘意境，只此两句，便获得了异乎寻常的审美情趣。

刘 基

刘基（1311—1375年），字伯温，浙江省青田人。元末进士，曾任江西高安县丞、江浙儒学副提举等职。因受排挤归隐青田山中，著《郁离子》以寓志。后应朱元璋召，筹策机要，助朱元璋定天下，任御史中丞，封诚意伯。明初各种典章制度多出其手。洪武四年

（1371年）因宰相胡惟庸潜谗，辞官归里，终为胡害。有《诚意伯文集》。

春　蚕

可笑春蚕独苦辛，为谁成茧却焚身[1]。
不如无用蜘蛛网，网尽飞虫不畏人。

【注释】

〔1〕焚身：形容缫丝时先将茧投入沸水中煎煮。作茧本为贪生之方，不料却招至杀身之祸。

【赏析】

　　贪生怕死，本乃一切有情生物的通性，孰料只因一念无明，立至大祸临头。作茧自缚的蚕蛹也罢，趋明扑火的飞蛾也罢，之所以自取灭亡，皆因愚妄。

　　历来咏蚕诗不少，大多都是歌颂蚕勇于牺牲自己，甘愿衣被生民。这实际上是源自人类的自私自利的想法，站在春蚕的角度，未必这么想。倘若我们能有万物同体的慈悲心怀，就不会把残暴地煮杀亿万蚕蛹的行为，虚伪地说春蚕富有奉献精神。刘伯温在历史上向来是被誉为参天彻地的预言家，在这首诗里，同样流露着他那悲天悯人的慈悲情怀，所以他不但没有赞赏春蚕的所谓牺牲精神，反而嘲笑它作茧焚身的"可笑"；同时与蜘蛛作比，认为蚕不如蜘蛛。此意云何？因为蚕之所以牺牲，其本心并不是想利益众生，而是因为它不知生死之道的颠倒痴迷。而蜘蛛呢，它仿佛是一个隐士，结好网后便隐藏在暗处耐心地守候，捕尽了害虫而不动声色。害虫自投罗网，自取灭亡，那是因为它们盲目而贪婪。蜘蛛为世人除害，又有高明的隐身法，当然"不畏人"了。

五月十九日大雨

风驱急雨洒高城，云压轻雷殷[1]地声。
雨过不知龙去处，一池草色万蛙鸣。

【注释】

〔1〕殷：形容雷声震动大地。

【赏析】

这首诗写的气势磅礴，韵味殊深，即便是在历代好诗中亦不多见。

作者开篇以恣肆豪纵的笔墨，描绘盛夏阵雨的雷电交加、风驰雨骤，结尾突然转换为万绿丛中的蛙鸣。与雷鸣电闪相较，此时虽有"蛙鸣"，却突然间显得格外平静。诗人用一动一静，意在凸现第三句的"诗眼"——"雨过不知龙去处"。天上的雷雨风云也罢，地上的"万蛙"齐唱也罢，都不过是那首尾无迹的神龙之陪衬而已。

袁　凯

袁凯（1316—？），字景文，号海叟，华亭（今上海市松江区）人。洪武中由举人荐授监察御史。博学有才辩。以《白燕》诗知名于时，人称"袁白燕"。明洪武三年（1370年）任监察御史。后因事为明太祖不满，佯作疯癫，以病免归。卒于永乐初。事具《明史·文苑传》。著有《海叟集》。

客中除夕

今夕为何夕，他乡说故乡。
看人儿女大，为客岁年长。
戎马无休歇，关山正渺茫。
一杯柏叶酒〔1〕，未敌泪千行。

【注释】

〔1〕柏叶酒：柏叶耐寒，古人取其叶浸酒，取"松柏后凋"意，在过年祝寿时饮之。

【赏析】

　　诗作于元末战乱之际。佳节思亲，何况是一岁将尽的除夕之夜。别人的儿女长大了，自己的儿女却不在身边，目睹他人一家团圆，因此骤然觉得"为客岁年长"，读之自然会让人感觉到作者久居他乡本已麻木的思乡之情突然袭来，乡愁该有多么难堪。诗意紧扣诗题，真挚深切的情感从内心自然流出，故而感人之至。

京师得家书

江水三千里，家书十五行。
行行无别语，只道早还乡。

【赏析】

　　这是袁诗中最被传诵的名篇，沈德潜赞之为"天籁"。

　　起手以数字形容客居之地离家乡之遥远以及家书所写事项之多。然而作者从中读出的只有一句话："行行无别语，只道早还乡。"在此看似平淡的话语中，却蕴含了一言难尽的深情，既有收到家书时的喜悦，也有亲人盼望他尽早回家的热切。只此一句，便将"三千里"的游子与日夜思念的亲人，用一种浓浓的亲情紧紧连在了一起。

宗　泐

　　宗泐（1318—1391年），字季潭，俗姓周，杭州人。洪武初，朱元璋诏举沙门高僧，宗居其首。授右街善世（掌全国佛教事务）。后因受胡惟庸谋反案株连，被杀僧人三十有余，太祖独宥宗泐。未几，奉旨归老凤阳槎峰寺，至江苏石佛寺染疾卒。著有《全室外集》。

怀以仁讲师[1]入观[2]图

旭日千万峰，白云三四朵。
一笑山容开，独自松下坐。
暴流天上来，飞花面前堕。
此时中观[3]成，无物亦无我。

【注释】

〔1〕讲师：对讲经弘法僧人的尊称。

〔2〕观：经思维观察而获得的智慧。《大乘义章》："粗思曰觉，细思曰观。"

〔3〕中观：大乘教义认为，一切有为法皆因缘和合所生之现象，万物无独立存在的主体，故以真空妙有为一切法之真谛。

【赏析】

作者是僧人，又是诗人，故能将讲情和禅意融合在一起。山水烟云，似真似幻，只有在物我两忘中，才能体会个中的意趣，回归真空妙有的自性。

刘 崧

刘崧（1321—1381年），字子高，初名楚，江西泰和人。七岁能诗。洪武初举经明行修，改今名。历官兵部郎中、礼部侍郎、吏部尚书。博学有志行，微时兄弟三人共居一茅屋，有田五十亩；及贵，无所增益。世人宗其诗为"江西派"。卒谥恭介。著有《槎翁诗文集》。

国学经典精神家园丛书

步　月

乘凉步月过西邻，草露霏微湿葛巾。
一径竹阴无犬吠，飞萤来往暗随人。

【赏析】

本诗以写景抒情取胜，极富审美情趣。

月夜乘凉，露水打湿了葛巾。顺着竹阴下的曲径缓步行来，连犬吠声都听不到，只有萤火虫悄没声地随人来去。夜空如此宁静，让人万虑俱消，神清气爽。

常言道，宁静致远。哪怕是能够暂时脱离喧嚣浮躁的客尘俗世，像诗人这样，沐浴着明月的清辉，信步在翠绿的竹林，飞舞着点燃诗情灵感的流萤……只有在这个时候，你的心灵才会被洗涤过滤，你的思维才会清澈透明，你的自性才会与万物融为一体，进而领悟到宇宙人生的真谛。只有在这个时候，才是真正的无我之境，也才是真正的真善美之境。

所以诗表面上纯是写景之作，却洋溢着赏心悦目的禅意。

杨　基

杨基（1326—1378年），字孟载，号眉庵。其先为嘉州（今四川省乐山）人。洪武初，起为荥阳县知县，历官山西按察使。寻以事夺官，卒于居所。以《铁笛》一诗为杨维桢赏识，与高启、张羽、徐贲并称明初"关中四杰"。其诗悲慨时事，清逸流丽。有《眉庵集》。

天平山[1]中

细雨茸茸湿楝花[2]，南风树树熟枇杷。
徐行不记山深浅，一路莺啼送到家。

【注释】

〔1〕天平山：在江苏省苏州市西，上有白云泉、白云寺等多处景观。

〔2〕楝花：楝是江南常见的落叶乔木，其花为淡紫色，春天开放。

【赏析】

因战乱，作者曾一度隐居于天平山近旁的赤山。天平山是吴中名胜之一。这首诗选取了他闲居时的一次山中游历的景观，鲜明绚丽的景色描写，处处透露着诗人的由衷爱恋，情景交融，悠然典雅。

首二句用彩笔精心描绘了一幅春意盎然的工笔画：酥雨绵绵，淡紫色的楝花被浸润得娇艳如染；南风款款，一树树金黄色的枇杷被吹拂得轻轻摇晃。后二句由景转向抒情，笔墨着眼于诗人的主观感受：山行之"深浅"一笔带过，故意说"不记"得山行时所见之奇观美色，为读者留出丰富的想象空间。"一路莺啼"又顿时使整个画面生动起来，莺歌不但一路伴随着诗人，而且还恋恋不舍地把他"送到家"。在富于人性化的自然美景中，天然本我的飞鸟仿佛也受到了感染，成了施惠于人的有情之物。这就使这首七绝的立意不单局限于情景交融，而具有了万物同体、众生同感的哲理意味。

高 启

高启（1336—1374年），字季迪，长洲（今江苏省苏州市）人。元末避张士诚之乱，隐居松江青丘，自号青丘子。与杨基、张羽、徐贲齐名，人称"关中四杰"。洪武初，召修《元史》，授翰林院国史编修。官至户部侍郎。后坐撰《魏观上梁文》，被腰斩，年仅三十九岁。有《青丘集》和《扣舷集》。

卖花词

绿盆小树枝枝好，花比人家别开早。

陌头担得春风行，美人出帘闻叫声。

移去莫愁花不活，卖与还传种花诀。

余香满路日暮归，犹有蜂蝶相随飞。
买花朱门几回改，不如担上花长在。

【赏析】

诗题《卖花词》，表明这不是律诗，只是效仿乐府体而已。诗人的意图也正是要用比较自由的格式，一联一韵，放手描写一位自满自足、自得其乐的卖花人。

前四句是作者对卖花人的暗含赞赏性的介绍，说他善于精心培育各种盆景，在他妙手回春般的呵护下，花儿开得比寻常花匠都早。当他担着鲜花穿行在田间地头时，担的仿佛是香气袭人的春风。此时的他，不是在叫卖花枝，而是在传播唯他独有的春意！他的叫卖声又是那么自信，那么诱人，连深闺中的少女也不由得一个个掀帘出阁，春心大动。

"移去莫愁花不活，卖与还传种花诀"两句听起来好像是卖花人的自语。他此时似乎是在拍着胸脯担保，说你们不要怕移植后花儿不能养活，我还要向你们传授养花的秘诀呢！只此两句，一位散花使者的形象便活灵灵地展现在了我们面前。

七八两句真是神来之笔！卖花人一天下来，口传手授，高高兴兴地把他荷担的春意传遍千家万户，日暮归，花担、衣衫余香习习，连蜂蝶都追随着他飞来飞去，仿佛他真的成了花神。卖花人的自豪感、满足感被刻画的活灵活现。

诗倘若写到这里结束，也无不可。然而，诗人出乎意料地添加的"买花朱门几回改，不如担上花长在"这两句犹如当头棒喝，与其说这是对卖花人与买花者惊人的真实关系的揭示，不如说是对人生真相的破译。以卖花为生的劳苦人虽然终生贫寒，但他们给世人带来的是美丽和馨香；买花的高门大户虽然富可骄人，但是主人频换，远不如卖花人四季常青，德馨永存。富贵荣华有如烟云，爱美知足之人唯吾德馨。这才是这首诗的命意之所在。

【名家评点】

"担上花长在"非谓花的寿命长，而是从卖花人日日的担卖活动中，衬见了"朱门几回改"。前八句皆用浓墨，结末转入暗淡，结出富贵无常、人世变迁的世态。

——金性尧《明诗三百首》

梅花九首（选一）

琼姿只合在瑶台，谁向江南处处栽？
雪满山中高士卧，月明林下美人来。
寒依疏影萧萧竹，春掩残香漠漠〔1〕苔。
自去何郎〔2〕无好咏〔3〕，东风愁寂几回开？

【注释】

〔1〕漠漠：苔藓密布貌。

〔2〕何郎：指南朝诗人何逊，曾作咏梅诗多篇。

〔3〕好咏：佳作的意思。

【赏析】

前人推许高启的诗为明代第一，尤其是"雪满山中高士卧，月明林下美人来"两句广有盛名，历久不衰。

高启的咏梅之什甚多，而《梅花九首》是集中反映他爱梅之心的代表作，其中第九首的起首两句"断魂只有月明知，无限春愁在一枝"不妨视作他之所以钟情于梅的内心独白。这里选的是组诗的第一首。

起首劈空发一奇问：如此仙葩本该是昆仑山瑶台天界的仙女，为什么要把她打下天庭，遍布于江南的山水林园？虚设奇问，缘于奇想，诗人真实的意图是在暗示梅花本非凡尘之物，实乃贬谪之仙，因此才会有"缟袂相逢半是仙，平生水竹有深缘"（其二）的情怀，有"春愁寂寞天应老，夜色朦胧月亦香"（其八）的神韵。

颔联所谓酣卧雪山的"高士"，显然是隐喻诗人自己和林和靖之类的脱俗高洁之士，所以化身梅花的"美人"才会乘着明月，慕名造访。

颈联的正常词序应当是"萧萧寒竹依疏影，漠漠春苔掩残香"。诗人将"寒"与"春"前置，意在突出梅花坚守清寒、无间争春的脱俗风格，而把苍竹与青苔置于陪衬地位，它们仿佛只是为了梅仙的"疏影"和"残香"而甘愿献身。

结尾与起首呼应，又虚设一奇问：自从你的知音何逊写下歌咏你的好诗之后，就再没

国学经典精神家园丛书

有佳作传世，乃至连护送你来人间的春风都满腹愁苦寂寥，不知道你从此以后还会开放几回？这一问，与其说是诗人将清高、孤峭、顽强、坚贞的品格赋予了梅花，不如说是诗人把自己的品格移情于梅花，同时将自己与梅花融为一体，抒发了世无知己的悲怆。

高启的咏梅组诗之所以受到后世的好评，是因为它不同于一般的咏物诗。诗人对梅花不作具体的外形描绘，而是遗形取神，深刻地窥探到了梅之灵魂，梅之神髓。

田舍夜春

新妇春粮独睡迟，夜寒茅屋雨来时。
灯前每嘱儿休哭，明日行人要早炊。

【赏析】

原本极为平淡的日常生活，一经诗人写来，便有了浓浓的人情味和乡土气，连生活本身也染上了审美意味。首句的"迟"和末句的"早"是有趣的对照，"新妇"和"行人"的关系也颇可玩味。软语哄儿"休哭"，因为她要给明早远行的丈夫准备干粮，尽管此时夜寒袭人，山雨欲来，但茅屋中灯光下的这一幕田舍夜景图，该是多么温馨！女主人对幼儿的拳拳爱怜，对丈夫的殷殷关怀，让人感动莫名。

瞿　佑

瞿佑（1341—1427年），字宗吉，号存斋，钱塘（今杭州）人。永乐年间任国子助教、周王府长史。永乐间，以诗获罪，谪戍保安十年，遇赦放归。幼有诗名，为杨维桢赏识。著有《阅史管见》《存斋诗集》《归田诗话》及传奇小说《剪灯新话》等。

师师檀板

千金一曲擅歌场，曾把新腔动帝王。
老大可怜人事改，缕衣[1]檀板过湖湘。

【注释】

〔1〕缕衣：指金缕衣，饰以金丝的舞衣。

【赏析】

这是凭吊北宋汴京名妓李师师的一首诗。当年宋徽宗后宫佳丽如云，却不屑一顾，偏偏微服青楼，对李师师宠爱有加。孰料靖康巨变，山河易色，徽钦二帝被金人北掠而去，李师师亦流落江南。据《青泥莲花记》载："靖康之乱，师师南徙，有人遇之湖湘间，衰老憔悴，无复向时风态。"对于这一千古艳事，当时就有诗人刘子翚赋诗寄慨：

"辇毂繁华事可伤，师师垂老过湖湘。

"缕衣檀板无颜色，一曲当年动君王。"

瞿诗看似刘诗的翻作，甚至选词用字都多有雷同，但细心体味，却明显更多显沧桑之感。历史之变迁，世事之无常，山呼海应的帝王尚且无法左右，更何况对于一个青楼卖唱的弱女子！她只有被人世变幻摆布的份儿，此外又能怎么样？

诗人以极其精练的语言，塑造了一个楚楚动人的悲剧形象，读之令人感慨殊深。

蓝 仁

蓝仁，生卒年不详。一作蓝山，字静之，福建崇安人。元末杜本隐居武夷山，仁与弟智往师之，授以四明任松乡诗法，遂谢科举，一意为诗。后辟武夷书院山长，迁邵武尉，不赴。洪武七年（1374年）一度出仕。与弟蓝智俱名于时。著有《蓝山集》六卷。

题古木苍藤图

风云气质雪霜踪，独立空山惨淡中。

惭愧藤萝争附托，年年春色换青红。

【赏析】

诗为题咏一幅画有古木苍藤的花卉图而作。诗人赞美了屹立于恶劣环境中的苍松翠柏，虽然一年四季饱受风霜雨露、冰雪严寒的侵凌，但是依然挺拔遒劲，英姿飒爽。然而终生依附于松柏的藤萝就不然了。藤萝虽然没有"凌风知劲节，负雪见贞心"（范云《咏寒松》）的本性，严冬一至，随即凋零，可是等到来年春天，又立即换上"青红"的盛装，喧宾夺主地炫耀一番。诗人刻意将不攀附他物就不能活的缘生藤萝与群芳皆芜、唯我独雄的苍松翠柏对比，让人自然联想到社会上那些攀龙附凤的势利小人，不过是仰仗有权势者才有了几分姿色，在人面前卖弄风情而恬不知耻。

赞美威武不屈的大丈夫精神，鄙薄卖身求荣的势利小人，是作者对自己清高自傲品格的托物言情。

林　鸿

林鸿，生卒年不详。字子羽，福建福清人。洪武初被举荐，授将乐县儒学训导，官至礼部精膳司员外郎。闽中诗派代表作家，与高棅、王偁、陈亮、王恭、唐泰、郑定、王褒、周玄、黄玄合称"闽中十子"。明太祖曾召试《龙池春晓》《孤雁》诗，颇受嘉许。著有《鸣盛集》。

枇杷山鸟

沉香烟暖碧窗纱，绿柳阴分夏日斜。
梦觉只闻铃索[1]响，不知山鸟啄枇杷。

【注释】

〔1〕铃索：古人以金铃系挂长绳上，置于花树间，用以惊吓啄食花果的鸟雀。

【赏析】

这是一首题画诗。首写画面中的仕女居室之氛围，次写室外之景。此女子好梦初醒，被铃索声惊扰，误以为是有人拉门铃。至于她做了什么好梦，诗人故意让读者去猜想，而是将笔墨放在她的误判上。等她真正觉醒后，才知道那是"山鸟"剥啄枇杷的声音。

既然是画诗，不难看出，前两句和山鸟、枇杷是"画意"，后两句所写女子的心理活动则全然是"诗情"了——图画是无法将其描绘的。此所谓"风流蕴藉，意在言外"之章法也。

【名家评点】

子羽诗皆殷璠所论"神来气来情来"者，莫不兼备。天姿卓绝，心会神融。

——（明）刘菘《鸣盛集序》

挽红桥[1]

柔肠百结泪悬河，瘗玉埋香[2]可奈何！
明月也知留佩玦[3]，晓峰常想画青蛾。
仙魂已逐梨云梦，人世空传薤露歌[4]。
自是忘情非上知[5]，此生长抱怨情多。

【注释】

〔1〕红桥：明闽县良家女，居于红桥，因以为号。详见"词卷一·明"红桥小传。

〔2〕瘗（yì）玉埋香：谓美人谢世，入土安葬。

〔3〕佩玦（jué）：古时玉制挂件，如环而缺。

〔4〕薤（xiè）露歌：古代挽歌，以草木之露比喻人命之易逝。

〔5〕上知：犹上智。《论语·阳货》："唯上知与下愚不移。"

【赏析】

悼亡之作因皆为内心之真情流泻，因此感人至深。明代的悼亡诗，以此诗为最。

作者被誉为"明代才子之冠"，与才女张红桥真心相爱，终结连理。红桥当时怀春择偶，林鸿托媪投诗求凰，酬唱频频，定情之日，林有数诗寄意，在士人间广为流传，总其名曰"红桥诗"。

婚后林鸿宦游金陵，红桥相思成疾，抑郁而终。林鸿归来，哀痛欲绝，写此挽诗追悼爱妻。

诗人是在事先毫无精神准备的情况下，骤闻噩耗的。第一句单刀直入，直抒彻骨之痛，继写亡者之哀。颔联是悲情渐渐舒缓下来的表述，是从夜晚到清晨的情思活动。据冯梦龙《情史》载：红桥临终曾赋《蝶恋花》一阕于玉玦，留赠夫君。此时诗人仰视夜空，缺月高悬，环视室内，玉佩犹存。新月、玉玦，皆为缺而不圆之物，岂不正如眼前之人事吗？整整一夜，他痴痴地守着亡灵，触目皆是断肠之景。清晨遥望黛峦一抹，让他倏然心惊：那不正是爱妻在对镜画眉吗？

颈联由眼前之景拓展为对人生无常的沉思。"仙魂"因红桥绝笔词《蝶恋花》中"漠漠梨云和梦度"之句意而来。他手捧词笺，心中暗想：爱妻的亡魂此时大概正在随着高空的白云飘飞吧。红颜知己既然已经仙逝，我写此挽歌，纵然传遍四海，又有何用？

尾联是对"人世空传"挽歌的内涵，从更高的理念上予以申说：自古以来，有大智慧的人都是能"忘情"的人，可我只是一介凡夫，无法"忘情"。相反，我对亡妻的相思之情将伴我终生，无穷无尽——"天长地久有尽时，此恨绵绵无绝期。"

将此诗与后面张红桥的《念奴娇》放在一起欣赏，定会体会到更真切的动人之处。

王 恭

王恭（1354—？），字安中，自号皆山樵者。闽县（今福建省闽侯县）人。"闽中十子"之一。成祖初，以儒士荐修《永乐大典》，书成，授翰林院典籍。未几弃职归田。传略附《明史·文苑传·林鸿传》。有《白云樵唱集》四卷。

春 雁

春风一夜到衡阳，楚水燕山万里长。
莫怪春来便归去，江南虽好是他乡。

【赏析】

自来咏雁，托物言情，皆以北雁南归为意旨，寄托宦游北地，思念温柔水乡之情。此诗另出新意，设想春雁本是北疆之鸟，飞到衡阳，不再南翔，是因为要等候春天到来，重新回归故乡。为什么会这样想？考量作者虽然家在福建，本是江南士子，永乐初年，召赐翰林，与修《永乐大典》，因厌恶官场，事毕还乡，从此隐居。这样的经历，使诗人以"江南"比喻以骄奢淫逸为荣的京都，把生态陋劣的家乡比作"燕山"，便不合理却合乎情了。

李白《蜀道难》有云："锦城虽云乐，不如早还家。"对于此诗，人们在意的也是"江南虽好是他乡"一句，而不是大雁的故乡到底是在南方还是北方。

解　缙

解缙（1369—1415年），字大绅，江西吉水人。洪武进士。永乐初授侍读，入直文渊阁，参预机务，擢翰林学士，兼右春坊大学士。以忤汉王朱高煦出为江西参议，改戍交阯。终为汉王所谮，下狱死。与王洪、王偁、王璲、王达号"东南五才子"。才思敏捷，名动海内。文雄勃高古，诗豪宕丰赡。著有《文毅集》。

赴广西别甥彭云路

多情为我谢彭郎，采石[1]江深似渭阳[2]。
相聚六年如梦过，不如昨夜一更长。

【注释】

〔1〕采石：指长江流经安徽省马鞍山市一段，因采石矶在此而得名，由南京赴广西当经此地。

〔2〕渭阳：语本《诗经·秦风·渭阳》："我送舅氏，曰至渭阳。"据说此诗乃秦穆公太子康公送其舅晋公子重耳回国时所作，后世因以"渭阳"表示舅甥情谊。

【赏析】

诗作于永乐五年（1407年），解缙坐事贬官广西布政使参议离京时。临行前夜，外甥前来话别，和他促膝谈心直至天亮。作者感念至极，作诗以纪之。

解缙生性率真，常常因直言不讳而得罪上司，总终也是因"直如弦，死道边"，被朱高煦诬陷下狱而死。起首两句，写外甥能来为他送行而深表感谢。结尾两句用夸张的笔法，写出了舅甥之间非同寻常的深厚情谊。六年的相处，在相安无事的时候还显现不出亲情之可贵，"患难见真情"，一旦遭遇突发事变，才能看出人性中至亲至善的一面。在自

国学经典精神家园丛书

己明天就要上路，前程万里，生死未卜的时候，外甥与自己能彻夜长谈，把所有的关心、担忧、祝愿浓缩在一夕，因此诗人发出"六年如梦，不如一更"的叹喟。简明平实的结语，所蕴藉的感慨、情意、激动，殊难尽述。

诗因出自肺腑，所以具有较强的艺术感染力。

李昌祺

李昌祺（1376—1453年），名祯，以字行，庐陵（今江西省吉安）人。永乐二年（1404年）进士，选庶吉士，授礼部郎中。历官广西、河南左布政使。曾参与选撰《永乐大典》。一生清廉刚正，致仕后，家居二十余年，屏迹不入官场，故居仅蔽风雨而已。事具《明史》本传。有《运甓漫稿》《剪灯余话》等著述。

乡人至夜话

形容不识识乡音，挑尽寒灯到夜深。
故旧凭君〔1〕休更说，老怀容易便沾襟。

【注释】

〔1〕凭君：犹言请你。

【赏析】

人到老年，久居他乡，渴望见到故乡之人，听到来自故乡的音讯；可是如果听到的是故旧谢世的消息，则难免百感杂陈，老泪纵横。这首七绝将人人都会遇到的这种人情世故描写得生动感人，仿佛是在与你拉家常、谈体会，一位亲和善感的老人好像就在你的眼前。

作者一生仕宦三十多年，到老依然客居，所以偶遇老乡，即便从相貌上已经认不出来是故乡的人，但乡音即可将所有的隔阂顷刻化为乌有，而且会有说不完的话。想知道来自故土的一切消息，可内心又多少有些矛盾：想听又怕听。想听的是乡亲们的逸闻趣事、娶妻生子、家长里短；怕听的是有人作古，故旧殆尽。大概是老乡言语间不期然地提到了某某已经辞世，老人大是感伤，于是才有这一乞求：请你不要再说这种事了吧，我老汉如今心肠太软，听了容易老泪纵横，岂不让人笑话！

一喜一悲，多么生动的一转。唯此一转，方见其真，方见其妙！

于　谦

于谦（1398—1457年），字廷益，号节庵，钱塘（今杭州）人。少有大志，二十三岁中进士。正统十四年（1449年）土木堡之变，英宗被俘，于谦临危受命，升兵部尚书，拥立景帝，反对南迁，调兵守卫北京，击退敌军，功绩卓著。天顺元年（1457年）英宗复辟，被诬以"谋逆罪"被害。弘治初赠太傅，谥肃愍；万历间改谥忠肃。存诗六百余首，朴实刚劲，真切感人。有《于忠肃公集》传世。

石灰吟

千锤万击出深山，烈火焚烧若等闲。
粉身碎骨全不怕，要留清白在人间。

【赏析】

于谦是一位与岳飞齐名的民族英雄，明末孤臣张煌言有诗云："日月双悬于氏墓，乾坤半壁岳家祠。"于谦也是一位可与包拯、海瑞同垂青史的廉吏，董其昌有悼联云："赖社稷之灵，国已有君，自分一腔抛热血；竭股肱之力，继之以死，独留清白在人间。"这份"要留清白在人间"的心志，在于谦十七岁上写的这首《石灰吟》中，已经昭告天下，后来他用自己感天地泣鬼神的业绩践行了这一诺言。一千多年来，《石灰吟》盛传不衰，激励了无数志士仁人。

受习以为常的现象启发，领悟出具有普世价值的哲理，是诗人的神圣使命。正因为此，黑格尔才把诗人与哲学家等量齐观；也正因为此，后人才会赏识这首绝句。石灰的制作人所共知，诗人将这一过程形象化，表达了人生应有的不畏艰险、不怕牺牲的大无畏精神和做人要贞烈清白的崇高志向。

【名家评点】

他出巡时是深得民心的好官，临大变则为一腔热血的社稷之臣。他并非纯诗人，但所作皆自然率真，不加藻饰，一些忧国忘家的诗也出于性情，不是为什么装点姿态。

——金性尧《元诗三百首》

孤　云

孤云出岫本无心，顷刻翻成万里阴。
大地苍生被甘泽，成功依旧入山林。

【赏析】

这首诗的意旨与《石灰吟》近似，不同之处在于作者承接前者的意绪，流露出留清白于人间，泽苍生于大地后，他为自己选定的归宿是功成身退，隐遁山林。然而伴君如伴虎，最后的结局只能让人义愤填膺。

正统十四年（1449年），因明王朝拒绝开边贸易，蒙古族的瓦剌部头领也先举兵威逼，宦官王振挟持明英宗朱祁镇亲征，于谦极谏，不听。明军进至大同，刚一交锋，便即败退。英宗退至土木堡（在今河北省怀来县西），被也先俘虏，是为"土木堡之变"。

英宗被俘，京师震荡，于谦临危受命，升兵部尚书，拥立朱祁钰，是为明代宗。调兵守卫北京，击退敌军，这才稳定了时局，拯救了明王朝。也先自知无力灭明，其本意不过是想与明朝发展边贸，英宗被羁押八年，后来放回。天顺元年（1457年），英宗复辟，于谦被诬"谋逆罪"，以于谦为首的主战派悉数被杀。后人挽于谦墓曰：

千古痛钱塘，并楚国孤臣，白马江边，怒卷千堆雪浪；

两朝冤少保，同岳家父子，夕阳亭里，心伤两地风波。

最终，一代名臣的凤愿化作泡影。

村舍桃花

野水萦纡石径斜，荜门〔1〕蓬户两三家。
短墙不解遮春意，露出绯桃半树花。

【注释】

〔1〕荜门：柴门。

【赏析】

于谦绝句，多有温蕴雅丽之什，此诗的"短墙不解遮春意，露出绯桃半树花"之"半树"，即比"一枝"蕴藉雅致。

丘　濬

丘濬（1421—1495年），字仲深。广东琼山（今海口）人。景泰进士，官至礼部尚书、文渊阁大学士。学识渊博，谙悉当代掌故。作传奇《投笔记》等五部。著有《丘文庄集》。

花径二首（选一）

闲来无事学栽花，每日朝回玩物华〔1〕。
不是偷闲作时态〔2〕，要分春意到贫家。

【注释】

〔1〕物华：自然景物之华美。
〔2〕作时态：作秀。

【赏析】

仅结尾一句，胸襟广博之情怀，已卓然而立。

从艺术手法的角度看，"要分春意到贫家"是立意，亦为"诗眼"。前两句用墨看似疏淡，却将一个另类朝官的形象鲜明地勾勒出来了。诗人是名重朝野的理学家，又是部长级的朝臣，每日上朝议政回来，不去攀龙附凤，不去结党营私、谋求干进，却悠闲自在地侍弄花草，玩赏佳卉，一个洁身自好、淡泊名利的风雅之士，就这样不期然地走到了我们面前。

第三句是诗人对自己这一行为动机的解释。在这句自我辩解的言辞后面，隐藏着的另一层"言外之意"是，朝野许多官员也偷闲栽花、养宠物，但那是在作秀。而他栽花是想把春天的融融暖意传播到天下所有的贫苦人家中去！

这首诗，显然是孟子"达则兼济天下，穷则独善其身"理念的艺术化。

沈　周

沈周（1427—1509年），字启南，号石田、白石翁，长洲（今苏州）人。隐居乡里，奉母耕读，终身不仕。其画闻名当代，与唐寅、文徵明、仇英并称"明四家"。且善诗，任情随事，不主一家。有《石田先生集》行世。

折花仕女

去年人别花正开，今日花开人未回。
紫恨红愁千万种，春风吹入手中来。

【赏析】

诗为自题仕女图而作。好诗配好画，相得益彰，形神俱焕，自宋以降，成了风雅文士的一大嗜好。沈石田诗画皆善，自画自题，乃是常事。

画面中的女子手持春花，柔情脉脉，花未离枝，手未离花，春风款款，彩裙飘飘。伊人置于身万紫千红之中，心怡神荡，禁不住春情荡漾……这是整个画面为我们呈现出来的美丽景象。

那么她在想什么呢？这就不是绘画所能表达的了。于是，作者不得不让诗来完成这一"使命"。

去年花开，本应欢聚，不幸恋人远别，难禁愁绪入怀；今日花开，离人本该回来，盼了一年，却渺无音讯，旧愁未去，新愁又来。正因为此，在女主人公眼里，万紫千红反而成了"紫恨红愁"。此时，女子的情愫仿佛正在化作缕缕哀怨，轻轻流入花瓣；又像春风把花枝的幽恨愁怨通过女子的纤纤素手，款款吹入她的芳心。至此，人花合一，其中的微妙情致，只有痴情人才能体会一二。

本诗四句诗层次分明，由远及近，摇曳生姿，画有诗情，诗有画意，结末点睛，妙到毫巅。

李东阳

李东阳（1447—1516年），字宾之，号西涯，湖南省茶陵人。明天顺进士，在翰林院供职三十年，历任编修、侍讲学士，官至太子太师、华盖殿大学士。宦官刘瑾专权，依附周旋，颇为时人所非。卒谥文正。时人奉为诗文领袖，号"茶陵派"，是一个在明初台阁体与明中叶七子间起了过渡作用的诗文流派。有《怀麓堂集》行世。

柯敬仲[1]墨竹

莫将画竹论难易，刚道繁难简更难。
君看萧萧只数叶，满堂风雨不胜寒。

【注释】

〔1〕柯敬仲：名九思，号丹丘生，元代著名画家，擅山水花草，尤以画竹称著，有《竹谱》传世。

【赏析】

这首题画诗以议论出彩，以触感佐证，是一篇深得绘画三昧的美学韵文。

国学经典精神家园丛书

简与繁，是美学的一个重要命题。这在画竹的难易繁简上表现得尤为突出。作为自然之物的竹子，其形状至为简单，一枝数叶而已。然而如何在这简单的物象上见出情趣、精神，就不那么简单了。自宋元开创以画竹为标杆的绘画理论以来，如何用最简练的笔墨传达画家盘旋于胸中的逸气，成了画坛上的一大议题。苏东坡首倡"成竹在胸"之说，元代画苑巨擘倪云林谈了自己画笔的切身体会，他说："余之竹聊以写胸中逸气耳，岂复较其似与非，叶之繁与疏，枝之斜与直哉！"作者在这首题画竹的诗中，借墨竹对这一美学命题提出了自己的见解：绘画的要义不是难与易的问题，而是以最简洁的笔墨表现心声的问题。用笔繁杂，看似不易，可是很容易落入只求形似的窠臼；能用寥寥几笔传达心中的真气，那才是真正的艺术！

在从理上阐述了自己的这一艺术理念后，作者用观赏柯九思的一幅墨竹图的切身感受来证明他的论点。他说，不相信吗？你看这幅画面，虽然只有萧萧数叶，不是已经生出一种风雨满堂、凛然袭人的寒意了吗？

【名家评点】

作画贵有古意，若无古意，虽工无益。今人但知用笔纤细，傅色浓艳，便自谓能手。殊不知古意既亏，百病横生，岂可观也！

——（元）赵孟頫《清河书画舫》

祝允明

祝允明（1460—1526年），字希哲，因右手为六指，遂自号枝山。长洲（今江苏省苏州市）人。明孝宗弘治举人，官广东兴宁知县，应天府通判，后自免归里。与唐寅、文徵明、徐祯卿并称"吴中四才子"。文章潇洒自如，诗词清丽可喜。工书善画，名动一时。著有《祝氏集略》等。

首夏山中行吟

梅子青，梅子黄，茶肥麦熟养蚕忙。
山僧过岭看茶老，村女当垆煮酒香。

探究造化真谛的祝枝山，有时也会从紧张的精神活动中挣脱出来，借山风野云、田园民情松一口气。

　　短歌写的是苏州乡野的景象。苏州地处太湖之滨，得天独厚的自然环境，使这里的农桑渔茶诸业兴旺。诗人拣选他随意看到的几样景物，像吹口哨般地率然道来，令人感到既亲切又惬意，这在古诗中难得一见。

新春日

拂旦梅花发一枝，融融春气到茅茨[1]。
有花有酒有吟咏，便是书生富贵时。

【注释】

　　〔1〕茅茨：茅草盖的屋顶，借指简陋的居室，也可引申为平民里巷。

【赏析】

　　这是祝允明写于弘治癸丑（1493年）腊月立春日的诗。作者着实为天下读书人吐了一口恶气，目空一切的自豪了一把。

　　诗人清晨起来，看到"一枝"蜡梅迎风怒放，觉得仿佛是单独为他而开，于是他感到春意融融，扑面而来，他那寒碜简陋的茅屋也顿时春意盎然了。

　　怡然自得的诗人兴奋得手舞足蹈，备酒花下，高歌吟唱，那种自满自足的神色呼之欲出。枝山虽是神童，史载他五岁能书，九诗能诗，与唐伯虎、文徵明、徐祯卿合称"吴中四才子"，可是直到而立之年才中了个举人，从此以后仕途淹蹇，终生不畅。人生在世，目标在哪里？意义是什么？这些问题萦绕心间，是他一直在思索、探究的课题。这时他豁然开朗：富贵不在身外之物，而在精神世界，在自性本然的回归。

　　这首由真情实景引发的小诗，潇洒风流，孤标特立，对于命运多舛的读书人，不啻是醍醐灌顶。

唐　寅

　　唐寅（1470—1524年），字伯虎、子畏，号六如居士、桃花庵主、逃禅仙史，苏州吴县（今苏州）人。明弘治十一年（1498年）举人。因科场弊案受牵连下狱，遂绝意仕途，潜心书画。宁王朱宸濠慕其名延至府，察宁王有反志，遂佯狂遁去。筑室桃花坞，与文人墨客诗酒流连。晚皈依佛教。擅人物花鸟，诗词曲赋亦佳。后人辑有《唐伯虎全集》。

桃花庵歌

桃花坞里桃花庵，桃花庵里桃花仙；
桃花仙人种桃花，又摘桃花换酒钱。
酒醒只在花前坐，酒醉还来花下眠；
半醉半醒日复日，花落花开年复年。
但愿老死花酒间，不愿鞠躬车马前；
车尘马足富者趣，酒盏花枝贫者缘。
若将富贵比贫者，一在平地一在天；
若将贫贱比车马，他得驱驰我得闲。
别人笑我忒风颠，我笑他人看不穿；
不见五陵[1]豪杰墓，无花无酒锄作田！

【注释】

　　〔1〕五陵：指西汉高祖、惠帝、景帝、武帝、昭帝的陵园；亦指唐高祖、太宗、高宗、中宗、睿宗的陵园。前者在咸阳附近，后者在长安附近。

【赏析】

　　桃花庵是这位才子为自己营造的一所别墅，是他与诗侣画友雅集欢宴的园林。在我国的士大夫文化中，自来流行着一种安贫乐道、粪土诸侯的传统意识。在唐伯虎的这首长歌中，同样表述了他对富贵与贫贱的独到见解。

前八句以桃花发端，讲述了"桃花仙人"不同流俗的人生情趣。随即来了个"但愿老死花酒间"的精彩转身，开始了他对富者之趣与贫者之乐的有趣对比。他认为富人的乐趣只不过是轻车快马，是"地"上的快乐；而贫者的快乐是"头插花枝手把杯，听罢歌童看舞女"，是"天"界仙人的享受。他为什么要舍富贵而取贫贱呢？"不愿鞠躬车马前"，只想活得逍遥自在。这是全诗的枢纽。

结尾二句，诗人为了避免世人误以为他只是一个醉生梦死的享乐主义者，说他之所以善于如此消闲自在，是因为他在书法绘画上多少下过些"工夫"，创造了纵情诗酒花月的条件而已。但他非常明白，自己从未做过有损天理、有悖良心的事，正如他在另一首诗中所说："闲来画幅青山卖，不使人间造孽钱。"

【名家评点】

唐寅的诗歌创作与李梦阳的文学理论是密切配合的：李梦阳要求诗歌具有真情——要某种程度上摆脱"存天理，去人欲"的戒律束缚的真情，而唐寅的诗歌也正做到了这一点。

——章培恒《明代的文学与哲学》

文徵明

文徵明（1470—1559年），初名璧，字徵明，以字行，改字徵仲，号衡山居士。长洲（今江苏省苏州）人。正德末以岁贡生荐试吏部，授翰林待诏。嘉靖初预修《武宗实录》，旋辞归里。明代著名画家，开"吴门画派"。四才子中其寿最高，主吴中风雅之盟三十余年。书画皆工，诗词婉丽。有《甫田集》。今有校注本《文徵明集》。

钱氏西斋粉红桃花

温情腻质可怜生，浥浥轻韶[1]入粉匀。
新暖透肌红沁玉，晚风吹酒淡生春。
窥墙有态如含笑[2]，对面无言故恼人。
莫作寻常轻薄看，杨家姊妹[3]是前身。

【注释】

〔1〕浥浥轻韶：潮湿滋润的春光。

〔2〕"窥墙"句：典出宋玉《登徒子好色赋》"略言东家有女，登墙窥之三年，不为所动。"这里以东家女喻桃花。

〔3〕杨家姊妹：指杨贵妃与其大姐韩国夫人、三姐虢国夫人、九姐秦国夫人。

【赏析】

　　我们在文学作品中，常见以花喻美人，后来诗人们时或翻转笔墨，又用美人来喻花。手法比较高明的有苏东坡，他用"朱唇得酒晕生脸，翠袖卷纱红映肉"形容海棠；有王沂孙，他用"明玉擎金，纤罗飘带，为君起舞回雪。柔影参差，幽芳零乱，翠围腰瘦一捻"描写水仙。这也是一首以美人喻花的比较成功的诗作。

　　如果没有诗题，我们会误以为诗人写的真是一位美女。你瞧，她温情脉脉，粉雕玉琢，那么叫人怜爱。滋润轻柔的春光抚弄着她的面庞，仿佛是在为她巧施粉黛。温和的暖流从她那温润如玉的肌肤中透射出来，散发着明丽的光彩。她好像是刚刚浅酌佳酿，在晚风的吹拂下，俏脸生春，秋水漾波，怎不叫人意乱情迷？

　　工笔描绘意犹未尽，作者又搬出两则有名的典故来进一步形容桃花的不可方物。他说，当年宋玉描写过一位绝世美女：

　　天下之佳人莫若楚国，楚国之丽者莫若臣里，臣里之美者莫若臣东家之子。东家之子，增之一分则太长，减之一分则太短，著粉则太白，施朱则太赤。眉如翠羽，肌如白雪，腰如束素，齿如含贝，嫣然一笑，惑阳城，迷下蔡。

　　眼前的桃花同样美若东家之女，同样嫣然而笑，可与他面面相觑，默默无言，似乎是要故意惹他烦恼。行文到此，作者突然将读者从奇思遐想中唤醒：你们不要用轻佻庸俗的眼光呆看了吧，这株天桃是杨家姊妹投胎转世来的，她们是花，不是真的美人。

李梦阳

　　李梦阳（1473—1530年），字天锡、献吉，号空同子，今甘肃省庆阳人。弘治六年（1493年）进士，官至江西提学副使。谋除宦官刘瑾，险被杀。一生五次下狱，后被夺职居家赋闲。卒谥景文。与何景明、边贡、康海、五九思、王廷相、徐祯卿并称"前七子"，对当时文坛影响很大。倡言复古，主张"文必秦汉，诗必盛唐"，肯定民歌在文学上的价值。事具《明史·文苑传》。著有《空同集》。

朱仙镇[1]

水庙飞沙自日阴，古墩残树浊河深。
金牌痛哭班师地[2]，铁马驱驰报主心。
入夜松杉双鹭宿，有时风雨一龙吟。
经行墨客还词赋，南北凄凉自古今。

【注释】

〔1〕朱仙镇：在河南省开封西南。相传为战国时朱亥的故里。

〔2〕"金牌"句：史载，秦桧为召岳飞，一日内发十二枚金牌，岳飞愤泣曰："十年之力，废于一旦！"班师之日，父老倾城相送，痛哭流涕。

【赏析】

这是李梦阳吊古咏史之名篇。

宋高宗绍兴十年（1140年），岳飞大败金兵于郾城（位于河南中部），想不到第二年，宋高宗与秦桧等人合谋，以"莫须有"的罪名将这位爱国名将杀害于风波亭。岳飞死时三十九岁，正是人生大有作为之时。

朱仙镇是岳飞第四次北伐，与金军最后一次大战的地方，至今镇上尚有岳王庙。李梦阳在诗中说他拜谒岳王庙（即水庙），突然阴云四合，飞沙走石，眼前的残败景象让人触目惊心，不由得让他回想当年岳飞班师回朝、父老兄弟伏地痛哭的凄惨景象。颈联收笔写岳庙夜景。双鹭宿树，风雨凄厉，他依稀仿佛听到有龙在啸吟。那可是岳武穆的冤魂？想到此，他对路经这处遗址的文人墨客还在凭吊这位民族英雄，可改变不了自古至今南北纷争的历史事实感叹不已。如今目睹岳庙的残破景象，更加让他感慨万端。

李梦阳是明代复古运动的首领，论诗崇尚盛唐之音。同时又说"诗在民间"。这首诗可以看作是他践行自己的诗学之力作。

【名家评点】

此诗绝不填塞事实，只淡淡写意，而武穆精爽之气隐隐往来其间。……不减杜工部"丞相祠堂"之作。

—— （明）钟惺《明诗归》

王守仁

王守仁（1472—1529年），字伯安，浙江余姚人。弘治十二年（1499年）进士。尝筑室故乡阳明洞中，学者称"阳明先生"。为救给事中御史戴铣等人忤逆刘瑾，杖阙下，贬谪贵州龙场驿丞。谨伏诛，移庐陵知县，累擢右佥都御史，巡抚南赣。以擒获叛王朱宸濠功拜南京兵部尚书，封新建伯，总督两广。卒谥文成。事具《明史》本传。有《王文成全书》行世。

泛　海

险夷原不滞胸中，何异浮云过太空？
夜静海涛三万里，月明飞锡[1]下天风。

【注释】

〔1〕飞锡：佛家语，意谓得道之人可执锡杖飞行于虚空。

【赏析】

明朝中叶，宦官把执朝政，残害忠良，飞扬跋扈，穷凶极恶。明武宗纵容以刘瑾为首的宦官特务，诛杀所有敢于反对他们的正直之士。在阉宦的淫威高压下，一时间朝野噤若寒蝉。这时，王阳明挺身而出，仗义执言，结果被杖责四十，贬出京都，一路又被刘瑾的爪牙追杀。他在中途巧施金蝉脱壳之计，侥幸逃生，躲进一艘商船出海，又遇狂风巨浪，众人惊恐乱窜，唯独阳明镇定自若，端坐舟中，安然吟诗。这首诗即由此而来。

王阳明精研佛学，以"心学"归纳佛理。在死神狂舞的海浪中能如此沉着宁静，安立如山，全然不把"险夷"放在心上，风狂浪高，只当是"浮云"过天。何以会有如此惊人的定力？用《金刚经》的一句话说，就是"无所住而生其心"。当年六祖慧能听人朗诵《金刚经》，就是这句话让他顿然开悟。王阳明以"心学"为核心的哲学体系，理念源头就是佛学的唯识观。

虽然当时风狂浪高，天昏地暗，然而在他心中却是风平浪静的光风霁月，觉得自己仿佛是御杖凌空而飞的仙人。置身于如此险恶的环境之中，却能保持这等心境，可见"一念佛生、一念魔生"真实不妄。

文殊台夜观佛灯〔1〕

老夫高卧文殊台，拄杖夜撞青天开。
散落星辰满平野，山僧尽道佛灯来。

【注释】

〔1〕佛灯：佛寺所在名山的神秘现象。庐山、峨眉山皆有之。

【赏析】

这是王阳明留宿庐山天池山文殊寺时，夜观佛灯，写下的一首纪事诗。

关于天池山的这一神奇现象，南宋诗人周必大亦有记述，他在游山住宿之夜，看到山间忽明忽暗、飘忽不定地出现了许多如繁星闪烁的奇光，"闪烁合离，或在江南，或在近岭，高者天半，低者掠地"。这次王阳明又看到了这一奇观，并将其诗意化了。诗人说，满山遍野的佛灯是他用锡杖叩击青天，震动了天宇，"散落星辰"而来。至于佛灯到底是怎么回事，他和周必大与其他古人一样，都没有对这一神秘现象予以解释，好像是故意要留给后人，让他们自己去证悟。

国学经典精神家园丛书

宸濠翠妃

宸濠翠妃，宁王朱宸濠妃。余不详。

梅　花

绣针刺破纸糊窗，引透寒梅一线香。
蝼蚁也知春色好，倒拖花片上东墙。

【赏析】

咏梅之作多矣，如此新颖别致的咏梅诗，倒是从未见过。赏读之后，不禁让人拍案叫绝。

针刺纸窗，引进梅香，已是一绝；蝼蚁拖花，倒上东墙，又是一绝；它之所以有此动作，也是因为爱春怜春，更是奇绝。观物如此细腻，体物如此入情，自是女性的天赋，女性的视角。

众所周知，宁王之乱是明朝开始衰败的一件大事。明武宗正德十四年（1519年），朱元璋五世孙、宁王朱宸濠与奸宦刘瑾勾结，意图夺权篡位，起兵南昌。朱氏家族的这场争夺权利的内乱虽然很快被平定了，但明朝的元气也因此大伤。宁王谋反，翠妃亦知，但身处以男子至上的王室中，一个弱女子即便备受宠幸，纵然知情或有不同想法，又能怎样？明乎此，诗的最后两句就不能理解成是单纯咏物了。试看，"春色"不就是皇权的象征吗？这"春色"连爬虫都贪婪，更何况人呢！"倒拖"不就是比喻倒行逆施吗？这样的举动，纵然使尽浑身解数，最终也只能拖一"花片"上墙。这不是在暗示谋反的结局吗？

边　贡

边贡（1476—1532年），字廷实，号华泉。山东历城（今济南）人。弘治丙辰（1496年）进士。官至南京户部尚书。以纵酒废职被弹劾罢官。少负才名，所交悉海内名士。与李梦阳等并称"前七子"。诗风飘逸，词风情致嫣然。著有《边华泉集》。

嫦　娥

月宫秋冷桂团团，岁岁花开只自攀。
共在人间说天上，不知天上忆人间。

【赏析】

　　本诗表现了久处月宫的嫦娥的孤独、寂寞和冷清。"桂团团"化用李白《古朗月行》诗中的"桂树何团圆"之句，不但切合秋夜月朗、目中阴影清晰婆娑如桂的景象，而且又以树形饱满和花开隐示团圆的美好难得，从而与"只自攀"的嫦娥形成鲜明的对比。末句"不知天人忆人间"通过反比，突出了嫦娥寂定空阁的凄清及对美好人间的渴望，赋予此诗以热爱人生的无穷魅力。

徐祯卿

　　徐祯卿（1479—1511年），字昌谷、昌国。原籍常熟，迁吴县（今苏州）。弘治进士，官大理寺左寺副，坐失囚，降国子监博士。他是前七子之一，又与唐寅、文徵明、祝允明合称"吴中四才子"，才情则在三人之上。有《迪功集》《谈艺录》等传世。

偶　见

深山曲路见桃花，马上匆匆日欲斜。
可奈玉鞭留不住，又衔春恨到天涯。

【赏析】

　　孤身一人，行进在寂寥的山路上，蓦然眼前一亮，忽见红桃灼灼，心情不禁为之一爽。无奈夕阳西下，他还得匆匆赶路，寻找客舍，美景如许，却难得驻马观赏。接下来的两句从情感上补足内心的遗恨——春天撩拨起的赏心乐事，却不得不让位于行色匆匆的旅途劳顿，将此"春恨"带到前程难料的"天涯"。人生在世，和眼前之情景有什么两样！

王昭君

辛苦风沙万里鞍，春红微淡黛痕残。
单于犹解怜娇色，亲拂胡尘带笑看。

【赏析】

昭君出塞是历代文人乐此不倦的歌咏题材，史实不异，就看谁能翻出新意。王安石《明妃曲》固然有"汉恩自浅胡自深，人生乐在相知心"之句，嘲讽汉元帝按图求美，都不如单于能赏国色，却不及徐氏"亲拂胡尘带笑看"来得亲切有味。

严　嵩

严嵩（1480—1569年），字惟中、介溪。江西分宜人。弘治进士。嘉靖二十一年（1542年）任武英殿大学士，入阁，专政二十年，官至太子太师。以子世蕃和赵文华等操纵国事，侵吞军饷，致使边境频遭侵凌。与之不和的文武百官均被他杀害。晚年被弹劾革职，家产籍没，不久病死于流放途中。著有《钤山堂集》。

喜友人至

下马柴门日已曛，灯前悲喜话同群。
空江[1]岁晚无来客，远道情深独见君。
瓦瓮细倾山郭酒，藜床闲卧石堂云。
莫言古调只自爱，且诵新篇慰我闻。

【注释】

〔1〕空江：这里指袁江。严嵩故乡铃山在袁江南岸，乘船即可抵达。

【赏析】

明代有两个人声名狼藉，一个是奸相严嵩，一个是戏曲家阮大铖。不过严嵩早年的诗公认颇见才华。

首联先说友人来访之时节，聚首灯下畅谈之情景。次联突出见到朋友时喜出望外之欢欣。恰似"花径不曾缘客扫，蓬门今始为君开"之乐。"独见君"表明二人情谊之深。把酒漫谈，石堂闲卧，通宵达旦地细酌述怀，把"有朋自远方来，不亦说乎"表现得活灵活现。末联恳请友人将其新作拿出来，让他一慰情怀，结得意味深长，情致宛然。

全诗选词用字也是经过深思熟虑的，"柴门""瓦瓮""藜床"等，意在突出山居生活之简陋，又起到了衬托友情之淳朴的作用。回头再看整篇的布局，秩序井然，徐缓有致。

何景明

何景明（1483—1521年）字仲默，号白坡、大复山人，河南信阳人。弘治壬戌（1502）进士，授中书舍人。官至陕西提学副使。居四年，劳累呕血，引疾归，抵家六日而卒。为人耿介，尚节义，鄙荣利。"前七子"之一，与李梦阳同为文坛领袖。对晚明文学开放起了重要作用。创作上追求"风人之旨"。著有《大复集》。

小景四首（选一）

草阁散晴烟，柴门竹树边。
门前有江水，常过打鱼船。

【赏析】

诗的选材和主题虽然很小，只是乡村中常见的景象，但经过作者巧手剪裁，散发出乡村特有的浓郁的泥土气。

袅袅的轻烟飘散在简朴的草阁上空，修竹和绿树边上，有一扇小小的柴门。此时，诗人好像是一位悠然自得的隐者，慢步门前的平野，眼望不远处的一弯清波荡漾的江水，目光追随着一艘艘凌波而去的渔船，若有所思地踟蹰徘徊。景物虽微，然情思无限。

诗的画面简单明快，却自有一种动人的审美情趣，较好地体现了"诗中有画"的艺术章法。

【名家评点】

光靠"草阁""晴烟""柴门""竹树"等事物本身，不可能引起我们的美感，但通过诗人的表现力，这一小景却使人获得情绪上的散步，把我们的双眸引向缓缓而去的打鱼船上，随着打鱼船，又落到更远更宽阔的缭绕水草的江面上。

——金性尧《明诗三百首》

孙一元

孙一元（1484—1520年），字太初，自称秦人。尝栖太白之巅，故号太白山人；又尝西入华、南入衡、东登岱、南入吴，卒于吴兴。其诗奇崛激越，时出偏锋，独具异彩。有《太白山人漫稿》八卷。

醉 着

瓦瓶倒尽醉难醒[1]，独抱渔竿卧晚汀[2]。
风露满身呼不起，一江流水梦中听。

【注释】

〔1〕醒：喝醉酒神志不清的样子。

〔2〕汀：水边平地。

【赏析】

这是一首酒醉后写的诗。

《醉着》的作者有许多诗也都是"酒后吐真言"之作。这首诗中的主人公就醉态可掬，谈吐可人。你瞧，他醉卧江边，身旁散落着被他喝的空空如也的酒瓶，怀里抱着渔竿却浑然不知，不晓得放下。有酒御寒，满身"风露"自然也就无所畏惧了；人们呼叫他，他充耳不闻，可江水潺潺，流水淙淙，他在梦中却听得清清楚楚。

整首诗如实道来，不做作，不矫饰，流荡着的全是率尔自性的情趣，亦是诗之别格。

杨　慎

杨慎（1488—1559年），字用修，号升庵，四川新都人。正德六年（1511年）进士第一，授修撰，以议大礼杖谪戍永昌卫（今云南省保山）。居滇三十余年，卒于戍所。慎学识博洽，著述甚丰，居一时之首。其诗歌创作上溯汉魏，出入三唐，不废宋诗，以绮丽宏博自成一家。能文、词及散曲。有《升庵集》行世。

柳

> 垂杨垂柳管芳年，飞絮飞花媚远天。
> 金距[1]斗鸡寒食后，玉娥[2]翻雪暖风前。
> 别离江上还河上，抛掷桥边与路边。
> 游子魂销青塞月，美人肠断翠楼烟。

【注释】

〔1〕金距：斗鸡时套在鸡脚上的金属片。

〔2〕玉娥：美女。语本冯延已《采桑子》："玉娥重起添香印，回倚孤屏。"

【赏析】

杨柳是古典诗词曲赋中屡见不鲜的歌咏题材。诗人在不同的处境中，不同的心境下，

国学经典精神家园丛书

或以杨柳借景抒情，或托物言志，多有锦章妙句。杨慎此作一出，清代诗评家沈德潜认为他把柳写活了，王夫之更是推崇这是"一株活柳"。

诗题为《柳》，表明诗人歌咏赞美的只是"柳"，拈出"垂杨"，纯是陪衬。首联"垂杨垂柳管芳年"，只此一句，就将杨柳与春天的关系总括殆尽：杨柳轻扬，柳絮漫天，春天仿佛单只是为展示它们的芳姿而来。"管芳年"赞叹柳丝柳絮独占春光，无处不在；"媚远天"赞美似花非花的柳絮将人间点缀得柔媚莫名。颔联进一步渲染这两层意思，用"金距"比喻柳条上的金黄色嫩芽，用素衣美女比喻柳絮的漫天飞舞，可谓是奇思妙想。

在古诗中，杨柳总是与人间的离愁别恨联系在一起的。自《诗经》有"昔我往矣，杨柳依依"之喻以来，就"只有杨柳管别离"（刘禹锡《杨柳枝词》）了。颈联用伤离惜别之无处不有，概括了人生悲欢离合的千古隐痛。

尾联用流落异乡的游子见柳絮而"销魂"，愁依青楼的怨妇睹芳翠而"断肠"，将上联的虚写落实到可见可视的人物身上，点出咏柳之主旨，谋篇布局，遣词炼字，无不匠心独运。

【名家评点】

杨用修负高明伉爽之才，沈德绝丽之学，随物赋形，空所依傍，读《宿金沙江》《锦津舟中》诸篇，令人对此茫茫，百端交集，李（梦阳）何（景明）诸子外，拔戟自成一队。

——（清）沈德潜《说诗晬语》

黄　峨

黄峨（1498—1569年），字秀眉，四川遂宁人。杨慎妻，二人曾居桂湖诗酒唱和。能诗词，散曲尤有名。有《杨夫人乐府》，其间多杂杨慎之作。近人将两人词曲合编为《杨升庵夫妇散曲》。又有《杨壮元妻诗集》。

又寄升庵

懒把音书寄日边[1]，别离经岁又经年。
郎君自是[2]无归计，何处青山不杜鹃。

【注释】

〔1〕日边：天边极远之地，此处指丈夫远谪之地滇南。

〔2〕自是：自然是，应当是。

【赏析】

　　杨慎远谪云南，久居永昌（今云南省保山），幸得蜀女黄峨，伉俪情深，志趣相属，也是他不幸中之大幸。黄夫人才情甚高，明文坛泰斗王世贞甚至认为杨慎比之，有所不及也。由这首寄慰丈夫的和诗，不难看出这位才女的非凡禀赋。

　　女诗人劈口即说，信写好了，却"懒"得寄出，为什么？"懒把"是个副动词，表示作者当时的心情：一则寄书的目的地远在天边，不知何时才能到达，想想就叫人绝望；二则分别的时日太久，彼此音讯难通，如今是何情状，信中所言，是否言不及义。思念及此，难免心生悔意，懒得寄出。短短两句，包括了太多的内容，女诗人无法细诉，用表示心理状态的"懒把"二字，将时空无限扩展，让读者自己去想象，这是极高明的诗法。

　　第三句华丽转身，以贤惠豁达的心态，设身处地地为丈夫着想：相别经年，至今不归，想必你一定有不能归家的原因吧。好在杜鹃到处都有，它们会不厌其烦地替我呼叫"不如归去，不如归去"，正好宽慰了我的愁肠。如此收束，情致委婉，不落俗套，寄情至深，用语甚达。妙，妙！

谢　榛

　　谢榛（1495—1575年），字茂秦，号四溟山人，山东临清人。嘉靖年间游京师，与李攀龙、王世贞等结诗社，被称为"后七子"之一。后与李攀龙绝交，以布衣终其身。其近体诗气韵格高，在明代后期诗坛卓然自成一家。事具《明史·文苑传》。有《四溟诗话》

及《四溟集》十卷。

秋日怀弟

生涯怜汝自樵苏[1]，时序惊心尚道途。
别后几年儿女大，望中千里弟兄孤。
秋天落木愁多少，夜雨残灯梦有无。
遥想故园挥涕泪，况闻寒雁下江湖。

【注释】

〔1〕樵苏：打柴割草，这里暗示农村生活。

【赏析】

在"后七子"中，谢榛年最长，因与李攀龙论诗不合，又被王世贞削其名于"七子"之列，从此老大飘零，布衣终生。有弟在家务农，虽为手足，天各一方，故作此诗，以寓愁怀。

开篇由胞弟生计维艰写起，再回笔写自己。"时序"点明是秋日，"道途"说明在异乡。"惊心"且"尚"，失意之感，怀念之深，和盘托出。颔联由自己的儿女已长大成人，反衬兄弟仍分居两地，不能聚首。颈联写秋景之凄清，以落木之多喻愁绪之深，以秋雨残灯喻境况之凄凉，而"梦有无"以依稀恍惚之笔，透露情思之飘忽。心神之酸苦不言而喻。结末二句分别与起首二句一一照应，进一步强化"怀弟"主题。秋深夜静，雁落江滨，使思念亲人之情更加悲怆。

全诗纯是写实，不写虚景，没有夸张，全从眼前事眼前景道来，因出自真情至性，故而格外感人。

【名家评点】

谢茂秦诗多矜重而出，独有《秋日怀弟》一律，情真笔老，若不经意为工。

—— （清）叶矫然《龙性堂诗话》

吴承恩

吴承恩（约1500—约1582年），字汝忠，号射阳山人，山阳（今江苏省淮安）人。明诸生，髫龄即以文鸣于淮。科举不顺，至南京卖文为生。晚年里居作文自遣。著述颇丰，然因无子嗣，多佚失。对其诗褒贬不一，钱谦益《列朝诗集》出于偏见，认为他的诗不入流。有《射阳先生存稿》传世。

醉仙词四首

一片红云贴水飞，醉横铁笛驾云归。
龙宫献出珊瑚树，系向先生破衲衣〔1〕。

有客焚香拜我前，问师何道致神仙？
神仙可学无它术，店里提壶〔2〕陌上眠。

一日村中醉百壶，黄金点化酒钱粗。
儿童拍手拦街笑，见我腰间五岳〔3〕图。

怪墨涂墙舞乱鸦，醉中一任字横斜。
新词未寄西王母，先落宜城〔4〕卖酒家。

【注释】

〔1〕衲衣：原指用破布缝制的僧衣，这里用在了道士身上。

〔2〕店里提壶：比喻以酒为常。

〔3〕五岳：北岳恒山，西岳华山，东岳泰山，中岳嵩山，南岳衡山。

〔4〕宜城：湖北宜城汉代即以酿酒著名。

【赏析】

原题甚长，曰《嘉靖丙寅余寓余杭之玄妙观梦一道士长身美髯时已被酒牵余衣曰为我作醉仙词因信口十章觉而记其四》，今简为《醉仙词四首》。

玄妙观在杭州吴山下，始建于唐，明清重建，是当时有名的道观。作者说他在道观下榻时，梦见一"长身美髯"道士，醉意醺醺地拉住他的衣襟要他作醉仙词。吴承恩随口吟咏十章，醒后将记住的四首写下来，此即组诗之由来。

放浪形骸、使酒任侠、不修边幅、鄙弃荣华、游戏人间、暗显神通……诸如此类，都是士人理想中的真人、至人。吴承恩也正是从这些方面由形化神，来刻画他的梦中仙人的。第一首，作者呈现在我们面前的，是一个"破纳衣"上随意挂着龙宫珍宝"珊瑚树"，"醉横铁笛"、驾着红云、贴水飞行的仙人。这已经让人惊叹不已了。接下来的三首用三个情节写仙人的言谈举止：以酒为乐，就地而眠；触手化钱，遨游五岳；涂鸦为诗，预约酒家。四首诗每一首都突出酒与"仙"的关系：仙人首先醉中横笛出场，然后告诉人们，"神仙可学无它术"，使酒适性即可。下面两首写酒醉见性的具体表现，即个性的彻底解放，生命的自由张扬。

李攀龙

李攀龙（1514—1570年），字于鳞，号沧溟，山东省历城人。嘉靖二十三年（1544年）进士，官至河南按察使。因母丧悲极而卒。与王世贞同为"后七子"领袖。家有白雪楼，延纳天下文士饮酒赋诗，极一时之盛。七言绝句高华清郁，非同侪可比。有《沧溟集》传世。

于郡城送明卿[1]之江西

青枫飒飒雨凄凄[2]，秋色遥看入楚迷。
谁向孤舟怜逐客，白云相送大江西[3]。

【注释】

〔1〕明卿：吴国伦（1524—1593年），字明卿，江西兴国人。"后七子"中其寿最高。

〔2〕〔3〕"青枫"句与末句：脱胎于张若虚《春江花月夜》句："白云一片去悠悠，青枫浦上不胜愁。"

【赏析】

明嘉靖三十四年（1555年），兵部武选司杨继盛弹劾严嵩，被严嵩构陷问斩。兵部给事吴国伦率众为死者送葬，得罪严嵩，被贬谪江西，途经济南，告归家乡济南的诗友李攀龙为其接风并送行。诗即作于送别时。

首联点明送别的时令、地点，写景渲染离情愁绪笼罩在迷漫无际的江雨中，令人黯然销魂。第三句极尽低回，挚友放逐远行，如今只有他孤身一人前来送行，此情此景，能不让人感慨万端！呻吟之际，诗人举目遥望，只见已然远去的"孤舟"上方，有白云与友人相随相伴。那白云犹如去痛良药，让深感凄苦悲怆的送行者顿时宽慰无比。

嘉靖七子主张"诗必盛唐"，同时又呼吁诗写"真情"。这首送行诗应当看作是对两种看似矛盾的诗学观的有益探索。

【名家评点】

七言律诗及七言绝句，高华矜贵，脱弃凡庸。去短取长，不存意见，历下（李攀龙）之真面目出矣。七言律已臻高格，未极变态。七言绝句有神无迹，语近情深，故应跨越余子。

——（清）沈德潜《说诗晬语》

录　别

秋风西北来，萧萧动百草。
荡子〔1〕无室家，悠悠在长道。
红颜能几时，弃捐一何早！
对客发素书〔2〕，零涕复盈抱。

上言故乡好，下言故人〔3〕老。

【注释】

〔1〕荡子：流荡在外的男子。

〔2〕素书：古人书信写在白绢上，故称。

〔3〕故人：古诗中一般指前妻，这里是指别离已久的妻子。

【赏析】

作者以《录别》为题，写有二十六首五律，内容都是诉说离别之情的。

秋风乍起，百草肃杀。妻子想念流落在外的丈夫久久不归，难免心生怨恨。想到红颜易老，青春不再，丈夫如果真要用这种远行的办法抛弃自己，也未免太残忍了吧！幸好有客捎来丈夫的书信，怨妇急不可耐，当着客人的面，用颤抖的手打开信看，当即泪如雨下，感动莫名。原来丈夫在信中询问故乡的人情事故，思乡之情溢于言表；更多的是对妻子殷勤备至、温情脉脉的关怀，这使她更加柔肠百结，不能自已。

诗人对信中的具体内容没有涉及，而是通过妻子的动作让读者自己去想象。此即"不着一字，尽得风流"之笔法也。

杨继盛

杨继盛（1516—1555年），字仲芳，号椒山，河北省容城人。嘉靖丁未（1547年）进士，官兵部员外郎。疏劾严嵩，论死问斩。赠太常少卿，谥忠愍。著有《杨忠愍集》。

就义诗

浩气还太虚，丹心照千古。
生平未报国，留作忠魂补。

【赏析】

这是作者临刑时的口吟诗。即兴宣言，字字千钧，感天动地，撼人心魂。

一个人在白刃加颈、死神照面的当头，大义凛然，浩气凌空，想到的不是身家性命、儿女情长，想到的只是留下忠魂以偿未尽之壮志。正是这种舍生取义的浩然正气，使吾士吾民历经磨难而国魂不绝，终将横扫魑魅魍魉而屹立于世界民族之林。

事实也证明了这一点。就在当时，作者的死，激励了大批正直刚勇之士，前仆后继，与严氏权奸进行了不屈不挠的斗争，终于使其被钉在了历史的耻辱柱上。

徐 渭

徐渭（1521—1593年），字文清、文长，号青藤通士、天池山人，山阴（今浙江省绍兴）人。明诸生。闽浙总督胡宗宪招聘入幕。宗宪败，佯狂自杀未遂。又因杀妻事下狱论死，赖友人救，得免。后放情山水，以书画自慰。诗见今人所辑《徐渭集》。

题葡萄图

半生落魄已成翁，独立书斋啸晚风。
笔底明珠无处卖，闲抛闲掷野藤中。

【赏析】

在晚明文坛上，徐渭是个出奇的怪人、狂人。至于其在诗文创作方面，可谓出类拔萃。他论文主张"本色"，为诗极尽张狂。袁中郎推崇他的诗为"明代第一"。这首题咏他自己勾勒的水墨《葡萄图》的七绝，诗画双绝，很能说明他那发自肺腑、狂放不羁的个性。

《葡萄图》和题画诗的创作年代，是在他坐了七年大牢后重获自由不久。此时，诗人挣扎着，想从四顾无路、举目无亲的惨痛中解脱出来，心境开始渐趋达观。然而愤世傲世的本性不但没有改变，反而变得更加狂放。第一句是他对自己苦难重重的一生的惨痛概括，如今虽然已成皤然老翁，却毫无懊悔之意。"独立书斋啸晚风"一句，便淋漓酣畅地呈现出了一位孤傲不屈的狂人形象。

后两句把画中的葡萄比喻为"明珠"，又暗示这"明珠"虽然卖不出去，被随意抛洒在枯藤野草中，但终究会被人发现，被人赏识的。这充分说明了他对自己才华的自信。明末的三袁、张岱等，清代的郑板桥，乃至当代的齐白石，或法取其诗文，或习其书画，对徐渭无不称赞有加。郑板桥甚至刻有"徐青藤门下走狗郑燮"之私章。

王元章[1]倒枝梅画

皓态孤芳压俗姿，不堪复写拂云枝。
从来万事嫌高格，莫怪梅花着地垂。

【注释】

〔1〕王元章：王冕，字元章，号竹斋、梅花屋主。浙江省诸暨人。元代诗人、画家。

【赏析】

诗题王冕所作《倒枝梅画》。徐渭与王冕在经历和个性上有颇多相似之处，二人皆屡试不中，终身布衣，在书画诗文皆才情恣肆，挥洒自如。正是这些共同点，使徐渭一见王冕的《倒枝梅画》，顿时产生题诗的灵感。

前两句是对倒枝梅花图的评议。诗人说，梅花的神韵和芳香已经足以压倒平庸的百花。王冕没有再画梅花的高枝是对的。因为梅花本身具有的色香，已经足以展示其高洁孤傲的品格了。

后两句将议论由梅图扩展到世态人情上来。联系当时社会生活里种种不公平的现象，作者愤然指出：从古以来，庸俗浅薄之辈心怀妒忌，对高风雅格总是看不顺眼。王冕之所以把梅花画成垂头向下的样子，也就不难理解了。

徐渭把自己对世俗风尚的愤慨，借一幅梅花图尽情宣泄，实是其愤世心态发自肺腑的率性流泻。

沈明臣

沈明臣，生卒年不详。字嘉则，鄞县（今浙江省宁波市）人。胡宗宪率师平倭，他与徐谓俱入幕府。后胡下狱死，他作诔文遍告士大夫为其申冤。作诗七千余首，有《丰对楼集》传世。

凯 歌

衔枚[1]夜度五千兵，密领军符号令明。
狭巷短兵相接处，杀人如草不闻声。

【注释】

〔1〕衔枚：行军时为防止惊动敌人，口衔竹棒以噤声。

【赏析】

一支五千人的大军接到军令，夜袭进犯倭寇。这是一次高度机密的战斗任务，每一个士兵口衔竹棒，像落地的水银，无声无息地分散潜入城中条条狭窄的街巷，与敌人短兵相接，贴身肉搏，杀敌就像割草一样。搅得沿海居民日夜不安的鬼魅般的倭寇终于悉数被歼，岂不快哉！

这就是此诗所描述的明代中叶抗击倭寇的一次战斗。提到倭寇，在人们的印象中，是指日本海盗。近年来，史学界逐渐发现，组成"倭寇"的大部分人是沿海地区的渔民和海商，其中日本浪人只有十之二三。由于明朝严酷的海禁，使东南沿海地区的渔民和海商没有了生路，所以聚众出海，成了海盗，明时称之为倭寇。嘉靖末，浙江巡按监察御史胡宗宪受命出任抗倭军务总督，经年苦战，边患始息。当时胡喜招揽文士，徐渭、沈明臣等人皆被延纳入府。一次抗倭大捷，胡在烂柯山举行庆功宴，沈作《凯歌》十首，朗诵到"狭巷短兵相接处，杀人如草不闻声"两句，胡宗宪起座持其须，大呼："何物沈郎，雄快如此！"

诗人的匠心独运表现在第一句上。诗人故意颠倒叙事秩序，将五千大军"衔枚"夜行、飞兵奇袭的异象凸现在读者面前，然后才说明这是一次绝密行动，因军纪严明，所以才会有此景象。这样安排词序，可以造成一种蓄势待发的张力，产生先声夺人的艺术效果。"度"字用的也有讲究，因为"度"常用来描述鸟飞，形容无声无息，不留踪迹。

【名家评点】

徐文长《阴风吹火篇》："有身无首知是谁？寒风莫射刀伤处。"沈嘉则《凯歌》：

"狭巷短兵相接处，杀人如草不闻声。"偏才也。文长诗"八月广陵涛，一叶渡残照"，嘉则诗"马蹄明日天涯路，谁是灯前昨夜人"，此方有唐人意。

——（清）潘德舆《养一斋诗话》

别　母

老母三年病，儿仍千里行。
秋风吹地冷，山月照霜明。
未别泪先下，问归难应声[1]。
厨头有新妇，数可问藜羹。[2]

【注释】

〔1〕"问归"句：意谓当老母问自己何时归来时，自己也不知道该如何回答。

〔2〕"厨头"二句：意谓需要饮食时，可向厨房中的媳妇索取。新妇指媳妇。藜羹是用嫩藜煮的羹，代指粗劣的食品。

【赏析】

子曰："父母在，不远游。"何况要辞别的老母已经三年卧病不起，作为一家的中梁砥柱，此时此刻的悲伤无奈可想而知。由末句可知，这是作者新婚不久后的一次远行，但他心心念念无法释怀的仍是病魔缠身的老母。一个至情孝子的身影如在眼前。

颔联两句，用秋风凄冷、霜月清明的外景渲染、衬托游子别母的心情，此情此景，读之令人鼻酸。

颈联将别母离妻之悲痛推进一层。当慈母问他何时才能归家时，他泪落如雨，无法回答。是啊，此行千里，前程茫茫，哪有归期！他只好用别的话转移彼此的难堪，用生活琐事表示关心，借以抚慰母亲惨痛的心。"厨头有新妇，数可问藜羹"是家常语，也是至情语。虽是答非所问，体现的却是体贴入微的孝心。

作者没有用此行必将飞黄腾达、腰缠万贯之类的大话欺骗亲人，居家可食之物也实话实说。末句与第二句相照应，回答了作者为什么新婚宴尔，还要忍痛告别有病的母亲，亦即"儿仍千里行"的苦衷。这首五言七律全以家常碎语出之，然字字真情，句句哭声，能不感人？

国学经典精神家园丛书

【名家评点】

嘉则诗豪俊清婉，情至之语，足无古人。

——（明）朱彝尊《明诗综》

王世贞

王世贞（1526—1590年），字元美，号凤洲、弇州山人，江苏省太仓人。生有异禀，书过目终身不忘。嘉靖进士，历官刑部主事、按察史、布政使等。其父为严嵩所害，出为浙江、山西、湖广、广西地方官。严嵩败，复起，官至南京刑部尚书，后以病归乡。与李攀龙同为"后七子"首领，李故，独主文坛二十余年，名重海内，一时士大夫及山人、词客、衲子、羽流，莫不奔走门下。片言褒赏，声价骤起。力主文必西汉，诗必盛唐，大历以后书勿读。对戏曲亦有研究，所撰《艺苑卮言》论述南北曲产生原因及其优劣，时有创见。一生著述甚富，《弇州山人部稿》为世人所熟知。

暮秋村居即事

紫蟹黄鸡馋杀侬，醉来头脑任冬烘[1]。
农家别有农家语，不在诗书礼乐[2]中。

【注释】

〔1〕冬烘：意为迂腐糊涂。

〔2〕诗书礼乐：泛指儒家经典，包括《四书》《五经》等。

【赏析】

明后叶，禅宗、老庄流行日广，在士大夫间激起反响。万历四年（1576年），世贞隐居弇园，学道事佛，兼之晚年阅世日深，心气渐平，诗论和创作也发生了变化，开始由倡导以"情"为主的"性灵"说转向"体道"。他晚年诗歌探索，一直徘徊在尚情与崇道、师古与师心、法度与自然之间。这首《村居即事》便是他徘徊心态的真实表现。

乡居生活与平民百姓的深入接触，使他知道了农民的心愿是那么简单纯朴，他们并不奢求什么功名利禄，锦衣玉食。他们只想丰衣足食、平静自在、阖家团圆地生活。当时正是暮秋季节，江南地区蟹满鸡肥，鱼虾鲜美，家家户户美味飘香，见多识广的诗人也不禁食指大动，馋涎欲滴了。从前，他认为饿了吃，困了睡是一种糊涂鄙俗的庸人生活，现在他酣然醉饱，却任其鄙劣了。聆听农家的闲谈，他有了进一步的发现。虽然在村民的言谈中，涉及的话题无非是年景好坏、婚丧嫁娶、瓜豆米面、鸡鸭蔬果……可流露的全然是顺应天道、合乎自然的至情至性。而所有这些，从前他在礼教经典中是完全看不到的。这才是初民在《击壤歌》中所歌颂的那种"日出而作，日入而息，帝力于我何有"的人间仙境啊！

万历前，王世贞标举诗写"真情"，从理论上来说，完全符合审美原则，但因为其"情"囿于个人的天地，未见有如此诗一样耐人玩味的篇章；思想境界的升华，与基层民众的接近，反映从源头感悟到的人生真谛，从而使其诗作有了普世价值。这应该是此诗给我们的最有意义的启迪。

过长平[1]作长平行

世间怪事那有此？四十万人同日死！
白骨高于太行雪[2]，血飞迸作汾流紫。
锐头竖子[4]何足云，汝曹自死平原君[5]。
乌鸦饱宿鬼车[6]哭，至今此地多愁云。
耕农往往夸遗迹，战镞千年土花碧[7]。
即今方朔浇[8]岂散，总有巫咸招[9]不得。
君不见，
新安一夜秦人愁[10]，二十万鬼声啾啾[11]。
郭开[12]卖赵赵高[13]出，秦玺忽送东诸侯[14]。

【注释】

〔1〕长平：战国时赵邑，在今山西省高平市。

〔2〕"白骨"句：《史记正义》引《上党记》云："秦坑赵卒收头颅，筑台于垒中，因山为台，崔嵬桀起，今称白起台也。"

〔3〕汾流：指山西中部的汾河。

〔4〕锐头竖子：指白起。传言白起头小而尖。竖子是蔑称，犹言无知小儿。

〔5〕"汝曹"句：秦攻韩时，韩以上党献赵，平原君赵胜说服赵王受之，秦于是攻上党，拔其地，然后再攻长平，遂有坑卒之事。

〔6〕鬼车：传说中的妖鸟，亦名九头鸟。

〔7〕"战镞"句：意谓出土的箭头上满是铁锈。土花碧指绿色的铁锈。

〔8〕方朔浇：典出晋干宝《搜神记》。略云，汉武帝东游至函谷关，有物当道，东方朔以酒浇之，怪物见酒而灭。帝问其故，答曰：此名"忧"，患之所生。酒可忘忧，故能消之。

〔9〕巫咸：古代传说中的巫师。招：招魂。

〔10〕"新安"句：公元前206年，项羽兵下新安，因秦降卒多，恐其生变，便夜坑秦卒二十余万。新安：故城在今河南渑池东。

〔11〕啾啾：鬼哭声。

〔12〕郭开：秦攻赵时，用巨金收买赵王宠臣郭开，使赵王中反间计杀李牧，终至赵亡。

〔13〕赵高：本是赵国贵族，秦始皇时自宫为宦官。秦始皇死，擅权立胡亥，成了秦国的实际掌控者。

〔14〕"秦玺"句：秦亡，子婴降汉王刘邦，奉天子玉玺跪道旁。东诸侯：指刘邦。

【赏析】

嘉靖三十五年（1556年），王世贞渡滹沱河，经太行至大名，与李攀龙相会。诗即作于他途经山西长平故址时。

首二句用问答式惊叹句领起。古诗文中"那"同"哪"。表现了作者对长平坑卒四十万的愤怒和不解。一夜之间，活埋四十万将士！如此惨绝人寰、灭绝人性的惨剧，在人类历史上，确实是绝无仅有！这是一个从历史深处走来的血腥故事：战国时期，秦赵两国实力相当，都想称霸天下。两国开战的原因很简单：公元前261年，秦国大举攻韩，将韩拦腰截断。孤悬于外的韩国上党郡太守冯亭率众投靠赵国，赵王欣然受之。秦国大怒，出兵攻赵，大将廉颇在长平扼险抗战，开始了长达三年之久的持久战。这时，秦国开始从外交上谋求摆脱困境之法，先是以合纵法孤立赵国，继而用离间法让赵王对廉颇不信任，又放烟幕，说秦军最担心精通兵法的赵括出任统帅。赵国果然上当，起用只会纸上谈兵的

国学经典精神家园丛书

赵括取代廉颇。赵括一反战略防御的方略，全线出击。秦军早有准备，大战伊始，即将赵军分而击之，数万赵兵战死沙场，余部被围困在长平，四十万大军悉数投降。

那是一个大雨倾盆、雷鸣电闪的地狱之夜。秦人欺骗降卒，说要把他们按类分开，然后分批遣送回国。就这样，被分割为数十处的四十万人，或被活埋，或被射杀。大雨带着鲜血涌入汾河……

现在长平已经发掘出十七个尸坑，赵军战士尸骨叠压，有的头骨上留有三角箭洞，有的尸骨上嵌着铁锈兵器……

长诗从"白骨……"至"总有……"十句所描述的战地遗址之情景，与至今仍在继续的考古发现的事实完全吻合。只有中间插入的"锐头竖子何足云，汝曹自死平原君"是作者对造成这场千古奇祸之因由的思索。他认为，白起就是一个卑劣的无知小儿，根本不值得一提，将赵国四十万人送上绝路的其实是平原君赵胜。要不是他贪图徼来之物——韩国献上的上党，也不会因此引火烧身，招至亡国。作者对鬼魂夜哭，如云不散的描述增强了这场惨祸的悲剧气氛。他说，虽然用酒可以浇灭冤魂的怨恨，但是纵然东方朔复活，巫咸再生，也无法招抚四十万鬼魂千古不散的哭喊啊！

圣人云："天道好还。"诗人在"君不见"以下，用四句话来概括这一理念。五十年余后，报应就落到了秦人头上：项羽攻下新安，坑秦卒二十余万；秦始皇虽然灭了六国，但立国不到十九年（前221—前209），象征皇权的玉玺就转到了汉高祖刘邦的手上。后世民众对白起的诅咒更离奇。老百姓说：民间杀猪褪毛，常见猪身上有"白起"二字。这显然是民众对天理难容的恶人的诅咒。

史载，后来秦始皇赐白起剑，令其自裁。白引剑自叹："我何罪于天而至此哉！"良久又曰："我固当死。长平之战，赵卒降者数十万人，我诈而尽坑之，是足以死。"遂自杀。

王世贞的这首长诗，回顾的是历史上的一幕惊心动魄的悲剧，叙事独到，事典交错有致，抒情愤激，说理雄辩，在吊古之作中实属上乘。

题弈棋图

松下两仙人，棋声日敲击。
不愁清景移，愁他杀机发。

【赏析】

这是一首题画诗。作者看到图中的两位仙人，凝神专注于纹枰的不依不饶的神情，有感而发。

围棋向来以搏杀诱人，所以作者不由得为松下的两位仙人担心起来，怕他们真的动了杀机，这岂不是有悖于神仙清静无为之道吗？可见嗜杀是人类的劣根性之一，连仙人都难以根除，也只有佛陀才有众生平等的大慈大悲的情怀。

李　贽

李贽（1527—1602年），号卓吾、宏甫、温陵居士。泉州晋江人。嘉靖三十一年（1552年）举人，万历五年（1577年）迁姚安知府，三年后辞职，入鸡足山阁大藏经。公开以异端自居，主张重视功利，反对以"孔子之是非为是非"。终被以"敢倡乱道，惑世诬民"之罪迫害致死。文学创作主张"童心说"。著有《焚书》《续焚书》《藏书》和《李温陵集》等。

石潭即事（四首选一）

若为追欢悦世人，空劳皮骨损精神。
年来寂寞从人谩，只有疏狂一老身。

【赏析】

知天命之年，卓吾移寓麻城（今属湖北省），率众讲学，诗作于麻城龙潭湖芝佛上院。

诗人即事言情，直抒胸臆，不借典故，不用奥字，全以精神动人。李贽论诗倡导"童心"说，他有言云："夫童心者，绝假纯真，最初一念之本心也。若失却童心，便失却真心；失却真心，便失却真人。人而非真，全不复有初矣。"这首七绝，可以看作是他对自己诗学的诠释。

起首两句，从字面上并不难理解，大略是说，一个人活着，倘若单是为取悦世俗，讨好他人，浅则身心交瘁，深则丧失人格。

在麻城讲学期间，他以佛学义理，猛烈抨击儒教和理学，每有论题，总是与主流意识格格不入，譬如史家非议秦始皇，他却歌颂之；文人责备卓文君、司马迁，他却对这些人赞扬备至，等等。结果"狂诞乖戾""同于禽兽"之类污秽不堪的言语接踵而来，他在麻城理学世家的攻击下，被逐出走，流落京师。结末两句，是他因不愿迎合世俗而被世人轻慢诽谤的真实写照，也是对自己我行我素、决不妥协的做人总则的坚守。

【名家评点】

不为世人理解，正是李贽生前最大的苦痛，"人妖"之类的骂詈将他拒斥在真情世界之外，穿过历史剧场，人们始能读到他有血有肉和大憎大爱的深层世界。

——李圣华《晚明诗歌研究》

独　坐

有客开青眼，无人问落花。
暖风熏细草，凉月照晴沙。
客久翻疑梦，朋来不忆家。
琴书犹未整，独坐送晚霞。

【赏析】

李贽的许多诗都是书写"孤独"的，他曾有一首五绝云："斯文太寂寞，古道罕从入。悠悠天地间，念我终孤立。"孤独伴随了他一生，然而孤独的灵魂是自由的。德国哲学家海德格尔说："孤独把灵魂带给个体，把灵魂聚集到'一'之中，并因此使灵魂之本质开始漫游。……它内心的热情必须负着沉重的命运去漫游——于是把灵魂带向精神。"李贽的这首诗，可以说是"把灵魂带向精神"的艺术化、形象化。

"有客开青眼"一句，首先托出偶尔有客来访时，眼神烁烁之惊喜，为的是映衬无人时的寂寥伤感。落花隐喻美好时光之不再，自然会让人联想到老人的风烛残年。三四句的暖风细草，细心观物，即可思万物之化；凉月晴沙，放开眼界，正可任思情驰骋。五六句由外景转入内心的辛酸感触：久居他乡，疑心自己是在梦中，一切都显得那么虚幻不实；朋友来了，才能暂时忘掉刻骨铭心的思乡之情。远离故土，罕见好友，长日漫漫，唯有孤独相伴。

　　读书抚琴，当是诗人晚年客居生活的主要精神寄托。现在连琴书都懒得理会，每天唯一可资安慰的只剩下那美丽的晚霞了。诗人岂不知"夕阳无限好，只是近黄昏"的真相？然则此生将尽，唯有那回光返照的晚霞尚可聊慰情怀。"独坐"二字，既呼应诗题，又画龙点睛般地囊括了一位精神超前的孤独老人的垂暮心境。词简意深、韵味悠长这一艺术特色体现这首小诗的每字每句上。

戚继光

　　戚继光（1528—1587年），字元敬，号南塘、孟诸。登州（今山东省蓬莱市）人。明代将门之后，官至左都督加太子太保。著名抗倭将领和军事家，所率部人称"戚家军"。张居正死后受排挤，罢归。卒谥武毅。平生以诗人自诩，诗作多描写军旅生涯，苍劲激昂。著有《正止堂集》。

过文登^[1]营

过文登[1]营

谁将春色来残堞[4]，独有天风送短笳[5]。
冉冉[2]双幡[3]度海涯，晓烟低护野人家。
水落尚存秦代石[6]，潮来不见汉时搓。
遥知百国[7]微茫外，未敢忘危负岁华。

【注释】

　　〔1〕文登：今属山东省，古名不夜城。因山得名。

　　〔2〕冉冉：渐渐。

　　〔3〕幡：军旗。

　　〔4〕堞（dié）：城墙上齿形矮墙。

　　〔5〕笳：古代管乐器。汉代流行于塞北和西域，初卷芦叶为之，后改用竹。

　　〔6〕"水落"句：传说秦始皇做石桥，欲渡海看日出之处。有神人鞭石驱之，石皆血，至今犹存，悉赤。

〔7〕百国：指倭寇所在地。《汉书·地理志》中记载："夫乐浪海中，有倭人，分为百余国。"

【赏析】

诗作于山东文登嘉靖三十二年（1553年）初春。作者时任登州卫都指挥佥事，年二十六。指挥沿海兵马，下辖青州、莱州、登州三营。佥事的职责是巡察，以备战抗倭。

首四句写得有声有色，情景交融。当诗人扬帆巡防，伫立船头，注目海风吹拂的军旗，随着脚下军舰的缓缓移动，渐渐抵近海岸的时候，正是炊烟袅袅的清晨时分。沿海的烟云笼罩着千家万户，那里就是自己的家乡啊！想到自己现在就是这里的守护神，一股柔情回荡在胸中。是谁将柔和的春色送到这残破的边城来的呢？作者未说，读者自明。诗人说他此时听到的只有阵阵"天风"送来的军乐声。对家乡的热爱，对自己肩负重任的自豪感，难以掩饰地洋溢在字里行间。

颈联拓开思情，将豪情扩展到遥远的秦汉时代。秦始皇当年筑桥海上，遥望扶桑，如今只留礁岩累累；汉武帝遣船出海，探查蓬莱仙境，如今唯见海天茫茫。诗人突然拈出这两个典故，意在与眼前景况对比，暗藏讥讽，言外之意，是说秦皇汉武东临大海，为的是求仙问道，妄图长生不死。如今自己泛海巡防，却是为了抵御海盗，保家卫国。写到这里，诗人顺理成章地归结到尾联上来：从前秦皇汉武误以为是海外仙境的地方，原来是倭寇的巢穴，海盗的渊薮。他遥望海天微茫的远方，知道那里有上百个岛国，盗贼此时正窝藏在那里，随时准备侵犯我边防。结句是心愿，更是誓言："未敢忘危负岁华！"一个爱国将领的英雄形象跃然纸上。

马上作

南北驱驰报主情，江花边草笑平生。
一年三百六十日，都是横戈马上行。

【赏析】

戚继光一生戎马倥偬，把自己献给了抗倭卫国的壮丽事业。调赴江浙沿海抗击倭寇侵扰，在义乌组建戚家军，屡挫进犯福建、广东等地的倭寇，解除了东南沿海边患。后又调北方镇守京津。在蓟州（今北京一带），边寇不敢滋事，百姓始得安居。《马上作》一诗真实地反映了这位爱国将领转战南北、保家卫国的英雄风范。

在古代志士仁人的意识里，总是把效忠君王与报效祖国联系在一起。作者说自己"南北驱驰"，奔波疆场，因守卫家国，甚至遭到了"江花边草"的嘲笑，所为何来？只因为他把自己的一生全部贡献给了国家。

"一年"的意思是每一年，与"平生"呼应，以日常口语，说明数十年如一日地横戈跃马，奋勇杀敌，成了他人生的全部内容。豪情壮志以平常语出之，这种视生死为家常、以苦难为光荣的情怀，有一种令人既亲切又感动的力量。这是文人诗所不能比拟的。

王稚登

王稚登（1535—1612年），字伯谷，号半偈主人、青羊君、松坛道人等。先世江苏江阴人，后移居苏州。少有文才，善书画，主盟吴门诗坛三十余年。嘉靖末入太学，万历时召修国史。与秦淮名妓马湘兰相知甚深。湘兰逝世，他曾作传，并赋诗悼之。其诗多写日常生活，意韵清逸，风流蕴藉。著有《王伯谷全集》，并辑选明代散曲《吴骚集》。

新春感事

信有清风不厌贫，吹帘入幌转相亲。
红颜薄命空流水，绿酒多情似故人。
服药难辞星入鬓，闭门长与竹为邻。
黄金散尽真堪惜，前日亲知是陌尘。

【赏析】

作者年轻时，是个仗义疏财、急难济困的人。到了垂暮之年，繁华不再，黄金散尽，从前那些得到过他周济的人也日渐疏远，不再交往了。元旦新春，门庭冷落，诗人感慨万端，作此诗以咏叹世态炎凉。

首联写的凄凉之至。新春伊始，本应宾客盈门，高朋满座，眼下却门可罗雀，寂寥冷落。这时清风吹拂，帘帷飘动，突然间仿佛被遗忘的这位老人觉得"清风"才是丝毫没有嫌贫爱富之心，才是真正可以相亲相与之人。在这个特定的时节，在这个特定的境况中，老人猛然体悟到的这种特定的情景，催人泪下。

颔联是对自己一生的感叹。红颜，这里比喻青年时代；薄命，是形容人生无常。诗人"十岁为诗，早而骏发"，宗盟文坛，风光绮旎，难以胜言。只因命薄福浅，仕途无成，大好年华有如流水，弹指即过。"穷居闹市无人问，富在深山有远亲。"现在唯有薄酒相对，多情依旧。以暂时之聊以自慰，对一生之虚妄不实，极尽悲怆。

如今须发斑白，纵有灵丹妙药，难挡岁月无情。终日闭门谢客，与萧萧冷竹为伴，这才是眼下最真实的生活。前三联蓄势已足，终于逼出题旨："黄金散尽真堪惜，前日亲知是陌尘。"是啊，亲人也罢，知己也罢，谁知道他们原来都是忘恩负义之徒。从前散尽钱财周济他们，想不到今日一个个冷漠得如同路人，而且是在这一年一度的新春佳节！

写清风不厌贫，凸现了人之嫌贫爱富；写绿酒似故人，凸现了旧交之薄情寡义；写与竹为邻，凸现了亲朋之疏远冷漠。句式对仗工整，寓意深长。愤世嫉俗，激言厉色，以个人之亲身感受，反映的是自古至今普遍存在的社会现象，所以很容易获得共鸣。

【名家评点】

才情洋溢，博学多能；周人缓急，为人仗义，知恩图报；纵情声色，皈依佛教；趋附权贵，帮闲清客，造假售假——美德与丑行，魔鬼与天使，竟如此集合于一人之身，正如其自撰墓志铭《广长庵主生圹志》中说："有若余之不肖，上不能为寒蝉之洁，下不屑为壤虫之污，盖行己在清浊之间而已。"可谓有自知之明。

——冯善保《在清浊之间》

杂 言

冻云寒树晓模糊，水上楼台似画图。
红袖谁家乘小艇，卷帘看雪过鸳湖[1]。

【注释】

〔1〕鸳湖：鸳鸯湖，即南湖，在浙江省嘉兴市西南。

【赏析】

冻云寒树，景物模糊，湖面上的亭台楼阁一时间仿佛成了水墨晕染的画图。幸喜小艇红袖，佳人卷帘，观赏雪景。可惜倏忽间便飘过鸳鸯湖飞驰而去，留下的唯有满腹惆怅。

诗人淡化了寒冬中迷蒙的云树楼台，把镜头只对准皑皑白雪中的那一片如火如血的红袖，仿佛是摄影师成功的抓拍，给人留下鲜明亮丽的印象。但是小艇迅速飞逝而去，在诗人心中留下的遗憾和怅惘，摄影师是拍不到的。这只能留给读者去体味。

马湘兰

马湘兰（1548—1604年），秦淮名妓。名守真，小字玄儿，又字玉娇。以善画兰，故湘兰之名行世。轻财重诺，容貌平平，但才艺佳绝。殁后词客过其旧院，无不赋诗凭吊。有诗二卷存世。

奉和诸社长小园看牡丹枉赠之作[1]

春风帘幕赛花神[2]，别后相思入梦频。
楼阁新成花欲语，梦中谁是画眉人[3]？

【注释】

〔1〕明代妓女有名目繁多的社交活动，并组成不同技艺的小社团，或琴棋书画，或吟诗赛花。枉赠是谦虚的说法。

〔2〕赛花神：宋明之际酬迎花神的社会性活动。因牡丹有花王之称，一般赛花神是指评选牡丹花王之事。

〔3〕画眉人：典出《汉书·张敞传》，略言京兆尹张敞常为妇画眉，有人上奏，皇帝问张，张说："臣闻闺房之内，夫妇之私，有过于画眉者。"后人遂以"张敞画眉"形容夫妻恩爱。

【赏析】

由诗题和内容，不难看出，这次赛花胜会场所就设在马湘兰的庭院，出席的人有青楼姐妹以及"诸社长"。明代由于地域文化的蓬勃发展，各种流派的诗社在江南一带商业发达的地区如雨后春笋般地出现。这里的"社长"，指的就是这类诗社的掌门人。他们活跃于勾栏瓦舍、私人林园，诗酒唱和，论文议事，与当时的名妓形成了明代文化界一道亮丽的风景线。有时集会，甚至会有诗集刻印流传。此即诗作的写作背景。

女诗人首先点题，她说这首七绝是因在她的庭园举办赏花雅集，各诗社的名流赋诗多篇，为酬谢惠顾之情，奉命唱和，遂有此拙作。话说得很客气，很得体，但诗中寄寓的情感就不是那么单纯了。

诗人没有写赛花神的细节，只是轻轻一笔揭过，而把重点放在了"别后"。频频入梦的相思说明赛花会上撞击她心扉的不止一人。"入频梦"说明她犹移不决，不知该定情于何人。"楼阁新成花欲语，梦中谁是画眉人？"回过头对心神不定、频繁入梦解释说：精心装饰楼阁，移植名花，原本是想借此盛会，在学界名流和青楼佳丽吟诗作画、弦歌扇舞之际，托花为媒，择选情郎。频频入梦、相思不已的几个人，到底哪一个是我的"画眉人"呢？怕只怕落花有意，流水无情啊！

一位烟花女子，以委婉的措辞，低回的情思，表达了对纯真的爱情、正常的生活之热烈向往，这才是这首诗的感人之处。

【名家评点】

（马）姿首如常人，而神情开涤，濯濯如春柳早莺，吐辞流盼，巧伺人意，见之者无不人人自失也。所居在秦淮胜处，池馆清疏，花石幽洁，曲廊便房，迷不可出……性喜轻侠，时时挥金以赠少年。

——（清）钱谦益《历朝诗集小传》

汤显祖

汤显祖（1550—1616年），字义仍，号若士、海若、清远道人，晚年号茧翁，临川（今江西省抚州）人。早年即有文名，隆庆四年（1570年）中举，后屡试不第，至万历十一年（1583年）方中进士。任南京太常寺博士、礼部主事。万历十九年（1591年）因弹劾朝官降职，出任广东徐闻典史，于肇庆认识了意大利神父利玛窦。后改任浙江遂昌知县，又因不附权贵免官。与李贽、释达观相友善，渐崇信佛道。著有"临川四梦"，以《牡丹亭》为代表作。所居名玉茗堂，著述即以堂名。《玉茗堂集》录诗最多，载述了他上下求索"情"之所在的心路历程。今人徐朔方整理校注的《汤显祖诗文集》最为详尽。

七夕醉答君东二首（选一）

玉茗堂开春翠屏，新词传唱《牡丹亭》。
伤心拍遍无人会，自掐檀痕[1]教小伶。

【注释】

〔1〕自掐檀痕：意思是说，由于亲自手执檀板排练《牡丹亭》，时间久了，手掌上都掐出了深深的印痕。

【赏析】

万历二十六年（1598年），对官场已经深感厌恶失望的汤显祖，终于挂冠，归隐故乡江西临川。尽管家境不是十分宽裕，但能随心所欲、逍遥自在地过自己想过的生活，他觉得格外惬意。这是他归隐当年的秋天，与好友刘浙把酒言欢时的诗作。

诗人起首就尽情抒发了他的欢欣喜悦。喜从何来？一是新居玉茗堂落成，总算有了自己的小天地，不用再像官场上那样，察言观色，进退失据了。虽说已是秋天，环顾新居周遭绿树成荫，春意融融，真叫人心旷神怡。二是《牡丹亭》完稿，社会各界齐声喝彩，家传户诵，盛况空前，岂非人生之一大快事！

欢欣鼓舞之余，作者又陷入了淡淡的忧伤。世人真的明白我"用情"的苦心吗？"人知其乐，不知其悲。"——人们只看戏文的热闹，有谁明白作者之苦心？既然如此，权且手执檀板，指导年轻演员们用心排练《牡丹亭》吧。

"伤心拍遍无人会"是辛弃疾《水龙吟》的"江南游子，把吴钩看了，栏杆拍遍，无人会，登临意"数语的简化。虽然对景有别，但是心境是相同的。钱谦益《列朝诗集小传》说：汤显祖"一发不中，穷老蹭蹬……胸中块垒，陶写未尽，则发而为词曲（指写《牡丹亭》）"。众所周知，《牡丹亭》的主旨重在一个"情"字。此诗主"用情"，文主"自然"。

江　宿

寂历秋江渔火稀，起看残月映林微。
波光水鸟惊犹宿，露冷流萤湿不飞。

【赏析】

　　寂寥秋江，独宿舟中。残月中天，渔火依稀。诗人走出船舱，只见秋林迷蒙，月光微茫。水鸟被波光惊起，鸣声嘹唳；流萤被露水打湿了翅膀，附着在水草上，依然发出点点亮光。四句全是写景，工细幽微，浑然一体，诗人心灵的律动完全被包裹在秋江夜景中，可我们在欣赏这工笔画般的寒江秋景时，难道感觉不到一颗情满人间的活泼泼的心之跳动？

【名家评点】

　　汤显祖驰骋诗坛半个世纪，从一位锐意创新的青年诗人成为幽燕老将，在"世总为情"之中上下求索，虽未建帜立派，但一直是感受时代风会，走在晚明文学运动前沿的杰出诗人。

——李圣华《晚明诗歌研究》

徐　熥

　　徐熥(1561—1599年)，字惟和，闽县（今福建省福州）人。万历十六年（1588年）举人。终生未仕，以诗自娱。才思婉丽，不染时习，尤以七绝为佳。有《慢亭全集》传世。

邮亭残花

征途微雨动春寒，片片飞花马上残。
试问亭前来往客，几人花在故园看？

【赏析】

作者于漫漫征途、春寒微雨中，在驿站见残花缭乱而有感。末句问的意味深长，隐隐然透露出诗人黯然销魂的思乡之情。

明中叶以降，兴起一个以"山人"标榜的群体。他们与仕途中人相抗衡，许多称名一时的诗家大多来自这个群体，如徐渭、陈继儒、沈明臣等。明代凡号称"山人"者皆是，即便仕宦中人，也以侧身"山人"为荣。徐熥作为浙中徐氏家族之长，时称"独步当时"，可见声望之高。

【名家评点】

（徐熥）才情婉至，风骨遒整，绝世之技。

——（明）谢肇淛《小草斋文集》

陇西行

仗剑封侯事已非，闺中少妇葬征衣。
玉门关内多边马，纵有游魂不敢归。

【赏析】

在历代边塞诗中，这是最不忍卒读的一首。多少辛酸，多少绝望，却以不动声色、平平淡淡的词语说出，给人一种欲哭无言的悲哀，而这种悲哀却是穿越时空，重复了一代又一代的。

"仗剑封侯事已非"——建功立业、封妻荫子的雄心壮志不但化为泡影，连战死沙场的尸骨都不能还乡。望眼欲穿的妻子只好把他的遗物，连同给他缝制的征衣一同埋进祖坟。这还不算是最悲惨的，可怕的是在玉门关戒备森严的千军万马面前，连渴望回家的游魂都不敢越过。诗人没有满腔激愤地抨击最高统治者的残暴不仁，因为那样的言辞在如此天理难容的事实面前，已经失去了任何作用，也无须去白费口舌了。人世间还有比这更痛心的吗？

晚明诗坛，公认徐熥的七绝最佳。这首诗足以证明此说不妄。

姚少娥

姚少娥，生卒年不详。号青蛾居士，檇李（今浙江省嘉兴）范君和之妻（一说嫁秀水范应官）。自幼勤读，学识博洽，惜英年不永，二十六岁即辞世。有诗集《玉鸳阁草》，著名文人屠隆为之作序。

竹枝词（二首）

卖酒家临烟水滨，酒旗挂出树头春。
当垆十五半遮面，一勺清泉能醉人。

燕晴花暖春色饶，游情欲醉魂欲销。
红衣突展绿阴畔，接袖纷纷度小桥。

【赏析】

有明一代，涌现出一大批女诗人，为我国文学史谱写了秀美的一章。据胡文楷《历代妇女著作考》，记录汉魏到明末的女作家共三百六十四人，明代就有二百四十八人，占近百分之七十。她们虽然深居闺阁，但日益强劲的个性张扬之风同样吹进了她们的绣帘。

这位女诗人年少才高，两首民歌体的风物人情诗写得清新亮丽，赏心悦目。

第一首是少女当垆沽酒图。画面由远而近，随着镜头的推拉，首先进入眼帘的是坐落在烟水迷离的湖边的酒家，绿树葱翠，酒旗高悬；慢慢地，镜头对准了一个芳龄少女，她正站在排列成行的酒缸面前，一手斟酒，一手举袖遮面，半露在外的一双妙目秋波流转。"半遮面"生动地刻画出了她初出茅庐，情窦未开的娇媚。"一勺清泉能醉人"妙不可言。食客们酒还未饮，心儿已醉；醉人者非酒也，实乃斟酒之少女也。——当垆少女容貌之美、情态之妖，不着一笔，尽在眼前。难怪当时就有诗评家惊呼"直是妙绝"了。

第二首是一幅仕女游春图。第一首写少女当垆，明丽可爱，主人公是一个"醉人"的妙龄少女；这一幅怡红快绿，描绘的是一群充满活力、欢天喜地的仕女。前两句从暖春之美景和游人之心醉，渲染春游之怡荡迷人。游人沉醉在这燕喃花明的春色中，本已心旌飘摇，无法自持了，这时眼前一亮，忽见翠绿如染的芳林中有一群红衣女郎闪亮登场。此刻，观众的心愿想必是希望永远把她们定格在那里，成为他们"色眼"的猎物，想不到红衣女郎们犹如一团燃烧的火焰，跳动着，嬉闹着，很快从小桥上逶迤而过，消失在了浓红翠绿的远方。

这两首诗以不同的画面和人物展现了江南的民俗风情，饱含着女诗人对自然风光和生活情趣的真诚与热爱。我们在享受其艺术魅力的同时，不得不为年轻女诗人的艺术才华而折服。

谢肇淛

谢肇淛（1567—1624年），字在杭，福建长乐人。万历二十年（1592年）进士，历官工部郎中、广西布政使。学识杂博，著述甚富，有《五杂俎》《小草斋诗集》等。诗风雄健，是晚明闽中诗派代表人物。

钱塘逢康元龙〔1〕

黄梅细雨暗江关〔2〕，我入西吴〔3〕君欲还。
马上相逢须尽醉，明朝知隔几重山。

【注释】

〔1〕康元龙：名彦登，福州闽县诸生。为人豪迈，以诗名世，"福州七才子"之一。

〔2〕江关：即江城，指钱塘江畔的杭州城。

〔3〕西吴：湖州别称。位于太湖南岸。

【赏析】

　　诗写黄梅雨季，在杭州与好友邂逅，不巧自己要游学太湖，朋友却要回家乡福州。赠别之作的因由交代明白后，自然转到对依依惜别之情的抒发。传统习俗，每当亲朋好友挥别时，酒是传情达意必不可少的媒介和礼节。"须尽醉"比"劝君更进一杯酒"来得更豪放，更深情。结句既是对此举的解释，又与诗题遥相呼应，情景俱出，余味不尽。

　　作为闽中诗派的翘楚，谢在杭论诗主张融性情、自然、妙悟、学力于一体。此诗可视作其诗学之一例。

高攀龙

　　高攀龙（1562—1626年），字云从、存之，号景逸，江苏无锡人。万历进士。熹宗时官左都御史，因反对魏忠贤被革职。与顾宪成在无锡东林书院讲学，士大夫称"高顾"，为东林党首之一。魏忠贤党羽派人追捕，投水死。著有《周易易简》《高子遗书》等。

枕　石

心同流水净，身与白云轻。
寂寂深山暮，微闻钟磬声。

【赏析】

　　作为东林书院掌门人顾宪成的继任者，高攀龙一生都处在与阉党把持的朝野黑暗势力之不屈不挠的斗争中。但作为诗人，所作之诗大多冲淡平和，体悟深邃。这首五绝很能代表他的诗风。

　　幽静的深山，潺潺的流水，悠悠的白云，静坐终日，直到夜幕初降时分，方可听到远方寺院召集众僧晚课的钟磬清响，若有若无地在峰林间回荡……人只有在这样的境界中，才能回归本性，体悟真心。

　　《列朝诗集小传》说，高攀龙雅好静坐，他与归子慕等人一起"习静"，端坐不语，终日凝然，"有吟风咏月之思，他人莫之知也"。他常常以诗歌的形式，载写"习静"时心灵之细切感受和深邃哲思。在与《枕石》相类的其他诗作中，他任由流云、鸣泉、月波冲洗心扉，全身心地将自己融化在大自然中，感悟造化之神奇美妙，荡涤心灵的浮躁、杂乱。他有《庚戌立春日月波初成》一诗，可以当作是对《枕石》的诠释。其词曰：

浩浩月初上，月波正受之。以我无营心，当此独坐时。

为筹世中事，无乐可代兹。长林寒风息，春气蔼如斯。

百族各萌动，我心岂不知？俯首方舆静，仰观员象驰。

灵襟既无际，一形安足私。持以畀大钧，荣悴非所思。

【名家评点】

先生之诗，见道之诗也。其味淡，其言和，其性情之冲夷，皆学问之所见也。鸢飞鱼跃之机，水面天心之象，皆于诗怳然遇之。

——（清）秦赓彤《重刻高忠宪公诗集序》

归子慕

归子慕（1563—1606年），字季思，江苏昆山人。明代著名学者归有光幼子。万历十九年（1591年）举人，再试不第，遂归家隐居，筑室号陶庵，布衣蔬食，沉潜文史。崇祯初追赠翰林待诏。诗风淡雅绝尘。著有《陶庵集》等。

北地晓征

夜半寒鸡不忍听，主人炊熟梦初醒。
出门不复知南北，马上持鞭数七星。

【赏析】

子慕与陈继儒同享隐士高名，中举前，一任豪气，放浪山水。万历二十年（1592年）见姊丈素食苦修，幡然醒悟，从此抱朴守真，潜心学道。其诗取境清淡，超然绝尘。由此诗可见一斑。

诗题点明写作的时间地点。北地山野辽阔，天高气爽。策马晓行，风味尤绝。诗人投宿于一静僻的村舍，午夜刚过，就听见雄鸡报晓，纯朴好客的主人已经为他准备好了早餐，把他从"黄粱美梦"中叫醒。饭罢，就匆匆赶路了。

"出门不复知南北"非常符合北方地理特点，用语虽然平淡无奇，却不仅写出了北地的广袤雄浑，也写出了南人行旅于北地，极易迷失方向的真实情况。再加上这位旅客大梦初醒，置身于苍茫无际的旷野中，势必浑然不辨南北。结句诗人说他这时没有惶恐不安，没有六神无主，而是信马由缰，举起马鞭，指点着北斗，心气平和地列数起七星的名称来。

诚然，"马上持鞭数七星"也有分辨方位的含意，然而用心品读此诗，作者在这里是要通过一个普通的生活经验，寓言在迷茫的人生旅程中，很容易迷失方向，这时候只有找准了方向，才能选择正确的人生道路。老子说：道无处不在，"百姓日用而不知"。这才是此诗的意旨和境界。

【名家评点】

季思人品高洁，抒写性情，与柴桑风趣不远，所谓语"惟其有之，是以似之"也。

——（清）陈田《明诗纪事》

孙承宗

孙承宗（1563—1638年），字稚绳，号恺旭，河北高阳人。万历进士，授编修。天启初官兵部尚书，兼东阁大学士。因忤逆魏忠贤去职。崇祯二年（1629年）清兵破关犯京城，以原官兼兵部尚书守通州，清兵退，加太傅，旋即又被劾告退。崇祯十一年（1638年），清兵深入京城南，守高阳，城陷，自缢死。著有《高阳诗集》。

渔 家

呵冻提篙手未苏，满船凉月雪模糊。
画家不解渔家若，好作寒江钓雪图。

【赏析】

作者虽然是进士，但一生统率三军，征战疆场，形成了重现实轻浮雅的人生观。这首诗通过渔民日常劳作的细节描写，表现了对劳苦民众的同情，嘲讽了画家无视民生的冷漠。

在传统的画苑中，所谓"寒江钓雪图"所在多有。美，是没有阶级性的，审美意趣全然是形象化理念的主观宣泄。如果只用民生疾苦、阶级观念一把尺子称量全部的艺术创作，绝大部分作品都得被封杀。公正地说，《渔家》这类诗词没有错，"寒江钓雪图"之类的艺术品也没有错。

袁宏道

袁宏道（1568—1610年），字中郎，号石公。湖北省人。万历二十年（1592年）进士，官至吏部主事。与兄宗道、弟中道并称"三袁"。为"公安派"的创始者，在三袁中成就最大。论诗主张"独抒性灵，不拘格套"。作诗宗白居易、苏轼，任性而发，语言清新。著述颇丰，今有《袁宏道集笺校》行世。

游虎跑泉

竹床松涧净无尘，僧老当知寺亦贫。
饥鸟共分香积[1]米，落花常足道人薪。
碑头字识开山偈[2]，炉里灰寒护法神。
汲取清泉三四盏，芽茶烹得与尝新。

【注释】

〔1〕香积：佛寺的厨房每以"香积"命名。义取《维摩诘经》香积国众生闻香为食的典故。

〔2〕开山偈：记载开宗立派的偈文。偈指佛经中的韵文体。

【赏析】

袁宏道是晚明文学界新思潮的代言人。他学贯三教，宗法心学，倡导性灵，张扬个性，同时参禅礼佛，寻求解脱。万历中期，袁氏昆仲与文坛上的志同道合者和喜好文学的僧人开创了公安学派。这个在诗社禅会之时代风气鼓舞下形成的诗歌流派，对后世的文学理论和艺术创作发生过巨大的影响。

虎跑泉是杭州的一大名胜，自来歌咏者赋诗多矣。中郎此诗写游虎跑泉，参拜虎跑寺，脚步匆匆，让人目不暇接。诗人一路走来，首先看到的是一懒洋洋地躺在松涧竹床上的老僧，随后看见饥饿的鸟儿争食米粒，沙弥用落满春花的柴草备膳。阅读碑文，方知虎跑寺开山立宗之由来，瞥见护法天神前香炉中的冷灰，知道此寺的香火有些萧条。这时候他一路行来，真有些口渴了。幸好春茶新下，芳香扑鼻，再加上虎跑泉水是那么清冽清净，有此佳茗，也不妄此行矣。

全诗着意于环境、泉水之"清"和僧寺之"贫"二字。有人说袁中郎的这首诗章法凌乱，不合诗格。殊不知中郎正是要用这种信笔所之、随意挥洒的诗风冲决"诗必盛唐"的禁锢，彰显"独抒性灵"的情趣。

【名家评点】

中郎为诗，最耻模拟，其于长吉（李贺字），非有心学之，第余观其突兀怪特之处，不可谓非今之长吉，盖亦明二百年所仅见。

——（明）江盈料《雪涛阁集》

经下邳〔1〕

诸儒坑尽一身余，始觉秦家纲目疏。
枉把六经灰火底〔2〕，桥边犹有未烧书〔3〕。

【注释】

〔1〕下邳：秦县名，故址在今江苏省宿迁县境内。

〔2〕底：清理干净的意思。

〔3〕"桥边"句：张良于博浪沙击杀秦始皇事败，逃亡到下邳，于桥上遇一老人名

黄石公者，授之《素书》。后张良用以佐刘邦定天下。

【赏析】

本诗体现了秦始皇为其所谓的万世基业，不惜毁灭文脉，杀尽儒生，严刑峻法，荼毒苍生。七绝四句，两两对比，有力地否定了秦始皇的愚民政策。"一身余"是指张良，与"诸儒坑尽"对照，说明想杀尽天下读书人是根本做不到的；焚尽"六经"与"未烧书"做比，说明文化道统是消灭不了的。秦王朝虽然不是张良一人、一本《素书》所能推翻的，但不可否认，张良在灭秦兴汉中所起的非凡作用。

纵观历史上的独裁者，他们是不会想到历史向来喜欢和极权主义者开玩笑，以悲剧拉开的历史大幕，往往以喜剧收场。秦始皇统一四海才十五年，就轰然倒塌。正所谓"忽剌剌似大厦倾，落了个白茫茫一片大地真干净"。

袁中道

袁中道（1570—1623年），字小修，号兀隐居士。早年依宗道、宏道，放浪任侠。万年进士，历官南礼部主事，调吏部郎中。后告归回乡。宏道辞世后，作为"公安派"硕果仅存的人，担负起了总结"公安派"诗学、修正前期诗论的重任。晚年自编《珂秀斋集》。

夜　泉

山白鸟忽鸣，石冷霜欲结。
流泉得月光，化为一溪雪。

【赏析】

诗题夜泉，写的却是对月色中的山水之感受。"山白"是形容月光下群山之色调；"鸟忽鸣"以突如其来的声响，强调群山之静寂。短短五字，便将月明山静从声色两方面描写出来了。月冷如霜，因此才会有霜由石结的错觉。而石下的泉水，在月华如银的辉照下，清光闪烁，洁白如雪，与山光石色溶成或静或动的团团烂银，让人体悟到的是另一番审美情趣。

　　佛法云，由于外界色、声、香、味、触、法的客观存在，所以才引起眼、耳、鼻、舌、身、意六识的活动。这首仅有二十个字的小诗，有视觉之色，有听觉之声，有触觉之物，在静谧的夜空中融会成一片令人清醒的清凉世界，如此意境，只有在细细体味中方能感悟。

钟　惺

　　钟惺（1574—1624年），字伯敬，号退谷。竟陵（今湖北省天门）人。万历进士，授行人，迁工部主事、礼部郎中，官至福建提学佥事。与谭元春同为"竟陵派"的创始者。曾编选《古诗归》《唐诗归》及《名媛诗归》，风行一时。著有《隐秀轩集》。

前懊曲（三首选一）

畏君知侬心，复畏知君意。
两不关情人，无复伤心事。

【赏析】

　　明万历中叶后，明王朝开始走向它最黑暗迷乱的时期，公安派狂放进取的激情逐渐趋于消沉苦闷。此时，有竟陵派崛起，标立"隐秀"的文学和人生哲学，诗以吐写历史变幻中的内心世界风行大江南北三十余年。钟惺此诗虽小，却可以由此体会何为"隐秀"。

　　诗题是模仿南朝吴声民歌《懊侬歌》的自创曲调。"懊侬"在吴语中为"懊恼"意，辞多悲切之语，如"我与欢相怜，约誓底言者？常叹负情人，郎今果成诈"等。钟惺的这首小诗刻画的也是一个为情所困的少女之"懊恼"。前两句写少女对自己矛盾心理的倾诉，后两句写万般无奈下所想到的解决方法。

　　少女深爱着对方，但有二"畏"：一畏对方知道自己的心思；二畏一旦知道了对方的心思，万一有负于自己的一往情深，岂不要命！两个"畏"字，把少女的一片痴情和忧心忡忡刻画得入木三分。正所谓"盼的就是怕的，怕的就是盼的"。这种矛盾的心情深深地折磨着她，令其苦恼万分。于是，她设想干脆倒不如做个两不"关情"之人，也就不用"剪不断，理还乱"，自己折磨自己了。话虽如此，现实生活中她还是欲罢不能，深陷在难以自拔的情网当中，不得不独自品尝着甜蜜的痛苦和痛苦的甜蜜。

李流芳

李流芳（1575—1629年），字长蘅，号泡庵、慎娱居士，嘉定人。万历丙午（1606年）举人。因魏忠贤乱政，遂绝意进取，筑檀园读书其中。诗文多为应酬之作。亦工书画篆刻。有《檀园集》行世。

滕县〔1〕道中

山欲开云柳乍风，杜梨〔2〕花白小桃红。
三年三月官桥路，策蹇〔3〕经过似梦中。

【注释】

〔1〕滕县：位于山东省南部，系济宁市前身。

〔2〕杜梨：蔷薇科梨属落叶乔木，叶呈菱状卵形，伞形花序，花色雪白。

〔3〕策蹇：鞭打驴子赶路。

【赏析】

明熹宗天启三年（1623年），作者赴京受阻，返回故里途中，路经滕县，时值仲春，有感于沿途春光之美，联想自己仕途奔波，感慨万端，写此诗以抒怀。

前两句描写路途中所见之春景，怡神悦目，美不胜收。云起云飞，忽聚忽散，远望仿佛是山峦在时开时合。春风乍起，柳丝轻扬，梨花雪白，夭桃似火，这是一幅多么美妙的闹春图啊！三四句笔锋一转，回到了诗人的心境上。美景如画，可惜自己不能开怀欣赏，此时他不得不鞭打着瘦驴，匆匆忙忙地走过官桥，回想自己此次进京，一切都仿佛是在梦中一样。

以春花烂漫之美景，反衬行色匆匆、人生如梦的境况，悲凉、失望之情不言而喻。正因为如此，作者遂绝意仕进，从此隐居故乡，筑室檀园，在那里潜心诗文书画而终老。

全诗看似如实道来，不假雕饰，实则谋篇布局颇耐玩味，如"山欲开云"，不说云起云落而使山隐山现，而将山变成行为主体，就很值得品味；又如，"官桥""策蹇"都是实写，但在"似梦中"的幻境的笼罩中，联系作者的经历，就让人自然而然地想到为仕途经济而奔波之虚妄。

无　题

风入溪流月在桥，
低回难负此良宵。
楼头梦醒江声发，
唤起开门看夜潮。

【赏析】

本诗写一女子怀人。那是一个静谧的深夜，风儿去与溪流亲近，小桥在明月的光照中，是那样的清晰。她徘徊吟咏，久久不能成眠。情人每次趁月色前来与自己欢会，都要从那小桥上走过，可今天为什么不来共度良宵呢？好不容易小睡片刻，她又被江声从梦中惊醒，以为是有船经过，走出楼门，夜风如故，明月如故，江潮起起落落，可也比不上她的心潮之激荡。

诗写的千回百折，低吟委婉，难以名状，故曰"无题"。

王象春

王象春（1578—1632年），字季木，号虞求，新城（今山东省桓台县）人。万历三十八年（1610年）进士第二。官至南京吏部考功郎。为官敢于议论朝廷官员之邪正。后罢官归田。才气奔放，为"七子"之流亚。著有《问山亭集》。

书项王庙[1]壁

三章[2]既沛秦川雨，入关又纵阿房炬，汉王真龙项王虎。

玉玦三提王不语[3]，鼎上杯羹弃翁姥[4]，项王真龙汉王鼠。

垓下美人泣楚歌[5]，定陶美人泣楚舞[6]，真龙亦鼠虎京鼠。

【注释】

〔1〕项王庙：在今安徽省和县乌江镇东南凤凰山上。

〔2〕三章：刘邦军入咸阳，与父老约法三章曰：杀人者死，伤及盗抵罪。当时百姓苦于秦暴政，闻之如逢甘露。

〔3〕"玉玦"句：项羽摆鸿门宴，谋臣范增数目项王，又举佩玉三次示意杀刘邦，项羽默然不应，致使刘邦伺机逃脱。

〔4〕"鼎上"句：项羽虏刘邦父为人质，并置鼎，要刘邦退兵，否则烹其父。刘邦却说："吾与汝约为兄弟，吾翁即汝翁，必欲烹之，则幸而分我一杯羹。"

〔5〕"垓下"句：指项羽乌江被困，与虞姬悲歌泣别事。

〔6〕"定陶"句：刘邦宠妃戚夫人是山东定陶人，故称。戚夫人欲立其子如意为太子，因吕后使计而未遂，戚夫人为此哀泣，刘邦说："为我楚舞，吾为若楚歌。"

【赏析】

作者拈出楚汉争霸时的桩桩件件史实，将刘项二人的行为处事分别加以对照，并一一予以评价，提出的史学观振聋发聩，不同凡响。

刘约法三章，安定民心；项入关纵火，杀戮降王——一得民心，一失民心，所以一是龙，一是虎。鸿门宴上，项羽光明磊落，不使阴招；两军阵前，刘邦阴损无赖，毫无心肝——所以项是龙，刘连虎都够不上，是鼠。虞姬垓下之歌，戚姬宫中之舞，皆为美人而英雄气短，所以说，"龙"也罢，"虎"也罢，到头来都是"鼠"。

这首诗后来得到名家的赞赏，朱彝尊在《静志居诗话》中说，他的朋友刘体仁朗诵此诗时，激动得把唾壶打破了都不知道。

薄少君

薄少君，字西贞，江苏太仓人。嫁秀才沈承，沈有才而早逝，少君赋诗百首哭之。逾年夫忌日，一恸而绝。有诗《嫠泣集》一卷，盛传于时。

悼　亡

水次〔1〕鳞居接苇萧〔2〕，鱼喧米〔3〕哄〔4〕晚来潮。
河梁日暮行人少，犹望君归过板桥。

【注释】

〔1〕水次：水边。

〔2〕萧：艾蒿。

〔3〕米：指米虾。

〔4〕哄：喧闹。

【赏析】

对周遭环境的描绘，渲染萧瑟烦乱之氛围，为后面突出索然独处、清冷绝望的心境奠定了基调。夫君病殁逾年，即伤恸而绝，伉俪情深至此，形诸歌咏，遂成绝唱。

那鳞次栉比的渔村、苇萧瑟瑟的江边，是他们夫妇相亲相爱的地方。潮水上涨的时候，鱼虾不甘寂寞，随着潮水涌上来喧闹跳跃。然而这无情生命的欢腾，只能使有情的她更加痛不欲生。她呆若木鸡地伫立在那里，直到日薄西山，行人渐少，依然在痴痴地企望。难道她不知道夫君已经不在人世，纵然自己像望夫石似的这样望下去，也将化作石雕？她什么都知道。但是她希望能有奇迹发生，丈夫还会像往常那样，披着夕阳的余晖，走过板桥，来到自己的身边。

古语云：情深不寿，刚极易折。看来薄少君不但是一个情深的好，而且是一个刚烈的女子。若非此，何至于一恸而绝呢！

冯小青

冯小青，明西泠女诗人。相传为武林名士冯千秋从扬州携回之小妾，时年仅十六岁，为大妇所嫉，幽居于孤山。只两年，抑郁而死。其诗临终时被佣女焚毁，后人辑有《焚余集》。亦有学者认为她是一个虚构的人物。

读《牡丹亭》绝句

冷雨幽窗不可听，挑灯闲看《牡丹亭》。
人间亦有痴于我，岂独伤心是小青。

【赏析】

作为小妾，被正室所不容，这在封建社会，不是什么不可理解的事情。不幸就不幸在她不但是一个才女，而且是一个情种。其命运就可想而知了。

诗当作于她幽居孤山之时。孤身一人，青灯一盏，凄风苦雨，形影相吊，不难想象这位可怜的弃妇当时的心境。可漫漫长夜总得苦度啊！于是"挑灯闲看牡丹亭"成了她打发光阴、消愁解闷的唯一良方。

在幽居孤山的那些日子里，她曾向观音菩萨至诚祈祷过：

稽首慈云大士前，不生西天不望天。

愿祈一滴杨枝水，遍洒人间并蒂莲。

然而现实粉碎了她的企望。在渴望与绝望的交击下，幸而找到了一丝慰藉：杜丽娘游园时梦中与柳梦梅相爱，竟然会因梦中情人而相思致死；我和意中人相知相爱，总还算是梦想成真。看来她比我还要痴情呢。至于杜丽娘死而复生，与梦郎终成眷属，自己却幽闭孤山，度日如年，不见情人的踪影；她就不敢去比拟了。

春水照影

新妆竟与画图争，知在昭阳^{〔1〕}第几名？
瘦影自临春水照，卿须怜我我怜卿。

【注释】

〔1〕昭阳：即昭阳宫，为汉成帝宠妃赵飞燕、赵合德姐妹之居所。

【赏析】

希腊神话中有个故事，说美少年那戈索斯拒绝了爱神求爱，可是当他在水中看见了自己的影子后，却爱上了水中的那个少年，最后因此得相思病而死。这就是"自恋"一词的来源。

小青的这首《春水照影》害的是与希腊美少年同样的"自怜病"。"瘦影自临春水照"是"诗眼"，自怜自爱的情愫即由此而来。

春临西湖，柳青花明。这位怀春游湖的二八佳人，精心梳妆，揽镜顾影，她被镜里少女画中人般的美貌惊呆了，情不自禁地问：倘若是在昭阳宫里和赵飞燕姐妹相比，她应该排名第几呢？

从小青顾影自怜的惊喜中，我们应该读出背后的另一个悲哀的信息：在她被遗弃孤山的那些日子里，心如死灰，痛不欲生，哪有心思梳洗打扮！这也正是"瘦"的因由。"良辰美景谁家院，赏心乐事奈何天"，要不是被"姹紫嫣红开遍"的西湖春景诱惑，她是不会这样对镜美容的。然而当她临水自照时，发现可与赵飞燕媲美的绝世姿色清瘦了，落寞了，一股顾影自怜的悲哀不禁涌上心头。"卿须怜我我怜卿"——在这个世界上，只有我和我的倩影同病相怜了。人世间还有比这更凄苦更绝望的悲叹吗？

同样是"自恋"，希腊少年是出于自爱，而小青是因为自怜。神话故事纯属心理范畴的现象，而"春水照影"却有着深刻的社会内涵。

陈子龙

陈子龙（1608—1647年），字卧子、人中，号大樽、轶符，松江华亭（今上海市松江）人。崇祯十年（1637年）进士，初任绍兴推官，南明弘光帝时任兵科给事中，时称陈黄门。后见朝政腐败，辞官归乡。早年组织"几社"，为明末文坛领袖之一，时人誉之为"明诗殿军"。清兵破南京，与夏允彝起兵松江，事败，允彝投水死。

子龙论诗推重"后七子"。终因目击时艰国难，诗风突变，感世伤时，悲凉激越；词作则以浓艳之笔，寓凄婉之情。后人推重其诗，固在其艺术成就本身，亦因其舍生取义之高风。今有校点本《陈子龙诗集》。

秋夕沉雨，偕燕又让木集杨姬[1]馆中。是夜姬自言愁病殊甚，而余三人者皆有微病，不能饮也

一夜凄风到绮疏[2]，孤灯滟滟[3]帐还虚。
冷蛩[4]啼雨停声后，寒蕊浮香见影初。
有药未能仙弄玉[5]，无情何得病相如[6]？
人间愁绪知多少，偏入秋来遣示余。

【注释】

〔1〕燕又：名彭宾，举人，子龙同乡。让木：宋徵璧字，亦子龙同乡。杨姬：即柳如是，初名杨云娟、杨影怜。

〔2〕绮疏：有花纹的窗户。

〔3〕滟滟：灯光摇曳貌。

〔4〕蛩（qióng）：蟋蟀。

〔5〕弄玉：传说为秦穆公女，嫁萧史。后萧史吹箫引凤，与弄玉一同升天仙去。

〔6〕病相如：典出《史记·司马相如传》："相如口吃而善著书，常有消渴疾。"后人因其与卓文君相爱，遂以"消渴"喻爱美心切。

【赏析】

诗作于崇祯六年（1633年），时作者在故乡松江，年二十，柳如是年十六。不久，子龙即北行应试。

综合子龙自己及其友人当时的诗文，约略可知他是在前辈陈继儒的住所与柳相识的，那时柳已是诗词、书法名世的才女。一个侠骨柔情，一个才色俱佳，一见钟情实为必然。这首诗当作于他们相爱不久，随即匆匆而别之际，所以全诗句句飘逸着浓浓的离愁别恨。

长长的诗题告诉我们，那是在一个秋雨绵绵的夜晚，子龙与二同乡在杨姬家相聚，杨姬说她"愁病殊甚"，他们三人也身体欠佳，不能畅饮尽兴。别离在即，于是赋诗以记之。诗人预设前提，已经为此诗定下了悲凄的基调。

起首两联从室外、室内、蛩鸣、雨声诸多物象刻意渲染周遭氛围之抑郁寡欢，"寒蕊浮香见影初"表面上是写菊花，实则是在暗喻杨影怜，但意蕴比单纯的状物丰富得多。"寒蕊"形容其病态，"浮香"暗示其丽质，而"见影初"则表示诗人仿佛只是在此时此刻，才真正见到了美女才人的真体态。

颈联用两个典故表现面对病美人的无奈和杨姬之所以深得我心，完全是因为她的多情。写到这里，我们不难看出，杨姬为何而"愁病殊甚"，因为子龙不日北行，离别在即也。结末突然将怨恨转到对节候的谴责上，言越无理，情越见深。

子龙论诗，主张哀感顽艳，这首纪别之作，很能体现他的诗风。

【名家评点】

至于陈卧子，则以文雄烈士，结束明季东南吴越党社之局，尤为旷世之奇才。后世论者，往往以此推河东君知人择婿之卓识，而不知实由于河东君之风流文采，乃不世出之奇女子，有以致之也。语云"物以类聚"，岂不诚然乎哉？

——陈寅恪《柳如是别传》

秋日杂感

行吟坐啸独悲秋，海雾江云引暮愁。
不信有天常似醉[1]，最怜无地可埋忧[2]。
荒荒葵井多新鬼[3]，寂寂瓜田识故侯[4]！

见说五湖供饮马^{〔5〕}，沧浪何处着渔舟^{〔6〕}？

【注释】

〔1〕"不信"句：典出张衡《西京赋》及注，略言秦穆公梦朝天帝，帝醉，以襄阳诸地赐秦。后人即以"天醉"比喻政局混乱黑暗。

〔2〕"最怜"句：语本后汉仲长统《述志》"寄愁天上，埋忧地下"，宋祁《感秋》"人间无地可埋忧"等诗句意。

〔3〕"荒荒"句：此句意在悼念死难之亡友。"葵井"以故里井垣荒芜形容战后景象。

〔4〕"寂寂"句：秦亡后，东陵侯邵平隐居长安城东种瓜为生，后遂比喻前朝遗老的隐居田野。此句指明亡后之亲贵。

〔5〕见说：听说。五湖：太湖。供饮马：指为清兵占领。

〔6〕"沧浪"句：意谓无地可容忧患之生。沧浪：犹言江湖。暗用范蠡助勾践灭吴，功成身退，泛舟五湖事。

【赏析】

顺治二年（1645年）六月，清兵陷苏州，子龙起兵于松江，兵败避居嘉兴。组诗即作于此时，这是其中的第二首。

子龙少负侠庚之气和治世之才，英年即为人所器重。为诗不费古格，亦重创新，诗风哀感顽艳，因事而异，诸体皆备。

寒秋萧瑟，万物凋零，极易动人悲思，何况又是在故国沉沦的多事之秋。当时，南明的武装力量正在东南沿海和江河湖泊中与清兵进行殊死搏斗。这种日暮途穷的形势，更加引发了诗人的忧愁。

领联两句虽是用典，却下得极其沉痛。他说，不相信苍天会昏醉不醒，把大好河山让给清人，可眼下只见清兵节节进逼，国土沦丧殆尽，自己连个埋葬忧愁的地方都没有。颈联上句写百姓田园荒芜，自己的许多亲朋已经作古；下句写随着国土的丧失，明朝的贵族也大都沦为平民。两句总括了明清易主造成的普遍性的灾难。

尾联与首联呼应，互为表里，用意欲像范蠡那样泛舟退隐，可太湖已被清兵所占，没有了容身之地，将起首的"悲愁"落到了实处，伤痛之情，格外深致。

【名家评点】

《梅村诗话》云："尝与陈卧子共宿，问其七言律诗何句最为得意，卧子自举'禁苑起山名万岁，复宫新戏号千秋'一联。"然予观其七言，殊不止此。……沉雄瑰丽，近代作者未见其比，殆冠古之才。一时瑜亮，独有梅村耳。

——（清）王士禛《香祖笔记》

九日登一览楼[1]

危楼樽酒赋蒹葭[2]，南望潇湘水一涯。
云麓半函青海雾[3]，岸枫遥映赤城[4]霞。
双飞日月驱神骏[5]，半缺河山待女娲[6]。
学就屠龙[7]空束手，剑锋腾踏绕霜花[8]。

【注释】

〔1〕一览楼：位于松江城内，元代建，明末重建。

〔2〕蒹葭：《诗经·秦风》篇名，其名句"蒹葭苍苍，白露为霜。所谓伊人，在水一方"常被后人用喻有所思而不得见之怅惘。

〔3〕"云麓"句：意谓云山为青海雾霾遮蔽不见。云麓：云山。

〔4〕赤城：山名。据《十道志》载："赤城山在天台县（在浙江省东部）西北六里，一名烧山……望之如堆堞。"

〔5〕"双飞"句：古人认为日月之行，快如飞马。

〔6〕"半缺"句：用女娲补天一典。

〔7〕屠龙：技艺高超而无用武之地。语出《庄子·列御寇》："朱泙漫学屠龙于支离益，三年技成，而无所用其巧。"

〔8〕"剑锋"句：意谓剑光闪耀，犹如点点霜花飞舞。腾踏：回旋腾飞状。

【赏析】

顺治三年（1646年），子龙祖母卒，他于七月筹措觞葬，在停灵待葬期间，于重阳日登一览楼，有感于国仇家难，写诗寓怀。次年夏，即以身殉国。

登高望远，心宇茫茫，所思佳人，"在水一方"。长江以北，已沦入清人之手，万里河山，唯存西南一隅，桂王朱常瀛固然还在广西顽强抗争，南望那一涯之水，子龙清楚大势已去。这就是他在登临一览楼时的所思所想。

再看西北，青海也已被清兵占据，云雾挡住了眼，唯独在这浙江天台县，还剩一片赤诚的红枫与赤城之霞光相辉映，残留着光复的希望。岁月流逝，时不我待。人生在世，理应以女娲那样的自我牺牲精神，炼石补天般地收复半壁江山，才能挽狂澜于既倒。

难道作者看不出大明江山已无可救药？非也。顺治三年（1646年）八月，唐王朱聿键在福建成立流亡政府，聚众阻击清兵，旋即失败被俘；桂王朱常瀛在广西组织抗清武装，也不过是强弩之末；各地的抗清社团和人士，失败的失败，投降的投降……这些情况，子龙不是不知道。然而统治集团的昏聩无能，朝野党派的热衷内讧，使他只能发出英雄无用武之地的浩叹："学就屠龙空束手。"可是作为以经世英才享誉盛名的他，在正统观念的支配下，再加上"非我族类"的民族偏见，不甘心就这样改朝换代的心理是十分正常的。于是他拔剑起舞，用那寒光如霜、灼灼闪烁的剑光来点燃他心中的熊熊烈火。这剑光，宣泄的是一个屠龙手的悲愤，抒发的是一个爱国者的誓言。果然，在子龙写下这首诗之后不久，就为国捐躯了。

春日早起（二首选一）

独起凭栏对晓风，满溪春水小桥东。
始知昨夜红楼梦，身在桃花万树中。

【赏析】

诗以叙事写景领起。满溪春水为倒叙出之的"昨夜"张目。妙在结句，前面的所有铺陈，只为引出这幅风流美艳的销魂图。这样的生活经验我们都有过：每当润物无声的春雨，绵绵密密地随风入夜的时候，睡梦总是格外深沉甜美。诗人正是在这样的春雨之夜酣睡红楼，而当他清晨起来，独自凭栏临风，看见春水汪汪流过小桥的时候，他才知道昨晚的春雨有多么充沛，又是多么温柔。更令人惊喜万分的是，他发现此时正置身于万树桃花丛中，在一夜春雨的洗礼之下，那桃花绽然开放，灿若云霞，怎能不叫人身心俱醉，意乱情迷！

王夫之

　　王夫之（1619—1692年），字而农，号薑斋，湖南省衡阳人。明崇祯十五年（1642年）举人。明亡，于衡山起兵阻击清军南下，兵败退肇庆。赴桂林依瞿式耜，瞿殉难，辗转湘西，窜身瑶洞，伏处深山，而治学著述不倦四十年，于天文、历法、数理均有研究，尤精文史、佛学。晚年居衡阳石船山，自号船山病叟，人称船山先生。善诗文，工词曲。其诗气韵沉郁，用意深邃，语言瑰丽。后人辑其著述为《船山遗书》。

飞来船

　　偶然一叶落峰前，细雨危烟懒扣舷。
　　长借白云封几尺，潇湘春水坐中天。

【赏析】

　　这是一首禅诗，意韵深致，禅心十足。诗写舟行湘江，人与水的移形换位所产生的奇妙感觉。

　　起手一句突兀之至，青峰前出现的小舟不是漂来的，而仿佛是从天上落下来的。诗人突然置身于一团细雨浓雾之中，他被眼前不可思议的情景陶醉了，全身心地沉浸在迷离惝恍的意境中，都忘了击节船舷，吟咏美景了。"懒"者，忘也，体写无我之状也。抗清也罢，逃遁也罢，著书也罢，此时此刻，都成了无足轻重的尘劳，只有在这无我之境，他才找到了真我。既然如此，借几朵白云，封锁几尺江水，从今往后，永远坐在水天一色的碧空下了此残生成了他唯一的愿望。佛祖苦口婆心，要人们从尘劳中解脱，这不就是最好的解脱之道吗？

　　王夫之论诗曰："从小景传大景之神。"诗人以一叶小舟之"小景"，传出"潇湘春水"之大景，融心神于造物，以诗情画意表达了他对佛理的体悟。自王维之后，这样深得禅理的好诗，难得一见。

夏完淳

夏完淳（1631—1647年），字存古，乳名端哥，号小隐、灵首。华亭（上海市松江）人。其父夏允彝和其师陈子龙都是明末为国捐躯之民族英雄。八岁能诗，有神童之称。顺治二年（1645年）夏秋间，与钱栴之女秦篆新婚不久，即随父起兵抗清。同年秋，父殉难。次年，与岳父钱栴、师陈子龙重组义军，参加太湖吴易的反清义师，为军事参谋。事败，只身亡命。顺治四年（1647年）夏，在故乡被捕，九月间与岳父同时就义，年仅十七岁。乾隆时谥节愍。

其诗心仪汉魏，上追盛唐，语言华美，意境苍凉，充满爱国激情和时代气息。有《夏完淳集》传世。

寄荆隐女儿〔1〕

书剑天涯转自亲，孤帆漂泊迥伤神。
自怜愁立寒塘路，独恨行吟泽畔身〔2〕。
黄土十年悲故友〔3〕，青山八月痛孤臣〔4〕。
当年结客同心者，满眼悠悠行路人。

【注释】

〔1〕荆隐：作者姐淑吉，字美南，号荆隐。嫁嘉定侯玄洵，早寡，出家为尼。女儿：这里是姐姐的意思。

〔2〕"独恨"句：语本出屈原《渔父》。这里作者以屈原自拟。

〔4〕"黄土"句：诗作于顺治三年（1646年），距姐夫作古恰十年，故云。

〔5〕"青山"句：作者父允彝自沉殉难于上一年，距作此诗约有八月，故云。

【赏析】

诗作于顺治三年（1646年），诗人时年十五。上年，其父已投水殉国；是年春，完淳与陈子龙、岳父钱栴重组义军。临行前，写此诗寄告姐姐荆隐。

淑吉与完淳是异母姐弟，但感情深笃，嘉定侯氏又是名门望族。淑吉的公公因匿藏陈子龙，被清兵威逼，自缢死，淑吉只身犯险，为之收尸。因此完淳对她非常敬重。

这是写给亲人的几近诀别的诗章，字字句句皆从心田流出，读之自然感人。诗人首写为复国大业，书剑孤帆，天涯漂泊，因而倍感伤神。当他满腹愁怀，独立寒冷的池塘边上时，不由自主地想到行吟泽畔的屈原。他眼下的情形，与当年忧国忧民的屈子不是一般模样吗？更何况至亲至敬的人都已先后作古，昔日的志同道合者如今形同路人，"前不见古人，后不见来者"的悲怆还有过于此吗！

全诗不做作，不雕饰，一一如实道来，句句至情至性。一个十五岁的少年，情怀如此悲凉，让人不忍卒读。不是国恨家仇无法释怀，何以至此！

绝句（四首选一）

扁舟明月两峰间，千顷芦花人未还[1]。
缥缈苍茫不可接，白云空翠洞庭山[2]。

【注释】

〔1〕"千顷"句：典出《吴越春秋》。伍子胥亡命奔吴，至江，藏苇中，渔夫救之，持米饭来，呼"芦中人"再三，伍始出。后以"芦中人"比喻亡命复仇者。

〔1〕洞庭山：在太湖中，有东西两山。

【赏析】

诗为追悼黄道周而作。黄字幼平，号石斋，福建漳浦人。完淳父允彝与陈子龙中进士时，黄为考官。南京亡，在福建拥立唐王朱聿键，拜武英殿大学士，后被俘不屈死。论辈分，黄应是完淳的祖父辈。

诗人舟行洞庭湖两山之间，追念这位为国捐躯的前辈，他的英灵依稀仿佛还在茫茫无际的芦花丛中徘徊，可人已经一去不复返了。他想再次聆听那满腹经纶的高谈阔论，可惜阴阳相隔，缥缈苍茫，已经无法沟通了。此时，环顾白云缭绕、青翠如染的洞庭山，心底涌上莫名的悲伤。

前两句虽然写人，可一者隐形于两峰间的扁舟中，一者是似有实无的亡魂。后两句言情，情即全溶化在景中。缥缈空灵，章法纯熟，实为佳品。

钱谦益

　　钱谦益（1582—1664年），字受之，号牧斋，晚号蒙叟、东涧遗老。常熟人。万历三十八年（1610年）进士。早年参加东林党。崇祯初官至礼部侍郎，与温体仁争权失败而被革职。马士英、阮大铖在南京拥立福王，钱谦益依附之，为礼部尚书。清兵南下，率先迎降，授秘书院学士兼礼部侍郎，充修《明史》副总裁。不久告病归乡，以校勘藏书为乐，有藏书楼曰"绛云"，后尽毁于火。

　　谦益为明清之际文坛的宗主。学问渊博，著述宏富。与吴伟业、龚鼎孳并称"江左"三大家。著有《初学集》《有学集》《投笔集》等，又编有《列朝诗集》《杜诗笺注》等。

金陵后观棋（六首选二）

寂寞枯枰[1]响泬寥[2]，秦淮秋老咽寒潮。
白头灯影凉宵里，一局残棋见六朝[3]。

飞角侵边劫正阑[4]，当场黑白尚漫漫。
老夫袖手支颐看，残局分明一著难。

【注释】

　〔1〕枯枰：指围棋。古人称围棋有"三百枯棋"之语。

〔2〕沕（xuè）寥：空旷萧条貌。

〔3〕六朝：孙吴、东晋、宋、齐、梁、陈六代均建都金陵，即今南京，故称。

〔3〕劫正阑：意思是说，博弈到了最后阶段，劫争也快结束了。

【赏析】

诗作于顺治四年(1647年)。作者自注：是日周老、姚生对弈，汪幼青旁看。周老是周懒予，姚生是姚吁孺，汪幼青或作幼清，皆为明清之际国手。

钱谦益并非围棋高手，和苏东坡一样，属于"观棋派"，而且是我国诗人中写咏棋诗最多的一位，计有三十多首。他自称："余不能棋而好观棋；又好观国手之棋。少时，方渭津在虞山与林符卿对局，坚坐注目，移日不忍去，间发一言，渭津听然许可，然竟不能棋也。中年与汪幼清游时，方承平，清簟疏帘，看棋竟日夜。"（《棋谱新局》序）。他的几组观棋诗，不但为我们留下了可供玩赏的艺术佳作，更可贵的是，他为我们记述了当时的许多棋坛名手，如过百龄、方渭津等人的事迹。

钱氏每次观棋，都是在不同时期、不同时事背景下的闲情逸致，因此赋诗记述的心境也不同。这一次是南明小朝廷新亡，自己做了降臣，可是辞官回乡后，因牵涉抗清被下狱获释不久。于是他借咏棋来寄托自己无法明言的伤感。诗是咏棋，所以从棋入题。第一首借棋枰上的大局已定，转入南明故都秦淮河寂寞萧瑟之状。两句从棋局的寂寥联想到现实的凄惨，自然产生观棋如观世的感叹，诗因此延伸出棋局之覆亡如六朝之覆亡，对明朝灭亡的伤痛也隐隐透露了出来。第二首前两句虽然写的是围棋搏杀劫争，但很容易让人联想到明末清初天下烽火连天、此起彼伏的战争局势。结末两句看似突兀，实则饱含着丰满的意蕴：一位老人袖手一旁，"支颐"静观，由胜负难测的棋局联想到了天下大事。他或许还心存侥幸，希望在这逐鹿中原的搏杀中，能出现最后一着妙手，挽回败局。然而这"一着"在哪呢？这分明是难之又"难"的天机。这大概才是钱翁当时观棋时真正思虑的吧。

和这两首诗一样，钱谦益的其他观棋诗，都是以"观棋"这一独特的视角，表现他对清兴明亡这一沧桑巨变之感慨和思索的。每一首不管是实笔还是虚笔，都笼罩在一种萧瑟悲凉的气氛中，让人体会到诗人的情感在字里行间的按捺不住的涌动。

咏同心兰〔1〕四绝句（选一）

并头容易共心难，香草真当目以兰。

不似西陵凡草木〔2〕，漫将啼眼引郎看〔3〕。

【注释】

〔1〕同心兰：语本《易经·系辞上》："二人同心，其利断金；同心之言，其嗅如兰。"

〔2〕"不似"句：西陵暗喻南齐钱塘名妓苏小小。用古乐府《苏小小歌》"何处结同心？西陵松柏下"句意，点明柳如是与苏小小出身相同，亦照应诗题"同心"意。

〔3〕"漫将"句：语本李贺《苏小小墓》："幽兰露，如啼眼。无物结同心，烟花不堪剪。……冷翠烛，劳光彩。西陵下，风吹雨。"西陵：指今杭州孤山一带。

【赏析】

名曰咏"同心兰"，实咏"香草"，因为诗人视香草才是自己心目中的"兰"；其实香草亦是借代，实则指柳如是。

柳如是归依钱谦益的时候，年方二十三岁，而钱已近六十高龄，况且在此之前，柳如是与陈子龙还有过一段生死恋情。这样看来，钱担心柳是否真心相与，是再正常不过的了。因此，诗一着墨就直奔主题：莲生并蒂，相依相傍，并非难事；难就难在能否像同心兰那样，情投意合，同甘共苦。对于柳如是，他是真心实意视之为可结同心的"兰"的。那为什么不直呼柳为"兰"，而要说"香草真当目以兰"呢？自从屈子赋《离骚》，后世文人常将"香草美人"放在一起，且喻以忠贞不二之意，在钱的心目中，柳就是这样的人。此其一。其二，古人认为可以缔结同心的唯有西陵的苏小小。柳如是虽然和苏小小一样同为妓女，但绝不可同日而语。苏是"凡草"，而柳是"香草"，她与"我"缔结的是"同心兰"，是以心相许的知己，而不像苏小小那样，是用随意抛洒的眼泪吸引情人。

钱谦益真不愧是诗文大家，他把对柳如是的倾慕、宠爱、忧虑、祝愿等多种情感浓缩在一首小诗中，以"同心兰"诗题总领，层层递进，委婉倾诉，意深韵致，可谓用尽了心思。诗中虽然没有点明柳如是，但处处是柳如是；强调"结同心"，就不能不让人联想到"何处结同心？西陵松柏下"的苏小小，可他雅不欲让人同时联想到柳和苏同是妓女出身，于是他不惜把苏小小贬为只会用眼泪迷人的"凡草"，而将柳如是高推为忠贞不渝的"香草"。为让柳如是与他"共心"，此可谓费尽心机矣。

柳如是

柳如是，本名杨云娟，后改名柳隐，字如是，号河东君。浙江嘉兴人。明末名妓，著名诗人。曾与明末名士张溥、陈子龙相好，后为钱谦益妾。明亡，劝钱殉明，钱不听。1664年钱死不久，自缢。有《湖上草》《戊寅草》等传世。墓在江苏省常熟市虞山花园之浜。

春日我闻室作呈牧翁

裁红晕碧泪漫漫，南国春来正薄寒。
此去柳花如梦里，向来烟月是愁端。
画堂消息何人晓？翠帐容颜独自看。
珍贵君家兰桂室，东风取次一凭栏。

【赏析】

这首诗是河东君初入钱府时，与钱大学士的唱和之作。柳如是作为经历坎坷、命运多舛、才貌双绝、个性狂傲的一代名妓，在主动投身于当时文坛盟主钱谦益的怀抱后，内心世界是非常复杂的。反映在这首诗中，呈现出一种迷离惝恍、镜花水月的意境也就很自然了。我们现在欣赏这首诗，倘若一上手就逐字逐句地诠释，难免有隔靴搔痒之嫌，如果对她的身世有一个简略的了解，诗作的立意和情思、遣词造句之匠心独运，也就不难油然神会了。

柳如是幼名杨影怜，后又有杨云娟、杨爱等多个名号。自幼父母双亡，流落江苏云间（今松江区）周丞相家，为丞相母丫鬟，后又被丞相收为妾。因受周室妻妾嫉妒陷害，被卖到妓院。但这一遭遇却给了这位胆识过人、冰雪聪明的少女令人意想不到的机遇：她努力向结交的名士学习诗词书画，在妓院里，她的身价不断上升，不久，她凭自己的美貌、才艺赢得了相当程度的自由。这一时期，能有资格和她结交的皆为社会名流，如陈子龙、宋征舆等，这使她意外得到了其他女性不敢梦想的指点江山、抨击时政的机会，从此，她立志非名士不嫁。陈子龙抗清殉难后，柳如是彷徨无依。她看准了有"当今李杜"之称的钱谦益，竟然女扮男装，直接造访钱府。那年她才二十三岁，而钱已年届花甲。"梅开多度"的大学士喜从天降，河东君也终于找到了余生的避风港。从此，老夫少妻诗酒唱和，书画传情，览胜收藏，甚是相得。

尽管如此，初入钱府的柳如是依然免不了心怀惴惴。这首诗就是在这样的背景下、这样的心境中创作的。此时，几经飘零的她，安居于钱牧斋为她特辟的"我闻室"中，睹新怀旧，势必百感交集。开篇两句热情写景，漫漫热泪中既有感激和欣慰，也有自叹身世的悲凉；值此春寒料峭的时节，很容易勾起对过往岁月的咀嚼，对未来生活的憧憬与不安。"此去柳花如梦里，向来烟月是愁端"自然贴切地烘托出了一种愁绪如缕、前程缥缈的情思，而且是那样的沉重，那样的难以排遣，那样的如烟如梦。

"画堂"和"兰桂室"自然是指钱谦益为她营造的温柔乡。然而其中的"消息"仍然难以知晓；躲在"翠帐"中独自审视自己的花容月貌，虽然满怀自信和希望，但能不能成为终生保障，也还是个问号。这两句一是表达惶恐疑虑之情，二是向钱发出的试探性的信息。

结末两句看似随意点染，实则是这种复杂情怀的进一步深化：兰桂之室固然应当珍惜，春意渐浓时固然可以随意凭栏，但这都是"君家"的，我能是这里永久的主人吗？

这首夫妻唱和之作不但没有丝毫脂粉气，而且蕴含着异常丰富而深沉的情感沉积。

【名家评点】

柳如是的核心性格相当突出，概括为一个字，是：狂。这是骄傲的狂、抗争的狂、伤心的狂、才华横溢而又无可奈何的狂。

——唐韧《狂女子柳如是》

冯 班

冯班（1602—1671年），字定远，晚号钝吟老人。江苏省常熟人。明末诸生，明亡，佯狂避世。从钱谦益学诗，是虞山诗派的重要人物。著有《钝吟集》《钝吟杂录》《冯氏小集》等。

有　赠

隔岸吹唇[1]日沸天，羽书[2]惟道欲投鞭[3]。
八公山[4]色还苍翠，虚对围棋忆谢玄[5]。

【注释】

〔1〕吹唇：吹口哨。

〔2〕羽书：插鸟羽以示军情紧急的文书。

〔3〕投鞭：借用前秦符坚犯晋事。当时符坚志在必得，曰："以吾之众旅，投鞭于江，足断其流。"

〔4〕八公山：在安徽省寿县北。《晋书》符坚传云，淝水之战前夕，坚登城望晋师，见部阵整齐，将士精锐；又望八公山上，草木皆兵。

〔5〕"虚对"句：史载，淝水之战，谢安总统晋军，侄子谢玄为前锋都督，在他的趁势猛攻下，秦军大败。当谢玄大捷的战报送至谢府时，谢安正与人围棋，置书床上，围棋如故。客问之，安答曰："小儿辈遂以破贼。"

【赏析】

这是冯氏的代表作。写于顺治二年（1645年）夏，清兵破扬州、南京前。诗人借淝水之战前符坚之狂妄，比附清军气焰之嚣张，盼望能有谢安那样的栋梁之才挽狂澜于既倒。

前两句讲的是秦晋淝水之战。作者说，当年符坚百万大军屯兵淝水北岸，士兵的口哨声天天吹得震天响，符坚狂妄自负，扬言投鞭断流。那时的局势与清军兵临南京何其相似！

然而诗人同时也清醒地看到，大势已去的明王朝已非东晋可比。"惟道"二字，透露出作者对明军的不满：既然知道清兵气势雄壮，为什么不加紧备战呢？这种不满在后两句中表现得更为明显：八公山仍旧葱茏苍翠，可惜时代已经再没有谢安那样杰出的政治家和谢玄那样的军事家了。这里有惋惜，有期待，更多的是失望。此后不久，扬州、南京相继沦陷，事实证明了诗人的预感。所以事后他有诗补足此意曰：

"王气消沉三百年，难将人事尽凭天。

"石头形胜分明在，不遇英雄亦枉然。"

【名家评点】

（此诗）如书家之敛笔藏锋，歌者之潜气内转，最为含蓄有味。

——曹弘《画月录》

傅　山

傅山（1607—1684年），初名鼎臣，字青竹，改字青主、侨山，号公之它、朱衣道人等。山西省阳曲人。明诸生，明亡为道士，隐居土室。与顾炎武等友善，坚拒出仕。于学无所不通，经史之外，又长于书画医学，为明清之际思想家、书法家、医学家。著有《霜红龛集》等。

青羊庵[1]

芟苍凿翠一庵经[2]，不为瞿昙[3]作客星[4]。
即是为山平不得，我来添尔一峰青。

【注释】

〔1〕青羊庵：傅山读书处，为其室名之一。

〔2〕"芟苍"句：意谓除去杂草杂树，在山壁中凿出窑洞，作为安居的陋室。"经"在这里作营治解。

〔3〕瞿昙：即释迦牟尼之姓氏，亦译作乔达摩。后多以瞿昙为佛之代称。这句的意思是说，他虽然信仰佛教，但不准备做佛门的行脚僧。

〔4〕客星：往来不定之星。这里是比喻行脚僧。

【赏析】

傅青主生活在明末清初，特别的时代，特别的身世，造就了他传奇式的一生。他学无不精，书无不读，在许多领域特别是在中医学方面均有非凡成就。他几乎将自己的一生都耗费在了反清复明事业上，一旦明白天意难违后，便退居于太原东山脚下的松庄，专心致志于传统文化的研究，并行医救人，清贫度日。诗当作于此时。

作者首言营造书室的经过和目的。他虽参禅学佛，但不托钵游方，只想在这丹崖翠壁的幽静之所，为自己营造一个避风港，做一个陋室的主人。此即第二句诗的意思。

诗的主旨在结末。诗人说，既然山不能平，那我索性伫立山顶，来为青山再添一座高峰吧。民族英雄林则徐有妙联云："海到无边天作岸；山登绝顶我为峰。"与"既是为山平不得，我来添尔一峰青"的风骨如出一辙。但青主的奇思妙想语意双关，有着多重含义，既隐喻外在的山平不得，又暗示自己臣服于异族，其心终不能平；耸峙的山峰，是刚正不阿的象征。诗人说他要化作"一峰青"，表现了他忠直独立的凌云浩气，更何况"山"与青峰和他的名和字有着直接的关系。

傅山在正统史学中不是被大书特书的人物，但在民间传说中却是一位"学究天人，道兼仙释"的奇人。这是他医德高尚、众生平等、救世济人的崇高品格感召所至。这首诗，可以说是他对自己人生宗旨的艺术化诠释。

【名家评点】

（傅山）诗文外若真率，实则劲气内敛，蕴蓄无穷，世人莫能测之。至于心伤故国，虽开怀笑语，而沉痛即隐寓其中，读之令人凄怆。

——邓之诚《清诗纪事初编》

金圣叹

金圣叹（1608—1661年），本姓张，名采，字若采，因以金人瑞、字圣叹名应试，故从后名。清初文学家、文学批评家。江苏长洲（今江苏省苏州市）人。明末秀才，入清后绝意仕途。为人狂放不羁，好衡文评书，因评《水浒传》《西厢记》而著名。有抄本《沉吟楼诗选》传世。今有江苏古籍出版社《金圣叹全集》。

与儿子雍

与汝为亲妙在疏，如形随影只于书。
今朝疏到无疏地，无著天亲[1]果宴如[2]。

国学经典精神家园丛书

【注释】

〔1〕无著、天亲：佛教大乘宗传人，佛圆寂后九百年出世。天亲即世亲。

〔2〕宴如：意谓安然，即涅槃之义。这句话的意思是说，自己通晓大乘教义，信仰无著、天亲之唯识论，临终前果然达到了涅槃境界，此生终于可以解脱了。

【赏析】

顺治十八年（1661年），苏州发生"哭庙案"：金圣叹与百余名士人不满吴县县令横征暴敛，借悼念顺治驾崩，聚会孔庙状告江苏巡抚，因官官相护，圣叹诸人被判死罪。他在狱中写下两首绝命诗，这一首是给儿子金雍的。作者有自注云："吾儿雍，不惟世间真正读书种子，亦是世间学道人也。"从这首诗，我们不难看出他以佛法看待世情的旷达。

世俗之人，身陷冤狱，命在旦夕，无不呼痛喊冤，呼天抢地，都会把精神世界的张力推到极致。不妨找出古诗中的绝命诗，看看哪一首不是这样！然而金圣叹不是，在与亲生骨肉永别之际，他是那么恬静，那么从容，那么淡定。你能猜到他在狱中寄给妻子的信中说的是什么吗？"字付大儿看，腌菜与黄豆同吃，大有胡桃滋味。此法一传，我无遗憾矣！"

面对死亡，这位奇人的心态为什么会如此平静？这首诗为我们做了解释。他说，他与儿子作为亲人，好就好在彼此不近不远，疏淡有致；但在嗜书如命这一点上，"如形随影"，亲如一体。他把"如影随形"颠倒为之，何以故？因为他把自己的生命看作是梦幻泡影，而具有学道资质的儿子才是真实的"形"。儿子投胎金家，岂不是"如形随影"吗？这不是什么诗法，而是他用佛法对人生的解读。

这在最后两句就说得更明白了。今朝永诀，父子关系自然是"疏"到无法再疏的地步了。尘缘已了，这时候，他才真正体悟到大乘菩萨无著、世亲论著的旨归"涅槃"是一种什么样的境界——竟然是那么清净，那么安详，那么圆融！

把死亡当作是生命万劫不复之绝对消失的人，对高僧大德的无疾而终、从容辞世往往要涂上一层貌似同情的灰色，对金圣叹对待死亡的这种超然旷达，他们也采取了同样的态度。他们说："综观此诗，圣叹语虽疏旷，实质上他的内心是极为哀痛的。"这真是"以小人之心，度君子之腹"。

吴伟业

吴伟业（1609—1672年），字骏公，号梅村，江苏省太仓人。崇祯四年（1631年）进士，历任翰林院编修、南京国子监司业等职。入清后曾长期闲居故里，顺治十年（1653年）被迫应召仕清，为秘书院侍讲。三年后因母丧弃官归里。与钱谦益、龚鼎孳并称"江左三大家"，又为娄东诗派开创者。长于七言歌行，人称"梅村体"。兼精词曲书画。著有《梅村家藏稿》。

圆圆曲

鼎湖[1]当日弃人间，破敌收京下玉关[2]，
恸哭六军俱缟素，冲冠一怒为红颜。
红颜流落非吾恋，逆贼天亡自荒宴。
电扫黄巾定黑山[3]，哭罢君亲再相见。
相见初经田窦[4]家，侯门歌舞出如花。
许将戚里箜篌伎，等取将军油壁车。
家本姑苏浣花里[5]，圆圆小字娇罗绮。
梦向夫差苑里游，宫娥拥入君王起。
前身合是采莲人[6]，门前一片横塘[7]水。
横塘双桨去如飞，何处豪家强载归？
此际岂知非薄命，此时只有泪沾衣。
薰天意气连宫掖，明眸皓齿无人惜。
夺归永巷[8]闭良家，教就新声倾坐客。
坐客飞觞红日暮，一曲哀弦向谁诉？
白皙通侯[9]最少年，拣取花枝屡回顾。
早携娇鸟出樊笼，待得银河几时渡？
恨杀军书抵死催，苦留后约将人误。
相约恩深相见难，一朝蚁贼满长安。

可怜思妇楼头柳，认作天边粉絮看。

遍索绿珠[10]围内第，强呼绛树[11]出雕栏。

若非壮士全师胜，争得蛾眉匹马还？

蛾眉马上传呼进，云鬟不整惊魂定。

蜡炬迎来在战场，啼妆满面残红印。

专征萧鼓向秦川，金牛[12]道上车千乘。

斜谷[13]云深起画楼，散关[14]月落开妆镜。

传来消息满江乡，乌桕[15]红经十度霜。

教曲伎师怜尚在，浣纱女伴忆同行。

旧巢共是衔泥燕，飞上枝头变凤凰。

长向尊前悲老大，有人夫婿擅侯王。

当时只受声名累，贵戚名豪竞延致。

一斛珠连万斛愁，关山漂泊腰肢细。

错怨狂风飏落花，无边春色来天地。

尝闻倾国与倾城，翻使周郎受重名。

妻子岂应关大计？英雄无奈是多情。

全家白骨成灰土，一代红妆照汗青。

君不见，

馆娃初起鸳鸯宿，越女如花看不足。

香径尘生鸟自啼，屧廊[16]人去苔空绿。

换羽移宫[17]万里愁，珠歌翠舞古梁州[18]。

为君别唱吴宫曲，汉水东南日夜流！

【注释】

〔1〕鼎湖：传说黄帝铸鼎于荆山，鼎成，帝驾龙飞升。后称皇帝驾崩为鼎湖。

〔2〕"破敌"句：指吴三桂打败李自成军，占领京城。玉关：通常指玉门关，这里泛指边关。

〔3〕"电扫"句：形容吴三桂风驰电掣般地打败李自成，平定了时局。黑山：泛指军事要塞。

〔4〕田窦：这里是借汉时权贵田蚡、窦婴指崇祯皇帝的岳父田畹。

〔5〕"家本"句：浣花里是唐代名妓薛涛的居处地。这里暗示陈圆圆出身于妓女。

〔6〕"前身"句：意谓前生是西施那样的江南美女。

〔7〕横塘：指江苏省吴县地区。唐崔颢《长干曲》："君家在何处？妾住在横塘。"

〔8〕永巷：宫中深巷，一般为宫婢所居之地。

〔9〕通侯：爵位名。后指受封的高官。

〔10〕绿珠：晋代权贵石崇的宠妾。

〔11〕绛树：三国时能歌善舞的美女。

〔12〕〔13〕〔14〕金牛、斜谷、散关：皆古代军事要塞。

〔15〕乌柏（jiù）：落叶乔木，秋叶变红色，皮、叶可入药。

〔16〕屧（xiè）廊：即响屧廊，吴王特为西施所建，令西施穿木板鞋走过，以欣赏其响声。

〔17〕换羽移宫：羽、宫皆为古音乐术语，泛指声调。这里是指变换曲调。

〔18〕古梁州：唐教坊曲名，后作为歌舞曲牌名。

【赏析】

我国的诗史中，有三首以重大历史事件为题材的长诗非常有名，一是白居易的《长恨歌》，一是韦庄的《秦妇吟》，再就是这首《圆圆曲》。因为《秦妇吟》是揭露黄巢血洗长安的暴行的，虽然在艺术品位上不次于《圆圆曲》，主流诗论家只是偶尔提起，但不予介绍；而吴梅村的这首长诗，因为是讽刺吴三桂的，所以受到了青睐。

吴三桂引清兵入关，是一件使明清易代、江山易色的历史大事。手握重兵、镇守边关的吴三桂，为什么要在崇祯皇帝自缢煤山（即今景山）后，引清兵反戈南下，使短命的李自成王朝胎死腹中，最后彻底覆复了明朝呢？吴伟业的这篇长诗给出的结论是"冲冠一怒为红颜"——为报复李自成大将刘宗敏横刀夺爱之仇。

长诗共七十九句，可分作四大段来赏析。

第一段起首四句，总括歌行之背景和主题。

第二段自"红颜流落非吾恋"至"苦留后约将人误"共三十句，叙述圆圆的身世和与吴相识的经过。

第三段自"相约恩深相见难"到"有人夫婿擅侯王"共二十四句，写吴夺回圆圆后对她的宠幸，和圆圆故乡女伴的感慨。

第四段，最后二十一句，是作者对这件改变历史艳事的评述。

吴梅村写此诗时，正是吴三桂声威显赫、气焰熏天的时候，作者自己也已归附清廷。所以全诗写得闪烁其词，迷离扑朔，把吴三桂的所作所为也只归结为"英雄无奈是多情"，这放到今天，反而会被当作是"赞美"，恐怕算不上是谴责。诗题既名《圆圆曲》，叙事的主线主要是围绕女主人公展开的，因此如欲解读此诗，自当首先大略介绍一下陈圆圆这个人。

圆圆（1623—1695年）本姓邢，名沅，字圆圆。母亡，育于姨夫家，从其姓陈（一说从养母姓），居苏州桃花坞。隶籍梨园，为吴中名优，"秦淮八艳"之一，与明末才子冒襄情洽盟誓，冒因丧乱爽约，圆圆不幸为外戚田弘遇劫至京城，其时她年约十九。诗人的叙述大体上是从这里开始的。

起首四句，作者说，就在崇祯帝殡天的时候，镇守山海关的大将吴三桂突然破关进京，打着为崇祯报仇的幌子，六军缟素恸哭，而他怒发冲冠，只为倾国红颜而已。

接下来诗人采用倒叙的手法，回顾吴、陈结识的经过。"红颜流落……等取将军"八句是以吴三桂的口吻讲出来的。大意是说，我不在意圆圆辗转流落，可恨的是李自成"逆贼"太过荒唐腐败，竟敢纵容他的大将刘宗敏把圆圆据为己有。等我扫平这帮流寇，平定天下、参拜君亲之后，定将与她破镜重圆。因为在我出关前，自从在田畹家一见倾心，我们有过盟约：来日回师，定当以最华美的仪式迎娶她。

代吴三桂做过这番表白后，诗人来了个倒叙中的倒叙，对陈圆圆的身世经历做了交代。浣花里是唐代名妓薛涛在成都生活的地方，作者以此典点明圆圆是妓女出身。她曾作过一个怪梦，梦见自己被一群宫女拥入吴王夫差的宫中，吴王惊喜而起。看来她是西施再世。夫差曾于姑苏建都，圆圆恰巧出生在姑苏，产生这样的联想很自然。

真是造化弄人啊！想不到命运给她带来的是豪强载归，正在以泪洗面的时候，岂知并非"薄命"之兆，而是进宫朝圣。可孰知皇宫中气焰熏天，皇上并没有把她看在眼里，又发还给了田畹老儿，经过一番歌舞培训后，成了娱乐宾客的艺伎。

下面八句是对"相见初经田窦家"的细节描写。诗人说，当时在宴会上，客人们飞觞喧哗之际，圆圆拨筵一曲，哀怨动人。吴三桂风华正茂，两人一见钟情。她希望吴能把她救出"樊笼"，渡过"银河"，牛女相会。可惜如愿以偿不久，便因军情紧急，吴把她留在北京，赶赴前线。谁想这一别，导演出了一幕风云突变的历史悲剧。

接下来出现的事情是他们都没有预料到的。相约、相思、相见固然不易，倒霉的是农民军犹如蚂蚁般地涌进了北京，就在她倚楼遥望天边，思绪有如柳絮飞扬的时候，吴府被刘宗敏包围，她成了"逆贼"的怀中尤物。要不是吴三桂打败了李自成，她怎么能重新回到吴的怀抱呢？

下面写圆圆虽然惊魂未定，云鬟零乱，但吴已开始为她大兴土木，在云南的深山里为她建筑了华美的亭台楼阁，从此开始了她悠闲自在的富贵生活。吴梅村写作此诗时，陈圆圆正在享受着西平王府的贵姬生活，"宠冠后宫"。

后来吴在云南被封为平西王，圆圆位尊王妃。当消息传到她的故乡，引起从前的浣纱女伴纷纷议论和羡慕感慨。

作者写这首诗的时候，正是吴三桂权势熏天、称霸西南的时候。诗人虽然预见到了吴的下场，但对陈圆圆的结局却无法预料。圆圆晚年其实很悲凉。当她年老色衰后，吴另有宠姬数人，她日渐失宠，遂辞宫入道，"布衣蔬食，礼佛以毕此生"（《天香阁随笔》）。

讲完了围绕圆圆展开的这段起伏跌宕、惊心动魄的故事后，诗人用一大段宏论表述了他的人生观和历史观。他认为，陈圆圆无意间导演出的这出历史闹剧，完全是因为她倾国倾城的美貌所致，贵戚纷至也罢，关山漂泊也罢，无边春色也罢，全为"一斛珠连万斛愁"这一因果关系所致。一个女人，为人之妻，本来无关国家大事，无奈英雄难过美人关，其结果是吴三桂付出了全家毁灭的代价，一代红颜却留下了"照汗青"的美名。想到这里，诗人情不自禁放眼古今，感慨万端：当年吴王夫差左揽馆娃，右拥越女，叱咤风云，何其风光！可如今呢，吴国宫殿皆已荡然无存，风流云散，"无边春色"安在？历史从来就是在轻歌曼舞中转换着，请君不如听我唱一曲新创的"吴宫曲"吧，也好驱散日夜奔流的汉江之水引发的无穷忧愁。

如果我们深入分析《圆圆曲》的主题思想，不难发现，吴伟业把明清交替归结为吴三桂引清兵入关，而起因全在陈圆圆的这种历史观未免有些片面，有失客观。明王朝的灭亡是必然的。皇亲国戚的把持朝政，猜忌多疑的崇祯是自毁长城，吏治腐败导致的风起云涌的农民起义，使明王朝已经病入膏肓，不可救药了。清人起先并没有推翻明朝的野心，世代以狩猎游牧为生的女真族，需要通过自由贸易得到中原的生活用品，希望明廷能够开放边境，扩大经贸，可是被闭关锁国的明廷严厉拒绝，盛怒之下，清人不得不诉诸武力。其时明朝正处在国力衰微、民变蜂起的时期，清人万万没有想到，明军竟然不堪一击。恰好在这时，吴三桂给历史车轮加了一把力。即便没有吴三桂的加力，明朝也必将灭亡。公正地说，我们不能要求吴梅村能有这样的历史观，但不被他的狭隘所左右，则是我们应当具备的客观认知。

在艺术表现方面，这首歌行体的长诗有几点值得注意。一是以古人古事说今人今事。作者或而春秋，或而汉唐，因为创作环境的制约，不得不用此曲笔。用典虽多，却并不影响主线的脉络，足见作者艺术功力之深厚。二是但凡涉及军国大事，所有的军事地点都用历史上有名的边关要地，如玉关、黑山、斜谷等代替，免得授人以柄，这也是格局使然。

三是打乱时空关系，纵横捭阖，挥洒自如，显示出作者谋篇布局的非凡才力。另外，"顶真格"如"红颜""坐客"接榫处的运用，巧妙地衔接了段落的起承转合，使初看之下似乎凌乱的线索神气贯注，韵味跌宕，意趣悠然。

【名家评点】

妇人以资质为主，色次之，碌碌双鬟，难其选也。慧心纨质，淡秀天然，平生所见，则独有圆圆尔。

—— （清）冒襄《影梅庵忆语》

追 悼

秋风萧索响空帏，酒醒更残泪满衣。
辛苦共尝偏早去，乱离知否得同归。
君亲有愧吾还在，生死无端事总非。
最是伤心看稚女，一窗灯火照鸣机。

【赏析】

顺治四年（1647年），诗人结发之妻过世。一年前，刚刚经历过亡国之痛，现在又中年丧妻，悲痛之情，可想而知。起首两句写妻亡后之空旷无聊。人去楼空，秋风拂帏，借酒浇愁，孰知酒醒之，更是伤惨。发妻与自己同甘共苦，却过早地撒手而去，生在这离乱之世，自己的骸骨尚且不知抛洒何处，死后能否与妻同归一穴，就更渺茫难知了。颈联由悼亡转到当下：君恩未报，孝道未尽，发妻又在此多难之际阔然而去，无名的悲凉袭上心头，他猛然间觉得一切都错了。为什么国事、家事、天下事，没一样让人顺心的呢？

结尾把这种无法排遣的悲情推进一步。诗人说，最伤心的莫过于看到小女儿接过妻子留下的织机，用稚嫩的双手承担起操持家务的重担，每夜灯下纺织的情景了。

这首七律一反吴梅村一贯的诗风，不用典，不雕琢，叙事抒情如实道来，情真意切，感人至深。

遇旧友

已过才追问，相看是故人。
乱离何处见，消息苦难真。
拭眼惊魂定，衔杯笑语频。
移家就吾住，白首两遗民。

【赏析】

诗写战乱中意外遇到故友的惊喜和感伤，形神俱备，真切动人，堪称佳作。

这首诗，每一句仿佛都是在跟随着心意的流动自然而然展开的。起句即很传神：两人匆匆擦肩而过，恍惚间觉得似曾相识，两人略一犹疑，同时转过身来，仔细端详，这才确认，原来真的是老朋友。只此一细节，便将战乱岁月中亲朋故旧之心神恍惚写的如见如画。

颔联顺着意识的流动，自然要说到战乱之际故人相见之不易，消息之不通。下一联写"拭眼"，写"惊魂"，传神之至。揩擦去激动的泪水，认定了确是故人，惊魂始定，自然要把酒倾怀，畅谈颠沛流离于乱世的悲欢离合了。"笑语频"既是对老朋友邂逅，惊喜之际，有说不完的知心话的真实描写，又反衬了离乱之世给人们带来的无尽悲凄。

结尾两句是这股按捺不住自然涌流的情感之合情合理的归宿。既然有说不完的话，那就干脆搬到家里来住吧，更何况我们是两个前朝遗弃、新朝不仕的老不死呢！

诗歌只就两个老朋友意外巧遇一路写来，丝毫不涉及时事现实，动荡不安、背井离乡、人世沧桑的时代变幻却无不隐藏在这普普通通的生活场景背后。

国学经典精神家园丛书

李 渔

李渔（1611—1685年），字笠翁，浙江兰溪人。明末清初文学家、戏曲家。自幼聪颖，擅长古文词。少时游历四方，广交名士。入清后无意仕进，一生从事戏剧创作和演出，自家组建戏班，常至各地巡回演出，积累了丰富的戏曲创作和演出经验。家居南京时，有别业称芥子园，设芥子书肆，与女婿沈心友等编《芥子园画谱》。晚年移居杭州。

传世作品有《凰求凤》《玉搔头》等传奇十种，《肉蒲团》《连城璧》等小说及休闲文化专著《闲情偶寄》。

断肠诗哭亡姬乔氏[1]

各事纷纷一笔销，安心蓬户伴渔樵。
赠予宛转情千缕，偿汝零星泪一瓢。
偕老愿终来世约，独栖甘度可怜宵。
休言再觅同心侣，岂复人间有二乔[2]！

【注释】

〔1〕乔氏：名复生，山西人。李渔戏班中的旦角。十岁为李姬妾，十九岁因产后失调病故，李作《断肠诗》二十首哭之。这是其中的第五首。

〔2〕二乔：三国时东吴桥公有二女，一嫁孙策，称大乔；一嫁周瑜，称小乔。是为二乔。杜牧《赤壁》诗："东风不与周郎便，铜雀春深锁二乔。"

【赏析】

在清代文人中，李笠翁实属另类。博学多才的他，组建戏班，自己编剧，自己导演，巡回演出，走遍大江南北。

在李渔走南闯北的粉墨生涯中，乔氏不但是他感情上的亲密伴侣，而且是他艺术事业的忠实搭档。正当他倚重她的时候，她突然撒手人寰，李悲痛欲绝，甚至绝望到了觉得人世间的一切都没有意义了，都可以一笔勾销了，他只想蜷缩在茅屋里，与渔樵为伍，了此残生。

笠翁之所以如此悲痛，是因为与乔氏有着生死相与、患难与共的真挚感情。作者在颔联中回忆了他们生前刻骨铭心的爱情。他说乔氏对他总是那么情思婉转，百依百顺，说她把自己的缕缕柔情都奉献给了他，现在他连回报的机会都没有了，唯有用流淌不已的泪水来偿还。

"偕老愿终来世约，独栖甘度可怜宵"两句不是凭空而发，据有关资料记载，乔氏在临终前，曾焚香祝愿："死无可憾，但惜未能偕老，愿以来生继之。"死后李渔从其他姬妾口中听到此事，因有此誓愿：既然爱姬相约来生再继前缘，无以为报，唯独从此以后不再续弦，心甘情愿独守空房，在对爱姬可怜孤凄的思念中了此余生。

笠翁为什么会发此决绝的誓言？因为在他看来，人世间除了乔氏，再也找不到像她那样兰心蕙质、温柔多情的女子了。

和其他悼亡诗词一样，因其皆为心间真情之自然宣泻，故而感人至深。

陈 忱

陈忱，字遐心，号雁宕山樵。乌程（今浙江省吴兴）人。年轻时，曾寄居野寺，"篝灯夜读，情与境会，辄动吟机，眠餐不废者三年"。明亡后绝意仕进，以卖卜为生，"穷饿以终"。曾与顾炎武、归庄等四十余人组织"惊隐诗社"，晚年著长篇小说《水浒后传》，书中寄寓了自己的亡国之痛和憧憬恢复之心。

叹 燕

春归林木古兴嗟[1]，燕语斜阳立浅沙。
休说旧时王与谢，寻常百姓亦无家。[2]

【注释】

〔1〕"春归"句：意谓燕子春天归来，无屋筑巢，只好择木而居。语本南朝裴子野《元嘉起居注》："元嘉（宋文帝刘义隆年号）二十八年，魏人破南兖、徐、豫、青、冀，杀掠不胜计，所过郡县，赤地无余。春燕归来，巢于林木。"

〔2〕"休说"二句：借唐诗人刘禹锡《乌衣巷》"旧时王谢堂前燕，飞入寻常百姓家"句，翻其意而用之。

【赏析】

诗写于明清易代之际，诗人说是咏燕，实则伤时，借春燕无处筑巢，揭露清兵所过之处，无不赤地千里，片瓦不存的残破景象。

春临人间，燕子南来，习惯于在民居的房檐下筑巢栖息。可是今年南燕归来，却找不到筑巢的地方，只能无可奈何地聚集到夕阳中的沙滩上啾啾悲鸣。看到这样的景象，古

国学经典精神家园丛书

人曾为乱世之惨不忍睹的情景有过吁嗟慨叹，谁曾想这样的乱世景象如今又笼罩了神州大地。真是悲哀啊！

前代诗人抒写兴亡之感的诗作中，曾说世事沧桑，权贵衰败，从前的豪华庭院虽然没有了，成了寻常百姓之家，所幸燕子仍然有地方筑巢。而如今连普通百姓的蓬门陋室都荡然无存了，因此才逼得燕子无处安家。人世间还有比这更悲惨更凄惶的情景吗！

诗以普通而简单的题材反映重大而骇人的历史巨变，匠心独运，用笔婉曲，深得传统诗法之精髓。

宋琬

宋琬（1614—1674年），字玉叔，号荔裳，山东莱阳人。顺治四年（1647年）进士，授户部主事，累迁浙江宁绍台道。山东于七反，族人告宋与谋，下狱三年。久之得白，流寓吴越间，寻起四川按察使。琬诗入杜、韩之室，与施闰章齐名，有"南施北宋"之名；又与严沆、施闰章、丁澎等合称为"燕台七子"。著有《安雅堂集》《二乡亭词》。

初秋即事

瘦骨秋来强自支，愁中喜读晚唐诗。
孤灯寂寂阶虫寝，秋雨秋风总不知。

【赏析】

诗题点明初秋即事，抒情言怀，与全诗的意旨十分契合。静夜沉沉，一位瘦骨嶙峋的老人，强打精神坐在书桌前，在昏暗的灯光下，全神贯注地读着唐诗。秋夜是那么的宁静，孤灯幽幽，庭院寂寂，连台阶下的虫鸣声都听不见了。诗人为什么在如此凄寂的环境中，虽然忧愁满意怀，骨瘦嶙峋，还要展读"晚唐诗"呢？回顾诗人青年时代之才气纵横和前半生宦海的起伏跌宕，就不难体会到，晚唐哀怨凄婉、低沉悲苦的诗风，与诗人的心灵是多么契合无间了。

宋琬年轻时才情充溢，俯仰四合，啸傲文苑，时人称其以"雄健磊落"饮誉天下。正当他坐镇户部或巡按江浙，春风得意的时候，却被族侄诬告下狱。他一生三次入狱，这次为时最长，整整三年。平反昭雪后，虽起任四川按察使，可是当他次年回莱阳省亲时，又逢吴三桂叛乱，攻陷成都，蜀中妻子儿女全部落入叛军之手。一生横祸叠起，虽未衰老，却被苦难摧残，致使"瘦骨"强支，不难想象其气息奄奄之悲惨。"愁中喜读晚唐诗"——愁深之极，无以排遣，唯有伤时感事、凄婉欲绝的晚唐诗才能使无法舒缓的悲心聊以慰藉。"愁中"而"喜"，喜从何来？此无它，晚唐小李杜、韦庄、李贺等人的作品能与他的心声共鸣也，能让他暂时忘却愁煞人的"秋风秋雨"也。

一首短小的七绝，诗人镕铸了"瘦骨""愁中""孤灯""寂寂""秋风秋雨"等无不与凄苦、悲戚有关的词语，令人不忍卒读。

余　怀

余怀（1616—1696年），字澹心、无怀，号曼翁、广霞，又号壶山外史、寒铁道人，晚年自号鬘持老人。福建莆田黄石人，侨居南京。晚年退隐吴门，漫游支硎、灵岩之间。著有《研山堂集》《秋雪词》《宫闺小名后录》及笔记《板桥杂记》等。

由画溪经三箬入合溪[1]

画舫随风入画溪，秋高天阔五峰[2]低。
绿萝僧院孤烟外，红树人家小阁西。
箬水[3]长清鱼可数，篁山[4]将尽鸟空啼。
桃源不是无寻处，枫叶纷纷路欲迷。[5]

【注释】

〔1〕画溪、三箬、合溪：皆在今浙江省长兴县境内。画溪即罨画溪，在长兴县西八里，古木夹岸，藤萝纷披，风景奇美。三箬在画溪下游，合溪在县西二十里，东入太湖。

〔2〕五峰：即五峰山，位于长兴县西里许。

〔3〕箬水：即箬溪。

〔4〕篁山：长满翠竹的山。

〔5〕"桃源"二句：由陶渊明《桃花源记》语意翻出。

【赏析】

　　这是一首纯以写景取胜的佳作。作者用饱含诗情画意的彩笔，描绘了乘画舫入画溪，出箬水，不足二十里的行程中所见到的山光水色，令人目不暇接。

　　诗人写景，选词造句独具匠心，切不可粗心看过。诗人单刀直入，直接从乘画舫入画溪写起。"画舫"与"画溪"已然美不胜收，况是"随风"而行，轻快舒畅之感油然而生。秋高气爽，天高云淡，故而五峰山才显得不那么高峻。中间两句对仗极为工整，且极富色感和动感。置身身中，放眼两岸，只见袅袅孤烟外有青翠的绿萝、掩隐的僧院，有红树点缀的农家阁楼。正当游人为丹红翠绿、楼阁孤烟陶醉不已时，画舫不知不觉已经进入了箬溪，从舟中俯视溪水，清澈见底，游鱼历历可数；仰望两岸，青竹葱茏，渐行渐远，只留下飞鸟的声声鸣啼。这时候，诗人不禁想起陶渊明的《桃花源记》来。谁说桃花源渺茫难寻，这里不就是吗？

　　在这首诗里，诗人巧妙地采用了传统的国画手法，有工笔细描，有泼墨写意，远景开阔，近景明丽，读之如身临其境，有着很强的审美效果。

尤　侗

　　尤侗（1618—1704年），字展成、同人，号悔庵，晚号西堂老人、鹤栖老人、梅花道人等，长洲（今江苏省吴县）人。曾被顺治誉为"真才子"；康熙誉为"老名士"。于康熙十八年（1679年）举博学宏词，授翰林院检讨，参与修《明史》。康熙南巡，晋官侍讲。侗天才富赡，诗多新警之思，每一篇出，争相传诵。著述颇丰，有《西堂全集》。

闻鹧鸪

鹧鸪声里夕阳西，陌上征人首尽低。

遍地关山行不得，为谁辛苦尽情啼？

【赏析】

由于鹧鸪的鸣叫声听上去好像是在呼唤"行不得也哥哥"，因此成了历代诗人歌咏的对象。尤侗的这首诗，在意象上似乎是沿袭前人的情趣，在诗法上似乎是借鉴"为谁辛苦为谁甜"（罗隐《咏蜂》）之类的句式，但用心体察，却别有深意。

诗人将征夫游子放在夕阳西下、鹧鸪苦啼的背景下，刻意凸现天涯行旅之艰辛凄凉。那仿佛"行不得也哥哥"的鸟鸣声，勾起了行人无限伤心事，让他们情不自禁地低下了头。"首尽低"是形状的写实，更是心理活动的剖析。

"遍地关山行不得"是诗眼。雄关险峰，要塞重重，满山遍野，无处不有。纵然你不辞劳苦，不怕险阻，也还是寸步难行。既然无路可行，鹧鸪的鸣叫也就成了"徒劳恨费声"的悲鸣了。可它还在那样始终不渝、不知厌倦地叫啊叫啊。于是诗人百思不得其解地问了：你究竟是在为什么、为谁如此一往情深地鸣叫呢？蜜蜂"采得百花成蜜后"，目的总算是达到了，至于自己的劳动成果被什么人享用，它无心去理会；那鹧鸪明知自己的叫声徒劳无功，是在白费力气，它为什么还要叫呢？同样是一问，尤侗之问要比罗隐之问深邃的多，沉痛的多了。

托物言志，这是传统的诗法，自来此类诗词多矣。但要写出上乘之作却不易，难就难在能开拓出新意。尤侗的这首《闻鹧鸪》是一个有益的启示。

施闰章

施闰章（1618—1683年），字尚白，号愚山、蠖斋。安徽宣城人。少孤，养于祖母。顺治六年（1649年）进士，授刑部主事，擢山东学政等职。康熙十八年（1679年），应试博学宏词，授翰林院侍讲，预修《明史》。文章淳雄，尤工诗。与宋琬齐名。位"清初六家"之列，处"海内八大家"之中，在清初文学史上享有盛名。著有《学余堂诗文集》《蠖斋诗话》等。

燕子矶^[1]

绝壁寒云外，孤亭落照间。
六朝流水急，终古白鸥闲。
树暗江城雨，天青吴楚山。
矶头谁把钓，向夕未知还。

【注释】

〔1〕燕子矶：位于南京市栖霞区幕府山的东北角，北临长江。被称为"万里长江第一矶"。三面环山，俯瞰长江，是南京市的著名景点，现已扩建为公园。

【赏析】

苏东坡鉴赏王维的诗，提出一条为后世普遍奉行的美学理念，即所谓"诗中有画，画中有诗"。施愚山的这首小诗，便是体现这一诗学的佳构。

诗人起首两句，将燕子矶的雄姿勾勒得格外分明：令人望而生畏的寒云缭绕，斧劈刀削的峭壁凌空而起，夕照余晖下，一座孤亭翼然屹立在悬崖之上，有如飞燕展翅，令人悚然。

然后诗人放眼大江，把六朝风云、终古兴亡以"流水急"和"白鸥闲"一笔带过，仿佛历史上的风云变幻统统不值一提，唯有那秋雨过后，绿色苍茫的树木，在落日映衬下显得愈发深邃幽蓝的晚空，才值得让人去观赏。诗人没有像往昔的文人墨客那样陷入思古之幽情，而是更陶醉于眼前如画如歌的美景。结尾两句将这种意趣点染得更加明朗，他把目光定格在了一位在燕子矶头持竿独钓者身上：他孤身枯坐，久久不动，眼下暮霭已浓，他依然没有起身还家的意思。他是位什么样的人呢？他现在进入的是一种什么样的境界呢？

现在画面中只剩下两个身影了，一个是坐在燕子矶头的诗人，一个是"把钓"于燕子矶下的钓客。那到底是什么人呢？作者没有也无须强作解人，却把这一悬念留给读者去想象，去猜测。如果说整篇八句是作者用诗句精心描绘的"画"，那么结末两句就是画中的"诗"，是这首写景诗的精妙之所在，也是审美意趣之所在。

雪中阁望

江城草阁俯渔矶，雪满千山失翠微。
笑指白云来树杪，不知却是片帆飞。

【赏析】

作者自注此诗云：署斋正对合皂山，下临萧江。顺治十八年（1661年），施闰章调任江西布政司参议，分守湖西道，驻守临江（今江西省清江县）。诗即作于是时。

诗写登阁观赏雪景。江南雪满千山，是难得一见的景观。作者为漫天皆白的奇景吸引，登上山顶阁楼，只见白雪皑皑，千山失翠。江南落雪，不像北方，山河大地不会成为冰封雪盖的严寒世界，江水照样会奔流，航船照样会往来。正因为此，才会产生最后两句的误判：正当诗人和宾朋笑逐颜开地指着树梢上的"白云"谈笑风生之际，却发现原来那是一片御风凌波的白帆！可以想见，当时主人与宾朋该是多么惊喜。"笑指"和"不知"活灵活现地画出了当时画面的生动和人物的神情。

漆树叹

斫取凝脂似泪珠，青柯才好叶先枯。
一生膏血供人尽，涓滴还留自润无？

【赏析】

我们的古人，向来抱着"民胞物与"的博大情怀看待万物。当他们看到为利所趋的世人残害生灵乃至草木的时候，会流露出一种仁慈的恻隐之心，为物代言，愤愤不平。施愚山为漆树悲叹的这首诗，就是其中的代表作。

诗人用拟人化的艺术手法，首先把一幅惨不忍睹的景象呈现在我们眼前：漆树在刀斧的削刮下，"凝脂"般的漆汁仿佛一串串的泪珠，潸然而下。日复一日的剥削，在它们旧伤刚好的"青柯"上再添新疤，那本该鲜活的枝叶，由于失却了汁液的滋养而枯干了。

看到漆树年复一年的悲惨命运，诗人愤怒了。他的愤怒，表现在对毫无怜悯之心的榨取者们的不屑一顾，同时转身问漆树：你们把自己一生的"膏血"都奉献出去了，可否留下一点一滴用来保命呢？在作者的心目中，在利欲的驱使下，敲骨吸髓的榨取者们不把天下资源压榨、盘剥干净是不会收手的。反过来向漆树发出的这一问，大有"哀其不幸，怒其不争"的意味。

诚然，诗评家们更愿意把这首诗的意旨引申到对黎民百姓的同情和对统治阶级的控诉上来，这也没有什么不当。但是，作为一个以民胞物与为信条的鸿儒，其情趣的涵盖面似乎更为广博。

顾横波

顾横波，本名顾媚，字眉生，号横波，又字智珠，号梅生、眉庄，人称横波夫人。"秦淮八艳"之一，与柳如是齐名。后归龚鼎孳尚书为侧室。横波情致萧散，志识超拔，曾劝龚勿降清，龚不听。擅花卉，尤工兰。著有《柳花阁集》。

自题桃花杨柳图

郎道花红如妾面，妾言柳绿似郎衣。
何时得化鹣鹣[1]鸟，拂叶穿花一处飞。

【注释】

〔1〕鹣鹣（jiān）：鸟名，即比翼鸟。《尔雅·释地》："南方有比翼鸟焉，不比不飞，其名谓之鹣鹣。"纳兰性德《南乡子·为亡妇题照》："别语忒分明，午夜鹣鹣梦早醒，卿自早醒侬自梦。更更，泣尽风檐夜雨铃。"

【赏析】

这是女诗人为自己所绘的《桃花杨柳图》题写的一首情诗。

由诗我们可以想象出画中的灼灼天桃，灿若朝霞，杨柳依依，翠如春水。可是"郎道花红如妾面，妾言柳绿似郎衣"两句中的叙事语是绘画无法表现的，于是作者用诗来补足绘画无法传达的情意。可以想见，女画家在将她的缕缕柔情倾注在红桃绿柳中的时候，流注在心间的就是这呢呢喃喃的情语。

想必在画面的红桃绿柳的花叶间，还有一双比翼双飞的小鸟穿梭其间吧？"在天愿作比翼鸟，在地愿为连理枝"，画图固然已经有了这样的寓意，可女诗人觉得还不能尽兴，于是干脆用两句诗将这一炽热的心愿直言不讳地表述出来。"何时得化鹣鹣鸟，拂叶穿花一处飞"是憧憬，是渴望，吐露得多么热切，多么真诚！

作为秦淮八艳之一、诗画皆通的才女，在以男子为中心的那个社会里，把根植于人性深处的强烈渴望吐露得这样诚挚，这样坦率。在闺训中成长的少女恐怕是不敢这样说的。

毛先舒

毛先舒（1620—1688年），字稚黄，仁和（今浙江省杭州市）人。明末诸生，受业于陈子龙。明亡，不求仕进。从事音韵学的研究，能诗文。与毛奇龄、毛际可齐名，时称"浙中三毛，文中三豪"。其为西泠十子之首。存世著作有《思古堂集》《韵学通指》《南曲正韵》等。

吴宫词

苏台月冷夜乌栖，饮罢吴王醉似泥。
别有深恩酬不得，向君歌舞背君啼。

【赏析】

西施，是历代诗文中常见的人物。对于在吴越争霸中起过重要作用的这位绝世佳人，不同时代的诗人，有着不同的解读。感慨姿色对人生举足轻重的影响者有之；批评越王勾践把国家命运寄托在一个女人身上者有之；嘲讽吴王夫差的荒淫误国者亦有之……可是像毛先舒这样把目光放在对西施内心世界剖析上的诗章，还是首唱。

作者把吴越春秋的整个历史聚焦在一个镜头上：吴国姑苏台酒宴方罢，夜幕沉沉，万籁俱寂，唯有凄寂的月光照在烂醉如泥的吴王身上。西施站在这个雄踞江南的霸主身旁，思如潮涌，热泪盈眶，袭上心头的思绪是那么沉重，那么深长……

越国把她献给吴王，其用意，她知道；自己身负什么样的历史使命，她同样知道。可

国学经典精神家园丛书

是自从她来到吴国，夫差对她百般宠爱，为她专门建筑了馆娃宫、响屧廊供她娱乐，修消夏湾让她避暑，筑鱼城、鸭城满足她口腹之好。吴王对她的发自内心的爱，不能不让她感动；顾视这位被她迷惑愚弄的醉生梦死的一世英豪，她不能不感到几分同情和愧疚；但她身负的灭吴兴越的使命又时刻不能忘怀。此际，她内心的矛盾和痛苦有谁能够理解？想到这里，她情不自禁地背过身去，涕泪涟涟。

设身处地站在一个没有任何野心，只求真爱的弱女子的立场上，深入她的内心世界去体谅她，是这首七绝的独到之处，也是其价值之所在。明清两代的诗歌最值得重视的地方，就是人性的觉醒和张扬。

【名家评点】

予最喜毛武林（先舒字）咏西施句云"别有深恩酬不得，向君歌舞背君啼"。此言未经前人道过。

——（清）王士禛《渔洋诗话》

宗元鼎

宗元鼎（1620—1698年），字定九，号梅岑、小香居士，江苏江都人。七岁咏梅，为时人称赏。康熙十八年（1679年），抵京贡太学部考第一，铨注州同知。元鼎与弟元豫、元观，侄之瑾、之瑜，皆工诗，时称"广陵五宗"。周亮工、曹溶、邹祗谟、王士禄等皆重其名，不远千里，造访其庐，叹为南阳高士。元鼎善画山水，晚年隐居宜陵，种花草于红桥易钱沽酒，人目为花颠，自著《卖花老人传》。有《新柳堂诗集》《小香词》传世。

冬日过甘泉驿[1]

记得当年来古驿，马鞭带雪系楼前。
双柑香溅佳人手，半臂[2]寒添酒客肩。
忽见荒堤摧暮草，空伤衰榭没寒烟。
风尘满目深惆怅，却望谁家寄醉眠。

【注释】

〔1〕甘泉驿：扬州境内古驿站。因甘泉山而得名。

〔2〕半臂：一种短袖或无袖的上衣，类似坎肩。

【赏析】

诗人用凄怆满怀的笔墨，怀念一位无缘再见的女子，对生死无常抒发了悲伤的感慨。

那是一个风雪交加的日子，诗人再次来到甘泉驿，所见景象让他怅惘不已。他踟蹰彷徨，都不知道今晚该去何方。

全诗分前后两部分。前四句忆旧，后四句写实。诗人用"记得当年"领起，记叙了昔日难以忘怀的一件往事。那也是一个雪天，他来到这个古驿，马鞭上还沾着雪花。他把马系在楼前，带着一身寒气走进了客房。古代的驿站类似现在的招待所，住处饮食一应俱全，有些繁荣地区的驿站，还有歌舞声色场所。扬州乐伎名满天下，这处甘泉驿自然也不例外。上次作者在此住宿的时候，接待他的是一位温柔体贴的美人。她递上了芳香四溢的甘柑，把御寒的坎肩披在了他的肩上，言谈举止那么可人。尽管外面风雪弥漫，地冻天寒，但屋里温暖如春，酒醇情畅，实实在在给人以宾至如归的宽慰。

后四句写眼下所见景象：荒凉的河堤上，枯草在劲峭的晚风中，被吹得漫天飞扬；旧日的亭台馆所湮没在迷蒙的寒烟中。"忽见"传达的是意想不到的惊诧；"空伤"表达的是无可如何的悲伤。往事已矣，佳人渺茫，她是远走他乡，还是长眠泉壤？想起昔日手递香柑、肩披半臂的情景，如今只留下深深的惆怅。今晚不但没有了宾至如归的安身之地，甚至都不知道该去哪儿找个休息的地方。

一个"商女不知亡国恨，隔江犹唱后庭花"的繁荣胜地，为什么会突然变得如此荒凉？这让人自然会联想到清兵南下时扬州惨遭的十日屠城。作者是清初人，又是扬州本地人，由此不难看出这首诗背后所隐藏的真实内容。

毛奇龄

毛奇龄（1623—1713年），与其兄毛万龄并称"江东二毛"。原名甡，又名初晴，字大可，又字于一、齐于，号秋晴，又号初晴、晚晴等，萧山城厢镇（今属浙江省）人。以望称西河，学者称"西河先生"。明末诸生，清初参与抗清活动，流亡多年始出。康熙时

国学经典精神家园丛书

荐举博学鸿词科，授检讨，充明史馆纂修官。寻归乡不复出。治经史及音韵学，著述极富。所著《西河合集》分经集、史集、文集、杂著，共四百余卷。

赠柳生〔1〕

流落人间柳敬亭，消除豪气鬓星星。
江南多少前朝事，说与人间不忍听。

【注释】

〔1〕柳生：即柳敬亭，本姓曹，名逢春，明末清初著名评书艺人。

【赏析】

柳敬亭是明末清初一位家喻户晓的传奇艺人。他十八岁开始说评书，直到八十岁仍坚持不懈。他走遍江浙地区，以擅长说《隋唐》《水浒》而闻名。

前两句是对这位民间艺人的生平事迹的简要概括。"消除豪气"是指他在抗清名将左良玉的幕府中曾任职，左派他出使南京福王朝廷，朝中上下皆尊称他为"柳将军"。左死，柳重操旧业，流落大江南北，坚持说书，直到两鬓斑白。

后两句写这位民间艺人是如何通过评书的方式，宣泄其满腔悲愤的。他说的虽然是"江南前朝多少事"，却借《隋唐》之类的话本小说，倾吐自己对历朝兴亡、家国人生的切身感受。听众从历史故事中体会到的也是别样的情感，乃至到了"不忍听"的地步。诗人表面上赞颂的是柳敬亭说书的艺术魅力，实质上隐喻的是明清更替给人们带来的只能借说书倾吐的家仇国恨。

诗以极其简练的字句，明白如话的语言，概括的不只是一个艺人的一生，而且是一个时代的历史。艺术手法真可谓炉火纯青。

【名家评点】

敬亭既在军中久，其豪猾大侠、杀人亡命、流离遇合、破家失国之事，无不身亲见之；且五方土音、乡俗好尚，习见习闻。每发一声，使人闻之，或如刀剑铁骑，飒然浮空；或如风号雨泣，鸟悲兽骇。亡国之恨顿生，檀板之声无色，有非莫生之言可尽者矣。

——（清）黄宗羲《柳敬亭传》

沈钦圻

沈钦圻，生卒年不详。字得舆，长洲（今江苏省苏州）人，沈德潜祖父。邑诸生，赠内阁学士兼礼部侍郎。钦圻博闻强记，以诗名于吴中。著有《晤书堂诗稿》。

送杨曰补^[1]南还

去年春尽同为客，此日君归又暮春。
最是客中偏送远，况堪更送故乡人。

【注释】

〔1〕杨曰补：诗人同乡，余不详。

【赏析】

诗写的事情很简单：客中送别同乡。把一件简简单单的事写得委婉动人，而且余味无穷，这就是诗歌与散文的不同之处。

作者的孙子沈德潜在评乃祖的这首诗时说"四层曲折"，是指每一句一层情味。第一句诗人说他和友人在晚春季节相伴游学，一同客居他乡。话语虽然平平道来，却潜藏一丝淡淡的哀伤。

第二句写的仍然很平淡，说如今你要回到咱们的老家了，节令仍然是我们去年一同远离家乡的暮春，可我们却不能同出同归，只把我一个人留在了这里。平淡的话语中饱含着无限的凄凉。

第三句转进一层，直宣送客时的思乡之情。"最是"和"偏"之字句的锤炼甚好，把客中送客，离情翻成别愁，表达得十分贴切，十分充分。

第四句将离愁别恨和乡思之苦再推进一层。客中送客，已然不堪，更何况送的是故乡人！两个人一起离乡打拼，原本可以互相支撑，互相慰藉，如今把他孤苦伶仃地留在异地他乡，情何以堪！况且他要回去的故乡也是自己的故乡，真让人不敢思量。至此，诗人借一件简单的送行小事，把思乡的感情推到了极致。把浓得抹不开的乡愁，淡化在浅浅的絮

国学经典精神家园丛书

语中，真让人叹为观止！

【名家评点】

四层曲折，一气传写，又脱口而出，略不雕琢，是唐人绝句品格。

——（清）沈德潜《清诗别裁集》

释宗渭

释宗渭，清初江南著名诗僧，生卒年及俗姓均已失考。字筠士，又字绀池，号芥山，华亭（今上海市松江区）人。少时从宋琬学诗，中年复游尤侗之门。其诗讲究意境渲染，不用禅语而深含禅理，时名甚高。著有《绀池小草》。

横塘^{〔1〕}夜泊

偶为看山出，孤舟向晚停。
野梅含水白^{〔2〕}，渔火逗烟青^{〔3〕}。
寒屿^{〔4〕}融残雪，春潭浴乱星^{〔5〕}。
何人吹铁笛，清响破空冥^{〔6〕}？

【注释】

〔1〕横塘：位于苏州城西。横塘老镇东至京杭大运河，南至胥江，为苏州著名景点。

〔2〕"野梅"句：谓在白茫茫水光中，可看见几棵梅树。

〔3〕"渔火"句：谓江边的炊烟与渔家的灯火相映成趣。

〔4〕寒屿：孤岛。

〔5〕"春潭"句：谓繁密而杂乱的星星映照在潭水中。

〔6〕空冥：空中，天空。

【赏析】

　　横塘是苏州的一处风景区。宗渭乘船出游，夜泊于此，有感于此地一片玲珑秀美的夜景，有感于江夜闻笛，遂写诗咏叹之。诗写得很精练，很空灵，很有意境和诗味。无论是野梅、渔火、残雪、乱星，还是那响入空冥的铁笛之声，都能把人带入一个浮想联翩的美妙世界。

重过海印庵

　　三年重向虎溪〔1〕游，石路依然碧水流。
　　鸟背斜阳微带雨，寺门衰柳渐迎秋。
　　弟兄谊重难为别，师友情深竟莫酬。
　　叹息此身闲未得，天涯明日又孤舟〔2〕。

【注释】

　　〔1〕虎溪：净土宗发源地庐山东林寺前的一条山溪。
　　〔2〕"天涯"句：意谓明日又要乘孤舟远走天涯。

【赏析】

　　虎溪，在我国文化史上，是一个具有标志性意义的地方。当年东林寺的创建者慧远大师曾在寺内修行，"影不出户，迹不入俗，送客不过虎溪桥"。一天陶渊明、陆修静来访，陶是儒家，陆是道家。三人相谈甚欢，临别时意犹未尽，送客不知不觉过了虎溪桥，这时突然传来了虎啸。三人闻声，才猛然醒悟，相视而笑，于是"虎溪三笑"成了盛传一时的三教合一的典故。

　　海印庵具体情况待考，当为江西庐山东林寺附近的一座小寺庵。宗渭三年前曾到过此庵。旧地重游，风光景物依然是那么清新秀丽，师友情谊依然是那么深厚难舍。然而，宗渭于此只能做短暂逗留，明天又要扬帆远行。他的心情很依恋，很惆怅。诗写得委婉真挚，情感充沛。

邓汉仪

邓汉仪（1617—1689年），字孝威，号旧山，别号旧山梅农、钵叟。明末吴县诸生。少颖悟，博洽通敏，贯穿经史百家，尤工诗。早年从海宁举人查继佐习举业，明末加入复社，曾参与虎丘大会，为社中的青年才俊。顺治元年（1644年）为避身远祸，举家迁居泰州，放弃博士弟子员的身份，从此绝意仕进。康熙十八年（1679年），召试博学鸿儒，不第，以年老授中书舍人。著有《淮阴集》《官梅集》《过岭集》等。

题息夫人庙〔1〕

楚宫慵扫黛眉新，只自无言对暮春。
千古艰难惟一死，伤心岂独息夫人！

【注释】

〔1〕息夫人：春秋时息侯夫人。楚伐息，夺其夫人纳于后宫。楚王载其出游，见其夫守城门，自杀而死。

【赏析】

千古以来，人最难面对的是"死"字，而息夫人却能够从容为情而死；不过，人世间伤心哀痛的，又岂止一个息夫人？"千古艰难惟一死"，可以用来赞美从容就义的悲壮豪情，也可以形容在生死关头时的那种痛苦与挣扎的心境。这首诗步唐人杜牧《题桃花夫人庙》的原韵。杜诗曰："细腰宫里露桃新，脉脉无言几度春。至竟息亡缘底事？可怜金谷坠楼人。"两诗对读，便会发现诗人有意要与杜牧比高低。两诗都写息夫人，又都是通过描述的语言，具体的意象来表现意旨，但杜诗有情有景，情景交融，意境优美，韵味隽永；邓诗则较逊色。杜诗以反问作结，表示对一个受害的弱女子的同情，显然未跳出一洒同情泪的旧俗陈轨。这虽无可厚非，毕竟不及杜诗新颖。但是邓诗以"千古""岂独"句式，使诗的内涵扩大了，使息夫人的不幸典型化了，这是杜诗所不及的。

【名家评点】

（杜牧）以绿珠之死，形容息夫人之不死，高下自见而词语蕴藉，不显露讥刺，尤得风人之旨耳。

——（清）赵翼《瓯北诗话》

梁佩兰

梁佩兰（1629—1705年），字芝五，号药亭、柴翁、二楞居士，晚号郁洲，广东南海人。年近六十方中进士，授翰林院庶吉士。未一年，遽乞假归，结社南湖，诗酒自酬。其诗歌意境开阔，功力雄健俊逸，为各大诗派一致推崇，被尊为"岭南三大家"与"岭南七子"之一。有《六莹堂集》等。

粤曲[1]二首

春风试上粤王台[2]，锦绣山河四面开。
今古兴亡犹在眼，大江潮去复潮来。

琵琶洲头洲水清，琵琶洲尾洲水平。
一声欸乃[3]一声桨，共唱渔歌对月明。

【注释】

〔1〕粤曲：两广地区的民歌，或模拟民歌的诗作。

〔2〕粤王台：一作越王台。传为南越王赵佗所建，故址在今广州城北越秀山。

〔3〕欸乃：形容摇橹声或划船时的歌唱声。

【赏析】

临春风，登高台，饱览锦绣河山，本为人生快事，孰料千古兴亡之慨犹如潮水般涌上心来。远古的越王湮灭，现今的江山易色，一一历历在目。诗人望着那潮去潮来的江水，猛地豁然释怀：人世的沧桑也罢，朝代的更迭也罢，有如这大自然的现象，有生必然有灭，有来必然有去，全然是情理中事，何必要为此伤感呢？

这首诗不像其他登高思古、满腹悲伤的篇章，有一种放开眼界、感悟今古的博大胸怀。当历史已经在按照其自身的规律向前发展的时候，摆脱基于种族偏见的那种"非我族类，其心必异"的狭隘心态，只要新的统治者传承的是华夏文明，那么顺应时代的发展，承认既成事实，未尝不是一件好事。

这种开朗豁达的心态在第二首诗中表现得尤其明白。如果说诗人在春日里登临粤王台，对此番游览会有何感受还犹疑不决，所以抱着一"试"之态度的话，那么，在月明之夜荡舟琵琶洲时，都开怀尽兴地与船夫"共唱渔歌"了。琵琶洲是广州珠江中的河洲，因其形似琵琶而得名，四面环水，水天一色，朝晖夕霞，气象万千。有两山与琵琶洲相连，山水映衬，山青水美，景色宜人。诗人采用联珠格的修辞手法描绘洲水之清澈平静，叠句的使用可以在心理上产生一种开朗舒畅的快感。船夫每划一次桨，都有悦耳的水声响起。在这月明星稀、水天一色的夜空下，船夫合着划桨的节奏，唱着优美动听的粤曲。诗人完全被陶醉了，情不自禁也跟着船夫齐声高歌了。

已经完全默认了清王朝的梁佩兰，与仍旧在秘密进行反清复明活动的屈大均等人不同，他采取了一种"识时务者"的姿态。这种心态非常明显地表现在了以上两首"粤曲"之中。

朱彝尊

朱彝尊（1629—1709年），字锡鬯，号竹垞，又号驱芳、小长芦钓鱼师、金风亭长等。秀水（今浙江省嘉兴）人。康熙十八年（1679年）举博学鸿词科，除检讨。康熙二十二年（1683年）入直南书房。博通经史，与王士禛称南北两大宗。词风清丽，为浙西词派的创始者，与陈维崧并称朱陈。著述甚丰，有《经义考》《日下旧闻》《曝书亭集》等。编有《词综》《明诗综》等。其医著有《食宪鸿秘》三卷，系食物本草之类，现有刊本行世。精于金石文史，购藏古籍图书不遗余力，为清初著名藏书家之一。

酬洪昇[1]

金台[2]酒坐擘红笺[3]，云散星离又十年。
海内诗家洪玉父[4]，禁中乐府柳屯田[5]。
梧桐夜雨词凄绝[6]，薏苡[7]明珠谤偶然。
白发相逢岂容易，津头且揽下河船。

【注释】

〔1〕洪昇：清代著名戏曲家。详见后洪昇小传。

〔2〕金台：即黄金台，战国时燕照王建，台上置黄金以求天下名士。故址在今河北省易县东南。诗中以"金台"代指北京。

〔3〕擘红笺：指分笺题诗，互相酬唱。

〔4〕洪玉父：宋诗人洪炎，字玉父。这里是借比洪昇。

〔5〕柳屯田：即宋词人柳永，曾官屯田员外郎，故称。

〔6〕"梧桐"句：指洪昇所作传奇《长生殿》。洪剧是在白居易《长恨歌》和元白朴《唐明皇秋夜梧桐雨》的基础上敷衍而成。

〔7〕薏苡：即生成薏米之植物。典出《后汉书·马援传》，略言马援从岭南带回一车薏米种子，本欲用于食疗，可他死后，有人上书，说他带回的是岭南的明珠。后人遂用此典比喻遭人诬陷。

【赏析】

康熙二十七年（1688年），洪昇完成了《长生殿》的创作。次年，因在佟皇后丧服期间在自己家里演出该剧，被弹劾下狱，不久被革去国子监生，离京回乡，穷困潦倒，直至辞世。时人有诗叹惜曰："可怜一曲长生殿，断送功名到白头。"十三年后，朱彝尊在家乡遇洪昇，写下此诗为故友鸣不平。

诗从昔年京城聚会写起。那时酒席间分笺赋诗，推杯换盏，高朋满座，盛友如云，何等风流豪放；如今时光荏苒，好友云散，一晃就是十年。接着诗人用典故赞扬了朋友的才华，揭露了好友被人诬陷的冤枉。引用洪炎，意在称颂洪昇诗才卓荦；引用柳永，意在暗示洪昇也是因词曲影响之广而开罪于朝廷。当年柳永的词家喻户晓，"有水井处即能歌柳词"，因而引起宋仁宗的不满，把他从状元中单中划掉，让他"且填词去"。洪昇因《长生殿》而倒霉，和柳永的际遇不是非常相像吗，不也正如当年马援被人诬陷一样吗！

结句从回忆十年前的往事回到现在。十年过去了，当诗人在杭州又见到这位戏曲大家时，彼此都已垂垂老矣。今日能"白头相逢"，谈何容易！干吗不系好船缆，回家做竟夕长谈呢。

朱彝尊论诗讲"淳雅"，即所谓"怨而不怒，哀而不伤"。洪昇只因一曲《长生殿》，便沉冤十年，如欲泄愤，不知有多少怒气可发，可作者只用"梧桐秋雨词凄绝，薏苡明珠谤偶然"便全部概括了。特别是用"白发相逢岂容易，津头且揽下河船"收束，多少感慨，多少悲伤，尽在不言之中。掩卷沉思，余味无穷。

屈大均

屈大均（1630—1696年），字今子，号菜圃，广东番禺人。曾参加老师陈邦彦义师抗清。失败后削发为僧，名今种，号一灵。中年为事母，蓄发还俗，改名大均，号翁山。反清无果，隐居著书。诗有屈原、李白遗风，著作多毁于雍正、乾隆朝。后人辑有《屈大均全集》。

花 前

花前小立影徘徊，风解吹裙百褶开。
已有泪光同白露，不须明月上衣来。

【赏析】

诗中的主人公是位少女，她俏立花前，身姿、人影与花共徘徊；夜风惑于她的美丽，偷偷吹开了她的百褶裙。她泪如雨下，与闪烁的露珠打湿了她的衣衫，也就不用月光来抚慰她了。她满腹幽怨，暗暗责怪那人，竟然不如夜风多情，夜风都懂得解我罗裙；不如白露有意，白露也知与泪光一同为我伤心。

诗不着一"怨"字，幽怨之意溢于言表。字字耐人寻味，句句顽艳哀伤。

白　菊

冬深方吐蕊，不欲向高秋。
摇落当青岁，芬芳及白头。
雪将佳色映，冰使落英留。
寒绝无人见，梅花共一丘。

【赏析】

　　这首歌咏白菊的诗，通过对白菊迎冰斗雪、节操贞洁之品格的赞颂，寄托的是对反清遗民遗世独立、坚贞不屈精神的肯定。作者把白菊与梅花相提并论，可见其托物言志之良苦用心。众所周知，梅花作为迎风傲雪、贞洁高雅的象征，已经成为国人的共识。诗人说白菊（亦即反清遗民）虽然"寒绝无人见"，但与"梅花共一丘"亦毫不逊色。

　　屈大均于永历元年（1647年），追随老师陈邦彦起兵，后又"联络郑成功入镇江，攻南京"，失败后宁可遁入空门，也不趋炎附势，屈从新朝。作者这种不同寻常的经历，从白菊的意象中找到了诸多共同点。这首五律的每一句都隐含着丰富的内涵，每一笔勾勒着色，都可以在作者的身世中找到影迹。

　　诗人写白菊，没有着意于外形的摹写，而是将全部意趣倾注于白菊之风骨气质的传达上，并由此融入作者自我的心灵历程和独特个性。这是咏物之作的最高境界。

【名家评点】

　　借物以寓性情。凡身世之感、君国之忧，隐然蕴于其内，斯寄托遥深者，非沾沾焉咏一物。

——沈祥龙《论词随笔》

陈恭尹

　　陈恭尹（1631—1700年），字元孝，初号半峰，晚号独漉子、罗浮布衣，广东顺德县龙山乡人。抗清志士陈邦彦之子。与屈大均、梁佩兰同称"岭南三大家"。工书，时称广东隶书高手。有《独漉堂全集》。

读秦记

谤声易弭怨难除[1]，秦法虽严亦甚疏。
夜半桥边呼孺子，人间犹有未烧书[2]。

【注释】

〔1〕谤声弭耳：典出《国语·周语》，大意是说周厉王为封住民众的口，实行高压政策，结果没几年就被国人推翻了。弭：平息、消灭。

〔2〕"夜半"二句：典出《史记·留侯世家》，略言张良于博浪沙袭击秦始皇失手，被全国通缉，逃到下邳，在桥上遇黄石老人，认为"孺子"可教，授兵书一卷。张良后来以此辅佐刘邦推翻了秦王朝。

【赏析】

这是作者阅读《史记·秦始皇本纪》有感，针对"焚书坑儒"之事写的读后感。

防民之口，甚于防川。这一道理虽然被重复了几千年，但无奈统治阶级最怕的就是民众的话语权。作者一起首，便直言不讳地指出：民众的怨言很容易平息，然而埋藏在心底的怨恨反而会变得更加强烈；秦国的立法虽然严酷至极，可以通过"焚书坑儒"这种残酷的手段封杀民意，然而专制暴政下的一言堂从来没有堵住反抗的洪流，人民大众总能找到其疏漏之处。如其不信，且看事实。

作者在这里仅仅举出一个事例，那就是黄石公夜授张良兵书，结果导致王朝倾覆的史实。这足以说明，秦始皇想把天下的书烧光，怎么能想到在隐居山林的方外之人手里还会有书呢？而且，恰恰是由于这一本《太公兵法》，加速了秦王朝的灭亡。这真是天大的讽刺！

王士禛

王士禛（1634—1711年），字子真、贻上，号阮亭、渔洋山人，新城（今山东省桓台县）人。顺治十二年（1655年）进士，授扬州推官，后任礼部主事。官至刑部尚书，卒谥文简。博学好古，精金石篆刻，诗与朱彝尊并称，书法高秀似晋人。继钱谦益主盟诗坛，论诗主神韵说。诗风清丽，晚年转为苍劲。著述颇丰，有《带经堂集》《渔洋诗话》《池北偶谈》等。

题秋江独钓图

一蓑一笠一扁舟，一丈丝纶一寸钩；
一曲高歌一樽酒，一人独钓一江秋。

【赏析】

这首诗写得明白如话，浅显易懂，但此诗中"一"字的妙用，值得品味。

"一"，这大概是我们在交际中所使用的最普通最简单的字眼了。正因为它太平凡太常见了，所以每每被人忽视。从词性上来看，这是一个数词，也是一个时间副词，叠用为"一一"，则是情状副词。别看它样子简单，可是一旦和其他性质的词结合使用，便会获得意想不到的审美效用。比如"万绿丛中一点红"，只此"一点"，便将诗境之美衬托得妙不可言，倘若换成其他任何字，都达不到这样的效果。再比如"十年一觉扬州梦"，一经与具象的"扬州梦"结合，就在没有实质性的"一"与可以感知的实相之间产生了一种虚实相生的审美情趣。还有，比如"赖是丹青不能画，画成应遣一生愁"之宽广，"潮平两岸阔，风正一帆悬"之饱满，"江南无所有，聊赠一枝春"之深情，仅用"一"字，便囊括了意象的全部内涵和外延，使情感和思想有了一种自满自足的完整性。这是任何其他字眼都无法替换的。

这是就"一"与名词的结合来体味它的特殊性。如果分析它与动词的结合，不难发现"一"有任何其他单音字无法替代的审美动感。比如王维《欹湖》中的这句"湖上一回首，山青卷白云"。《欹湖》是一首情趣淡泊的山水诗，它以充满禅意取胜，作者营造的是一种空灵清澈的意境。如果将"一回首"换作"猛回首"或"数回首"，悠然怡然的意境就全被破坏了。况且，"一"与动词结合有时能产生一种神秘的美感，如"伫立一搔首"，"回眸一笑百媚生"等。

另外，"一"在诗句中有着音韵学上的意义。如李白的名句"两人对酌山花开，一杯一杯复一杯"，读起来张弛有度，从容舒缓，究其原因，正是由于三个"杯"字拖了长音，从而使诗句节奏抑扬顿挫，有效地传达了对酌闲情的跌宕起伏。此外如"春心莫共花争发，一寸相思一寸灰""一声梧叶一声秋，一点芭蕉一点愁"等，拖长音的寸、声、点将相思、灰、梧叶、秋、芭蕉、愁的声音压缩，形成促迫的幽咽感，与诗句表达的意趣结合得天衣无缝。

回过头来我们再看《题寒江独钓图》，就可以明白，这首诗中有"一"与名词的结合，也有与动词的结合，所传达的审美意象既有整体感、自足性，又有动态感、神秘性，再加上音韵的抑扬顿挫，那种潇洒自在、怡然自得的审美意趣，就不是所题画图能够表达的了。

嘉陵江上忆家

自入秦关岁月迟，栈云陇树共相思。
嘉陵驿路三千里，处处春山叫画眉。

【赏析】

与通常开篇点明时令、地点的七言或五言不同，这首七绝以诗题表明主旨，结末点出时令。谋篇布局新颖脱俗，不由得让人回过头来揣摩诗人的情怀。

已过花甲之年的诗人，只因官差在身，不得不远涉巴蜀，泛舟嘉陵江上。虽然正值春暖花开、群峰耸翠的时节，但他没有丝毫游山玩水的心情。自己已老迈年高，担心此行是不是生命的最后一站，乡关万里，还能不能重归故里？这就是他自从进入秦岭之后，一直让他困扰的问题。浸透在浓浓乡思中的他，甚至感觉到连云的栈道、插天的古木，都同情他，可怜他，与他一同染上了相思病。即便是此时动身踏上归家之路，那三千里漫长的"驿路"，每到一处，都有画眉鸟在春山上鸣啼不已，情何以堪！

诗人几乎动员了万里征途中的所有与乡愁有关的物象——边关、栈云、陇树、驿站、春山、画眉——一同来渲染他的思乡之苦、人生之悲，让我们仿佛亲眼看到了一位垂垂老矣的诗人，如何在君命难违的宦途中挣扎、哀号。

【名家评点】

当我朝开国之初……士祯等以清新俊逸之才，范水模山，批风抹月，倡天下以"不著一字，尽得风流"之说，天下遂翕然应之。

——《四库全书总目提要》

宋荦

宋荦（1634—1713年），字牧仲，号漫堂、西陂，别号绵津山人，晚号西陂老人、西陂放鸭翁。河南商丘人。商丘"雪苑六子"之一，著名诗人，书画家、文物收藏家和鉴赏家。顺治四年（1647年），应诏以大臣子列侍卫。逾年考试，铨通判。康熙三年(1664年)，授黄州通判，累擢江苏巡抚，官至吏部尚书。康熙誉之为"清廉为天下巡抚第一"。

落 花

昨日花簌簌，今日落如扫。
反怨盛开时，不及未开好。

【赏析】

花开花落，虽然是自然界最常见的现象，却极易拨动人们的心弦。于是古往今来的诗人才会写下那么多赏花、赞花、叹花、葬花的佳词美句。作者这首写落花的小诗，清晰明快，富含哲理。诗人看到仅仅一天之隔，花卉就有如此大的变化，进而感悟出月盈则亏、水满则溢、花绽则落之类的"道"，因此才有"盛开"不如"未开好"的感慨。

据说诗人之所以写这首诗，是因为中年已过，病魔缠身，见花盛极则衰，有感而发。

即事六首（选一）

雨过山光翠且重，一轮新月挂长松。
吏人散尽家僮睡，坐听寒溪古寺钟。

【赏析】

与他人崇尚大唐之音不同，宋荦论诗，偏爱宋诗，尤推苏轼。所以他的诗也多以意韵清远、理思丰赡见长。这一首七绝很能代表他的诗风。

首句写雨过山明，葱茏叠翠；次句写新月初上，苍松参天。身体欠佳的诗人，文书案牍，诉状聚讼，已经让他筋疲力尽。现在府僚终于散衙回家，自己的家僮也已睡去，总算赢得了一天的轻闲，生命的感觉也重新找回来了。既然生的意识重新找到了，那该如何呢？什么也不做，"坐听寒溪古寺钟"！只此一句，扰扰人世，纷纷俗务，便被那回荡在夜空中的悠扬的钟声销于无形。钟声是从那寒溪旁的古寺中传出来的，这似乎在告诉人们，只有在那里，才能找回人的本性。

意境如此清雅悠扬，心性如此空灵恬淡，不就是世人孜孜以求的人间至乐吗？欣赏这样的佳构，所得到的艺术享受不也很令人爽朗吗？

赵 俞

赵俞（1636—1713年），字文饶，号蒙泉，江苏嘉定（今属上海市）人。父赵萼秀才出身，精于易学。康熙二十七年（1688年）进士。康熙三十七年（1698年）纳赀得选定陶知县。五年后，以病告归，建绀寒亭，读书其中。有《绀寒亭诗集》十卷。

督亢陂〔1〕

提剑荆轲勇绝伦，浪将七尺殉强秦。
燕仇未报韩仇复，状貌原来似妇人。

【注释】

〔1〕督亢陂：古地名，在今河北省涿州市东。中有陂泽，周五十余里。战国时是燕国的富饶之地。荆轲刺秦王，即以献督亢图为诱饵。

【赏析】

荆轲刺秦王，留侯佐刘邦，这两则历史故事，是国人耳熟能详的精彩大戏。当作者路经与之密切相关的督亢陂故地时，自然会想到荆轲刺秦王的故事，于是写下了这首咏史诗。

诗人采用先抑后扬的艺术手法，对两个历史人物荆轲与张良做了对比。他首先肯定了荆轲倚剑横空、英勇绝伦的豪侠气概。作为燕太子丹的死客，他用秦王垂涎三尺的富饶之地督亢陂的地图为诱饵，高唱"风萧萧兮易水寒，壮士一去兮不复还"，慷慨西行。结果行刺失败，白白搭了一条性命。作者在钦佩荆轲舍生忘死得壮烈的同时，深深为他感到惋惜。作者认为，荆轲之举，伟则伟矣，壮则壮矣，可惜对历史的发展没有起到什么作用。

最后两句笔锋陡转，将笔墨放在了对张良的赞美上来。同样是复仇，荆轲和张良却大异其趣。秦灭韩国，作为韩公子的张良曾经也想逞匹夫之勇，以"喋血五步"的手段报仇。结果博浪沙一击不中，亡命下邳，幸得黄石公夜授兵书，辅佐刘邦平定天下，才了其心愿。"燕仇未报韩仇复"一句颇有深意，作者告诉人们，对于军国大事，怒发冲冠、拔剑而起的匹夫之勇是无济于事的。只有走张良后期的路子，才有希望。

"状貌原来似妇人"一句意味深长。《史记·留侯世家》司马迁最后有一段议论：上（刘邦）曰："夫运筹帷帐之中，决胜千里外，吾不如子房。"余以为其人，计魁梧奇伟。至见其图，状貌如妇人好女。盖孔子曰："以貌取人，失之子羽。"留侯亦云。

诗人取太史公语意，以貌似妇人的张良与剑气绝伦的荆轲对比，说明成就大业，在智而不在勇。

蒲松龄

蒲松龄（1640—1715年），字留仙，一字剑臣，别号柳泉居士，自称异史氏，山东省淄博市淄川人。十九岁应童子试，连考县、府、道三试第一，名震一时。后屡试不第，七十一岁始为贡生。除一度曾在宝应县令孙蕙处为幕宾，终生为家乡塾师。所创短篇小说集《聊斋志异》使之文名永垂。

次韵答王司寇阮亭先生见赠

志异书成共笑之，布袍萧索鬓如丝。
十年颇得黄州梦〔1〕，冷雨寒灯夜话时。

【注释】

〔1〕黄州梦：典出《避暑闲话》，略云：苏轼在黄州，每日出，寻人闲话。有不能谈者，则强之说鬼。或推辞说没有者，则曰"姑妄言之"。闻者无不绝倒，尽欢而去。

【赏析】

"王司寇阮亭先生"即前述之王士禛。他为父母迁丧事回新城，得见《聊斋》，赞赏不已，于卷后题诗曰：

"姑妄言之姑听之，豆棚瓜架雨如丝。

"料应厌作人间语，爱听秋坟鬼唱时。"

蒲松龄读后，引为知己，于是酬和此诗。

开篇是对王诗首句的响应。"共笑之"是自嘲，也是自叹。留仙在撰写这部谈狐说鬼的异书的当时，就曾受到世人的谴责，认为他不务正业。然而他仍旧我行我素，二十年如一日，白天搜集素材，夜晚秉烛写作。

据说松龄写《聊斋》时，每日凌晨携一大瓷缸，中贮苦茗，具烟一包，置行人大道旁，见行道者过，必强执与语，搜奇说异，随人所知，饮茗奉烟，必令畅谈乃已。偶闻一事，归而粉饰之。如是二十余寒暑，书方告成。可见为了《聊斋》，他用心良苦，可谓是其毕生心血的结晶。

书写成了，人也老了，正如他给自己写的那副自画像"布袍萧索鬓如丝"，难怪要被人家"共笑之"了。所幸今天得遇知音，看出他有如李贺之愤世嫉俗，爱听"秋坟鬼唱"，这使他十分欣慰，感念莫名。他按捺不住心中的得意，说我写此书，是在学苏东坡当年流放黄州时的样子，不过是爱听别人讲鬼故事罢了。而且都是寒灯冷雨夜时秉笔所为，写的都是与人闲聊时收集起来的轶闻趣事，全然是为消愁解闷、自娱自乐而已。

据考，蒲松龄写作《聊斋志异》，前后用了四十寒暑。王士禛位登台阁之后，仍然与之书信往来，每有新作出，必索之展阅。可以说，王司寇对我国文学中的这部短篇小说的创作和传播，是起过积极作用的。

吴 雯

吴雯（1644—1704年），字天章，号莲洋，原籍奉天辽阳，后居山西蒲州。康熙十八年（1679年）试博学鸿词，不第。浪游南北，足迹几遍天下。其诗清挺生新，自露天真，为王士禛、赵执信所赏。与傅山齐名，有"北傅南吴"之说。著有《莲洋集》。

明 妃

不把黄金买画工，进身羞与自谋同。
始知绝代佳人意，即有千秋国士风。
环佩几曾归夜月？琵琶惟许托宾鸿。
天心特为留青冢[1]，青草年年似汉宫。

【注释】

〔1〕青冢：据说是王昭君的衣冠坟，在呼和浩特市南。

【赏析】

在文学史上，王昭君也是一个被反复入诗的题材。素材还是那些素材，但因作者思想意识和个人际遇之不同，所表达的观点也各有不同。比如这首诗与杜甫《咏怀古迹》的意旨就大异其趣。杜诗说"画图省识春风面，环佩空归夜月魂。千载琵琶作胡语，分明怨恨曲中论"；吴诗则说"环佩几曾归夜月？琵琶唯许托宾鸿"。意思是说，昭君是一个自重自爱，风骨可比国士，具有独立人格的奇女子，出塞是她心甘情愿的抉择，怎么会有灵魂月夜回汉之事呢？就昭君不肯用金钱贿赂画工毛延寿，也不想强颜欢笑，谋求进身之道来看，说明她心气高傲，情趣脱俗，全然不是人们凭空想象的那种怨妇。如果说她真有什么遗恨的话，也只会托之于琵琶，让南回的鸿雁带给她湖北秭归的亲人。

诗人在结句中，用"天心"尚且懂得怜香惜玉，特地为明妃留下青冢，并让坟上的青草年年岁岁，宛若汉宫一样郁郁葱葱。言外之意，汉庭的薄情寡义，世人都感到心寒，更不要说深受其害的王昭君了。

诗写的感慨万端，题旨独特，可视作咏昭君的佳品。

洪　昇

　　洪昇（1645—1704年），字昉思，号稗畦，又号稗村、南屏樵者。浙江省钱塘人。生于世宦之家。康熙七年（1668年）北京国子监肄业，科举不第，白衣终身。代表作《长生殿》历经十年，三易其稿，于康熙二十七年（1688年）问世后引起轰动。晚年归钱塘，穷困潦倒。后因酒醉失足落水死。有《稗畦集》《啸月楼集》等。所作传奇多种，惜除《长生殿》外皆失传。

钓　台

逃却高名远俗尘，披裘泽畔独垂纶。
千秋一个刘文叔，记得微时有故人。

【赏析】

　　全诗紧扣东汉初年光武帝刘秀（字文叔）与严光（字子陵）的故事，抒发怀才不遇、期待明君之慨。

　　史载，严光少有高名，与刘秀同窗。刘建东汉，严变更姓名，隐匿不出。光武帝思其贤，得知严披裘垂钓泽中。帝专使往聘，往返三次始至。安排馆舍中后，帝即日专车探望，严坦腹不起。帝摸着他的肚皮说："咄咄子陵，不可相助为理耶？"严良久曰："尧著德位，巢父洗耳，士固有志，何至相迫乎！"帝叹息一声，怏怏而去。刘秀不忍心，任其为谏议大夫，严仍然不买账，退隐于富春山（在今浙江桐庐）。后人称其游处之地为严陵山、严陵滩。垂钓处称严陵钓台。后来严光被当作不慕名利富贵的高尚之士，受到历代文人的赞颂。钓台、严陵、富春江等也成了诗文中经常被引用的典故。

　　但是洪昇对严光并没有给予太高的评价，只说他是逃名远俗而已；反而对刘秀钦佩之至，他认为在三千多年的历史长河中，像刘秀这样的君主，刚刚得了天下，能不忘贫贱之交，不惜屈尊纡贵，诚心诚意招聘，也只有刘文叔一个吧！结合作者因在皇后忌日排演《长生殿》，因而下狱革职，离京返乡，终老故里的不幸遭遇，不难体会到他写此诗的真实用意。

孔尚任

孔尚任（1648—1718年），字聘之、季重，号东塘、岸堂，自称云亭山人。山东曲阜人，孔子六十四代孙。初隐居石门山，康熙破格授国子监博士，累迁户部主事、员外郎。康熙三十八年（1699年）完成剧作《桃花扇》后，即罢官回乡。时人将他与《长生殿》作者洪昇并论，称"南洪北孔"。诗风情致缠绵，清丽可诵。有《湖海集》《岸堂文集》等。

寒食得花字[1]

逃亡屋破夕阳斜，新燕归来不见家。
旧日踏青芳草路，纷纷白骨衬落花。

【注释】

〔1〕得花字：古代写诗的一种方法：写若干字于纸上，抓阄得何字，便以此字为韵脚。

【赏析】

康熙四十三年（1704年）春，山东发生饥荒，曲阜地区哀鸿遍野。作者自注云："时大饥，流殍载道。"这首七绝即是对当时凄惨景象的真实记录。

第一句描述的景象已让人惨不忍睹。夕阳余晖下的村落，残垣破屋，人已经逃光了。一同遭殃的还有春燕，当它们不远千里从南方归来的时候，再也找不到自己的"家"了。更让人痛心疾首的是往日踏青时芳草离离的路上，如今陪衬落花的却是森森白骨。以昔日之芳草对比今日之白骨，惨绝人寰的景象令人毛骨悚然。

作者描述这场灾难，选择的意象非常典型，破屋、斜阳、青草、白骨，无不引发读者更多的联想。

陈于王

陈于王，字健夫，苏州人，生卒年不详。随清军入沈阳，隶汉军，后居顺天宛平（今北京市丰台区）。嗜好诗文，著有《西峰草堂杂诗》。

《桃花扇传奇》题辞

玉树歌残迹已陈〔1〕，南朝〔2〕宫殿柳条新。
福王少小风流惯〔3〕，不爱江山爱美人。

【注释】

〔1〕"玉树"句：指陈后主所作《玉树后庭花》，后人借指亡国之音。

〔2〕南朝：本指东晋后割据南方的几个短命王朝宋、齐、梁、陈，这里借喻南明王朝。

〔3〕"福王"句：福王朱由崧原封于洛阳，过着花天酒地、醉生梦死的生活。崇祯死后，他逃亡至淮安。凤阳总督马士英利用其昏庸，迎立于南京，是为弘光帝。

【赏析】

康熙三十八年（1699年），《桃花扇传奇》问世后，陈于王有感于短命昏君朱由崧重蹈南朝陈后主覆辙的历史事实，激愤难抑，遂吟此脍炙人口的怀古名篇。

大家知道，孔尚任的《桃花扇》是以南明弘光小王朝腐败的政局为背景，以扇面桃花图为主线，通过复社才子侯朝宗与秦淮名妓李香君的悲欢离合展开其情节。主题是荒淫无度、腐朽昏庸必将自取灭亡。

首提南唐陈后主的风流罪过虽然已成往事，奈何其"不暇自哀，而使后人哀之。后人哀之而不鉴之，亦使后人复哀后人也。"后人者，福王之辈是也。史载福王立国后，征用奸佞，贬斥忠良，又大选美女，市井哗然。《桃花扇》"选美"一折，写弘光帝一上场吟唱曰："满城烟树间梁陈，高下楼台望不真。原是洛阳花里客，偏来管领秣陵春。"便将其"不爱东山爱美人"的嘴脸活灵活现地展示在了读者面前。

"南朝宫殿柳条新"将这一主题思想进一步扩展。南唐虽然已成历史陈迹，但故宫里的杨柳依然苍翠，亭台楼阁依然辉煌，福王无心思量南陈灭亡的教训，勾起的却是他对陈后主左拥吴娃、右揽越女的风流快活的向往。南明小王朝的覆灭已经是无可避免的了。"福王少小风流惯"，作者表面上似乎想为福王的荒淫无耻寻找一个可以开脱罪责的理由，实质上是无可奈何的悲叹。

查慎行

查慎行（1650—1727年），初名嗣琏，字夏重，号查田；后改名慎行，字悔余，号他山，赐号烟波钓徒。晚年居初白庵，故又称查初白。海宁（今属浙江省）人。康熙四十二年(1703年)进士，特授翰林院编修。康熙五十二年（1713年），乞休归里，家居十余年。雍正四年（1726年），因弟查嗣庭讪谤案，以家长失教罪被捕入京，次年放归，不久去世。查慎行诗学东坡、放翁，尝注苏诗。自朱彝尊去世后，为东南诗坛领袖。著有《他山诗钞》。

三闾祠[1]

平远江山极目回，古祠漠漠背城开。
莫嫌举世无知己，未有庸人不忌才。
放逐肯消亡国恨？岁时犹动楚人哀！
湘兰沅芷年年绿，想见吟魂自往来。

【注释】

〔1〕三闾祠：在今湖南省汨罗县。屈原曾官三闾大夫，故称。

【赏析】

三闾祠颓然屹立在远山苍茫、江流逶迤的楚湘大地上。放眼城垣，风物依旧；顾视古祠，冷落萧条。屈子当年赋楚骚，可知今日我来吊？

即景起兴，缅怀忠烈，诗人自然会想到三闾大夫一生悲剧性的际遇。屈原当年曾有过"国无人莫我知兮，又何怀乎故都！既莫足与为美政兮，吾将从彭咸之所居"之类世无知己的浩叹；作者接住屈原的语音说："莫嫌举世无知己，未有庸人不忌才。"真可谓一语中的。是啊，古往今来，忠贞伟烈之士几无不在阴险小人的明枪暗箭下含冤而终的。不学无术之徒妒贤嫉能，谗害忠良，几乎贯串了整个文明史。往古如此，今天又何尝不是这样！查慎行一生刚正不阿，秉性忠烈，既对腐败的社会风气深恶痛绝，又对玩弄权术的阉宦鄙夷不屑，结果都不能颐养天年，虽然远离朝纲，仍旧被罗列罪名，打入大牢。凭吊屈原，势必会牵动他对人世险恶的感慨。在对先贤深表同情之际，同时寓含着诗人多么强烈的悲愤啊！

颈联正面书写屈原的生前死后。首句反问，突出屈原至死不忘亡国之恨的忠贞和以死明志的情操；次句以楚人逢年过节祭奠忠魂的风俗肯定其爱国情怀之不朽和对后人的感召。尾联以优美浪漫的抒情语作结。诗人说，兰蕙和白芷年年绿遍沅江和湘江两岸，沁香吐芳，摇曳生姿，想必是三闾大夫的灵魂一直没有离开过故国，仍旧年年岁岁在这里往来徘徊，泣血吟哦吧？

这首七律写景起兴，叙事抒情，运笔曲致，音韵幽婉。既见情思之真切，意蕴之灵妙，又不乏意境之深邃，美感之清醇。

纳兰性德

纳兰性德（1655—1685年），原名成德，字容若，号楞伽山人。满洲正黄旗人。大学士明珠长子。康熙十五年（1676年）进士，官一等侍卫。淡于名利，嗜骑射，好读书，喜与名流交往，过从皆一时名士。工词善文，为有清一代词坛大家。惜英才早逝，年仅三十岁。有《饮水集》。

秣陵[1]怀古

山色江声共寂寥，十三陵[2]树晚萧萧。
中原事业如江左[3]，芳草何须怨六朝[4]？

【注释】

〔1〕秣陵：秦时南京之名称。公元前210年，秦始皇东巡，北返途中，随行术士见金陵山势险峻，有天子气象，秦始皇欲使其气泄散，遂改称"秣陵"。意欲将其贬作牧马场（"秣"为草料义）。

〔2〕十三陵：明皇陵建筑群，座于北京昌平县天寿山麓。二百多年间，共建十三处皇帝陵寝，故云。

〔3〕江左：古人以江东为左，江西为右。古诗文常以"江左"代指南京。

〔4〕六朝：见钱谦益《金陵后观棋》注。

【赏析】

作为数起短命王朝的遗址，南京是历史兴衰的最好物证。以金陵为题材的悼亡诗文连篇累牍，数不胜数。然而同样是凭吊，亡国遗民的作品和立国权臣的作品必然见仁见智，大异其趣。纳兰此诗，便是一例。

康熙二十三年（1684年）九月，清帝南巡，纳兰侍卫随行。抵达南京后，又随康熙祭奠朱元璋陵，诗即作于是时。

作者首句写南京眼前景物，然后直接把这里和北京的十三陵联系在一起，用意十分明显。朱元璋建立明朝，定都南京。他死后，明成祖朱棣便迁都北京。清人入主中原，福王朱由崧再次建都于南京，而有明一代的大部分皇帝的陵寝却是在北京十三陵。因此，亡国之都和亡灵之处，实为一体。无论它们在哪里，都摆不脱灭亡的命运，因为在作者看来，东晋以降的六朝也罢，南明流亡朝廷也罢，无不腐朽荒淫，灭亡是历史的必然。清廷取而代之，是顺天意合民心之举，也是历史的必然。站在这样的立场上审视以清代明之历史巨变，自然会得出"中原事业如江左，芳草何须怨六朝"的结论：清朝建立以来，那些此起彼伏地活动于中原地区，逆历史潮流而动的反清复明阴谋，哪一个不是如同东晋以来的六朝和南明流亡政权一样灰飞烟灭？何必要借南京的历代亡国遗容，哀怨悲歌呢？只此两句，便否定了所有借南京抒写黍离铜驼之叹、乌衣燕飞之悲的吊古之作。

纳兰此诗见解独到，别具一格。

赵执信

赵执信（1662—1744年），字伸符，号秋谷、饴山，山东益都（今青州）人。康熙十八年（1679年）进士，授编修。康熙二十八年（1689年）因于佟皇后丧期观演《长生殿》被告罢官。所交皆名士。有《饴山堂集》。

秋暮吟望

小阁高栖老一枝[1]，闲吟了不为秋悲。
寒山常带斜阳色，新月偏明落叶时。
烟水极天鸿有影，霜风卷地菊无姿。
二更短烛三升酒，北斗低横未拟窥。

【注释】

〔1〕一枝：语本《庄子·逍遥游》"鹪鹩巢于深林，不过一枝"句意，即终老山林的意思。

【赏析】

诗法中有"造景抒情"一说。所谓"造景"，是西方美学"移情"论的典型表现，意谓本无此景，心有所思，景随意转，寄情于物，聊以抒怀也。这首《暮秋吟望》就是"造景抒情"的代表作。

诗人开篇表白，说他已经甘心终老于山林了，即便偶然吟咏闲唱，也决然不是为秋风秋雨而悲怆。真的吗？细看他下面一路写来的六句，却发现此老"言不由衷"矣。

下面三联一共写了六种景象：寒山斜阳、新月落叶、烟水鸿影、霜风残菊、短烛夜酒、北斗低横。

远山本为自然之物，昼夜皆然，诗人却只注意到"斜阳"下的"寒山"；月圆月缺，深秋落叶，大家都习以为常，诗人却只在意刚刚升起就要下沉的上弦月照亮萧萧落叶的那一刻。请注意"常带"和"偏明"两组词语的运用，正是这两个鲜明地折射着心理情态的词语，透露出抒情主人公那种欲罢不能的悲苦心态，为意境酿造出了凄迷悱怨的韵味。

"烟水极天"写月夜湖水之景。秋水明澹，烟雾弥漫，突然有孤鸿掠空，投影湖面。"谁见幽人独往来，缥缈孤鸿影。"孤寂旷远之情，有如烟水，浩渺无垠；宛若空际飞鸿，形影相吊。秋高风爽，本该是金菊灿烂的佳节，不幸劲风夹着寒霜，卷地而起，把菊花的娇艳一扫而光。鸿虽"有影"，却唯见其孤零；金菊"无姿"，只能叹其凄惨。诗人营造出来的这两种意象，传达的全然是不能自已的悲苦怅惘。

时空浩渺，万物杂陈，却无一不令人愁思满怀。深夜孤灯，愁怀难遣，把酒独酌，不知不觉天将拂晓。从山带斜阳到东方欲晓，看月照秋叶，鸿掠苍烟，霜风卷菊……愁情满怀，愁景满眼，诗人已经看够了，也看厌了。现在"北斗低横"，天将破晓，他再也不想看了；对于"小阁高栖老一枝"的他来说，已经无力承受这些触目皆是的凄惨景象了。

一枝短烛，一壶浊酒，一个本欲"不为秋悲"却无不是悲的酸楚苦寒的灵魂，主宰着的就是这样一个"诗情如夜鹊，三绕未能安"（李清照）的老人。

汪绎

汪绎（1671—1706年），字玉轮，号东山，江苏常熟人。康熙三十九年（1700年）进士第一，授翰林院修撰，为官三年便退隐告归。诗风蕴藉含蓄，亦擅书。著有《秋影楼诗》。

柳枝词

一种风流得自持，水村天与好腰支。
月残风晓无穷意，说与桃花总不知。

【赏析】

由乐府始作俑，兴歌咏杨柳之风，至唐大盛。白居易、刘禹锡、李商隐等都有不少名篇传世。汪绎此作，继唐风而出新意，诚为佳什。

首赞垂柳婀娜多姿，风流自持。只要是水源丰沛的地方，便是垂柳的"家园"，凭借一席之地，上天就会慷慨大方地赐予她纤韧柔软的美人般的腰肢，让她随风起舞，摇曳生姿。特别是在晓风清凄、残月偏西的拂晓时分，她袅袅娜娜，风情万种，仿佛是在倾诉哀伤，悲泣离情，百般妩媚，千番殷勤，让人黯然神伤。柳枝的柔情蜜意，你若对桃花说，它能明白吗？桃花只争妖艳一时，红颜易衰，何其不幸；怎如柳枝情深意长，绕指百折，柔情不减！

表面上垂柳随风摇摆，柔弱婉转，实质上它深深扎根于泥土之中，枝干挺拔，坚贞不屈；它凭借自己顽强的生命力，生长在桥边路旁，为所有人将离情别绪之歌浅吟低唱，为有情人绾愁结恨——这才是诗人借歌咏垂柳所要寄托、赞叹的。诗人用一个世代沿袭的传统题材，以风韵别致的艺术构思和审美情趣，写得意蕴深婉，摇曳跌宕，实属不易。

沈德潜

沈德潜（1673—1769年），字确士，号归愚，长洲（今江苏省苏州）人。沈钦圻孙。乾隆元年（1736年）荐举博学鸿词科，乾隆四年（1739年）进士，任内阁学士兼礼部侍郎。论诗主温柔敦厚。著有《沈归愚诗文全集》。又选有《古诗源》《唐诗别裁》《明诗别裁》《清诗别裁》等，流传颇广。

梅　花

残雪初消欲暝天，无枝冷艳破春妍。
山边村落涧边路，篱外幽香竹外烟。
自我相思经一载，与君偕隐已多年。
惜花兼怕催人老，扶杖更深看不眠。

【赏析】

自来咏梅诗多矣，只要能写出新意，即可博得读者的青睐。沈德潜这首诗即属于有新意之作。

大多数咏梅诗或借咏梅赞颂某种品格，或寄寓自己的情思，或刻意描写寒梅之倩姿，或舍形取神，只求言外之意。沈诗的不同之处在于，将梅花的形神与自己的境况，以写实的笔法紧密联系，温柔敦厚，是他所提倡的"格调说"的成功体现。

诗的前四句直接写梅，后四句借梅言志。写梅由远及近，先营造氛围。在冬春之交，冰雪消融的黄昏，枝枝寒梅迎风斗雪，独领春芳，冷艳飘香，开遍山野溪桥，村篱路旁，无处不是梅花的幽香冷艳。"无枝"，没有一枝不是之意也。

以大写意的技法描绘出梅花的形态之美与品格之奇后，作者用四句来抒情。诗人说，与梅相别虽然仅一年，但很久以前我们就一同隐居了。爱惜花开，害怕花落，一年一度，都在暗示岁月"催人老"。所以我今天深夜不眠，拄杖寻梅，是想和你再度重温相知相恋的良辰美景啊！

虽说嬉笑怒骂皆成文章，但有"度"是为人也是作文的箴言。六十七岁才考中进士的沈德潜，换作别人，还不满腹牢骚，一腔怨恨？然而温柔敦厚的诗人"怨而不怒"，言而有度，充分体现了他人格和诗格。

仓央嘉措

仓央嘉措（1683—1706年），西藏门巴族人。康熙二十二年（1683年），生于西藏南部一户农奴家庭，家族世代信奉红教（密宗宁玛派）。1697年，仓央嘉措十四岁，被选定为五世达赖的"转世灵童"，同年于拉萨布达拉宫举行坐床典礼，是为六世达赖喇嘛。1705年，坐五世达赖桑结嘉措"谋反"案，康熙下旨把他押解北京，行至青海湖畔圆寂，死后尸骸无踪。一说他隐名遁去，周游西北方弘法，于内蒙古自治区阿拉善盟辞世，终年64岁。

十诫诗

但曾相见便相知，相见何如不见时。
安得与君相诀绝，免教生死作相思。

【赏析】

这首近乎七绝的情诗，是《十诫诗》第一、第二首的文言体合译，白话体原作云："第一最好不相见，如此便可不相恋。第二最好不相知，如此便可不相思。"还有八首，被网友总以《十诫诗》之名。藏文原作无题。白话体全诗如下：

"第一最好不相见，如此便可不相恋。

"第二最好不相知，如此便可不相思。

"第三最好不相伴，如此便可不相欠。

"第四最好不相惜，如此便可不相忆。

"第五最好不相爱，如此便可不相弃。

"第六最好不相对，如此便可不相会。

"第七最好不相误，如此便可不相负。

"第八最好不相许，如此便可不相续。

"第九最好不相依，如此便可不相偎。

"第十最好不相遇，如此便可不相聚。"

有了这十首白话诗，我们就无须对七绝诠释了，倒是应该透过这些情诗，窥探一下这位情僧复杂纠结的内心世界。

众所周知，释尊在《楞严经》中，提出佛门弟子要严守四大根本戒：先断淫心，次断杀生，后断偷盗，复断妄语。佛祖所以要制定这四大戒律，是因为阿难受摩登伽女的诱惑，险坏清净法体。佛祖同时告诉楞严法会众僧："因想成爱，流爱为种。纳想为胎，交媾发生……汝爱我心，我怜汝色。以是因缘，经百千劫，常在缠缚。"换言之，情爱是根，因缘成人；若断情欲，即可解脱，否则难成正果。仓央嘉措作为活佛，他自然通晓出世法中的这一"究竟明了义"。可他是在十四岁才作为"转世灵童"入住布达拉宫，那时他在家乡已有恋人。就世间法来说，情爱是根植于基因的天性，正所谓"问世间情是何物，直教人生死相许"。因而这位情僧在佛法与情爱不可兼得又尖锐对立的情况下，终生纠结而不能自拔。这就把一个人的思想感情推到了极致，他内心世界的矛盾、对决、痛苦、绝望……可想而知。他一生沉溺在这二重人格的黑暗中，没有挣脱出来。

情歌四首

手写瑶笺[1]被雨淋，模糊点画费探寻。
纵然灭却书中字，难灭情人一片心。

入定修观法眼开，乞求三宝[2]降灵台[3]。

观中诸圣何曾见，不请情人却自来。

静时修止动修观〔4〕，历历情人挂眼前。
肯把此心移学道，即生成佛有何难！

曾虑多情损梵行〔5〕，入山又恐别倾城。
世间安得双全法，不负如来不负卿。

【注释】

〔1〕瑶笺：指佛经。

〔2〕三宝：佛教以佛、法、僧为三宝。

〔3〕灵台：即心。

〔4〕止观：我国天台宗智顗大师创立的修行法门，分作止、观二重义。简而言之，止是止息一切外境和妄念；观是观察一切智慧实相，包括佛菩萨的庄严妙好相。

〔5〕梵行：指皈依佛门的僧俗修正佛法的一切持戒明心的行为规范。

【赏析】

这四首七言诗，有人用现代语体翻译为：

"写出的小小黑字，

"水一冲就没了；

"没绘的内心图画，

"怎么擦也不会擦掉。

"我默想喇嘛的脸儿，

"心中却不能显现；

"我不想爱人的脸儿，

"心中却清楚地看见。

"若以这样的精诚，

"用在无上的佛法，

"即在今生今世，

"便可肉身成佛。

"若随顺美女的心愿，
"今生就和佛法绝缘；
"若到深山幽谷修行，
"又违背姑娘的心愿。"

古体诗最后一首的结末两句，不是仓央嘉措的原作，是译者曾缄所加。

读了仓央嘉措的原诗，无论古体的还是白话的，都很美，也很感人；同时当那种无以言状的悲伤引发我们的共鸣时，却又禁不住莞尔一笑。

毕恭毕敬地抄写佛经，被雨淋得模糊不清，他虽然在尽力辨认经文的字迹，看到的却是情人脉动的心。

入定修观，希望得智慧，开法眼，看到佛利三宝妙好庄严相。诸佛菩萨没有看见，情人却不请自来。

无论修止还是修观，情人的倩影总是如在眼前。倘若修正佛法能像忆念情人一样至诚恳切，今生成佛，又有何难。

不是没有担心过如此多情，必将妨碍修正佛法，得成正果，又怕真的一旦弃绝红尘，就永远无缘与绝代佳人重新欢会。

也许世俗中人看到这位情僧处此绝境而不知出路，于是给他想了一个妙招：如何能为仓央嘉措这样情种兼活佛找到一个两全其美的办法，让人可以既能成佛，又不辜负深爱着的佳人？"世间安得双全法，不负如来不负卿"——译者添加的这两句之所以被读者认可，被誉为"经典中的经典"，是因为他道出了既想成佛又割舍不下人间情爱的无数人的共同心愿。

诚然，许多翻译仓央嘉措诗歌的人，由于对西藏语言、风俗和藏传佛教的不甚精通，不当甚至歪曲之处多有。我们权且当作是诗歌传播过程中无法规避的再创作吧，只要我们通过仓央嘉措，能了解我们从前不知道的一个修道者兼多情人的内心世界，并从中能得到艺术享受和审美快感，有此瑕疵，亦无大碍。

厉 鹗

厉鹗（1692—1752年），字太鸿、雄飞，号樊榭、南湖花隐等，钱塘人。康熙五十九年（1720年）举人，屡试进士不第。家贫，性孤峭，喜山水，工诗词，擅南宋诸家之胜，是浙派诗词名家。著有《宋诗纪事》《樊榭山房集》等。

南湖[1]雨中

夹竹天桃蘸小红，水高鱼沪[2]没芦丛。
南湖春物无人管，都付斜风细雨中。

【注释】

〔1〕南湖：在浙江省嘉兴市，与玄武湖和西湖并称"江南三大名湖"。景色优美，为旅游胜地。因位于城南而得名。

〔2〕鱼沪：一种捕鱼工具，以竹制成，置水中。水满鱼入，水落鱼则困于其中。

【赏析】

南湖素以"轻烟拂渚，微风欲来"的迷人景色而著称于世。这是诗人的一首纪游之作。

诗以夹竹桃起兴。作者借用《诗经·桃夭》之"桃之夭夭"形容夹竹桃的繁花似锦。"蘸"字用的新巧。诗人说，夹竹桃点点如星的蓓蕾，仿佛是有人蘸着鲜红的颜色，轻轻点染而成。"水高"一句写远景。诗人的目光从如火如染的天桃转向远方，望着随湖水升高而渐渐沉没的鱼沪，内心不由自主地感到迷茫空旷。这是一个无人之境，一种无人之景。诗人凝望着南湖美景，却发现无人欣赏，无人理会，任凭它淹没于斜风细雨中，突然间一种莫名其妙的惆怅涌上心头。

幽新隽妙，悠远清雅，是厉鹗律诗的显著特色。这首七绝颇可代表其诗风之一斑。

国学经典精神家园丛书

郑板桥

郑板桥（1693—1765年），名燮，字克柔，江苏兴化人。康熙秀才、雍正举人、乾隆元年进士。"扬州八怪"之一。历官河南范县、山东潍县知县，有惠政。以请拯饥民忤大吏，乞疾归。诗书画均旷世独立，人称三绝。有《板桥全集》。

竹　石

咬定青山不放松，　立根原在破岩中。
千磨万击还坚劲，　任尔东西南北风！

【赏析】

这是一首被广为传诵的名篇。诗为题竹石图而作，用语通俗易懂，意旨却极其深远。

被历代文人赋予多种品格意象的竹，与梅、兰、菊一起，向有"四君子"之美誉。"虚心竹有低头叶，傲骨梅无仰面花"，这是称颂其谦虚；"清寒直入人肌骨，一点尘埃住得无"，这是称颂其清远。郑板桥却单取其"坚劲"，赋之以又一种美德。他对竹的这一品格的赞许，还表现在另一首题画诗中：

"秋风昨夜渡潇湘，触石穿林惯作狂。

"唯有竹枝浑不怕，挺然相斗一千场。"

郑燮如此爱竹，从不同的角度对竹赞美备至，与他刚正不阿、秉性倔强的个性有关。他之所以被称作"扬州八怪"的班头，其来由即在此。

潍县署中画竹·呈年伯包大中丞括[1]

衙斋卧听萧萧竹，疑是民间疾苦声。
些小吾曹州县吏，一枝一叶总关情。

【注释】

〔1〕包括：乾隆时山东布政使，署理巡抚。郑板桥的上司。

【赏析】

乾隆十一年（1746年），郑燮任山东潍县知县，画《风竹图》并题诗呈送顶头上司包括。因为是题写在画幅上的，所以作者充分利用他工诗善画的特长，图文并茂地表述了自己的从政理念和关心民疾的情怀。

首先，诗人讲述了作画的缘起，说他正在县衙书房中休息的时候，听到窗外风声大作，丛竹萧萧，如泣如诉，他依稀仿佛觉得这是黎民百姓在呻吟，在诉苦。因此诗人顺理成章地想：我们这些七品芝麻官，官帽虽小，但黎民百姓大大小小的事情无不与我们相关。窗外寒风中的竹子，一枝一叶，此刻不正在经受着凄风苦雨的欺凌吗？我们作为他们的"父母官"，怎可不关心他们的疾苦呢？作者把对民众体贴入微的关爱，用"一枝一叶总关情"来表述，一个封建时代的官吏，对低层民众能有如此觉悟，不是很令人肃然起敬吗？

郑板桥出身寒微，对民众的饥寒温饱有深切的了解。这首诗即是他自我形象的真实写照，也是他关爱民众之良苦用心的生动体现。

题画竹

四十年来画竹枝，日间挥写夜间思。
冗繁削尽留清瘦，画到生时是熟时。

【赏析】

诗写诗人自己一生画竹的体会，涉及的却是一个非常深刻的美学问题，而作者对于这一美学问题的理解，是通过绘画理论体现出来的。

绘画也好，书法也好，许多不愿意下苦功打基础的人胡说什么率性而为即是真品，想以这种自文其陋、自饰其非的狡辩浑水摸鱼。郑板桥用他四十年画竹的实践揭穿了这类艺苑掮客的荒谬，指出在熟练掌握基本功的基础上，才能由"极苦"达到"极工"。他说自己画竹，白天挥毫，夜晚揣摩，才总算达到了"冗繁削尽留清瘦"的境界。他在《书画鉴影》中说："余始画竹，能小而不能多；既而能多矣，又不能少，此层能力，最为难也。近六十外，始知减枝减叶之法。"

他所说的"多"与"少"的问题，在艺术创作上，实际上是一个由只求形似貌合、毛发毕现的工笔素描式的基本功训练阶段，提高到忘形取神、以神摄形的大写意之自由境界的过程，也就是"何意百炼钢，化为绕指柔"的过程。

不过郑板桥似乎更进一步，他在忘形取神的基础上进而提出熟中取"生"的问题。他把自己画竹的理论与宋代画竹名家文同的观点做了对比。他说："文与可画竹，胸有成竹。郑板桥画竹，胸无成竹。"郑板桥的意思是说：胸有成竹，必须做到意在笔先；而胸无成竹，则求趣在法外。胸无成竹，并非不要以意领笔，而是要在成竹在胸的基础上达到创作自由，要以作者的神识妙悟统率素材和笔墨。作如是观，即可明白，所谓"熟时"，就是胸有成竹，准备付诸创作实践之时；而所谓"生时"，则是酝酿如何画出新意之时。所以可以说，从美学的角度看，"多"与"少"之间的转化，是一个剪裁、提炼生活素材，渐次进入艺术殿堂的必然过程；而"熟"与"生"的相互转化，则是一个突破程式追求创新的问题。二者其实同样重要，而不应当厚此薄彼。说到底，艺术创作，神采比文采更重要。

严遂成

严遂成，字崧占（一作崧瞻）、海珊，乌程（今浙江省吴兴）人。雍正二年（1724年）进士，官山西临县知县。乾隆元年（1736年）举"博学鸿词"，值丁忧归，后补直隶阜城知县。迁云南嵩明州知府，创办凤山书院。在官尽职，所至有声。诗兼雄奇绮丽之格，工于咏物，尤长咏史。有《海珊诗抄》。

乌江项王[1]庙

云旗庙貌拜行人，功罪千秋问鬼神。
剑舞鸿门能赦汉，船沉巨鹿竟亡秦。
范增一去无谋主，韩信原来是逐臣。
江上楚歌最哀怨，招魂不独为灵均[2]。

【注释】

〔1〕乌江项王：与楚汉相争的相关注释，请参阅前王象春《书项王庙壁》。

〔2〕灵均：即屈原。灵均是其字。

【赏析】

如何评价楚汉相争和刘项的人品，是一个见仁见智的问题。严遂成对项羽千秋功罪的评述，显示出一种深邃的史学透视，值得赞赏。

项王庙前，云旗高悬；项王庙中，前来拜祭的游人络绎不绝。旅客可以随波逐流，诗人却要思索历史之兴衰成败。他纵观项羽的一生，认为这位"力拔山兮气盖世"的英雄有功也有过。他在鸿门宴上能放刘邦一马，说明他为人的光明磊落，豁达大度；秦兵围困巨鹿（今河北省平乡西南），项羽破釜沉舟，拼死决战，击败秦国主力，显示了他的英勇刚毅。项羽最大的缺失是不善识人用人，刚愎自用。鸿门宴上，他的谋臣范增因其错失主盟天下的良机，失望、恼怒之余拂袖而去；当年韩信投奔他，屡献良策而不用，因此才转投刘邦，结果把他兵围垓下的恰恰是韩信。乌江自刎，英雄末路，某种程度上是项羽自取灭亡。

尾联作者将项羽和屈原联系在一起，认为楚人至今追悼英灵，不只是在祭奠爱国诗人屈原，也是在悼念他们的盖世英雄项羽。这不但因为他们都是楚人，而且因为项羽毕竟是把他们从秦国暴政中解放出来的救星。

俗语常说，不应以成败论英雄。这首咏史七律正是此论之代表作。就诗论诗，首联以庄严的气氛导出"千秋功罪"这样重大的历史课题，气势非凡。对仗工整平稳的中间两联，讲述的都是楚汉相争中成败攸关的关键性问题，格外凝重。尾联把屈原和项羽两个对楚文化有着重大而长远影响的一文一武并举，显示了作者见识卓越的史学观。

【名家评点】

读史诗无深义，便成《二十一史弹词》。虽着议论，无隽永之味，又似史赞一派，俱非诗也。

——（清）袁枚《随园诗话》

曹雪芹

曹雪芹，名霑，字梦阮，号雪芹、芹圃、芹溪。先世原为汉人，明末编入满洲籍。出身于官僚家庭，祖上三代世袭江宁织造达六十年之久。其祖父曹寅曾奉旨刊刻《全唐诗》。父因事受株连，被革职抄家。落魄京师，专心致志于《红楼梦》创作，惜未完稿而死于贫苦忧患。

好了歌注

陋室空堂，当年笏满床〔1〕。
衰草枯杨，曾为歌舞场。
蛛丝儿结满雕梁，绿纱今又糊在蓬窗上。
说什么脂正浓，粉正香，如何两鬓又成霜？
昨日黄土陇头〔2〕送白骨，今宵红绡帐底卧鸳鸯。
金满箱，银满箱，转眼乞丐人皆谤。
正叹他人命不长，哪知自己归来丧！
训有方〔3〕，保不定日后作强梁〔4〕。
择膏粱〔5〕，谁承望流落在烟花巷！
因嫌纱帽小，致使锁枷扛。
昨怜破袄寒，今嫌紫蟒〔6〕长。
乱哄哄，你方唱罢我登场，反认他乡是故乡。
甚荒唐，到头来都是为他人作嫁衣裳！

【注释】

〔1〕笏：古代朝臣上朝时手中所执之板，用以记录圣旨。床：这里指放笏的台架。"笏满床"表示家中做大官的人多。

〔2〕陇头：这里指墓地。

〔3〕训有方：意谓有一套教育子弟的好办法。

〔4〕强梁：横行霸道，这里是指强盗。

〔5〕膏粱：以脂油、白米代指豪华的物质生活，这里引申为富家子弟。

〔6〕紫蟒：绣蟒的官袍，古代三品大员方可着紫服。这里泛指显贵们的官服。

【赏析】

《红楼梦》第一回讲述了甄士隐元宵夜连遭爱女失散、家园毁于大火等一系列天灾人祸后，跛道人为了度他，唱《好了歌》为他指点迷津。

甄士隐听了这歌，感慨万端，作了这首《好了歌注》，随即头也不回，随跛道人"飘飘而去"。

这篇"注"一口气列举了十一种至今屡见不鲜的社会现象，雄辩地说明世事无常，人生犹如梦幻泡影，不幸世人沉迷其中，不知觉悟。你看，眼前的残破厅堂，从前却是出过众多高官的府第；那蒿莱没人、枯树萧萧的残垣里弄，当年曾是轻歌曼舞的粉香场所；昔日的雕梁画栋，如今结满了蜘蛛网；而贫寒之家，现在却安上了象征发迹的绿纱窗。这是从外观上来观察社会沧桑巨变。然后作者再从人生短暂、造化弄人来揭示命运之可悲可叹：在你涂脂抹粉，正为自己的美貌搔首弄姿的时候，不知不觉就两鬓如霜、满头白发了；昨天还因为人送葬而感叹唏嘘，今晚却又为恭贺新禧大闹洞房；有人不久前还在为自己富甲一方而踌躇满志，想不到转眼间就成了乞丐，受尽了世人谣诼诽谤；正在为别人短命而叹惜，哪知道自己回到家里也一命呜呼了；常常向人炫耀教子有方，谁敢保证精心教育出来的孩子日后不是强盗？费尽心机要为女儿选择富贵人家的子弟，想不到女儿后来却流落到了妓院。做了官的，步步高升，仍不满足，结果成了阶下囚；昨日还因衣不御寒而自怜自叹，一旦做了高官，又嫌宽衣大袍穿着不方便了。歌者最后归纳道：这世界乱象丛生，一言难尽，就好像是个大剧场，有的人刚刚粉墨登场，就又被急于登场的他人赶了下来。人生在世，本来不过是匆匆过客，可惜痴迷之辈总是把自己当作天地间的主人，荒唐啊荒唐！忙到头，还不是为他人"做嫁衣裳"！

这首类同散曲的歌词，通俗易懂，对后世影响很大。综观《红楼梦》全书，不难看出，其中饱含着佛理禅味。

国学经典精神家园丛书

葬花辞

花谢花飞花满飞，红消香断有谁怜？
游丝软系飘春榭[1]，落絮轻沾扑绣帘。
闺中女儿惜春暮，愁绪满怀无着处。
手把花锄出绣帘，忍踏落花来复去？
柳丝榆荚自芳菲，不管桃飘与李飞。
桃李明年能再发，明年闺中知有谁？
三月香巢初垒成，梁间燕子太无情！
明年花发虽可啄，却不道人去梁空巢已倾。
一年三百六十日，风刀霜剑严相逼。
明媚鲜妍能几时，一朝飘泊难寻觅。
花开易见落难寻，阶前愁杀葬花人。
独把花锄偷洒泪，洒上空枝见血痕。
杜鹃无语正黄昏，荷锄归去掩重门。
青灯照壁人初睡，冷雨敲窗被未温。
怪侬底事[2]倍伤神？半为怜春半恼春。
怜春忽至恼忽去，至又无言去不闻。
昨宵庭外悲歌发，知是花魂与鸟魂？
花魂鸟魂总难留，鸟自无言花自羞。
愿侬此日生双翼，随花飞到天尽头。
天尽头！何处有香丘？
未若锦囊收艳骨，一抔净土掩风流。
质本洁来还洁去，不教污淖陷渠沟。
尔今死去侬[3]收葬，未卜侬身何日丧？
侬今葬花人笑痴，他年葬侬知是谁？
试看春残花渐落，便是红颜老死时。
一朝春尽红颜老，花落人亡两不知！

【注释】

〔1〕榭：这里泛指亭台。

〔2〕底事：为什么事。

〔3〕侬：我。

【赏析】

《红楼梦》第二十七回黛玉葬花是感人至深的一个情节。黛玉的个性和命运，在这首诗中得到了淋漓尽致的表现。本诗可分为五大段解读欣赏。

第一段，从"花谢花飞飞满天"到"忍踏落花来复去"共八句。

话说林黛玉在怡红院吃了闭门羹，哭了一夜，勾起伤春愁思，翌日前往葬花的"花冢"漫步，因满天飞舞的落花柳絮联想到自己寄人篱下，孤苦彷徨，情不自禁地将满地落花引为同病相怜的知己。看着脚下的花朵，她都不敢迈步了。

第二段，自"柳丝榆荚自芳菲"到"却不道人去梁空巢已倾"八句。

以周遭景象的冷漠，进一步为落花与闺秀一洒同情之泪。她放眼周遭，发现质地鄙陋的柳丝和榆荚得意扬扬，自满自足，根本不把桃李的飘零放在心上；最无情的是那梁间的燕子，衔花筑巢，全然无视花残香销的悲惨境遇。可它们哪里想到，桃李尚且还有春来重艳的希望，而闺中的佳丽一旦香消玉殒，明年人去楼空，香巢倾覆，它们难道一点儿都不同情？这几句表面上是责怨榆柳和燕子，联系林黛玉的一生，很明显是在影射自己。

第三段，从"一年三百六十日"到"至又无言去不闻"，共十六句。

情感宣泄到此，葬花人情不自禁地将笔墨转到了自己。年复一年，风刀霜剑摧残的何止是百花，红颜佳丽又岂能幸免！想到这里她独把花锄，血泪交迸，只好荷锄归去。然而陪伴她的却是一盏青灯，一窗冷雨，这"凄凄惨惨戚戚"的况味，"怎一个愁字了得"！倾城佳人，绝世才人，何以至此？她转而剖析自己，自问自答：到底是为什么而如此"伤神"？"半为怜春半恼春"也；一个芳龄少女的青春年华，就在这春来春去中黯然消逝了！

第四段，自"昨宵庭外悲歌发"到"不散污淖陷渠沟"共十二句。

伤痛之际，忽然想起昨晚似乎听见窗外悲歌猝发，她知道那是花魂与鸟魂在召唤，它们希望我身生双翼，与它们一同飞到天之尽头。唯其如此，才能彻底摆脱这令人窒息的五浊恶世，找到理想的天地。可是她犹豫了，迷惘了："天尽头，何处有香丘？"那里真是自己的归宿吗？今生今世的末了情使她最终选择的道路是：与落花同命运！一席锦囊，一抔净土，"质本洁来还洁去"！还有比这更高贵更震撼人心的绝命词吗？

第五段，结尾八句。

做出了"一抔净土掩风流"的最后抉择，葬花人临末用泣不成声的悲绝来结束自己的伤痛。怜春、恼春、怨春；怜花、悲花、葬花、悼花，实则是在自怜自叹，自悲自悼。《葬花辞》用借花喻人、由花及人、人花合一的艺术手法，意欲破解五浊恶世与天生丽质无法调和的情结，却依然落入了"花落人亡两不知"的迷惘怪圈，给后人留下了无穷的伤感、哀叹和沉思，这应该是此诗永恒的艺术魅力之所在吧。

【名家评点】

余读《葬花吟》凡三阅，其凄楚感人，令人身世两忘，举笔再四，不能加批……即字字双圈，料难遂颦儿之意。

——（清）脂砚斋 庚辰本《红楼梦》眉批

题帕三绝

眼空蓄泪泪空垂，暗洒闲抛却为谁？
尺幅鲛绡[1]劳解赠，叫人焉得不伤悲。

抛珠滚玉只偷潸[2]，镇日[3]无心镇日闲。
枕上袖边难拂拭，任他点点与斑斑。

彩线难收面上珠，湘江[4]旧迹已模糊。
窗前亦有千竿竹，不识香痕渍也无？

【注释】

〔1〕鲛绡：传说海中的美人鱼叫鲛人，后来又有鲛人会织薄纱之说，称为"鲛绡"。这里是指丝帕。

〔2〕抛珠滚玉：形容泪珠。潸：落泪的样子。

〔3〕镇日：犹整日。

〔4〕湘江：借用湘妃竹一典故。舜南巡，死于苍梧之野，二妃娥皇、女英哭之，泪

洒竹成斑。

【赏析】

故事发生在《红楼梦》第三十四回："情中情因情感妹妹，错里错以错劝哥哥。"话说宝玉挨打，不便探望黛玉，便托晴雯送手帕示意，黛玉心领神会，赋此组诗以感念。

首章自问自答：自己为谁蓄泪暗垂？因恋人尽管自己卧床不起，仍不忘赠送"鲛绡"以慰相思，能不感伤悲叹！次章说自己整日暗暗流泪，都懒得去揩拭，任其点点在枕，斑斑在袖。末章说由自己落泪而想到湘江女神血泪染成斑竹，潇湘馆窗前亦有千竿翠竹，不知我的眼泪是否也在竹上留下斑痕？

三章皆围绕"泪"展开。黛玉前世为绛珠仙女，神瑛侍者（宝玉前身）曾以甘露灌溉之。绛珠仙女下凡人间，发誓以眼泪来报答神瑛的前世恩情，因此整日悲泣成了她一生显著的性格特点。这真是"系我一生心，负你千行泪"了。

袁 枚

袁枚（1716—1798年），字子才，号简斋，晚年自号仓山居士、随园主人、随园老人。钱塘人。乾隆四年（1739年）进士，历任溧水、江宁等县令，有政绩，四十岁辞官定居南京小仓山，建筑随园，专事诗文著述。广收诗弟子，女弟子尤众。与赵翼、蒋士铨合称"乾隆三大家"。论诗主性灵说。著有《小仓山房集》《随园诗话》《子不语》等。

一 卷

一卷书开引睡迟，洞房屡问夜何其[1]？
高堂怜惜小妻恼，垂老还如上学时。

【注释】

〔1〕夜何其：意谓问夜深已是几更了。

国学经典精神家园丛书

【赏析】

古诗常以起首二字为题，这首诗也一样。

这是一首以日常生活为题材的小诗，写得生动婉曲，余味悠然。

作者说他被一本书吸引，夜已深了，仍然没有睡意。惹得妻子不高兴，一次次问他是几更天了。不直截了当地催促丈夫驾枕同眠，而是借问"夜何其"表示不满，把女性特有的心理刻画得细腻入微。妻子不间断地催促，惊动了双亲，既同情年轻情浓的儿媳，又怕真惹恼了她，小两口闹别扭，因此干脆下了死命令，要他快去陪伴娇妻。"垂老还如上学时"，收尾一句意蕴温厚，情致儒雅。父母严厉中所饱含的关爱，使作者想起小时上学，两位老人担心他迟到，每天夜里也和今天一样，再三再四地督促他早睡。如今父母都已垂垂老矣，还得为小两口的恩爱和睦操心。可怜天下父母心哪！想必此时诗人既为父母的大恩所感动，又为爱妻的娇柔而心动，早已将书本抛开了吧。

袁子才论诗标举"性灵"和含蓄。为强调"为人贵直，而作文贵曲"的道理，曾对一首访友诗"乱鸟栖定夜三更，数上银灯一点明；记得到门还不扣，花阴惜听读书声"大加赞赏，曰："此曲也，若到门便扣，则直矣。"移来鉴赏这首《一卷》，岂不便当。

马嵬驿

> 莫唱当年《长恨歌》，人间亦自有银河。
> 石壕村里夫妻别，泪比长生殿上多。

【赏析】

诗作于乾隆十七年（1752年）作者赴陕西任职途中，路经马嵬驿时，有感于唐玄宗逃难四川，禁军哗变，在马嵬坡逼杨贵妃自缢之事，写下了这首名作。

缅怀唐杨悲剧，自然要想到白居易的《长恨歌》。白氏之作，对唐杨生死之恋寄予了无限同情。子才对此大不以为然，他认为人世间也有条条"银河"，阻隔了无数像牛郎、织女那样的愁男怨女，酿造了许多悲剧。为什么偏偏要对帝王宠妃大唱赞歌呢？作者进而想到杜甫的《石壕吏》，因唐明皇的荒淫无度所导致的"安史之乱"，才使石壕村里那样的老翁和老妇破家人亡，黎民百姓流的眼泪难道不比唐明皇为思念杨贵妃流得多吗？

诗以议论取胜，却句句含情，意蕴深邃。

推　窗

连宵风雨恶，蓬户不轻开。
山似相思久，推窗扑面来。

【赏析】

　　乾隆十三年（1748年），袁枚辞官隐居，于南京小仓山筑随园，景观宏阔，林泉尽收，并广招女弟子传授诗法，过起了悠闲自在的神仙般的生活，逍遥授徒之余，写下了大量山水诗。

　　这首五绝篇幅早小，意境却敞朗开阔，灵动活泼。前两句蓄势，写足了通宵达旦的恶风愁雨使人连门窗都不敢打开的气闷。天亮时分，诗人忽见雨过天晴，欣喜万分，急不可耐地推窗远眺。有此双重蓄势，下面的惊喜就显得入情入理，水到渠成。说山对人相思已久，反衬出人思青山之热切；不说人对山之贪爱，而说山对人的眷恋日久，因此"扑面"而来。这种绘画技巧中"反衬法"的运用，化静为动，化无情物为有情人，比直笔抒情，取得了意想不到的审美效果。这也是袁子才"性灵说"的生动体现。

张宜泉

　　张宜泉（1720—1770年）北京通县张家湾人，内务府汉军旗人。著有《春柳堂诗稿》，现存最早者为光绪年间刊本，由其嫡孙张介卿付梓，对于红学研究价值极大。其"先世曾累受国恩"，后家道败落。宜泉遭际坎坷，十三岁丧父，后又丧母，为兄嫂不容。终身不得志，晚年靠办私塾维持生计。

题芹溪居士 [1]

爱将笔墨逞风流。庐结西郊别样幽。
门外山川供绘画，堂前花鸟入吟呕。

羹调未羡青莲宠〔2〕，苑召难忘立本羞〔3〕。
借问古来谁得似？野心应被白云留〔4〕。

【注释】

〔1〕居士：在家修道的佛教徒，亦称有德才而隐居不仕的文人雅士。

〔2〕"羹调"句：典出唐明皇为李白调羹醒酒事。明皇朝，李白为翰林待诏，一日，明皇与贵妃于沉香亭赏花，召之赋诗，适李白醉酒，明皇亲手为他调羹醒酒，李白作《清平调》三首，一时传为佳话。这一句是说，即便像李白那样受皇帝宠幸，曹雪芹也不羡慕。

〔3〕"苑召"句：阎立本是唐代大画家。一次，太宗与朝臣游春苑池，召阎作画。他奉命俯地调色，深感有失尊严，回家后告诫其子不要学画。

〔4〕"借问"二句："白云"典出南朝陶弘景隐居句容山，拒绝齐高帝征召事。野心：这里是志在山林的意思。

【赏析】

在曹雪芹崎岖坎坷的一生中，结交过许多来自社会底层的朋友，其中张宜泉是比较特殊的一位。这个以教私塾为生的寒士，与雪芹有着深厚的友谊，在他的《春柳堂诗稿》中，写有四首悼怀雪芹的诗，为考证这位伟大作家的生平提供了许多难得的珍贵资料。

在这首诗的标题下，作者自注曰："姓曹名霑，字梦阮，号芹溪居士。其人工诗善画。"首联是雪芹致力于《红楼梦》创作和晚年定居北京西郊的确切无疑的定论。颔联写雪芹在西山的生活环境，是对"工诗善画"和"别样幽"的具体描述。颈联引用李白和阎立本之典实，赞扬朋友宁可"举家食粥""著书黄叶村"，也不肯"摧眉折腰事权贵"的高尚品格。尾联引陶弘景作比，进一步深化了曹雪芹蔑视名利、超凡脱俗的风致。当年齐高帝想劝陶弘景出山，陶作《答齐高帝诏》婉言拒绝：

"山中何所有？岭上多白云。

"只可自怡悦，不堪持寄君。"

这里作者自问自答：试问像曹雪芹这样的高洁儒雅之士，和哪一位古人相似呢？只有南朝的陶弘景啊！他的志趣也在白云、青山、流泉之间，决非凡夫俗子所能理解。

尽管宜泉不是诗坛名家，但是这首题赠曹雪芹的诗写得情景俱佳。诗人怀着诚挚的友情，赞赏了朋友的卓越才华和崇高品格，如果不是对雪芹的精神世界和生活状况有着真切的了解，是写不出这样的好诗的。

蒋士铨

　　蒋士铨（1725—1785年），字心余、苕生，号芷园、离垢居士、定甫等。铅山（今属江西省）人。江右二十二年（1757年）进士，官翰林院编修。四十岁后历主蕺山、崇文、安定书院讲席。精通戏曲，工诗文，与袁枚、赵翼合称"江右三大家"。论诗主性情说，诗风意境开阔，朴直沉雄。著有《忠雅堂集》，杂剧《藏园九种曲》等。

题　画

不写晴山写雨山，似呵明镜照烟鬟。
人间万象模糊好，风马云车便往还。

【赏析】

　　朦胧含蓄，是一个重要的美学概念。该诗通过绘画阐明了朦胧之于艺术创作的重要性。

　　诗人说，他所题写的这一幅画，不描绘晴空中的山，却专写烟雨中的山，让人看上去，好像是明镜上被故意呵了一层气，使显示在镜中的面容朦朦胧胧，反而勾起了一窥真容的欲望。由此进一步引发了诗人对"人间万象"的思索。他认为对待人生中的各种事相，也应当看得模糊一些，含蓄一些为好，正像遥望神仙驾车在云山雾海中往来逍遥，势必会让人产生一种心向往之的神秘感一样；反之，凡事看清了，看透了，所有的美中不足便会暴露无遗，就好像拿着放大镜去审视美女的脸，必然会发现其毫毛如椽、雀斑如豆之不雅，原本可以给你带来的勾魂摄魄般的审美快感，顷刻之间荡然无存，岂不扫兴！

赵　翼

　　赵翼（1727—1814年），字云崧、耘崧，号瓯北、裘萼，晚号三半老人。江苏阳湖（今常州）人。乾隆二十六年（1761年）进士。历仕滇黔，官至贵西兵备道。后辞官主讲安定书院。长于史学，考据精赅。论诗主"独创"，与袁枚、张问陶并称"性灵派"三大家。咏史诗成就较突出。著有《廿二史札记》《瓯北诗话》等。

后园居诗（九首选一）

有客忽叩门，来送润笔需。乞我作墓志，要我工为谀。
言政必龚黄[1]，言学必程朱[2]。吾聊以为戏，如其意所须。
补缀成一篇，居然君子徒。核诸其素行，十钧无一铢[3]。
此文倘传后，谁复知贤愚？或且引为据，竟入史册摹。
乃知青史上，大半亦属诬。

【注释】

〔1〕龚黄：指龚遂、黄霸，二人都是汉宣帝时政绩甚佳的名臣。

〔2〕程朱：指程颐、朱熹，宋代著名理学家。

〔3〕钧铢：古代以三十斤为一钧，二十四铢为一两。

【赏析】

以诗歌的形式，来揭示历史或生活中启迪心智的哲理，是赵翼文学创作的一大特色。

在封建社会，请名流撰写墓志铭，是一个非常普遍的现象。求人者都得付给撰写者一笔名曰"润笔费"的酬金。所付"润笔费"越多，溢美之词自然也就越甚。此即这首五言歌行创作之缘由。

作者说，客人送来了润笔费，要他写墓志铭，而且要求务必要多多美言。谈到亡者的政绩时，一定要拔到名臣的高度；写道学问时，一定要可与程朱不相上下。作者按照客户的要求，漫不经心，东拉西扯，拼凑了一篇墓志铭，回过头来一看，亡者俨然是一个正人君子。可是一旦如实考核此人生前的所作所为，居然与墓志铭塑造出来的形象相距十万八千里。作者于是骇然心惊，冷汗浃背了！他情不自禁地想，这样的文章今后载入史册，流传于世，谁还去辨别死人是贤是愚？这时，他猛然醒悟，且悚然心惊：如此看来，历史岂不成了任人打扮的妓女？以往青史典籍中的那些圣哲古贤，想必也是在金钱的收买下，在权势的威逼下，这样写出来的吧？历史既然是这样记载下来的，名流既然是这样塑造出来的，那还何必去学习历史？或者为了分辨历史演进的黑白是非，忠奸贤愚的真伪对错而争论不休呢？

西湖杂诗（六首选一）

一抔总为断肠留，芳草年年碧似油。
苏小坟连岳王墓，英雄儿女各千秋。

【赏析】

把一个妓女和民族英雄放在一起，而且认为他们仿佛春花秋月，各有千秋，这是在冒天下之大不韪。事实上也确实如此，至今仍有不少清诗研究者认为作者不严肃。

其实，只要我们冷静地思量一下，不难发现，这首立意奇特的诗暗含着两个命题：一是如何对待爱国与爱情；二是如何看待众生。

先说其一。像岳飞那样的民族英雄，其生平事迹被后人当作楷模，激励了无数志士仁人为国为民舍生取义，名垂青史，理所当然应当为其树碑立传。实际上向来都是这样做的。对于像苏小小这样的痴情女子，沦落风尘并非她的本愿，但是她能大胆地去追求真正的爱情，现实生活中得不到，哪怕对方是一个与自己心心相印、真诚相交的鬼魂，她也敢于一往无前、始终不渝地去追寻，不是也应当肯定吗（详情请参阅《唐诗三百首》李贺的《苏小小墓》）。正因为此，苏小小不但被历代名家热情歌颂，至今还在被世人凭吊。一个正常的社会，不能只要英雄，不要儿女。正是从这个意义上，作者得出了"英雄儿女各千秋"的结论。

赤　壁

依然形胜扼荆襄，赤壁山前故垒长[1]。
乌鹊南飞无魏地[2]，大江东去有周郎。
千秋人物三分国，一片山河百战场。
今日经过已陈迹，月明渔父唱沧浪[3]。

【注释】

〔1〕"赤壁"句：此句化用苏轼《念奴娇》"故垒西边，人道是，三国周郎赤壁"句意。

〔2〕"乌鹊"句：语本曹操《短歌行》"月明星稀，乌鹊南飞"。

〔3〕渔夫唱沧浪：借用屈原《渔夫》"沧浪之水清兮，可以濯吾缨；沧浪之水浊兮，可以濯吾足"句意。

【赏析】

乾隆三十七年（1772年），赵翼被降级调离广州，他以母年高弃官归乡，经洞庭入长江，凭吊三国古战场赤壁，写下此诗以抒古今沧桑之慨。

前三联以历史与现实的差异，时空的对照抒发今昔之感。"依然"是眼前所见之锦绣河山；"故垒"是令人感慨的历史遗迹。顾盼"乌鹊南飞"，目送"大江东去"，遥想一千多年前的那场山河为之变色的赤壁大战，周瑜英雄一世，曹操狼狈逃窜——如今该当做何感想？三国争霸，各显英雄气象；江山万里，却成了群雄出没的战场——功过是非，又当如何评说？作者最后的结论是：俱往矣，与月明星稀，不管清浊，逍遥自得的渔夫比起来，那些一度风云显赫的历史人物，岂不显得可怜可叹？

全诗一气流走，境界辽阔，情感跌宕，韵味悠长。

论诗五首（选四）

满眼生机转化钩[1]，天工人巧日争新。
预支五百年新意，到了千年又觉陈。

李杜诗篇万口传，至今已觉不新鲜。
江山代有才人出，各领风骚数百年。

只眼须凭自主张，纷纷艺苑漫雌黄[2]。
矮人看戏何曾见，都是随人说短长。

少时学语苦难圆，只道工夫半未全。
到老始知非力取，三分人事七分天。

【注释】

〔1〕钧：制陶器所用的转轮。这里是指天工化育万物，如陶工之转轮。

〔2〕雌黄：矿物名，晶体，橙黄色，可制颜料。古人以黄纸写字，写错了，则以雌黄涂改，因称涂改、评议为"雌黄"。亦指谬论、善恶、是非，如《文选·刘孝标〈广绝交论〉》："雌黄出其唇吻，朱紫由其月旦。"

【赏析】

尽管在爱情观上，人们赞许"春蚕到死丝方尽"的坚贞如一，但在心理学上，又不得不承认喜新厌旧是一个正常的心理诉求。艺术创作上的推陈出新于是成了美学的一个重要议题。我们已经看到，赵翼在清代文坛，实在是一朵勇于突破定式思维的奇葩。对待历史人物，他敢于把妓女和英雄相提并论；对于历史典籍，他发出了"诔伪"难信的质疑；在这里，论诗，他竟敢石破天惊地说李杜诗篇"至今已觉不新鲜"！可是只要客观冷静地想一想，事实难道不正是这样吗？

毋庸讳言，创新是古已有之的理念。扬雄《太玄》云："因而循之，与道神之；革而化之，与时宜之。故因而能革，天道乃得；革而能因，天道乃驯。"刘禹锡《问大钧赋》云："以不息为体，以日新为道。"唐才常说的更醒目："尊新必威，守旧必亡。"西方美学家甚至认为"创新是诗歌的灵魂"。赵翼论诗，可贵之处在于他认为文学创作的创新，是宇宙万物无不遵循的自然法则之体现，是不受什么理论规范的自为逻辑。

在第一首诗里，赵翼就是以宏观的视野来把握这个道理的。他说，大自然的勃勃生机，在造化的熔炉中，是像陶器在陶人旋转的模具中那样显现出来的。诗人出自性灵的创作，如同是在与生生不息的天工造化比赛创意，只有日新月异，方可显现"满眼生机"。尽管如此，即便你在自己的诗歌中注入了五百年不变的新意，然而千年之后，人们又会觉得不新鲜，太老套，又会被更有时代气息和审美情趣的新诗所取代。在"文必秦汉、诗必盛唐"的观念普遍流行的时代氛围中，敢于如此响亮尖锐地说出自己的意见，是需要非凡的胆识和勇气的。

第二首以李白、杜甫为例，来证明文贵创新的观点。近代以来，这首绝句成了人们乐于援引的名篇。赵翼说李杜诗篇"至今已觉不新鲜"，并没有否定李白和杜甫的意思，他的用意是要揭示一个不容回避的事实：随着时代的发展，文明的进步，李杜的诗篇已经不能满足当代人的审美趣味了。既然连"诗仙""诗圣"这样的绝唱，都不能改变文贵创新这一法则，既然时代呼唤着能够代表其时代精神的新生代出世，就像盛唐之后有宋代词苑大家的崛起，元代戏曲作家的辉煌，明清之交文人诗社的遍地开花一样，他们不都是"各领风骚数百年"的天才吗？

有的诗人觉得"古来好诗本有数，可奈前人都占去"。对于这种人，组诗的第三首用了一个形象的比喻，指出其错误的根源在于"矮人看戏"，见不到真相，于是鹦鹉学舌，人云亦云。作者老实不客气地指出，在整个艺苑纷纷攘攘、信口雌黄的风气下，要想有真知灼见，就得独具慧眼，切不可妄自菲薄。

组诗的作者通过自己学习语言的亲身体悟，认为天才七分来自先天的禀赋，三分来自后天的努力。苏东坡也说："书到今生读已迟。"学养、天分是前生带来的。

总而言之，赵翼组诗对文学创作的观点振聋发聩，至今读之，犹觉精辟独到。

敦　诚

敦诚（1734—1792年），爱新觉罗氏，字敬亭，号松堂，努尔哈赤十二子阿济格五世孙，敦敏弟，与曹雪芹交谊甚深。在其诗集《四松堂集》和《鹪鹩庵笔尘》中记载了与雪芹有关的不少生平事迹。

赠曹雪芹

满径蓬蒿老不华，举家食粥酒常赊。
衡门僻巷愁今雨[1]，废馆颓楼梦旧家。
司业青钱留客醉[2]，步兵白眼向人斜[3]。
何人肯与猪肝食[4]？日望西山餐暮霞[5]。

【注释】

〔1〕衡门：横木为门，指简陋的住处。《诗经·衡门》："衡门之下，可以栖迟（居住）。"今雨：指人情冷暖，世态炎凉。杜甫《秋述》："秋，杜子卧病长安旅次，多雨……常时车马之客，旧，雨来；今，雨不来。"南宋范成大《题清息斋六言》诗：

"冷暖旧雨今雨，是非一波万波。"

〔2〕"司业"句：杜甫《戏简郑广文虔兼呈苏司业源明》诗："广文到官舍，系马堂阶下。醉则骑马归，颇遭官长骂。才名三十年，坐客寒无毡。赖有苏司业，时时乞酒钱。"郑虔，字若齐，唐代著名文学家和艺术家，其诗、书、画被唐玄宗誉为"三绝"，曾在广文馆任职。苏源明，原名预，字弱夫，武功人，曾任国子司业之职。司业：国子监的学官，敦敏、敦诚少时读书，曹雪芹曾在右翼宗学任教。

〔3〕"步兵"句：《晋书·阮籍传》载，阮籍"见礼俗之士，以白眼相对之，……赍酒挟琴造焉，籍大悦，乃见青眼"。阮籍为喝美酒到兵营甘当步兵，故号"阮步兵"。

〔4〕何人肯：《四松堂集》作"阿谁买"。猪肝食：《后汉书·周黄徐姜申屠列传》载：东汉闵仲叔有气节，住在山西安邑，因家贫，买不起肉，每天买一片猪肝。县令知道后，命县吏每天给他送猪肝。闵不愿接受他人之施舍，因此离开了安邑。

〔5〕餐暮霞：旧时有仙人餐霞饮露的说法。语本颜延之《五君咏》诗："中散（嵇康）不偶世，本自餐霞人。"

【赏析】

诗作于乾隆二十六年（1761年）秋，当时在喜峰口当差的作者回京不久，与其兄敦敏去西郊与曹雪芹相会。当时雪芹已由北京城内移居至西郊香山附近的健锐营，生活十分潦倒，诗中对这一情形说得很明白。

首联是对曹雪芹住所环境的描述：通向院门的小路上长满了野草，可见他很少与人来往。敦氏昆仲进了家，才知道朋友的生活竟然到了"举家食粥"的地步，连买酒钱都不得不常常赊欠。作为呼应，颔联对其穷困潦倒换一个角度予以陈述：当曹家昔日任江南造织（专门为宫廷监造丝绸织物）时，曹府哪天不是高朋满座，宾客如云；一旦败落，到了曹雪芹这一代，新旧朋友立刻如鸟兽散，江南雕梁画栋的故址，如今已成废馆残垣，无人问津了。

颈联和尾联连用三个典故，反复说明曹雪芹"贫贱不能移"的骄傲品格和魏晋风骨。作者希望能有像安邑令那样富于同情心的长官，对这位身处困境的朋友给予周济。看来这全然是个奢望，这位才华绝世的朋友，只有天天遥望着西山，做一个餐霞饮露的"仙人"了。

汪　中

汪中（1745—1794年），字容甫，江都（今扬州）人。乾隆四十二年（1777年）为拔贡，后绝意仕进。遍读经史百家，能诗工文，精于史学，曾博考先秦图书，研究古代学制兴废。与阮元、焦循同为"扬州学派"的杰出代表。著有《述学》《广陵通典》《容甫遗诗》等。

白门^{〔1〕}感旧

秋来无处不销魂，箧里春衫半有痕。
到眼云山随处好，伤心耆旧几人存。
扁舟夜雨时闻笛，落叶西风独掩门。
十载江湖生白发，华年如水不堪论。

【注释】

〔1〕白门：南京市的别名，其正南门为宜阳门，俗称白门。

【赏析】

这是一首悲秋之歌。

首联倒叙。诗人说自己也曾为伤春而落泪，至今伤春之泪洒满半边的春衫还保存在衣箱里。现在让人黯然销魂的秋天又到，白门重游，物是人非，"无处"不令诗人悲凄忧伤。金陵风光虽然占断东南，如锦似绣，可云山毕竟是无情之象，故旧好友大半辞世，能不叫人悲伤欲绝！

颔联直抒胸臆，颈联寓情于景。雨夜孤卧扁舟，风萧萧，雨淅淅，偏有哀伤幽怨的笛声助人悲凄；西风落叶，着地飘飞，令人惨不忍睹，只好独自闭门独居，自遣悲怀。诗人无论走到哪里，听到的，看到的，每每让他缅怀故人，想到自己，暮年之悲充溢心间，"悲秋"之叹与桑榆之感融成一片，因此情不自禁发出"十载江湖生白发，华年如水不堪论"的浩叹。

诗以抒发悲怀为主旨，辅以富于象征意味的写景，情真意切，句句衬托，字字伤感，具有很强的艺术感染力。

别　母

细雨春灯夜欲分，白头闲坐话艰辛。
出门便是天涯路，明日思亲梦里人。

【赏析】

唐诗人孟郊的《游子吟》塑造的慈母形象，感动过无数游子。宋元明清许多诗人写有同样感人至深的描写母子相别的好诗，如沈明臣的《别母》、黄景仁的《别老母》等。

这首七绝将镜头聚焦在作者远行、母子深夜话别的一个细节上，窗外春雨绵绵，母子二人秉灯长谈，巧妙地渲染了当时的气氛。"夜欲分"说明时已三更，母亲满头白发，握着儿子的手，千叮咛万嘱咐，仍旧放心不下——"儿行千里母担忧"啊！母子谈论的所谓"艰辛"，有对往日生计艰难的回顾，也有对远走异乡之颠沛流离的忧虑。

此时，诗人一边听着慈母的絮叨，一边在想，天一亮，自己出了家门，即将开始千里之行，风餐露宿，历尽艰辛，就要与老母天各一方了；明日不知投宿何处，思念老母，也只能在梦里相见了。悬想别后之孤独凄凉，目睹眼前之母子情深，旁观者亦为之潸然泪下矣。

黎　简

黎简（1748—1799年），字简民、未裁，号二樵、石鼎道人，广东顺德人。乾隆拔贡，淡于仕进。诗画书称三绝。诗学李贺、黄庭坚，刻求新颖；书得晋人意。诗风峻拔清峭，书写南国风光色泽鲜明，清新可喜。著有《五百四峰草堂诗文钞》《药烟阁词钞》等。

二月十三夜梦于邕江上（五首选一）

因友人归舟作书，寄妇梁雪。百端集于笔下。才书"家贫出门，使卿独居"八字，以风浪大作，触舟而醒。鸣呼！梦而不见，不如其勿梦也，况予多病少眠，梦亦不易得耶！辄作诗寄之，得五绝句云尔。

一度花时两梦之，一回无语一相思。
相思坟上种红豆，豆熟打坟知不知？

【赏析】

诗题和小序已经大略讲清了这首七绝的因由和缘起。

黎简伉俪情深，无奈为生计而远行，与妻子梁雪离多聚少，他常常引以为憾，这在他的许多诗中都有表现。梁雪二十岁嫁给他，一直体弱多病。诗人刚过不惑之年，贤妻病逝，中年丧偶，痛不欲生，曾刻"长毋相忘"铜印一枚系亡妻臂上做殡葬品，因此悼亡之什成了他诗词的重要内容。在妻子病亡两年后春天的二月十三日夜，诗人梦见自己在广西南宁邕江，因朋友回乡，马上写家书托朋友带给爱妻，才写下"家贫出门，使卿独居"，骤然而醒，想起妻子早已不在人世，抑制不住心中的悲痛，于是写下了这篇哀伤悱恻的诗文。

"花时"是指春天，南国花讯早，春节前后，即已姹紫嫣红，百花争艳。在这短暂的花季里，诗人已两次梦见亡妻。第一次梦中相见，没有来得及说话，只留下"竹里梅花无人见，一夜吹香过石桥"（姜夔）的遗憾；这一次连面都没有见着，徒然给他留下无限相思。因此诗人突发奇想，要在亡妻的坟头栽一株红豆树，等到果实累累，坠落的红豆纷纷打在坟头时，她能不能知道呢？痴情至此，可谓前无古人矣！

黄景仁

黄景仁（1749—1783年），字汉镛，一字仲则，号鹿菲子，江苏武进人。四岁而孤，家境清贫，为谋生计，奔走四方。一生怀才不遇，穷困潦倒，后授县丞，未及补官即在贫病交加中客死他乡。诗负盛名，为"毗陵七子"之一。诗学李白，所作多抒发穷愁不遇、寂寞凄怆之情怀。七言诗最有特色，亦能词。著有《两当轩全集》。

癸巳[1]除夕偶成二首

千家笑语漏[2]迟迟，忧患潜从物外知。
悄立市桥人不识，一星如月看多时。

年年此夕费吟呻，儿女灯前窃笑频。
汝辈何知吾自悔，枉抛心力作诗人。

【注释】

〔1〕癸巳：乾隆三十八年（1773年）。
〔2〕漏：古代计时漏壶的简称，这里指时间。

【赏析】

癸巳除夕，诗人年满二十五岁，他从安徽风尘仆仆回到家中，瞻前顾后，悲从中来，写此二诗以抒怀。

千家笑语，万家灯火，是对元夜的如实描写。次句黯然转身，似乎眼前的一切都与自己无关，深深的忧患悄然潜来，在心头肆意弥漫。在千家万户欢声笑语，自己也应当与家人围炉夜话的节日里，心境如此黯然，有些反常。但他明白，"忧患"不期而至，这"忧患"是那么深广，那么强劲，竟至于逼得他独自一人来到市桥之上，在深更半夜时分，悄然伫立，呆望着夜空中的一颗明星，陷入沉思。说是"一星如月看多时"，其实诗人此时一无所见，他已经完全被前半生种种不堪回首的往事引发的忧患狂涛淹没了：几年来，诗人游历江浙，满目疮痍的景象使他迷茫；科场屡屡失意，身心日渐衰微，让他心灰意冷；社会底层有暗流涌动也使他忧心忡忡……诗人通过对新春佳节外在世界的普天同庆和自己无法摆脱的内心忧患之不可调和的强烈反差的描述，塑造了一个具有时代感的知识分子的悲剧性形象，使这首诗获得了较强的艺术魅力。

第二首通过回顾以往除夕夜的家中琐事，来抒发诗人的满腔悲愤。他说每年此时，他都要劳神觅诗。孩子们见了他那副踱来踱去、念念有词的样子，都要嬉嬉窃笑。他见此情形，心里不由得自言自语：你们哪里知道我有多懊恼，后悔自己干吗要"可怜无补费精神"地当诗人呢！"文章憎命达，魑魅喜人过"，要不是痴迷于此，也不会半生蹉跎。如果将他的这种牢骚与下面的《杂感》综合起来解读，就不难明白，诗人这种表面上的"自悔"，实质上寄寓着难以明言的愤懑。

杂　感

仙佛茫茫两未成，只知独夜不平鸣。
风蓬飘尽悲歌气，泥絮沾来薄幸名。
十有九人堪白眼，百无一用是书生。
莫因诗卷愁成谶[1]，春鸟秋虫自作声。

【注释】

〔1〕谶（chèn）：指将来要应验的预言、预兆。古人有"诗谶"一说，意谓写诗如作不吉利语，往往会在作者身上得到应验。

【赏析】

乾隆、嘉庆两朝，被盛世掩饰下的一派歌功颂德的声浪中，在大兴"文字狱"的淫威下，黄景仁冷眼旁观，慷慨悲歌，实为诗坛第一人；然其怀才不遇，终生潦倒，也是第一人。

人常说，天才总是不幸的。可他偏偏是个天才，而且是一个自幼孤苦的天才。他四岁丧父，成人前祖辈、兄长也相继去世，从小饥寒交迫，唯与寡母相依为命。可他九岁作的"江头一夜雨，楼上五更寒"当时便被人传诵；十六岁时，他在三千童子中荣夺诗魁。这样一个神童，却终身只是一个秀才。十九岁他初次参加江宁乡试，名落孙山，于是写下这首《杂感》，俨然"诗谶"，成了他一生的写照。

诗人开篇坦陈，自己学仙学佛，都没有成功，只知在漫漫长夜中作不平之鸣。从此以后，"不平鸣"便贯串了他的一生。

颔联"风蓬飘尽"二句，虽然写在十九岁的青年时代，却几乎成了对他一生的概述。诗人感觉到自己仿佛是风中的蓬草，四处飘零；后来他觉得自己是生活在一个"侏儒太饱臣饿死"的荒诞之世。在这样的世道里，自己如同坠落到泥潭里的柳絮，这一辈子休想飞举，必将被那些"侏儒"当作"薄幸"之流踏到足下。

颈联"百无一用是书生"如今几乎成了读书人牢骚泄愤的常用语。仲则后来有诗抨击当时的社会是一个"穷途日暮皆倒行"的社会，当时的权贵是"悲来举目皆行尸"的庸人。

作者写好这首诗后，曾在篇末自注云："或戒以吟苦非福，谢之而已。"他虽然谢绝朋友的劝诫，但也暗自担心自己的诗篇千万别成了"诗谶"，同时自我辩解说：我写诗，只不过和春天鸟鸣，秋天虫吟一样，有感而发，不平则鸣而已。

【名家评点】

他的诗格，在社会繁荣的乾隆一代之中，实在是特殊得很的，我们但须看看他的许多同时代人的集子，就能明白。他们的才能非不大，学非不博，然而和平敦厚，个个总免不了十足的头巾气味。要想在乾嘉两代的诗人之中，求一些语语沉痛，字字辛酸的真正具有诗人气质的诗，自然非黄仲则莫属了。

——郁达夫《关于黄仲则》

秋　夕

桂堂寂寂漏声迟，一种秋怀两地知。
羡尔女牛逢隔岁，为谁风露立多时？
心如莲子常含苦，愁似春蚕未断丝。
判逐幽兰共颓化，此生无分了相思。

【赏析】

在黄仲则以幽苦愤激为主旋律的诗歌中，像这样哀怨的篇章，颇为难得。

芳香的桂木构筑的厅堂一片沉寂，只有更漏发出阵阵滴答的轻响。想起天各一方的恋人，一样的愁怀，灵犀一点，你知我知。牛郎织女纵然"一年一度一相逢"，也比我们幸运，令人美慕；我伫立在这风露凄清的夜空下，通宵不寐，痴迷地望着星月，究竟是为了谁呢？

诗人呼唤着恋人，咀嚼着痛苦，毫无希望地在相思中挣扎。他觉得自己仿佛是一枚莲子，永远包藏着一颗苦涩的心；伤愁好似春蚕吐丝，永无间断。命运注定我要像空谷幽兰那样自生自灭，自怜自赏。看来此生有缘无分，永远不会了却这份相思债了！

这首情诗虽然明显是受李商隐冠以"无题"的情歌之影响，如"昨夜星辰昨夜风""春蚕到死丝方尽"等，但李诗以朦胧含蓄的审美效应取胜，而黄诗则清晰明丽，强烈率真。此即"语浅情深"之谓也。

别老母

搴帏别母河梁^{〔1〕}去，白发愁看泪眼枯。
惨惨柴门风雪夜，此时有子不如无。

【注释】

〔1〕河梁：河上的桥。语本李陵《与苏武诗》："携手上河梁，游子暮何之。"后以河梁泛指通向远方的路。

【赏析】

乾隆三十六年（1771年）春，诗人离家前往秀水（今浙江省嘉兴），赋诗二首，一为《别内》，是写给妻子的；一即此诗，是写给老母的。给妻子的诗云："几回契阔喜生还，人老凄苦风雨间。今夜别君无一语，但看堂上有衰颜。"诗中仍然念念不忘的是母亲，可与《别老母》视为姐妹篇。

这首七绝是含泪别母的忠实记录。他马上就要起程上路了，再次掀起老母的帷帐，匍匐在母亲膝下拜别。他看见老母白发苍苍，一双几乎哭干了的泪眼正关怀备至、忧心忡忡地看着自己，让他心如刀绞，不忍心再待下去了。他含悲跨步出门，柴门外夜色仍浓，雪旋风狂。这时，一个悲痛欲绝的念头冲口而出："此时有子不如无！"

孔子说："父母在，不远游。"我国的知识分子自来深受儒家伦理的熏染，格外重视父母子女的关系，更何况黄景仁是个孝子，四岁丧父，母亲承担起了家庭的全部重担。对于他来说，母亲既是母爱的化身，也是父爱的替身。在自己新婚不久，就离家远行，把妻子留给本已不堪重负的老母，其内心的愧疚与不安，非常人所能体察。诗人把辞别老母、娇妻的场面放在一个风雨交加的夜晚，发出"此时有子不如无"的哀号，真让人掩卷不能卒读。

宋　湘

　　宋湘（1756—1826年），字焕襄，号芷湾，嘉应州（今广东省梅州）人。嘉庆四年（1799年）进士，官至湖北督粮道，为政清廉。与黎简齐名，诗风自然生动，性情真挚，人称"岭南第一才子"。著有《红杏山房诗钞》《不易居斋集》。

梅修[1]重有浙江之行赠别（二首选一）

君向杭州我惠州，西湖大小各成游。
相思但看湖心月，有汝清光有我秋。

【注释】

　　〔1〕梅修：著名经学家陈寿祺（1771—1834年），字恭甫、介祥，号左海、梅修，福州人。与宋湘为同年进士。

【赏析】

　　作者和陈梅修是好朋友。嘉庆七年（1802年）秋，宋在广东主讲惠州书院，陈南下广东，二人见面后不久，陈又重返浙江，宋写此诗送行。诗人以明白晓畅的文字表达了真切而深厚的友情，值得用心品味。

　　起首两句平平道来，一笔兼涉二人，分述两地，分中有合，合中有分，妙手天成，令人赞叹。诗人说，就此一别，你去杭州游览大西湖，我在惠州游览小西湖，我们二人都在游西湖。同为西湖，能不顾念我们的手足之情？"相思但看湖心月"，又是合写两人游湖时惺惺相惜的通感。第四句之"清光"与"秋"互文见义，形式上彼此分写，情思上又合为一体，且与第一句的"君"和"我"相响应，而将两位好友联系起来的是那同为西湖的明月。

　　熟悉苏轼生平的读者，自然会联想到这首看似浅显的诗，背后其实隐藏着更丰富的内涵。当年苏东坡在杭州和惠州都曾做过地方官，都曾留有描写大小西湖的墨迹，他那首怀念胞弟苏辙的名篇《水调歌头》，也是借中秋之月寓手足情深的，并把酒祈祝"但愿人长久，千里共婵娟"。如此说来，宋湘特地拈出杭州、惠州、大小西湖、湖心之月，既是自己酝酿、抒写这首诗时出现的与苏东坡有关的联想，也是在暗示对方：我们之间的情谊，不也像苏轼兄弟一样吗？

话说回来，纵然不用苏东坡的行旅、诗作来深入鉴赏这首诗，照样不影响它给我们带来的美感，作者的艺术匠心之灵异和表现手法之高妙，仍然令人心折。

陶宗亮

陶宗亮（1763—1855年），字诸先，号归园、淡真等，晚号悟元老人。陶渊明后裔。江苏太仓人。久试不第，遂隐太仓娄江（今浏河）支流桃源泾以诗画自娱。为人高洁，遇善不吝，乡称德人。著有《春梦百痕》《半巢吟》等。

秋暮遣怀

人生天地一叶萍，利名役役三秋草。
秋草能为春草新，苍颜难换朱颜好。
篱前黄菊未开花，寂寞清樽冷怀抱。
秋雨秋风愁煞人，寒宵独坐心如捣。
出门拔剑壮盘游，霜华拂处尘氛扫。
朝凌五岳暮三洲，人世风波岂能保。
不如归去卧糟邱，老死蓬蒿事幽诗。

【赏析】

诗当属于长歌行体，可分四个层次解读。

前四句以秋萍、秋草立意，喻名利之虚妄，红颜之易衰。此为第一层次。诗人将渺如一叶浮萍的个体，放在广袤无垠的天地间，本已无足轻重，却要终身为有如深秋之枯草般的功名利禄奔波钻营，岂不可笑？说到底，功名利禄只不过是过眼烟云，还不如秋草。秋草尚且年年有春草来更新，而功名利禄呢，死到临头，两手一展，不得统统放下！再说容颜，草有来年春天可以期待，青春美貌却过期作废，你揽镜自恋也罢，涂脂抹粉也罢，有什么用？还不是"一朝春尽红颜老，花落人亡两不知"？

雏菊孤杯、独坐秋风为第二层次，抒写的是情怀之索寞。想人生之无谓，世事之无常，已然让人心灰意冷，又逢秋风秋雨之夜，本欲酒伴黄花，怡情自遣，无奈偏逢秋菊未开，风雨潇潇，寒宵独坐，杯酒冷怀，其心如捣，能不"愁煞"幽人！这层意蕴，应该是前四句对人生理性定位在心境上的具象化和环境上的形象化。

人生在世，固然微不足道，可是既然投生人寰，总不能坐以待毙吧？那么趋势入世又当如何？这是第三层次的主旨。诗人对自己青壮年时代的血气方刚、壮怀激烈做了一番回顾。他说当年为实现雄心壮志，幻想一展宏图，也曾"出门拔剑"，豪情万丈地"盘游"天下。"盘游"者，游学、游宦、游历、游侠之概述也。结果如何呢？功名未立，两鬓添霜，俗尘染发，拂之不去。人生碌碌，有如尘劳。纵然朝凌五岳，暮泛江湖，阅历越广，风险越多。世人在狂风恶浪中随波逐流，头出头没，人人自危，彼此恶斗，渺如萍叶的区区个人，岂能自保！看来负气拼搏，也终是飞蛾扑火、网鱼盲撞罢了。

最后两句是结论：人生既然如此，那么，何不醉卧酒糟堆成的山丘间，像阮籍、李白、吾祖陶渊明那些高人似的，安贫乐道，啸傲物外，生时吟哦于蓬蒿之中，死后继续歌咏于九泉之下呢？

统观全诗，若非洞察天地宇宙之真谛，饱尝红尘之忧患者，是说不出这些看似冷酷无情实则真实不虚的勘破语的。

张问陶

张问陶（1764—1814年），字仲冶，号船山，四川遂宁人。乾隆五十五年（1790年）进士，历官翰林院检讨、吏部郎中、莱州知府等，因与上峰政见不合，辞官居虎邱。晚年遨游大江南北，病卒于客舍。论诗主性灵说，与袁枚、赵翼相呼应。著有《船山诗草》。

读《桃花扇传奇》偶题（八首选二）

竟指秦淮作战场，美人扇上写兴亡。
两朝应举侯公子，忍对桃花说李香。

一声檀板当悲歌，笔墨工于阅历多。
几点桃花儿女泪，洒来红遍旧山河。

【赏析】

康熙年间，孔尚任《桃花扇》问世，是当时文坛上的一件大事。其原因在于，从剧作的内容来看，作者以明清易代之交为背景，展现了死灰复燃般的南明小朝廷官场风云之变幻和人情世故之纷繁；就艺术而言，作者"借离合之情，写兴亡之感"，情节离奇，形象丰满，以史实为依托，以爱情为主线，触动了清初遗民的亡国之痛，歌颂了气节不让须眉的名妓，在构思和语言上都取得了巨大的成功。《桃花扇》在当时的影响，从作者因此而被免职，终老于乡也可以看出来。

张问陶与赵翼、袁枚并称"性灵派"三大家。他用组诗忠实地记述了与《桃花扇》有关的诸多情事，值得一阅。

第一首讲述的是《桃花扇》的大体情节，是根据史实而写，与剧本内容稍有出入。诗人说，孔尚任是把秦淮作为战场，围绕美人的一把扇子来写明朝灭亡的。剧中的主人公之一侯方域在国难当头之日，依旧出入青楼，寻欢作乐。他在明清两朝，入场应考，毫无气节。而李香君虽然出身微贱，但在大是大非面前正气凛然，态度鲜明，他竟然有脸手持团扇，说道香君！剧本中对侯有所美化，说他最后与李于栖霞山相会，双双出家。

第二首是赞许剧作的艺术魅力。诗人赞扬剧作家能写出如此成功的传奇剧，是因为他生活阅历丰富。"几点桃花"两句，意蕴优美委婉，情致深长，用有声有色的美语将读者带进了一个凄婉哀怨的境界。传奇的剧情中，秦淮名妓李香君坚拒权贵夺婚，倒地头破，血溅侯方域送她的定情团扇之上，书画名家杨文骢将血斑点染成桃花。在与侯的悲欢离合中，李数次洒泪于扇。张问陶借用剧中的这些情节，希望这象征着亡国之思的桃花般的女儿血泪，将来能够洒满"旧山河"，红遍神州大地。很明显，这两句寄寓着浓烈的反清复明思想。

张维屏

张维屏（1780—1859年），字子树、南山，号松心子，广东番禺（今广州市）人。道光二年（1822年）进士，因厌倦官场，辞官归里，隐居"听松园"，闭户著述。少有诗才，闻名乡里。鸦片战争爆发后，写出了《三元里行》等多篇爱国诗章。著有《松心诗文集》等。

新 雷

造物无言却有情，每于寒尽觉春生。
千红万紫安排著，只待新雷第一声。

【赏析】

诗写于道光十四年（1834年）春，没过多久，鸦片战争就爆发了。当时清政府腐败无能，末日已至，有识之士焦虑不安，群情激愤。张维屏是个敏感的诗人，他似乎预感到了国家正面临着一场巨变，重重灾难过后，必将凤凰涅槃，万象更新。《新雷》传达出来的正是这样一种按捺不住的冲动。

首先，诗人以抒情的笔触揭示了大自然运行的规律：天道虽然默默无言，但对万物用情甚深，每于天寒地冻之后，随即让大地回春；而且刻意准备好了万紫千红的百花，重新恩赐人间，让万物有了勃勃生机，让众生看到希望，感到温情。这一切，只待那唤醒山河的春雷一声，便是春色满园的美好人间。这四句诗，描写的是大自然的运行之道，寄寓的则是对新世界的期待和呼唤，而且诗人自信，他的这种向往是上合天意，下顺民情的。

诗人没有写春雷阵阵后的满园春色，而是把笔墨集中在了惊蛰尚伏，万物萌动，只待"新雷第一声"的那一刻。这正好证明即将来临的人间巨变前的平静，已经被诗人敏锐地捕捉到了。这是一种神秘莫测的直觉，只有灵性活泼的先知先觉者才具备这种天赋。

林则徐

林则徐（1785—1850年），字元抚、少穆、石麟，晚号竢村老人、瓶泉居士等。福建侯官（今福州市）人。嘉庆十六年（1811年）进士，曾任江苏巡抚、两广总督等要职，两次受命为钦差大臣；因主张禁烟抗敌，被投降派诬陷，革职充军新疆。早期诗多应酬之作，鸦片战争后，特别是戍守新疆后的作品风格为之一变，多激越慷慨。著有《云左山房诗钞》等。

戏为塞外绝句（十首选一）

天山万笏耸琼瑶，导我西行伴寂寥。
我与山灵相对笑，满头晴雪共难消。

【赏析】

以焚烧鸦片的冲天怒火拉开中国近代史大幕的林则徐，没有在外国侵略者的坚船利炮前倒下，却被昏庸无道的清政府拿下，于1940年被革职问罪，次年充军伊犁，1842年底抵达新疆。一路上，他写了数十首诗，记述了沿途的大漠风光，雄关苍茫，抒发了"苟利国家生死以，岂因祸福避趋之"的爱国豪情，陈述了"海纳百川有容乃大，壁立千仞无欲则刚"的处世哲学，坚信"为官首要心身正，盖世功勋有口碑"，历史终将对他做出公正的评价。

这是林则徐历尽艰险，到达新疆后借雪山寓情怀的一首诗。首写对天山的直观印象：群峰耸玉，仿佛有"万笏"相拥，直插苍穹；积雪有如洁白晶莹的琼玉。次句即景抒情。一路上"古戍空屯不见人，停车但与马牛亲"（同题绝句之七）的塞外景象，使他摆不脱寂寥空旷的感觉。唯有壮美高耸的雪山引导着孤独的逐客一路西行。诗人与雪山仿佛成了寂寥中相随相伴的知己，他似乎在与山魂相视而笑。既然都是满头白发，永不消失，那就让我们从此相知，终生为伴吧。这是怎样的胸襟，这是怎样的豪迈！平定恬淡的结句，却又蓄积着多么沉痛的愤慨！

龚自珍

龚自珍（1792—1841年），字伯定，号定庵。曾多次更易名号。浙江仁和（今杭州市）人。道光九年（1829年）进士，曾任内阁中书、宗人府主事、礼部主事等职。道光十九年（1839年）辞官南归，暴卒于丹阳云阳书院。主张革除弊政，抵制外国侵略，力挺林则徐禁烟，是近代变法之先驱。诗文想象丰富，气势磅礴，洋溢着爱国热情，对后世黄遵宪、谭嗣同、梁启超等人影响甚巨，被柳亚子誉为"三百年来第一流"。著有《定庵文集》，今人辑有《龚自珍全集》。

咏 史

金粉^[1]东南十五州，万重恩怨属名流^[2]。
牢盆狎客^[3]操全算，团扇才人踞上游^[4]。
避席畏闻文字狱，著书都为稻粱谋^[5]。
田横^[6]五百人安在，难道归来尽列侯？

【注释】

〔1〕金粉：妇女化妆用品，比喻繁华绮丽。

〔2〕"万重"句：指上层权贵结党营私、钩斗角的恩怨。

〔3〕牢盆：煮盐器，代指盐商，此诗实指主管盐务的官僚。狎客：依附权门的帮闲或爪牙。

〔4〕团扇才人：指坐而论道、清谈误国的官僚。踞上游：指占据高位。

〔5〕稻粱谋：只生计而操劳。语出杜甫《同诸公登慈恩寺塔》："君看随阳雁，各有稻粱谋。"

〔6〕田横：详见《史记·田儋列传》。田横是秦末群雄之一，与田儋、田荣反秦自立。刘邦统一天下，田横不肯称臣，率门客逃往海岛。刘邦派人招抚，田横在赴洛阳途中自杀。留在岛上的五百余人闻讯后也全部自杀。

【赏析】

诗作于道光五年（1825年）。题为《咏史》，实则是一首揭露清末上流社会污秽黑暗的极具现实意义的檄文。

咏史，自从西晋左思开创，成了我国文学史上的传统体裁。诗人们或写历史人事，或借古讽今，评议国是。龚自珍的这首诗属于后者。

起首两句，诗人用全景式的画面勾勒了以"六朝金粉"南京为代表的东南地区的上流社会和知识分子团体的乌烟瘴气，蝇营狗苟。然后逐一描写：依附权贵们的富商和帮闲投机钻营、拉帮结派而操纵政要；豪门贵戚的纨绔子弟纸醉金迷、附庸风雅却窃居高位；自诩饱学的知识分子被"文字狱"整得谈"文"色变，一个个有如惊弓之鸟，钻进故纸堆中搞那些百无一用的考证训诂，或者诚惶诚恐地著书立说，也不过是为了养家糊口而已。两

国学经典精神家园丛书

联四句，愤慨激昂、淋漓尽致地撕下了盘踞在上流社会和文化界群丑的假面，流露了作者对当时世风的极端失望和憎恶。

直面笼罩全国的这种丑恶无耻、猥琐懦弱、奴颜婢膝、了无生气的腐朽溃烂，作者情不自禁地想起了悲壮豪侠的田横五百士。他反问：像田横五百壮士那样有骨气有血性的人，如今都哪里去了？难道他们都裂土封侯，混进上层，享受荣华富贵，与"操全算""踞上游"之徒同流合污了？正是基于这样沉痛深切的失望和悲怆，才酝酿出了诗人后来发出的"九洲生气恃风雷"的呼唤和"不拘一格降人才"的期盼。

己亥杂诗^{〔1〕}（三百一十五首选二）

浩荡离愁白日斜，吟鞭东指即天涯。
落红不是无情物，化作春泥更护花。

九州生气恃风雷，万马齐喑究^{〔2〕}可哀。
我劝天公重抖擞，不拘一格降人才。

【注释】

〔1〕己亥：道光十九年（1839年）。

〔2〕喑（yīn）：哑。万马齐喑：比喻社会政局毫无生气。究：终究、毕竟。

【赏析】

《己亥杂诗》是自述体组诗。凡三百一十五首，写平生出处、著述、交游等，题材非常广泛。这里选的两首均被中小学语文课本收录。

第一首写诗人离京时的感受。作者于己亥年辞官，只身南归，离京正值暮春时节，落花满地，百感交集。一方面，离别是忧伤的，可自己毕竟寓居京城多年，他把自己的全部经世济民的宏图大志都寄托在了这里；另一方面，他又觉得一身轻松，从此终于逃出樊笼，可以相机而动，到外面的世界一展宏图了。离别的愁绪和回归的喜悦交织在一起，既有"浩荡离愁"，又有"吟鞭东指"；既有白日西斜，又有广阔天涯。两个画面交相映叠，是诗人当时心境的真实写照。

后两句以落花为喻，表明自己的心志。当他在纷纷落英中扬鞭策马，东归故里之时，他突然感觉到自己仿佛也成了辞枝飘飞的一片落花，但他是情满天涯的多情人，落花尚且不做无情之物，甘愿"化作春泥"，等待来年春天去滋养更多的鲜花；我也要投身于更广阔的天地，为振兴中华而奉献自己的一生。作者化用陆游"零落成泥碾作尘，只有香如故"的词意，不求独香，只为护花。强烈的报国心和使命感跃然纸上。

次章是一首以议论为主的政治诗。全诗可分三个层次：先写万马齐喑，朝野喋声，死气沉沉的现实社会；接着指出要改变这种沉闷、腐朽的现状，必须依靠风雷激荡的巨大力量，暗喻必须经过波澜壮阔的变革才能恢复生机；最后，作者认为这样的力量来源于人才，当务之急就是破格起用人才，否则一切免谈。

康有为

康有为（1858—1927年），原名祖诒，字广厦，号长素、更生等，广东省南海人，人称"康南海"。光绪年间进士，授工部主事。出身广东望族，世代为儒，以理学传家。近代著名政治家、思想家、社会改革家，致力于以儒学改造社会，曾担任孔教会会长。诗风近杜甫。有《康南海先生诗集》等。

登万里长城

秦时楼堞汉家营，匹马高秋抚旧城。
鞭石[1]千峰上云汉，连天万里压幽并[2]。
东穷碧海群山立，西带黄河落日明。
且勿却胡论功绩，英雄造事令人惊！

【注释】

〔1〕鞭石：典出《三齐略记》，传说秦始皇做石桥，欲渡海看日出之处。有神人鞭石驱之，石皆血。

〔2〕幽并：指河北、山西一带。古泛称京津为幽州，太原为并州。

【赏析】

作为立志变法的启蒙思想家，康有为以"百日维新"唤醒了沉睡的国人。在顺天府乡试期间（1888年），曾上万言书力挺变法。上书前，这位热血青年单骑出居庸关，站在八达岭上，豪情勃发，写下了这首气壮山河的七律。

在一个秋高气爽的日子里，诗人匹马出城，来到了雄踞千古的长城上，伫立峰巅，抚楼堞，放望眼，禁不住思潮澎湃，豪气凌云。他首先想到的是与长城有关的历史沧桑："秦时明月汉时关"，城楼还是秦时的城楼，营垒还是汉时的营垒，然而二千余年来，血浸砖瓦，石压白骨，战马如潮，剑戟如林，为守卫锦绣山河，献出了多少热血和生命！秦始皇曾请神人鞭赶巨石，数百万生灵以白骨筑成千百座峻峰，高耸入云；以血肉之躯铺设了这万里苍龙，覆压幽并。诗人眺望东海，长城连绵起伏，群峰耸翠，碧海连天；遥望西天，大河逶迤，夕照辉煌。作者站在这象征着民族精神的万里长城上，思绪万千，激情澎湃，用三联总括了汹涌回荡在他心中的豪情奇想。

登长城，抬望眼，自然要想到古人建筑这道万里屏障的用意。为阻挡匈奴铁骑的一次次侵扰，它雄踞北疆，彪炳千古，辉照青史。然而诗人说，不要再老调重弹，感叹"但使龙城虎将在，不教胡马度阴山"了吧。让我们惊诧、钦佩的，应当是那些造就了千古伟业的英雄豪杰，是活生生的历史巨人，而不是只有象征意义的远古遗址！这才是欣赏此诗时，值得注意，值得称赞的，因为这句结论性的惊叹，是全诗的核心，全诗的灵魂。它表明这位未来的"维新派"领袖的志向是要创建超越前人的英雄伟业。此番登临，使他真切地感觉到，万里长城神奇壮美的雄姿，与他内心的律动是如此合拍。因此可以说，这首七律，是他向正处在"山雨欲来风满楼"前夜的神州发出的豪迈宣言。

出都留别诸公（五首选一）

天龙作骑万灵从，独立飞来缥缈峰。
怀抱芳馨兰一握，纵横宙合雾千重。
眼中战国成争鹿，海内人才孰卧龙？
抚剑长号归去也，千山风雨啸青锋！

【赏析】

诗题下作者自注："吾以诸生请变法，开国未有。群疑交集，乃行。"

作为推动变法维新的先行者，康有为同时也是诗界革命的领航人。他的诗浸润楚骚，融汇李杜，想象瑰丽，豪气壮飞，读之令人血脉贲张，击节三叹。欣赏这首诗，即可见其一斑。

1888年末，诗人愤愤然以布衣之身上书朝廷。一介书生伤时忧国的一篇文章，竟然让昏聩腐臭的上层统治阶级惊恐万状，对他群起而攻之，致使这位爱国志士不得不只身离京。

这使他想到了《离骚》中描写的那位上天入地叩问救国之道的古贤屈原——驾驭天龙冲天而飞，无数神灵纷纷追随。这与屈原所描述的那种"驾八龙之婉婉兮，载云旗之委蛇。抑志而弥节兮，神高驰之邈邈"何其相似！

恍然独立于缥缈孤清的峰巅，诗人茫然四顾，不何路在何方。他本欲满腔热忱，以救国为己任，以忠贞辅君王，"怀抱芳馨"，唯"兰一握"，可天宇六合，只见千重迷雾，万重烟瘴，哪里有我的希望？

令人痛心且失望的，不单是官僚机构的腐败无能，还有帝国主义列强的逞凶肆虐：英军炮轰虎门，八国联军浩劫北京，日俄侵占台湾……泱泱中华，竟成了任人宰割的羔羊。诗人愤怒了，呐喊了："海内人才孰卧龙？"堂堂中华，谁才是经天纬地的诸葛孔明？有谁能拯救正在被肢解的"驯鹿"！

"抚剑长号归去也，千山风雨啸青锋"——此次上书虽然失败了，迫使他抚剑长啸，愤然而去，但他岂能视祖国之苦难危亡于不顾。不但他自己做不到，连手中的三尺青锋也不答应。你听，它正迎着千山万壑的凄风苦雨，怒不可遏地啸鸣。诗人以剑鸣烘托自己决心一往无前，不达目的誓不罢休的凌云壮志，将诗境推向了高潮。

诗以楚骚梦境般的神幻景象开篇，有屈原式的上下求索的忧愤，但没有停留在哀伤凄迷的层面上；相反，他要以"卧龙"自居，百折不挠，知难而上，为拯救已为人鱼肉的祖国奋力一搏！

【名家评点】

反虚入浑，积健为雄……直有抉天心、探地肺之奇，不仅巨刃摩天而已也！

——汪国垣《光宣诗坛点将录》

丘逢甲

　　丘逢甲（1864—1912年），字仙根、吉甫，号蛰仙、仲阏、南武山人、仓海君等。台湾彰化人，光绪十五年（1889年）进士，授工部主事。讲学台南、台中各书院。甲午战争中，组织士民抗击日寇，兵败回广东创办新学。其诗秉承杜甫、陆游等人的爱国遗风，悲壮苍凉。有《岭云海日楼诗钞》。

春　愁

春愁难遣强看山，往事惊心泪欲潸。
四百万人同一哭，去年今日割台湾。

【赏析】

　　中日甲午战争，清政府签订了丧权辱国的《马关条约》，割让台湾与日本，激起台湾人民的无比义愤。丘逢甲组织义军，与日本侵略者展开血战。失败后，赴广东，继续为收复故土奔走呼号，赋诗寄恨成了他抗日活动内容的一部分。

　　首句"春愁"实有所指。《马关条约》签订于1895年4月17日，所以每逢春季，诗人都要想起屈辱的这一天，思乡之情也倍加强烈。这一次他虽然强打精神去"看山"，聊以排遣愁怀，但一幕幕"往事"触目惊心地涌上心头，竟至禁不住要潸然泪下了。何以故？因为去年今日，也正是四百万台湾人民同声一哭的日子。生于斯长于斯的他们，竟然被拱手卖给了日寇！

　　这首爱国诗，在当时便被广泛传诵，这不仅仅是因为其艺术章法的张弛有致，更主要的是它道出了两岸同胞的共同心声。

山村即目

一角西峰夕照中，断云东岭雨蒙蒙。
林枫欲老柿将熟，秋在万山深处红。

【赏析】

丘逢甲离台后，定居于今广东蕉岭澹定村，其地位于庐山东麓，群峰耸秀，风景优美。欣赏这首小诗，对那个桃源般的美丽山村有一种身临其境之感。

云层已断，可东边的山岭依旧细雨蒙蒙，西边的一角青峰却在绚丽的夕阳中熠熠生辉了。我们自然会想到刘禹锡的那句"东边日出西边雨，道是无情却有情"来。但刘诗把意境放在"情"上，而丘诗则放在景上。这里有着审美取向的差别。

最后两句着重从色彩上来描绘山村之美。枫林日渐变红，柿子日渐成熟，秋天正在万山深处，用红橙黄绿的亮丽色泽装扮着自己。放眼周遭，有夕照中的丹崖，朦胧迷离的细雨，欲老未老的枫叶，将熟未熟的橙柿，七色杂陈的层林，芳香四溢的晴空，能不让人如痴如醉，似神似仙！

这是一幅七色纷呈、宛若摄影作品的风景画。

纪梦二首并序

十二月初二日，梦一道士赠图三帧。第一图道衣冠，上题云："风尘澒洞欲何之？西岳仙云出独迟。他日经纶谁不识？最难知是在山时。"梦中欲易其落句，道士曰："已定矣，毋易。"阅第二图，甲而仗剑，将军也。三图冠服雍容，如朝士，上均无题识。觉而不知所谓，姑为二诗以纪之，此则真所谓痴人说梦也。

知是前身与后身，诸天[1]变现[2]起微尘[3]。
人间无此丹青本，幻出嵚崎[4]历落[5]人。

梦中因果画中身，弹指心惊隔两尘。

天上碧桃花再放，下方还是未归人。

【注释】

〔1〕诸天：佛法说，三界九地共有二十八天，总谓诸天。

〔2〕变现：变化显现。

〔3〕微尘：佛教的物质观认为大千世界悉由微尘构成。微尘分裂到最后，即为绝对真空。

〔4〕嵚（qīn）崎：形容山高险峻。

〔5〕历落：仪态伟岸，气度不凡。

【赏析】

古代禀赋超凡的许多文人，都不否认自己有前生，如苏东坡认为自己是禅宗五祖弘忍再世，王阳明是五十年前某寺院的一位高僧，梁漱溟自陈他的前生是一个禅宗僧人，等等。丘逢甲以这二首诗承认自己前生是某层天上的道士。

第一首写作者在梦中看到"三生图"后，证明了佛教所说的三世因果、六道轮回之真实不虚，为此他惊诧不已。从第一幅图中，他知道自己前世是西岳的一个道士，虽然投胎转生，出世"独迟"，当时不为人知，但因他经纶满腹，"他日"必将朝野皆知。另外两图，说明他还有过将军、朝士的轮回，且都是仪表伟岸、不同流俗之辈。他端详三张图的笔法不像是人世间的作品，想起自己过往经历，觉得仿佛是在做梦。

第二首作者写他对两世相隔时间之迅速和今生贬谪凡尘之久。他感到前世两生，犹如弹指一瞬，如今已是第三生。他说在天上，只不过是花开花落之间的事，可他觉得在这尘世上已经生活了好久，至今"还是未归人"。这也符合"天上方一日，世上已千年"的说法。

两首诗都是通过谈佛理，说因果，而且放在梦中出之，暗喻着人生如梦的感慨。作者不无感慨地说，现在写下来，权当是"痴人说梦"吧。

谭嗣同

谭嗣同（1865—1898年），字复生，号壮飞、华相众生。湖南省浏阳人。维新派中坚，主张废科举、兴学校、开矿藏、修铁路、办工厂、改官制等变法，以图强振弱。变法失败后，与杨深秀等六人同时被清政府杀害，世称"戊戌六君子"。诗风豪放，富于爱国激情。后人将其著作集编为《谭嗣同全集》。

有 感

世间无物抵春愁，合〔1〕向苍昊〔2〕一哭休。
四万万人齐下泪，天涯何处是神州！

【注释】

〔1〕合：应当。

〔2〕苍昊：苍天。

【赏析】

诗写于光绪二十二年（1896年）。甲午海战，清廷惨败，1895年签订丧权辱国的《马关条约》，割让台湾给日本，加快了我国半殖民地化的脚步，掀起了列强瓜分中国的狂潮。浏阳青年谭嗣同眼见腐败无能的清政府气数已尽，黯然神伤，挥毫写下这首悲痛欲绝的政治抒情诗。

起头两句，诗人便直抒胸臆，倾诉了他几近绝望的悲愤。春回大地，万象更新，本该是人们解闷消愁的大好时光，然而现在人世间已经再没有任何事情可以消释无边的"春愁"了，堂堂中华的大好河山，自从《马关条约》签订之后，已经成了被列强争相宰割的屠戮场！四万万中国人，真应该面向苍天，同声一哭！甲午之战，把中华儿女的悲愤推到了极端，同时失声痛哭的有丘逢甲："四百万人同一哭，去年今日割台湾。"有孙中山："塞山秋风悲战马，神州落日泣衰鸿。"在华夏大地同时回荡着的一片哭声中，诗人椎胸叩问：从今往后，四海茫茫，哪里还有神州？！

正是因为痛切地感觉到祖国危亡在即，民族危亡在即，于是有大批热血志士挺身而出，掀开了变法救国的大幕。正如梁启超所说："甲午一役，唤醒中国四千年之大梦。"1898年夏，以康有为、梁启超为首的改良主义者，希望通过光绪帝推动科学救国的政治运动。这次发起于光绪戊戌年（1898年）的变革运动，又称百日维新，因为历时只有百日，便遭到了以慈禧太后为首的守旧派的抵制和反对，最终以失败收场。谭嗣同的这首诗，传达出来的，正是酝酿着这场政治变革的前奏曲——忧愁、沉痛、悲痛，但没有彻底绝望。

狱中题壁

望门投止思张俭[1]，忍死须臾待杜根[2]。
我自横刀向天笑，去留肝胆两昆仑。

【注释】

〔1〕张俭(115—198年)：字元节，山阳高平(今山东省邹城)人。东汉名士，江夏八俊之一。汉桓帝时任山阳东部督邮。

〔2〕杜根：字伯坚，东汉颍川定陵人也。安帝初举孝廉，为郎中。

【赏析】

十九世纪末，闭关锁国的中国内忧外患，列强的瓜分，上层的腐朽，迫使以康、梁为首的志士仁人发动了戊戌变法，遭到慈禧太后等顽固派的镇压，光绪帝被囚瀛台，康有为、梁启超外逃，谭嗣同临危不惧，联络"侠士"数十人营救光绪，事败被捕，投入死牢。在狱中，他意气自若，拣煤屑在墙上写下了这首绝命诗。

起笔有如罡风扑面，突兀而至。作者用两个历史人物或仓皇出逃，或即将赴死的故事，分写变法失败后，革新人士的两种结局。为了讲清诗意，先得把张俭和杜根这两个人交代一下。

张俭，东汉末年高平人，因弹劾残害百姓的阉宦侯览，被反诬结党营私，被迫逃亡。人们看重他的声望品行，无论逃到哪里，都会冒险接纳他，给他提供隐匿之所。《后汉书·张俭传》载："望门投止，莫不重其名行，破家相客。"

杜根，东汉安帝时郎中，因邓太后垂帘听政，外戚弄权，他上书要求还政于帝，触怒太后，下令把他装在布袋里，在殿上摔死。执法者重其名望，施刑不用力；邓太后不放心，派人检查，杜根装死三天，眼中生蛆，这才逃匿酒肆，幸免于难。

这样看来，第一句是设想逃亡中的康、梁等人，一定会受到人们的救助；第二句是说，他们这些身陷囹圄的斗士，虽然命在旦夕，但他知道，他们的奋斗已经得到民众的同情和支持，变法虽然失败了，但舍生救国的精神已经深入人心，这是任何反动势力都扼杀不了的。

"我自横刀向天笑"单写自己。表现了这位烈士勇于献身的英雄气概和大无畏精神。在慈禧发出全国通缉令后，谭嗣同表现出惊人的镇静，他劝梁启超尽快出走时说："不有行者，无以图将来；不有死者，无以召后来。"对劝他出国避难的人说："各国变法，无不以流血而成。今日中国未闻有因变法而流血者，此国之所以不昌也。有之，请自嗣同始！"可见，他已做好了充分的精神准备，决心用自己的生命和鲜血唤醒沉睡麻木的世人，点燃改革的烈火。

"去留肝胆两昆仑！"这是临刑前的一声绝唱，他向世人宣告：逃难者是为变法而生，死难者是为变法而死；无论生死，同样像昆仑山一样义薄云天，千古长存！

【名家评点】

"去留肝胆两昆仑"是谭嗣同谭公临刑之前抒发的绝唱。意谓是我生为变法而生，死为变法而死，一生一死是一副忠肝义胆，像昆仑那样高耸，谭公生如昆仑，死如昆仑。"谭在狱中，意气自若，终日绕行室中，拾地上煤屑，就粉墙作书，问何为？笑曰：作诗耳。"

——黄浚《花随人圣庵摭忆》

梁启超

梁启超（1873—1929年），字卓如、任甫，号任公、饮冰室主人等。广东新会人。维新派代表人物，近代思想启蒙者。受学于康有为，戊戌变法失败后，流亡日本。晚年思想观念渐趋反动。有《饮冰室合集》。

读《陆放翁集》（四首选二）

诗界千年靡靡风，兵魂消尽国魂空。
集中十九从军乐，亘古男儿一放翁。

辜负胸中十万兵，百无聊赖以诗鸣。
谁怜爱国千行泪？说到胡尘意不平。

【赏析】

　　组诗热烈赞赏了陆游诗歌中渴望建功立业、为国驱驰之志至老不衰的高昂格调，高度评价了陆游千古难遇的奇男子气概。实际上是在抒发作者自己的异代同心之感。他当时亡命海外，想到遭受列强宰割、阴霾四布的神州大地，因此为自己只能徒然舞文弄墨，不能投笔从戎而悲慨。此两首诗是写陆游，也是在自况。

王国维

　　王国维（1877—1927年），字静安，号观堂，浙江海宁人。清末秀才。近代文史哲学巨子。早年留学日本，回国后潜心古文史研究。后投颐和园昆明湖自杀。以词曲与甲骨文学术成就最高。近人编有《海宁王静安先生遗书》。

红豆词（四首选二）

南国秋深可奈何，手持红豆几摩挲。
累累本是无情物，谁把闲愁会与他？

匀圆万颗争相似，暗数千回不厌痴。
留取他年银烛下，拈来细与话相思。

【赏析】

　　自从王维《相思》传世以来，借红豆喻相思，几乎成了诗词中不可更易的意象。作者以红豆为寓情之物，写组诗四首，写他于旅途中如何手摩红豆，忆念闺中人所以要以此物赠他的良苦用心。这是其中的第一、第四首。

　　作者首写自己一面摩挲红豆，一面陷入了哲学家般的沉思。这真是一位寓哲学与诗情于一身者的写真。他反复把玩红豆，想的不是闺中人，而是思索最早是谁把相思的情感赋予红豆的？这些小玩意儿无知无觉，怎能体会人的相思之情，闲愁之苦？作为精通国学和叔本华美学的王国维，当然知道寄情于物实乃中外诗歌通用的艺术手法，但他要以"轻视外物之意，……以奴仆命风月"（《人间词话》），探索象征相思的红豆之外的另外一些意趣。

后一首不妨看作是他的自问自答。他说，表面上匀溜溜、圆乎乎几无二致的红豆，任人暗数千百回，仍旧不嫌厌倦。闺中人把这些小豆子郑重其事地打包在行囊里，寄寓于其中的款款深情怎能揣量？我不如悉数收好，等到他日重逢，剪烛夜话的时候，再互相诉说相思之情吧。

一把无情无义的红豆，在诗人心目中，不但是抒发思恋的爱情的象征，而且成了探索人情物理之奥妙的媒介。这或许便是哲学家式的诗人与唯美派的诗人之差异吧。

秋　瑾

秋瑾（1877—1907年），字璿卿，号竞雄，乳名玉姑，自号"鉴湖女侠"。浙江山阴（今绍兴）人。蔑视封建礼法，提倡男女平等，常以花木兰、秦良玉自喻。性豪侠，习文练武，光绪三十年（1904年）自费东渡日本留学。积极投身革命，先后参加过三合会、光复会、同盟会等组织。1907年，与徐锡麟等组织皖浙起义时，在家乡被捕，从容就义于绍兴轩亭口。善诗文，诗风雄健豪放。

日人石井[1]君索和即用原韵

漫云女子不英雄，万里乘风独向东。
诗思一帆海空阔，梦魂三岛[2]月玲珑。
铜驼[3]已陷悲回首，汗马终惭未有功。
如许伤心家国恨，那堪客里度春风。

【注释】

〔1〕石井：秋瑾的日本朋友。

〔2〕三岛：日本由本州、四国、九州三大岛组成，故亦为日本的别称。

〔3〕铜驼：铜驼荆棘的简称。语本《晋书·索靖传》，形容亡国后的残破景象。

【赏析】

1904年4月，秋瑾首赴扶桑，舟行途中，石井写诗索和，女侠唱和赠之。当时，我国虽然西风渐进，但仍然是封建主义的国家，一个出身于书香门第的年轻女子，只身漂洋过海，寻求真理，确实是惊世骇俗之举。

"漫云"一句，肯定是诗人对当时舆论哗然（也包括石井的惊诧）的豪迈回答。"独向东"三字更是她对自己只身出国之巾帼英雄形象写意式的自画像。颔联是对海上行舟的壮观景象的描述，也是对此次泛海满怀憧憬的真情流露。在她的想象中，这次一定会在日本找到拯救同胞的真理，因此放眼海空，禁不住诗兴大发。这一思绪，使她自然返回到对苦难深重的祖国的怀念来。家园残破的景象，自己至今还未建功立业，为此她深感惭愧，也更加坚定了她探求真理、以身报国的决心，"万里乘风独向东"也才有了精神上支撑点。想到这里，她为自己"梦魂三岛月玲珑"的曼妙绮想而心生惭愧，产生了"如许伤心家国恨，那堪客里度春风"的自责。

诗写得一波三折，淋漓尽致地刻画出了一代女侠的内心世界和豪迈形象。

对 酒

不惜千金买宝刀，貂裘换酒也堪豪。
一腔热血勤珍重，洒去犹能化碧涛〔1〕。

【注释】

〔1〕碧涛：相传春秋时，周大夫苌弘得罪了晋国，晋逼周王杀之。民众以石匣藏其血，三年血化为碧玉。后世遂称烈士之血为碧血。

【赏析】

倘若不告诉你这首诗的作者，你是不是会觉得这样豪情万丈的诗，一定是出自英雄盖世的大丈夫之手？

非也！此乃鉴湖女侠之绝唱也。历数历史上的巾帼英雄第一人，非秋瑾莫属。

根据《秋瑾集》和相关史料，1905年，秋瑾从日本回国，走访好友吴芝瑛，以重金购买的一柄日本刀相示，"酒酣耳热，拔刀起舞……知瑾有光复志，虑事泄贾祸，屡示珍重，瑾领别"，作诗记之。

"不惜千金买宝刀，貂裘换酒也堪豪"这就是鉴湖女侠！我国历史上不乏千金买刀、貂裘质酒的豪侠之举。远的不说，李白有"五花马，千金裘，呼儿将出换美酒"的豪兴；敦诚也有"解佩刀沽酒"招待好友曹雪芹的佳话。但这好像都是男儿之事。现在击剑、豪饮、赋诗，却是一闺秀所为，这就不能不让人刮目相看了。女侠曾有《宝刀歌》高唱云："铸造出千柄万柄宝刀兮，澄清神州；上继我祖黄帝赫赫之威名兮，一洗数千百年国史之奇羞！"这充分说明，她千金买刀、貂裘质酒，同样是为了扬我国威，血洗国耻，"澄清神州"！

"一腔热血勤珍重，洒去犹能化碧涛"这是对好友"屡示珍重"的回应：我会敬受忠告，珍惜自己的这一腔热血的。但是将来需要我奉献给革命事业的时候，这一腔热血将会化为碧绿的怒涛，仍然会让它掀起无边狂飙！

两句发自心声的诗句，还真成了"诗谶"。后来她与革命党人徐锡麟密谋浙皖两省武装起义，不幸失败被捕，英勇就义于绍兴古轩亭口，年仅二十八岁。鉴湖女侠的热血，确然化成了滚滚碧涛，激励着身后的革命者前仆后继，奔向了救亡图强的战场。

苏曼殊

苏曼殊（1884—1918年），原名玄瑛，字子谷，后为僧，法名博经，法号曼殊。广东中山人。光绪十年（1884年）生于日本横滨，父为茶商，母为日本人。能诗文，善绘画，通英、法、梵文。漫游南洋各地。病逝于上海。著述有小说、翻译、诗歌等。近人辑有《苏曼殊全集》。

以诗并画留别汤国顿[1]（二首）

蹈海鲁连不帝秦[2]，茫茫烟水著浮身。
国民孤愤英雄泪，洒上鲛绡[3]赠故人。

海天龙战血玄黄[4]，披发长歌览大荒[5]。

易水萧萧人去也，一天明月白如霜。

【注释】

〔1〕汤国顿（1878—1916年）：名汤睿，字国顿，民主革命党人，康有为门生。广东番禺人，参与戊戌变法，失败后去日本，与曼殊结交。后任职于民国政府。1916年被军阀杀害。

〔2〕"蹈海"句：典出《史记·鲁仲连邹阳列传》。略言仲连周游至赵国，遇秦兵围赵都邯郸，反对尊秦为帝，表示如秦国"肆然而为帝，则连有蹈东海而死耳!"这里借用表示不愿做清王朝之民。

〔3〕鲛绡：传说中南海鲛人所织之绡，为服入水不濡。此指绘画的生绡。

〔4〕"海天"句：语本《周易·乾卦》："龙战于野，其血玄黄。"这里借喻列强侵华造成的悲惨局面。

〔5〕"披发"句：语本苏轼《潮州修韩文公庙记》："公不少留我涕滂，翩然披发下大荒。"

【赏析】

1903年，苏曼殊离日回国，与友人汤氏告别时，作画并题诗馈赠。诗人时年二十岁。

第一首作者借典言志，说他宁肯像鲁仲连隐匿海上，寄身于苍茫烟水之中，不做秦国之民，也不愿做亡国奴。结尾紧扣以画赠别的主题，把对列强的愤恨化作热泪洒在画卷上，再题诗赠别朋友，以表达自己伤时愤世之情。

第二首开篇两句气势悲壮。诗人借《周易》乾卦卦辞暗示帝国主义瓜分祖国所造成的乱象仍在继续，国家依然在战火与血海中呻吟挣扎，自己却只能长歌当哭，披发哀号。诗人以荆轲自况，决心踏上归程，准备去完成悲壮的大业。最后以景语作结，用明月如霜的清寒笼罩全诗，令人倍感其心境之凄清悲凉。

两首诗融豪宕与凄婉于一炉，以阳刚之壮美与阴柔之妩媚构成了曼殊爱国篇章的特殊风骨。

寄调筝人^[1]（三首）

禅心一任蛾眉妒，佛说原来怨是亲^[2]。
雨笠烟蓑归去也，与人无爱亦无嗔^[3]。

生憎花发柳含烟，东海飘零二十年。
忏尽情丝空色相^[4]，琵琶湖^[5]畔枕经眠。

偷尝天女^[6]唇中露，几度临风拭泪痕。
日日思君令人老，孤窗无那^[7]正黄昏。

【注释】

〔1〕调筝人：日本歌舞伎，名百助，曾与曼殊相爱，后因其为僧，遂离去。

〔2〕怨是亲：佛教语，意谓现世的仇人也许前生是你的亲人，所以对怨敌与亲友要一视同仁。《大集经》："于怨亲中平等无二。"《智度论》："兹心转广，怨亲同等。"

〔3〕无爱亦无嗔：佛教语，意谓贪爱、嗔恨乃六道轮回之本因。见《妙色王因缘经》："由爱故生忧，由爱故生怖。若离于爱者，无忧亦无怖。"

〔4〕空色相：佛法谓万物皆有外相，统谓之色相，本非实体，原本是空。世俗常借"色"指爱欲。

〔5〕琵琶湖：日本一处湖泊。

〔6〕天女：佛教宇宙观中指欲界忉利天的女性。

〔7〕无那：无奈。古诗文中常通用。

【赏析】

诗写苏曼殊皈依佛门后，对世俗情爱的态度。

苏曼殊本为其父之日本籍侍妾所出，留学日本后又与百助相恋。百助因其皈依佛门，对他既不理解，又因爱生恨，因此当看到曼殊全身心地诵经参禅，精进不倦，于是迁怒于昔日恋人的"禅心"。这是可以理解的。而苏曼殊情缘既了，对于百助妒恨他至诚学佛比昔日对她用情还深，想到佛祖曾经说过：怨家原本是你前世的亲人，也就释然了。

如果首联是依佛理看待调筝人百助的恼恨，结末则表示要从行动上彻底断绝这一尘缘，披蓑戴笠，隐没于烟雨中，遁迹于山泽里，与尘寰永隔，只留禅心一片，和世人也就再不会有爱恨纠葛了。这是第一首所要表达的意旨。

第二首是苏曼殊回首二十年日本旅居，在他心中留下的烙印。"生憎花发柳含烟"，既是他对侨居异国他乡漂泊无定的伤痛，也是对辗转海内外时，曾经到处留情、拈花惹草的悔恨。如今他终于明白，红尘情海的悲欢离合、恩怨愁苦，只能使本来清净的心灵变得沉迷狂乱。当他"忏尽情丝"后，才彻悟到"色相"本空，原无实体。往昔的卿卿我我、山盟海誓，皆成过眼云烟。一旦勘破色情，他现在终于可以在琵琶湖畔，头枕经书，安然而眠，再不受虚妄情缘的困扰了。

《楞严经》云："因想成爱，流爱为种。纳想为胎，交媾发生……汝爱我心，我怜汝色。以是因缘，经百千劫，常在缠缚。"换言之，情爱是根，因缘成人；六道轮回，永无了期。佛教之所以会由正法、像法、末法渐次式微，就在于众生贪、嗔、爱、痴越来越炽盛，罪孽越来越深重。佛教经论中常有天女散花、天女供养的记述，而天女是忉利天之上诸天的护法神，他们是不会生活在娑婆世界的。若要解读第三首诗，必须知道佛教中这两方面的常识。苏曼殊说他"偷尝天女唇中露"，意思是说，他是因破戒而被贬谪人间的，到了红尘世界之后，因为恶习难改，又屡有风流罪过，结果导致的业报是几度临风拭泪，相思入骨，每日形影相吊地驻足窗前，在暮色苍茫的黄昏时分，思念同我一起被打到人间的那个"天女"——凡界的情人。这时候他才发现，此前故作彻悟，其实情根仍旧，并未根除。

佛门中的这位诗人，用这组诗借情言佛，体味三首诗的意境，仿佛他是在从无色界、色界到欲界依次下降。起先似乎他已证菩提，达到了无怨无亲、无憎无爱、平等不二的境界；下到色界后，他已证到"色空"，以经相伴，而且对自己过往的风流罪孽已经生起了忏悔心和厌离心；不幸每到峭立孤窗的时候，却猛然发现自己仍在爱海中沉溺，情根仍旧，凡心未了，于是发出了"无可奈何"的悲叹。

这组诗所以会受到普遍性的认可和赏识，是因为这位情僧所表达的佛法与情爱之无法兼得而引发的矛盾痛苦，不只是他个人的真实思想，而且揭示了大部分佛教徒不能终成正果之根本原因，因此具有一种普世性。

词卷一·明

刘　基

刘基（小传见诗卷一）。

水龙吟

鸡鸣[1]风雨潇潇，侧身[2]天地无刘表[3]。啼鹃迸泪，落花飘恨，断魂飞绕。月暗云霄，星沉烟水，角声清袅[4]。问登楼王粲[5]，镜中白发，今宵又添多少？　极目乡关何处？渺青山，髻螺[6]低小。几回好梦，随风归去，被渠[7]遮了。宝瑟弦僵，玉笙指冷，冥鸿[8]天杪。但侵阶莎草，满庭绿树，不知昏晓。

【注释】

〔1〕鸡鸣：语本《诗经》"风雨潇潇，鸡鸣胶胶"，意谓乱世思君子。

〔2〕侧身：戒惧恐慌，不能安身的样子。

〔3〕刘表：后汉高平人，字景升，官荆州刺史。当时中原战乱，荆州一带比较安宁，士民多归之。

〔4〕角声清袅：画角声清晰可闻，余音不断。

〔5〕登楼王粲：三国时曹魏名臣，初依刘表，曾登麦城城楼作《登楼赋》。这里作者以王粲自比。

〔6〕髻螺：盘成螺形的发髻。这里形容远山苍翠。

〔7〕渠：他。

〔8〕冥鸿：高飞的鸿雁。

【赏析】

明初词坛，成就高、影响大的当属刘伯温。

词一开头，化用《诗经·风雨》句意，渲染了明末动荡不安的形势。元末，张士诚、陈友谅、朱元璋等群雄蜂起，元朝这时已风雨飘摇。刘伯温希望有所作为，却未遇明主，故而彷徨唱叹，赋词抒怀。"啼鹃"六句借杜鹃、落花诉说作者的压抑感，月暗星沉，报晓的号角声清晰嘹亮，让词人有一种时不我待的紧迫感。

"侧身天地无刘表"是把握词旨的关键，词人表达了英才思明主的"择木而栖"之意。汉末中原动荡，荆州较为安定，士民多归附之，王粲也是避难荆州依附刘表的。所以这里不是泛泛地赞美刘表，而是以王粲自比。伯温词中一个多次出现的历史人物是王粲，而只要提到王粲，都以"登楼"为具体语境。这就是说，词人起用"登楼王粲"一典，具有特殊的寓意，或表现施展才华、济物救世之心以及光阴荏苒、时不我待的焦虑；或表现滞留异乡，有家难归的乡愁。下片一开始倾诉的就是这种望断乡关的思乡之情，但这并没有构成词人个性和作品的人格分裂，反而使辞章更具艺术张力。

结末数句，无论是化用高山流水觅知音之典，还是用嵇康"目送飞鸿，手挥五弦"之意，都有知音不在的感慨之意，或许是岳飞《小重山》"欲将心事付瑶琴，知音少，弦断有谁听"意趣的变奏。

杨 基

杨基（小传见诗卷一）。

清平乐

狂歌醉舞，俯仰成今古。白发萧萧才几缕，听遍江南春雨。归来茅屋三间，桃花流水潺潺。莫向窗前种竹〔1〕，先生要看西山〔2〕。

【注释】

〔1〕莫向窗前种竹：语本《世说新语·任诞》："王子猷尝暂寄人空宅，住便令人种竹。或问暂住何烦尔，王啸吟良久，直指竹曰：'何可一日无此君！'"此词为反其意用之。

〔2〕要看西山：语本《世说新语·简傲》："王子猷作桓车骑参军。桓谓王曰：'卿在府久，比当相料理。'初不答，直高视，以手版拄颊曰：'西山朝来，致有爽气。'"桓车骑指桓冲。

【赏析】

词作于杨基流徙河南又被放归吴中之际，时间约在洪武二年（1369年）。"俯仰成今古"暗用王羲之《兰亭集序》"俯仰之间，已为陈迹"句意。最初，词人依附张士诚，张败，词人跑到河南。沧桑巨变，江山易主，词人也由风华正茂的俊才变得衰老颓唐了。他在烽火连天中终于回到了故乡，驷马高车、锦衣玉食的生活不敢再奢望了；有茅屋三间以容膝寄身，有桃花流水以颐养天年，也就知足了。经过一番颠沛流离的生活，词人的性情也变得平和淡泊了。当然，他并没有真的老迈，故颓唐之中仍有恣横之气。结尾两句很能表露这种倔强孤傲之意，同时也隐约传达了杨基起初不准备与朱明政权合作的姿态。

夏初临

瘦绿添肥，病红催老，园林昨夜春归。深院东风，轻罗试著单衣。雨余门掩斜晖，看梅梁〔1〕，乳燕初飞。荷钱犹小，芭蕉新长，新竹成围。　何郎〔2〕粉淡，荀令〔3〕香销，紫鸾〔4〕梦远，青鸟〔5〕书稀。新愁旧恨，在他红药栏西。记得当时，水晶帘、一架蔷薇。有谁知千山杜鹃，无数莺啼。〔6〕

【注释】

〔1〕梅梁：梁之美称。古文"梅"又作"楳"，即"楠"字异体。因此"梅梁"实为"楠梁"。后人袭其误，诗词中多因袭误作"梅梁"。

〔2〕何郎：三国魏人何晏，字平叔。美姿容，面白，人疑其傅粉。

〔3〕荀令：东汉末荀彧，字文若，曾为尚书令。《襄阳记》言其"至人家，坐处三日香"。

〔4〕紫鸾：传说中的神鸟。

〔5〕青鸟：传说中西王母的使者。典出《汉武故事》。

〔6〕"有谁知"二句：意谓此时心情有谁知道呢？只有杜鹃和莺而已。暗喻伊人不在，听夏鸟鸣啼，徒增相思罢了。

【赏析】

此词为杨基名作，描写夏初景象，极为真切。闺中人春去夏来，思念远人，又处处与夏初景物相契合。

"瘦绿添肥，病红催老"显然是从李清照《如梦令》"知否知否，应是绿肥红瘦"化出。词人以闺妇的眼光写春归夏临所带来的视觉感观和触觉身受，都非常符合女性的特征。"试著轻罗单衣"，看燕飞景换，画中人于是在读者眼中悄然浮现。下片连用四个典故和传说，引出抒情主人公美好的回忆和痛切的失望。"红药栏西"四句是昔日她与恋人幽会寻欢的地方，想起来，至今还让她怦然心动。由一往情深的回忆，猛然转身，以"有谁知"收起，读到这里，可以与女主人公同样感觉到情海恨天之高旷难明，了无结果的"千山杜鹃，无数莺啼"，只能是无限眷恋、无比哀伤之心境的无奈转移。

不超过六十二字的词谓之小令，像这样的词作谓之长调。这首长调谋篇布局精心组织，景与情处处绾合，前后映带，叙事婉折，抒情深曲，深得婉约派词风之三昧。

高　启

高启（小传见诗卷一）。

念奴娇·自述

策勋[1]万里，笑书生、骨相有谁曾许？[2]壮志平生还自负，羞比纷纷儿女。酒发雄谈，剑增奇气，诗吐惊人语。风云无便，未容黄鹄轻举[3]。　　何事匹马尘埃，东西南北，十载犹羁旅？只恐陈登容易笑，负却故园鸡黍。^{〔4〕}笛里关山，樽前日月，回首空凝伫。吾今未老，不须清泪如雨。

【注释】

〔1〕策勋：记功勋于简策。

〔2〕"笑书生"二句：典出《后汉书·班超传》。东汉班超年轻时，相者曾曰："生燕颔虎颈，飞而食肉，此万里侯相也。"

〔3〕黄鹄轻举：比喻英雄得志。

〔4〕"只恐"二句：陈登，字元龙，东汉末人。素有扶世济民之志，于东汉乱世，所为多有建树。故园鸡黍：《论语·微子》言，隐士荷蓧丈人留子路住宿，"杀鸡为黍而食之"。

【赏析】

高启由元入明，词作于元末，作者时年二十五岁。词题"自述"，可见是其内心情感的真实写照。

长调由班超一典振起。"谁曾许"一问，既表露了青年诗人以班超自况，胸怀大志，又流露了无人赏识的不平之气。随后的表白坦率无遗，"风云"两句，仿佛是在自我辩解，说明暂时不能飞黄腾达，是因为时机未到。

下片转入当时苦闷彷徨的境况，并自慰自勉。首三句以否定式的自问句写成名以来十年间的行处，"犹羁旅"表明他至今还没有找到自己的位置。中间五句连用四个典故——陈登、荷蓧丈人、陆游《关山月》和陶潜，表达的是一种既嗤笑碌碌无为之辈，又留恋山林隐居生活的矛盾心理，因此才有"回首空凝伫"的孤倚彷徨。结尾两句突然振作，与上片"壮志平生还自负"相呼应，伤感中勃发积极向上的雄奇之气。

全词自命不凡，顾盼自雄，英气勃勃，毫不掩饰地吐露了一个才子文人本然的良好感觉，二十五岁的作者还没有体会到社会的复杂和人生的艰难，有理由对未来充满希望和自信。

张红桥

张红桥，生卒年不详。明初闽中良家女，居闽县红桥，因以为号。雅丽有诗名，与闽中才子林鸿一见倾心，遂缔婚约，相与唱和甚多。后林去南京，红桥结想成疾而卒。

念奴娇

凤凰山下[1]，恨声声、玉漏今宵易歇。三叠《阳关》歌未尽，城上栖乌催别。一缕情丝，两行清泪，渍透千重铁。重来休问，樽前已是愁绝。　还忆浴罢描眉，梦回携手，踏碎花间月。漫道胸前怀豆蔻[2]，今日总成虚设。桃叶津[3]头，莫愁湖畔，远树云烟叠。剪灯帘幕，相思谁与同说？

【注释】

〔1〕凤凰山：指福建省同安县北大凤山。

〔2〕豆蔻：语见杜牧《赠别》"娉娉袅袅十三余，豆蔻梢头二月初"。诗词中常用以比喻少女之娇美和青春之情爱。

〔3〕桃叶津：即桃叶渡，在南京秦淮河，传为晋王献之送爱妾桃叶处。

【赏析】

"重来休问"二句，别本作"柔情一缕，不知多少根节。""相思谁与同说"又作"荧荧与谁闲说"。

这是一曲柔肠百折的夫妻别离歌。上片写别离之夜的难舍难分，分手在即的愁肠欲绝。下片追忆往事，悬想重逢时之情景。"浴罢描眉"表示林鸿对自己的怜爱呵护，携手踏月说明伉俪情深。"豆蔻"一典是指求子无望。以下设想此别不久，夫君能否像当年王献之迎接桃叶一样来迎接她。可她又担心美梦虚设，到头来，连个诉说别后相思的人也没有。

关于林鸿与红桥的艳情悲剧，张仲谋先生在《明词史》一书中力辩其妄，指出这是冯梦龙的杜撰，而后世词评家陈陈相因，贪好故事，以致以讹传讹，几成定局。这大概是由于世人自来好风流，在这种社会心理的推动下，就像对待唐伯虎点秋香的故事一样，宁肯信其有，不愿信其无吧。

解 缙

解缙（小传见诗卷一）。

长相思·寄友

吴山深，越山深。空谷佳人金玉音[1]，有谁知此心？　夜沉沉，漏沉沉。闲却梅花一曲琴，高松对竹林。

【注释】

〔1〕"空谷"句：语本杜甫《佳人》："绝代有佳人，幽居在空谷。"

【赏析】

解缙是明初著名的才子，弱冠之年中进士，且受太祖、成祖赏识。然而成也是才，祸也是才，只因有才，终被庸人谗杀，瘐死狱中。

解缙以诗名世，词亦俊逸雅致。这首"寄友"之作，怀念文友与抒发幽孤之情和谐地融汇于一曲之中，高远而优雅，凄美而深情。上片以幽居空谷之佳人做比，以远方好友不在眼前，不能欣赏其金玉之音而怅然若失，抒发世少知音的孤寂。下片再将此意推进一层。夜色深沉，日间抚琴，知音不在，深夜无月，只好将它闲置一旁，任《梅花落》的余音在深山中渐渐消散，唯有高松与竹林两不相厌，默默相对。

幽居深山，抚琴自赏，怀友与自抒融为一体，有如苍松孤对翠竹，清幽高旷之意境悠然自得，虽是小令，意蕴悠远深致。

王 越

王越（1423—1498年），字世昌，河南浚县人。明景泰二年（1451年）进士，授陕西道监察御史。官至兵部尚书，总制大同、延绥、甘宁军务。以功封威宁伯，寻加少保，赠太傅，卒谥襄敏。尝三次出塞，收河套地，身经十余战，出奇制胜，军功显赫。诗词不事雕饰，悲歌慷慨，有河朔激壮之音。著有《王襄敏集》二卷。

浪淘沙

　　远水接天浮，渺渺扁舟。去时花雨送春愁。今日归来黄叶闹，又是深秋。　　聚散两悠悠，白了人头。片帆飞影下中流。载得古今多少恨，都付沙鸥。

【赏析】

　　词出自一位武将之手，风骨情怀与文人词明显不同。

　　上片以写景蕴情，景物明丽，用情悠远。词人将晚秋江景勾勒得如诗如画，"接天浮"的浩瀚秋水与"渺渺扁舟"相映成趣。此景此行，勾起词人对昔日远行的回忆。去日离别故人是暮春时节，花雨纷纷，离愁无尽；今日归来，黄叶萧萧，又是深秋。"闹"字渲染出秋景萧瑟，苍凉之意尤甚。"又"字烘托出时光循环往复，岁月不断流逝的感慨，使词过渡到下片顺理成章。

　　下片写宦游者难言的悲伤。暂别了颠沛流离的宦游，今日平安归来，人已满头华发。"白了人头"照应上片的"去时"和"今日"。聚散无常，一言难尽，还是不去说它了吧。"片帆"句极尽飞流直下之感观和不堪重负之慨叹。既然有愁如许，载之难负，挥之不去，倒不如付之于沙鸥，让它消散到天地之间吧。词人将无限悲情皆以言外之意出之，戛然而止，却余音袅袅。豪迈中见真情，旷达中有委曲，确为佳作。

唐　寅

　　唐寅（小传见诗卷一）。

一剪梅

雨打梨花深闭门，忘了青春，误了青春。
赏心乐事共谁论？花下销魂，月下销魂。
愁聚眉峰尽日颦，千点啼痕，万点啼痕。
晓看天色暮看云，行也思君，坐也思君。

【赏析】

  唐伯虎的诗词历来不为文论家所重，他们说："其词直白如话，亦不讲句法，又好为俚俗语……唐寅诗词，皆给人'若不经意'之感，人亦以其似不经意而为才子。"唐伯虎自己说："后人知我不在此。"可他的诗词，正因其不事雕琢，一任自然，也更易为大众接受，自有一种率真可爱之处。

  首句以景语领起，用的是李重元《忆王孙》的成句，点明节令和闭门幽居的女主人公的境况。"忘了青春"是假，"误了青春"才是真情吐露。承接意绪，开始层层递进。丈夫远行，闺中寂寞，无人陪伴，无人共语，所有的"赏心乐事"自然形同虚设，自己也只好在花前月下黯然神伤了。

  下片从侧面刻画思妇的离愁别绪。愁容满面，涕泪涟涟，本来相思无望，可她幻想丈夫正在回家的路上，因此"晓看天色暮看云"，关心起气候变化来，乃至于一天的风云变幻，让她坐立不安。一个少妇之相思痴情尽在眼前。

  明代词作大多杂入散曲风味，这首词突出表现在叠句叠字的使用上，每组句结末仅换一字，但并不偏离主旨。乐府民歌、婉约派辞章常有此句法，如蒋捷"风又飘飘，雨又潇潇"等。此等筹措，正是词人用心之处。

文徵明

  文徵明（小传见诗卷一）。

满江红

　　拂拭残碑，敕飞字、依稀堪读。慨当初、依飞何重，后来何酷。岂是功高身合死，可怜事去言难赎。最无端、堪恨又堪悲，风波狱。　　岂不念，疆圻蹙[1]；岂不念，徽钦辱[2]。念徽钦既返，此身何属。千载休谈南渡错，当时自怕中原复。笑区区、一桧亦何能，逢其欲。

【注释】

　　〔1〕疆圻（qí）：疆土。圻：界。

　　〔2〕徽钦辱：指宋钦宗靖康二年（1127年），金人攻克北宋首都汴京，掳掠宋徽宗、钦宗北去。

【赏析】

　　据卓人月《词统》载："夏侯桥沈润卿掘地，得宋高宗赐岳侯手敕刻石。文徵明待诏题《满堂红》词云云。激昂慷慨，自具论古只眼。"

　　词以岳飞沉冤悲剧为依托，激情饱满，评议奋厉，尤其是对宋高宗的抨击一针见血，淋漓酣畅。

　　词由碑文生发，逐步深入，对岳武穆的奇冤进行了剖析。碑文字迹虽已模糊，但依然可以看出，当年宋高宗对岳飞是何等倚重，何等赏识。"依飞何重，后来何酷"，一扬一抑，愤慨之气喷薄而出。然后词人概述史实，指出岳飞非骄肆之将，亦无功高盖主之嫌，却被以"莫须有"的罪名杀害于风波亭。

　　下片集中笔墨，展开对冤杀岳飞幕后黑手的揭露和抨击，矛头直指宋高宗赵构。两句"岂不念"站在岳飞的立场上，以岳飞的口吻，直接追问赵构：难道你真的不把国土沦丧、二帝北虏放在心上？正当我收复北疆指日可待的时候，你与奸佞合谋，构造此冤案。你的真实想法是怕我一旦北伐成功，二帝南归，龙庭便不属于你了。对宋高宗、秦桧的揭露和抨击，恐怕没有比这更尖锐、更深刻的了。一点不错，赵构不是一个昏君，也不是一个暴君，与明君更不沾边。他只是一个极端自私、刻骨无情之人，为了保住自己的皇权，什么事都做得出来。没有他的默认，倘若主谋是秦桧，想加害岳飞，临阵招回大将，他不会不闻不问；秦桧之所以敢为所欲为，是因为迎合了赵构阴暗卑劣的深层心态："当时只怕中原复。"

王世贞《明诗评》说："大抵徵明诗如老病维摩，不能起坐，颇入玄言；又如衣素女子，洁白掩映，情致亲人；第无丈夫所格。"文徵明词风与诗风相近，若以此词论，丈夫气概，磅礴盘曲，尽览明词，亦无此唱。

韩邦奇

韩邦奇（1479—1555年），字汝节，号苑洛。陕西朝邑（今大荔）人。明正德三年（1508年）进士，授吏部主事。数历朝官与地方官，因政事几起几落。以兵部尚书致仕，卒谥恭简。当"前七子"主流文坛时，他以诗文为著书余事，不求沾沾于古人。著有《苑洛集》。

西江月

残雪已消往事，东风又报春愁。珠帘不卷玉香钩，庭院迟迟清昼。　细雨繁花上院，轻烟碧草汀洲。一声啼鸟水东流，春在小桥杨柳。

【赏析】

首阕描写春天虽到，愁绪仍旧不去。令人伤感的往事虽然随着冰雪消融而逝，想不到期盼来的春天又带来了新的忧愁。词人一整天待在屋里，珠帘不卷，闷闷不乐地打发着漫长的白天。

末阕通过对春景的具体描绘，细腻地表现词人的春愁。春光无处不在，蒙蒙细雨，丛丛繁花，吸引词人走进春天里来。笼罩着轻纱般薄雾的水畔沙洲，啼叫的小鸟，波浪滚滚的流水，小桥旁杨柳青青，随风依依……

全词似乎纯是写景，可字里行间无不散发出淡淡的哀愁。这与词人选用的词语和特殊的节律有关。

杨 慎

杨慎（小传见诗卷一）。

临江仙·戍云南江陵别内

楚塞巴山[1]横渡口，行人莫上江楼。征骖去棹[2]两悠悠。相看临远水，独自上孤舟。　却羡多情沙上鸟，双飞双宿河洲。今宵明月为谁留？团团清影好，偏照别离愁。

【注释】

〔1〕楚塞：指江陵西之南津关。巴山：指三峡之一的西陵峡两岸的群山。

〔2〕征骖：指作者自己将骑马去云南。去棹：指妻子将乘船西上四川。

【赏析】

嘉靖三年（1524年），杨慎被贬谪云南永昌卫，妻黄娥千里相送，至江陵，分手时，词人写此记别。

此词入手点出夫妻相别的地点。说"莫上江楼"，是因为登高即可望见西边的巴蜀，那里是自己的故乡，如不是戴罪之身，此时本该和妻子双双还乡，如若登高，徒增悲伤。一是匹马远行，一是孤舟独去。当各自登程后，作者隔着长江，眼巴巴地望着独自登舟远去的妻子孤单的身影时，想到从此天各一方，相思无尽，伤痛在心间泛滥开来，有如那波涛悠悠的江水，不能平静，没有尽头。

下片用江边双飞双宿的水鸟，把离别的悲伤再推进一层。词人孤身上路，夜空中偏偏升起一轮团圆的明月来照离人。此时此刻，他不会想不起"古道西风瘦马。夕阳西下，断肠人在天涯"那凄凉悲苦的名句来吧？明月照离人，把离愁别恨又推进一层。词贵曲折婉致，如此运笔，可谓深得词中三昧。

作者此次远贬，妻子千里相送，是他一生中所经历的真事，痛事。他写词记之，既是对这次离别的刻骨伤痛的真实记录，也是对妻子伉俪情深终生不忘的至诚表达。

国学经典精神家园丛书

临江仙

　　滚滚长江东逝水，浪花淘尽英雄。[1] 是非成败转头空。青山依旧在，几度夕阳红。　白发渔樵江渚上，惯看秋月春风。一壶浊酒喜相逢。古今多少事，都付笑谈中。

【注释】

　　[1]"滚滚"两句：合用杜甫"不尽长江滚滚来"和苏轼"大江东去，浪淘尽，千古风流人物"词意。

【赏析】

　　此题词为《廿一史弹词》秦汉一章之开场词。上片写古今英雄成败如大浪淘沙，转眼皆空。下片写江上渔樵闲话。全篇未提秦汉相争的任何具体故事，但给人以丰富想象，让读者可以去移想整个人类历史。把哲理融入形象。前人以"清空"二字评之，确然诚然。

吴承恩

　　吴承恩（小传见诗卷一）。

临江仙·题红梅

　　春气着花如醉酒，寒枝吹出秾芳。罗浮仙子素霓裳[1]。丹砂先换骨，朱粉旋凝妆。　颜色虽殊风格在，一痕水月昏黄。百花头上占排场。问他桃与李，谁敢雪中香？

【注释】

　　[1]"罗浮"句：典出柳宗元《龙城录》，略言隋开皇年间，赵师雄游罗浮山，天

寒日暮，于松林下见一美人，出酒招饮而醉，醒后发现醉卧梅花树下。后人即以"罗浮仙子"代指梅花。

【赏析】

　　自从林和靖的名篇《山园小梅》问世以后，"疏影暗香"都快成了咏梅的定式思维。吴承恩别开新意，以梅之色、芳与骨为核心意象，写出了别有情趣的审美取向。

　　首句已匠心独运，写红梅以春风吹花，梅饮春酒，自然酒醉颜红。浓烈的芳香自寒枝"吹"出，设想新奇。接着借仙子摹红梅，说她先"换骨"后着妆，神骨之非凡，妆点之高雅，一笔带出。

　　下片重点咏梅之骨。月色浮动，红梅映水，冒雪报春，独占风骚——这是对红梅敢为人先之傲骨的由衷赞赏。结尾富于挑战性的一问，咄咄逼人，且韵味无穷。

王世贞

王世贞（小传见诗卷一）

临江仙

　　迟日三眠浑似柳，起来徐步闲庭。中年风物易关情。不知因个甚，撩乱没支撑。　　我笑残花花笑我，此时憔悴休争。来年春到便分明。五原无限绿，难染鬓千茎。

【赏析】

　　词写春日慵懒无聊，慨叹岁月无情。

　　上片用白描手法，以百无聊赖的口吻讲述晨起后的感触。红日三竿，贪睡不起，勉强起来，浑身绵软无力，犹如柳枝。闲步庭院，人到中年，感物伤怀，无论看到什么景象，都会触动情怀。自己也说不清究竟为什么，心乱如麻，找不到一个平静心情的支撑点。

　　下片以拟人化的手法，赋予"残花"以人性，通过人花互笑憔悴，觉得甚是无谓。这时，词人突然感到无限的伤感，想到花有笑他的资格，只要等明年春天，它们依然会姹紫嫣红，争妍斗艳；可自己呢，到那时只会更见衰老，纵然原野上绿草如茵，也染不黑满头白发。

对这首词，后人颇为赞赏。况周颐《蕙风词话》认为，下片遣词造句虽然平实无奇，却充分传达了作者内心深处的低落和悲伤。也有词论家认为，王世贞虽是明后期的文坛盟主，于词却不甚擅长，特别是词中散曲化的缺点十分突出。这种瑕疵，在这首小令中也很明显，如"不知因个甚，撩乱没支撑"，就是典型的曲语。

兰陵笑笑生

这是《金瓶梅》作者为自己捏造的假名。这部被誉为千古奇书的作者到底是谁？国内外的金学家各执一词，开列出四十位"候选人"，不是当时文坛巨子如徐渭、王世贞等，就是以艳情通俗话本而驰骋的布衣名士如冯梦龙、李渔等人。

四贪词

酒

酒损精神破丧家，语言无状闹喧哗。疏亲慢友多由你，背义忘恩尽是他。　切须戒、饮流霞[1]。若能依此实无差。失却万事皆因此，今后逢宾只待茶。

色

休爱绿鬓美朱颜[2]，少贪红粉翠花钿[3]。损身害命多娇态，倾国倾城色更艳。莫恋此、养丹田。人能寡欲寿长年。从今罢却闲风月，纸帐梅花[4]独自眠。

财

钱帛金珠笼内收，若非公道少贪求。亲朋道义因财失，父子怀情为利休。急缩手、且抽头。免使身心昼夜愁。儿孙自有儿孙福，莫与儿孙作远忧[5]。

莫使强梁[6]逞技能，挥拳捒袖弄精神。一时怒发无明[7]穴，到后忧煎祸及身。莫太过、免灾迍[8]。劝君凡事放宽情。合撒手时须撒手，得饶人处且饶人。

【注释】

〔1〕流霞：传说中天上神仙的饮料，泛指美酒。语见唐颜荛《劝张道人不饮酒》诗："吾师不饮人间酒，应待流霞即举杯。"

〔2〕绿鬓朱颜：本义形容年轻美貌的容颜，亦指年轻女子。《西湖佳话·西泠韵迹》："青楼红粉，既有此狎邪之生涯；绿鬓朱颜，便可无温柔之奇货。"

〔3〕花钿：用金翠珠宝制成的花形首饰。

〔4〕纸帐梅花：亦作梅花纸帐。一种用多种物件组合、装饰而成的卧具。详见宋林洪《山家清事·梅花纸帐》。

〔5〕"莫为"句：意谓没必要为儿孙担忧，考虑那么远的后事。

〔6〕强梁：强横凶暴的意思。语本唐刘知几《史通·品藻》："此乃凶险之顽人，强梁之悍妇。"后常指强盗。

〔7〕无明：佛教语。没有智慧、愚昧无知的意思。

〔8〕迍：形容困顿不得志。

【赏析】

成书于明代隆庆至万历年间的《金瓶梅词话》，是我国第一部长篇社会世情小说。如果说《红楼梦》是现实主义的巅峰，那么《金瓶梅》则可以说是自然主义的杰作。它借小说《水浒传》中西门庆与潘金莲的故事，扩展成了一部市井平民生活的百科全书，详细刻画了官僚、恶霸、富商三位一体的封建恶势力的代表西门庆，由发迹到暴亡的罪恶生涯的全过程，明写宋代，实则是一部作者所处之明朝的"当代史"。小说深刻地揭露了明代后期黑暗腐朽的政治和社会现实。具体来说，可以这样来概括作者对"酒色财气"所持的否定态度。

嗜酒者有七种损身害命的弊病：伤神、败家、信口开河、喧嚣张狂、疏亲慢友、背信弃义、诸事皆费。"万恶淫为首"，但"酒是色媒人"，小说中的人物凡所有作恶败德之行，大多与酒有关。所以只要能戒酒，则有百利而无一害。

人所以好色，都是因为"贪爱"心理在作祟。贪色之美，纵情之快，必然滑向纵欲之泥潭，进而导致寡廉鲜耻，折寿夭亡。作者规劝世人切勿迷恋色情，而应保养丹田元气，这样才能益寿延年。

作者认为，世人之所以爱财如命，其思想根源一是因为贪得无厌，二是为解除后顾之忧，给儿孙留下巨额遗产，因此不顾一切地去聚敛财富，结果闹得父子反目，骨肉相残，众叛亲离，自己也心力交瘁，甚而或者引火烧身，或者横祸临门。作者提出，对待财富的正确态度，一是"君子爱财，取之有道"；二是"儿孙自有儿孙福"，莫为儿孙做马牛。

所谓"气"，也就是世人所说的豪强气概。"尚气"之辈，爱逞匹夫之勇，逞强霸道，睚眦必报，不明白"和为贵，忍最高"之道，稍不如意，无明火发，犹如幽冥中的戾气，顿时冲昏头脑，搂袖挥拳，大打出手，不良后果，祸患临头而在所不惜。作者劝诫道：凡事切勿太过分，让人一步自然宽，"得饶人处且饶人"，只有这样，才能祛祸避害，确保平安。在《金瓶梅》中，举凡逞强争气者，大都没有好下场。西门庆、李瓶儿、潘金莲、春梅、陈经济等人，莫不如此。

陈继儒

陈继儒（1558—1639年），字仲醇，号眉公、麋鹿道人、无名钓徒。华亭（今上海市松江）人。为诸生时，与董其昌齐名，与王世贞交好。年未三十，焚毁儒衣冠，与人结庐小昆山闭门著述。为人重然诺，多智略。广交名士达官，名动寰宇。朝廷屡召，皆以疾辞。博闻强记，通明俊迈，诗词小令、书法绘画、美食茶艺、园林鉴赏，无所不通。有《眉公全集》传世。其笔记《太平清话》、文言小说《闲情野史》和《珍珠船》亦颇流行。

霜天晓角

背水临山，门在松荫里。茅屋数间而已，土泥墙，窗糊纸。曲床木几，四面摊书史。若问主人谁姓，灌园者，陈仲子[1]。　不衫不履[2]，短发垂双耳。携得钓竿筐筥[3]，九寸鲈，一尺鲤。菱香酒美，醉倒芙蓉底。旁有儿童大笑，唤先生，看月起。

【注释】

　　〔1〕陈仲子：名陈定，字子终，战国时齐国著名隐士，楚王聘他为相，他却携妻逃去，隐居于长白山中，为人灌园，以示"不入污君之朝，不食乱世之食"。

　　〔2〕不衫不履：语本杜光庭《虬髯客传》："既而太宗至，不衫不履，裼裘而来，神气扬扬，貌与常异。"意谓不穿长衫，不穿鞋子，形容自在洒脱，疏野清狂。

　　〔3〕筥（jǔ）：圆形竹筐。

【赏析】

　　在明代，以山人——隐居在山中、以神仙自喻的士人——自居而名动天下的陈继儒，其一生的行径，无疑是对科举取士的一个绝妙讽刺。两次乡试失败后的饱学之士，不到而立之年，决心与科举功名彻底决裂，宣称"揣摩一世，真如对镜之空花。收拾平生，肯作出山之小草……故于广众大庭，预绝进取之路"（《告布衣呈》），飘然出尘，先后于九峰山、小昆山为自己开辟了另一番天地。这首词写的即对自己隐居之所的由衷赞美，字里行间流露了作者不同凡俗的自然之趣和高洁情怀。

　　上片是对作者居所环境的描述，用语看似质朴简陋，但每字每句都是精心构建："门在松荫里"表示住处既无庭院，也无门墙，完全与大自然融为一体，唯一的几间遮风避雨的"茅屋"也仅是"土泥墙，窗糊纸"而已。然而室内四面堆满"书史"的仅有家什，表明了主人的不同凡俗。结末三句自问自答，以陈仲子再世自居，画龙点睛似的道出了作者以与自然默然神交、啸傲物外的高洁情怀。

　　下片是对作者衣着形貌、日常生活的描述，是对这种冥然悟道意趣的进一步深化。身旁小童见他酣醉而眠，怕他错过赏月，大笑一番之后，及时唤醒了他。结尾三句看似平常，实乃神来之笔。李白在《襄阳歌》一诗中也写过儿童见他醉后而拍手大笑，但那是出于儿童好奇的天性；此词中的小童即词人的知己，知道他的所思所好，因此不但丝毫没有嘲笑的意思，反而是作为此情此景下唯一的解人而平添无限生机。儿童的天真纯洁、主人的悟真体道，与整首词的意境融合无间，妙不可言。

　　陈继儒在《花史跋》一文中曾言："有野趣而不知乐者，樵牧是也；有果蓏而不及尝者，菜佣牙贩是也；有花木而不能享者，达官贵人是也。"换言之，世俗中人，或为生计劳苦奔忙，或为功名利禄劳心费力，都很难享受到生活的乐趣，欣赏到大自然的美妙，感受到人生的惬意适怀。在人们纷纷奔走于红尘俗务时，陈眉公却毅然决然选择了隐名山林，去真正享受生活的乐趣，去体悟生命的真谛。在以官本位为主流意识的封建社会，陈继儒的这选择，足见他绝非等闲之辈。

【名家评点】

　　眉公早岁隐于九峰，工书画。与董宗伯其昌善，为延誉公卿间，每得眉公片楮，辄作天际真人想。但传其居佘山，只吟咏过日，不知宏景当年松风庭院中作何生活？其小词潇洒，不作艳语。

——（清）沈雄《柳塘词话》

孙承宗

　　孙承宗（小传见诗卷一）。

水龙吟

　　平章[1]三十年来，几人合是真豪杰？甘泉[2]烽火，临淮部曲[3]，骨惊心折。一老龙钟，九扉鱼钥[4]，单车狐撑[5]。念河山百二，玉镡[6]罢手，都付与，中流楫。　　快得熊羆就列[7]，更双龙、陆离光揭[8]。一朝推毂[9]，万方快睹，百年殊绝。玄菟新鞞，卢龙旧塞，贺兰雄堞。[10]看群公撑住，乾坤大力，了心头血[11]。

【注释】

　　〔1〕平章：议论评价的意思。

　　〔2〕甘泉：秦汉时宫名，旧址在陕西淳化甘泉山上。汉文帝时匈奴十四万骑入关，烽火遂至甘泉宫。

　　〔3〕临淮：西汉郡名，在今安徽省盱眙县西北一带。部曲：行伍部队。这一句是指唐代抗击安史叛军的名将李光弼，他曾出镇临淮，治军有方，以军功封临淮王。

　　〔4〕九扉：九重门。鱼钥：古代门锁常做鱼形，故名。

　　〔5〕狐撑：语本《国语》"狐埋之而狐撑之，是以无成功"，意谓徒劳无功。

　　〔6〕玉镡（xín）：古兵器，似剑而小。

〔7〕熊罴：指雄壮的队伍。就列：各就其位的意思。

〔8〕陆离光揭：光彩夺目的样子。

〔9〕推毂（gǔ）：选拔重用之意。

〔10〕"玄菟"三句：玄菟是汉武帝时所置郡名，辖境相当于今辽宁省东与吉林南一带。陴（pí）：城上女墙。卢龙塞：在今河北省唐山、承德一带。贺兰：位于甘肃与内蒙古交界处。

〔11〕了心头血：犹言了却心愿。

【赏析】

词写于清兵逼关，孙承宗临危受命之际。

孙与一般的文人墨客不同。他久经沙场，气度恢宏，是一个有胆识且通晓战略的将师之才，不幸屡遭阉宦魏忠贤的排挤迫害。他文如其人，诗词易有直白粗略处，然其粗犷豪迈的勃勃英气弥漫于字里行间，使人情不自禁地想到岳武穆、辛稼轩式的爱国情怀和英雄气概。

上片起首慨叹治国无人，自己却受排挤打击，中断了抗敌救国大业的悲愤。词人一上来就愤然责问：三十多年来，有几个人称得上是真正的英雄豪杰！"甘泉"三句以古喻今，表达了因抗敌事业受挫而摧心折骨般的悲愤。接下来列诉自己居闲日老、报国无门、奸佞当道、治国方略难以上达天听的愤懑。"单车"以下，形容其孤掌难鸣，结果只能是徒劳无功。尽管自己心系祖国，但兵权被夺，一腔热血只能像当年祖逖击楫中流那样，发出"不能清中原而复济者，有如大江"的誓言，聊表抗清之志无时或忘。

下片笔意陡转，雄风扑面而来。指挥千军万马火速就位，挥舞双剑寒光闪闪，恨不得马上奔赴战场之情跃然纸上。"一朝推毂"是对这种重整旗鼓之雄心的解释。崇祯二年（1629年），清兵大军压城，直逼京城，孙承宗受命于危难之际，兵权再握，肩负保家卫国之重任。消息传开，朝野振奋，同仇敌忾，百年不遇。词人看到士气如此高涨，一口气摆出三个边关重镇玄菟、卢龙和贺兰，意在展现大明王朝国防之坚固，也表明自己对扭转颓势充满信心，唯一的希望只是全国上下万众一心，共赴国难，了却重振乾坤的心愿。

以雄健豪迈之笔，写舍生报国之志，既有顾盼自雄、眼空六合之英气，又有壮士拂剑、浩气横空之悲壮，矫矫不群，酷肖稼轩。可以想象他在吟哦此词时，心目中定然时时浮现出稼轩的影子；我们在欣赏的时候，也仿佛觉得他们在互相顾盼、惺惺相惜的景况。

【名家评点】

时移势异，词也终于从花间尊前走向塞外关河，偎红倚翠的靡靡之音也一变而为浑厚粗犷的烈士壮歌。这决不是个别词人主观追求的结果，而是被时代召唤回来的男子汉风格。

——张仲谋《明词史》

沈宜修

沈宜修（1590—1635年），字宛君，江苏省吴江人。同邑叶绍袁之妻，生三女，皆工诗词。精通经史，贤淑风雅。夫妇隐于汾湖，与子女以诗文自娱。著有《鹂吹集》，收咏梅绝句百首，著称一时。另辑录当时名媛之作《伊人思》诗词集传世。

忆王孙

天涯随梦草青青〔1〕，柳色遥遮长短亭。枝上黄鹂怨落英。 远山横，不尽飞云自在行。

【注释】

〔1〕"天涯"句：语本《楚辞·招隐士》"王孙游兮不归，春草生兮萋萋"句意，后世多用以怀远。

【赏析】

词末作者自注："此词梦中作，后继九阕。"陈衍评曰："当真是梦中作，如有神助。"这是十首中的第一首，即得之于梦中的一首，其余都是醒后续作。

既然词中的景象皆得之于梦中，就不免带有神秘色彩，同时也就有了一种迷离惝恍的艺术魅力。

天地茫茫，无边的青草在非人间的苍穹中一望无际，长亭短亭连绵不断地立于迷蒙的杨柳之海中，黄鹂啼叫于枝头，为纷纷洒落的百花而哀鸣……淡淡哀愁正在梦中弥漫之际，突然凄然转身，拗出一句"远山横，不尽飞云自在行"，写尽了梦中飘忽无定之感。

芳草、柳色、黄鹂、落英，耳目所触，莫非愁惨，而以自在云飞相衬托，益显出征人不归之难耐。

踏莎行

君庸屡约归期无定，忽而梦归，觉后不胜悲感，赋此寄情。

粉箨[1]初成，蔷薇欲褪，断肠池草年年恨。东风忽把梦吹来，醒时添得千重闷。　驿路迢迢，离情寸寸，双鱼几度无真信[2]。不如休想再相逢，此生拚[3]欲愁消尽。

【注释】

〔1〕箨（tuò）：竹笋上粉色的皮壳。

〔2〕双鱼：指信函。语本汉乐府《饮马长城窟行》："客从远方来，遗我双鲤鱼。呼儿烹鲤鱼，中有尺素书。"

〔3〕拚（pàn）：舍弃。

【赏析】

明人称道沈宜修，每以李清照做比。宜修词令，确以婉约见长。在夫为妇纲的封建社会中，她无疑是个幸运儿，夫妇志同道合，夫唱妇随，伉俪情深，骨肉至亲之间关系也十分融洽。但在她四十多年短暂的一生中，依然有诸多不幸伴随：先是最宠爱的小女儿小鸾未嫁先逝，接着长女纨纨也撒手人寰；不久表妹兼弟媳张倩倩也因相思过度而卒。作为母亲和姐姐，她在整理她们的诗文的同时，写下许多悲伤痛楚的诗词，来悼念亲人。三年后，亦因心碎而阒然长逝。

这是作者思念其胞弟、戏曲家沈自徵而作的。读序文，知词是梦后作。梦中词人与弟弟久别重逢，惊喜过望，觉后悲从中来，含悲赋词，以抒情怀。粉箨和蔷薇是两种富于季节性特征的植物，象征春日已近。池草仍旧像往年一样，蓬勃生机，碧绿青翠，弟弟年年说即将回来，却年年让人失望，岂不令人恼恨！思之不尽，有梦忽来，那梦仿佛是被东风倏地吹来似的，叫人欣喜万分；可是梦醒之后，郁闷却有如千斤巨石压在心头。

下片起手以一对句表现远方亲人之遥不可及，和家人的柔肠寸断。弟弟虽然几次来信约了归期，却屡屡爽约。屡屡失望之余，词人突然做出一个"绝情"的决断：干脆不去再作今生相逢的希望了，豁出去不再有消尽离愁的念头，此愁总该不再恼人了吧。词以决绝的反语结束，看似解脱，实则其情更悲更哀。

倩倩也有《蝶恋花》词寄托思夫之情。宜修《表妹张倩倩传》云："此阕则丙寅（1626年）寒夜与余谈及君庸，相对泣也。其才情如此，岂出李清照下。"

钱谦益《列朝诗集小传》说："倩倩小宛君（沈宜修字）四岁，明眸皓齿，说礼敦诗，皆上流女子也。"可惜的是，等到沈自徵浪游归来，倩倩已经在三十四岁那年抑郁而终了。

沈自徵

沈自徵（1591—1641年），字君庸，江苏省吴江人。恃才任侠，然屡挫于乡试。尝亲历北地边塞，考察山川形势。游京师，为朝中大臣计议军事，皆能言中。归里后，安居白屋，躬耕自乐。举荐贤良方正，不就。工戏曲，仿元杂剧作三部戏曲，合称《渔阳三弄》，人称徐渭《四声猿》所不及。亦工诗文，尝结"红叶诗社"。著有《沈君庸全集》。

凤凰台上忆吹箫·阅古今名媛诗集

雾锁春风，烟埋秋月，一生心事全休。恰雨窗吊古，检点鸳俦[1]。多少名姝珠泪，虚染就、锦笔银钩[2]。伤情处，金环不见，玉叶空留[3]。　　抬头。斜阳荒冢，原来是、绮阁妆楼。怅尘缘虽破，梦境难收。说甚裁云好手，也几度、惊彻鸡筹[4]。沉吟久，知音罕嗣，若个能酬[5]。

【注释】

〔1〕鸳俦：比喻夫唱妇随，像鸳鸯般终生相伴。

〔2〕银钩：本意指书法笔画遒劲有力，这里借指诗词文笔雄健。

〔3〕"金环"二句：化用元稹《赠严童子》"解指玉叶排新句，认得金环识旧身"句意。谓诗人已去，唯留佳作令人伤怀。

〔4〕鸡筹：鸡鸣报晓的意思。

〔5〕若个能酬：意谓哪个能唱和应对？

【赏析】

明代中期，有女诗人群体崛起，至明后期蔚为大观，为中国诗坛增色添彩。这些女诗人大多集中在江浙地区，据不完全统计，明清两代，女诗人近四百多位。明代名媛大致可分两类，或为名门闺秀，或为都市名妓。名门出身的女诗人，一则因深居闺阁时，即已获得了较好的文学素养；一则门当户对的婚姻为她们提供了相对自由的创作空间。譬如吴江沈氏和叶氏，均为书香门第，阀阅世家，两家世代通婚，构成累世复叠的姻亲关系。叶绍袁妻沈宜修生八子五女，六子叶燮及叶纨纨、叶小纨、叶小鸾皆文名卓著。沈自徵的这首长调即披阅几位女诗人的选集后，有感而作。

沈自徵是第一个为女作家打抱不平的人。他在阅读这些女性诗人的诗词创作后，慨然发出五悲。

一悲她们美好的文情尽付东流。长调起首便单刀直入，感叹古今名媛被"女子无才便是德"的腐朽思想一笔抹杀，致使其幽情雅致连同她们的文稿一起被埋没。"春风"和"秋月"象征女性诗人特有的心灵和情怀，无论有多么别致，可惜不是被"封锁"，就是被"掩埋"，使她们一生的"心事"全都付之东流了。

二悲她们用血泪写成的锦绣华章不被尊重，随着名妹的玉殒香消，只有断简残章留存后世，悲悼她们妄抛热泪，空绘锦章。"雨窗吊古"与"检点鸳侣"是倒文，既因词律要求而为，亦为兴起下文吊古之意。正常的语序是，在我雨窗披阅她们的作品时，哀悼之情油然而生。女诗人的这些诗词大多是夫妻唱和之作，所以用了"鸳侣"一词。作者说，因世俗之卑陋，她们用生花妙笔写出的血泪之章已成"虚染"，不见伊人，怎不叫人"伤情"无限？

下片词人用"抬头"的动作凸现掩卷长叹之形象。以伊人寂寂的荒冢斜阳对昔日之绮阁妆楼，借景写情，将伤情推进一层。这是第三悲。

四悲古今才女尘缘虽了，痴情不散，然而后人有谁知道，她们那些绝妙好辞都是彻夜不眠，苦吟而得的呢？后世读者看到她们的诗词，只当是"裁云好手"一挥而就，哪里晓得彻夜不眠、几度苦吟，锻铸出如此美文，才能像缕缕梦魂似的，拨动人们的心弦呢？

五悲诗坛名媛生前情深，身后寂寥。"沉吟久"三字，将作者的悲伤表达得格外充分。世无知音，诗无唱侣，这大概是名媛们最痛心的遗憾吧！"知音罕嗣，若个能酬？"这句仿佛站在女性诗人角度的悲叹，既是对全词意旨的绾合，也是作者再难以压抑的千古悲声。

陈洪绶

陈洪绶（1599—1652年），字章侯，号老莲，名号甚多。浙江诸暨（今绍兴）人。从蓝瑛学画，求理学于刘宗周。善画山水，尤工人物。明亡，隐迹佛门，法号悔僧。诗词多清刚之气。著有《宝纶堂集》。

鹧鸪词（四首选一）

行不得也哥哥[1]。我也图兰不作坡[2]。无山无水不风波。是非颠倒似飞梭。飞不起，可奈何。行不得也哥哥。

【注释】

〔1〕"行不得"句：《本草纲目》云："鹧鸪性畏霜露，早晚稀出，夜栖以木叶蔽身，多对啼。今俗谓其鸣曰'行不得也哥哥'。"

〔2〕"我也"句：南宋郑思肖字所南，工画墨兰。宋亡，画兰不画土，人问其故，他说土地已被元人夺去，你还不知道？作者用此典有慨叹明亡之意。

【赏析】

陈老莲是明末清初著名书画家，祖上为世家，至其父家道中落。出生前，有道人给其父一枚莲子，说"食此，得宁馨儿当如此莲"，所以他出生后，小名即为莲子。明亡，他始终不愿认同清政权，遁入空门苟且偷生。书画名震当时，为人颇有骨气，如有人欲以权势或金钱逼其作画，他宁愿一死也不屈从。读此小令，亦可见其风骨之一斑。

"行不得也哥哥"作为比喻行路艰难、离情别绪的成语，在词曲中被广泛使用。小令以此起头、收尾，表达出了作者苟全性命于新朝的无奈和痛苦。中间三句彼此没有语意上的关联，一句一层意象，但都被世路维艰、天理颠倒的旨意一以贯之。第二句借用郑思肖因不满元朝，画兰不画土一典，表达了他不与清政府合作的坚定立场。"飞不起，可奈何"是对复国无望的坦承。

【名家评点】

此词似歌似谣，似乐府，似涕泣，似醉呓。庶几所南（郑思肖）《心史》之文云。

——陈去病《五石脂》

陈子龙

陈子龙（小传见诗卷一）。

诉衷情·春游

小桃枝下试罗裳，蝶粉斗遗香。玉轮碾平芳草，半面恼红妆。风乍暖，日初长，袅垂杨。一双舞燕，万点飞花，满地斜阳。

【赏析】

在明词史上，陈子龙占据着特殊的地位，这不仅仅因为他是一位以身殉国的青年英烈，就其在文学史上的意义而言，他诗词创作的杰出成就，有如璀璨瑰丽的晚霞，为明史奏出了高亢的余响。没有子龙，明代文苑将难以抹去颓丧的情调，清代诗词也将难以开启雄健的篇章。

子龙之词，大体分为两类，一是以与柳如是的情缘孽债为歌咏旨归的小令，一是抒写亡国之恨、故国之思的悲怆。

全词紧紧围绕女子春游的情趣展开。为出游，她精心打扮，在一株桃树下试换罗裳。面如桃花，裙比柳丝，说她抖落的遗香都引得彩蝶飞绕，此女子的美艳可想而知。"玉轮碾平芳草"句以侧笔点明"游"春之盛况；"半面妆"不但隐喻了女子之美，且平添诱人的神秘感。接下来的三句写景紧凑明快，生动地写出了初春的景象。结末十二字把暮春渲染得有声有色，与前三句写初春景象形成了一个较大的时间跨度，似乎是在惋惜时光如梭，良辰美景只在此一瞬间。

清真（周邦彦）作景语，不能作情语。至大樽（子龙号）而情景相生，令人有后来之叹。

——（清）王士禛《陈子龙诗集》

山花子·春恨

杨柳迷离晓雾中，杏花零落五更钟。寂寞景阳宫外月[1]，照残红。　蝶化彩衣[2]金缕尽，虫衔画粉[3]玉楼空。惟有无情双燕子，舞东风！

【注释】

〔1〕景阳宫：南朝宫殿名，故址在今南京市玄武湖畔，是南朝几度兴亡的见证。《南齐书·皇后传》："置钟于景阳楼上，宫人闻钟声早起妆饰。"

〔2〕蝶化彩衣：典出《罗浮山志》："山有蝴蝶洞，在玄峰岩下，古木丛生，四时出彩蝶，世传葛仙遗衣所化。"

〔3〕虫衔画粉：意谓宫殿楼台已被虫蛀而颓废。

【赏析】

词人借题发挥，以眼前之春光为引子，抒写亡国之遗恨。

开篇即以凄迷残败之景笼罩全词，再以南朝叠亡的见证故址景阳宫的冷月残花加深亡败景象的历史感。写景与用典都是为了影射明朝的覆灭。下片转入人事沧桑，抒写凭吊故国的哀伤。明室贵戚的金缕彩衣皆已化为蛱蝶，昔日的琼楼玉宇，被虫蚁蛀蚀一空，明朝帝王的辉煌气象已经荡然无存。词人以春风得意、翩翩起舞的"无情双燕"作结，大有影射变节求荣之前进亲贵的深意在。

【名家评点】

凄丽近南唐二主，词句意亦哀以思矣。

——（清）陈廷焯《白雨斋词话》

叶纨纨

叶纨纨（1610—1632年），字昭齐，苏州市吴江人。叶绍袁、沈宜修之长女。三岁能朗诵长歌，十三岁能诗。工书，有晋人之风。年十六出嫁，常郁郁不乐。皈依佛法，精诚课诵。明崇祯五年（1632年）秋，小妹叶小鸾将嫁，为作催妆诗，甫就而讣至。归哭妹过哀发病；病亟，挺身高坐，念佛而逝。工诗词，论者认为可登大家之门庭。有诗词集《愁言》。

蝶恋花

尽日重帘垂不卷。庭院萧条，已是秋光半。一片闲愁难自遣，空怜镜里年华换。　寂寞香残门半掩。脉脉无端，往事思量遍。正是消魂肠欲断，数声新雁南楼晚。

【赏析】

此词为女词人的代表作。主题是反映出嫁后生活不幸的悲愁怨恨，与其前期表现少女时代纯真烂漫的词作形成了鲜明的对照。

开篇作者描写中秋时节，尽日垂帘，自怨自叹。缭绕不散的篆香从半掩的门中飘了出去，浓浓的秋色还是从门窗中可以窥见。女主人愁怀难遣，看着镜子里自己憔悴的面容，感到青春也正在被秋色浸染，人生之"秋"过早地来到了她的"心"上——"心"上有"秋"，不就是"愁"吗？

悲愁仿佛脉脉潜流的秋水，无缘无故地漫过心间，她情不自禁地沉浸在许多往事的回忆中，有童年时在父母齐声喝彩声中朗诵古诗的情景；有三姐妹以侍女的名字随春为题赋词争胜的欢乐；有临摹书圣王羲之《兰亭序》的快慰……这时候，从南楼那边突然传来北归大雁哀怨的鸣叫声，把她拉回到令人愁闷的现实中来，顷刻间让她肝肠寸断。

后人评价这位才女的词，认为有"至理深情……幽惋骀荡，亦可登诸大匠之门庭"，惜其悲愁过甚，享年不永。一个才情早熟、多愁善感的弱女子，不幸所遇非人，结婚七年，从未开心过，其命运几乎是注定的了。

国学经典精神家园丛书

叶小纨

　　叶小纨（1613—1655年），字蕙绸，苏州市吴江人。叶绍袁、沈宜修次女，沈永祯之妻。聪慧如其姐妹，娴于吟咏，常相唱和，闺门风雅极一时之盛。后姊妹相继下世，痛悼不已，作《鸳鸯梦》杂剧以寄哀思，人称有元剧作家乔吉、贯云石之遗韵。年三十四而夫殁，孀居以终。其诗词情辞黯然，过于姊。有诗词集名《存余草》。

踏莎行·过芳雪轩忆昭齐先姐

　　芳草雨干，垂杨烟结，鹃声又过清明节。空梁燕子不归来，梨花零落如残雪。　　春事阑珊，春愁重叠，篆烟一缕销金鸭。凭阑寂寂对东风，十年离恨和天说。

【赏析】

　　芳雪轩原是大姐叶纨纨的住所，她的诗集亦名《芳雪轩遗集》。词人在先姐去世十年后的清明节来到这里，追忆往事，写此词以悼念。

　　清明节是国人追悼亡灵的传统节日，小纨在姐姐的故居，十周年的忌日，写悼词纪念亲人，自然悲痛非常。上片通过对所见故居景物的描写，渲染出一派凄迷伤痛的氛围。春草上的雨水已被风吹干了，烟雾弥漫，垂杨仿佛也被凝结住了；杜鹃声声啼血，令人魂断；梁上燕巢空寂，燕子还没有归来，难道它们也明白，这里已经没有了往日的温暖？梨花纷纷坠落，散了一地，惨白似雪，仿佛还在等着葬花人，不肯飘散。清明时节，本该是山河大地喜迎春归的时候，可是特定的民俗寓意和特定的姐妹情缘，在词人的笔下，弥漫着的却是无处不销魂的悲凉。

　　下片由概述"春事"和"春愁"，转入祭奠的细节描述：她在芳雪轩前焚香燃烛，香烟袅袅升空，画出形同篆书般的烟缕，香火渐渐在鸭型炉中燃尽。后来她勉强支撑着摇摇欲坠的身子，扶住栏杆，默默地任凭清风吹拂，想起自从姐姐辞世后这十年间自己所经历的往事，千言万语，无人可与倾诉，只能对天诉说。

　　这样凄美的绝唱，只有结合叶氏姐妹的生平事迹，才能感受到其中饱含的真性至情和艺术魅力。

叶小鸾

叶小鸾（1616—1632年），字琼璋、瑶期，吴江人。诗人叶绍袁、沈宜修之幼女。幼聪颖，四岁能诵《楚辞》，十岁能诗。琴棋书画，无一不通，有才女之誉。年十七许配昆山张立平，嫁前五日倏然而逝。工诗，尤长于词，风格哀艳芊绵，隽永清逸，无香奁气，人以为可与李清照比肩。有诗词文合集《返生香》，一名《疏香阁遗集》。

蝶恋花·立秋

屈指西风秋已到。薄簟单衾，顿觉凉生早。疏雨数声敲叶小，小亭残暑浑如扫。　　流水年华容易老。秋月春花，总是知多少？准备夜深新梦好，露虫又欲啼衰草。

【赏析】

在叶氏三姐妹中，小鸾才华特异，禀赋最高；在历代才女中，她年寿最短，却极富传奇色彩。芳龄十七，犹如昙花一现，灿然一放，便为后世留下了凄美的华章。她似乎早已厌离娑婆，欣喜极乐，嫁前五日，挺身端坐，口念佛号，从容安详地告别了这个世界。小鸾为人，贞静娴雅，不事脂粉，专以诗词为生活，传世诗词二百有十，最早一诗作于诗人十二岁。其弟称其"幼而奇慧，初学诗词，即卓然成家"。

词题"立秋"，写悲秋之感，审美意象颇高。上片写秋凉，有声有色有感触，凉意清爽之至。早晨起来，扑面而来的西风已经使人感到异乎寻常，难怪昨夜薄席单被让人觉得半夜凉初透呢！疏疏落落的雨点敲打在树叶上，树叶开始片片飘落；亭里的暑气经风吹雨洒，闷热也被一扫而空了。

上片重在写立秋之景，突出的是一个"小"：小叶、小亭、小风、小凉。下片写流年似水和悄悄浮上心头的淡淡伤感。有开端就有终结，有小就有老。词人突然感到，似水流年，岁月如梭，人在不知不觉中即将老去。春花也罢，秋月也罢，一辈子能有多少？就拿今天来说吧，炎热已扫，凉爽可人，晚间总能睡个好觉，做个好梦了吧？可露水中衰草下的秋虫又要开始活动，用它们那悲悲切切的哀鸣扰人清梦了。

【名家评点】

　　闺秀工为词者，前则李易安，后则徐湘苹（名灿）。明末叶小鸾，较深于朱淑真，可为李、徐之亚。

——（清）陈延焯《白雨斋词话》

郑如英

　　郑如英，字无美，小名妥。生卒年不详。南京旧院妓，俏丽惊人，无脂粉气。独处静室，手不释卷，朝夕焚香礼佛，有出世之想。冒愈昌集其诗词，与马湘兰、赵今燕、朱秦玉之作编为《秦淮四美人选稿》。其词亦见《众香集》。

临江仙·芙蓉亭怀郑奇逢〔1〕

　　夜半忽惊风雨骤，晚来寒透衾裯〔2〕。萧条景色懒登楼。衡阳归雁杳，幽恨上眉头。　台空院废人依旧，月沉云淡花羞。芙蓉寂寞小亭秋。黄花伤晚落，相对倍添愁。

【注释】

　　〔1〕郑奇逢：生平事迹不详。细玩词意，可能是作者风月场中的情人。
　　〔2〕裯（chóu）：单层薄被。

【赏析】

　　明代女性诗人中，大约一半为大家闺秀，一半是青楼佳丽。妓女的社会地位固然不高，但她们接触的往往是书画名家、文坛巨子。对她们来说，诗词书画不仅可以抬高身价，某种程度上甚至是必备的技艺。郑如英即其中之佼佼者，钱谦益有《金陵杂题》誉之曰："旧曲新诗压教坊，缕衣垂白感湖湘。闲开闺集教孙女，身是前朝郑妥娘。"
　　妥娘此词，首二句呈现出来的是一个惊魂不定的典型环境：夜半时分，风雨骤起，寒侵薄衾，令人心神不安。女词人此时懒得登楼，不只是因为景色"萧条"，主要是她深深思念着的情人杳无音讯。词人心想，大雁飞到回雁峰，尚且知道转身，你为什么一去不复返呢？因此积压于心间的"幽恨"，不期然浮上了眉头。

下片写情人一去，庭院骤然间显得格外空旷，虽然思念他的人儿还在，容貌依旧可以用"沉鱼落雁、闭月羞花"来形容，然而有如寂寞无聊的莲花，况且寒秋将至，秀色不保，人的美貌又岂能长久！于是女词人发出悲凄的一叹："黄花伤晚落，相对倍添愁。"是啊，耐寒的黄花在深秋的风雨中都要凋零了，怎不令我倍感忧愁呢！

词论家认为，妥娘此词沉郁幽婉，颇有李清照的风味。

【名家评点】

金陵旧院妓，首推郑氏。妥晚出，韶丽惊人，亲铅椠之业。……手不去书，朝夕焚香持课，居然有出世之想。

——（清）钱谦益《列朝诗集小传》

王夫之

王夫之（小传见诗卷一）。

更漏子·本意

斜月横，疏星炯[1]。不道秋宵真永。声缓缓，滴泠泠[2]。双眸未易扃[3]。　霜叶坠，幽虫絮，薄酒何曾得醉。天下事，少年心，分明点点深。

【注释】

〔1〕炯：明亮。

〔2〕"声缓缓"二句：形容漏壶滴水之声。

〔3〕扃：关闭、合上。

【赏析】

　　自唐五代始，词作每有词牌名即题意的用法。朱彝尊《词综·发凡》云："花间体制，调即题。如《女冠子》即咏女道士，《河渎神》即送迎神曲，《虞美人》即咏虞姬也。"《更漏子》词牌始自温庭筠，以歌咏长夜漏永、男欢女爱为旨意。王夫之徘徊于明清易代之交，矢志复国，这首小令以《更漏子》题曰"本意"，自然不会落入男女情爱的窠臼。

　　小令上片写月明星灿，长夜难眠，漏声滴滴，双眸如炬，生动地刻画了亡国之臣不甘寂寞的悲凄。下片仍从夜景着墨。霜叶堕落之清脆，一声声仿佛打在心上；秋虫絮絮不休的细语，扰得人一刻不能安宁。词人想借酒麻醉，以求一睡，也是枉然。是什么让他如此心神难安呢？"天下事，少年心，分明点点深"。原来刻骨铭心的还是少年时代萦绕心头、挥之不去的雄心夙愿。这一心事，夜越清，越钻心，越沉痛，孰能入睡！

　　小令低回往复，含情寄慨，恰到好处。

玉楼春·白莲

　　娟娟片月涵秋影，低照银塘光不定。绿云冉冉粉初匀，玉露泠泠香自省。　　荻花风起秋波冷，独拥檀心[1]窥晓镜。他时欲与问归魂，水碧天空清夜永。

【注释】

　　〔1〕檀心：白莲花蕊似檀色。语本苏轼《黄葵》："檀心自成晕。"

【赏析】

　　词论家一向主张，咏物之作以"有寄托"为高。王夫之的这首咏白莲词，寄托了他孤忠自守的节操，在其词作中很有代表性。

　　词人开篇即为下面铺写白莲创造了一个典型环境：夜色中，皎洁的月光在银白色的荷塘水面上摇曳不定，清辉荡漾。"绿云冉冉"二句写白莲清雅芳洁。绿云般的莲叶，美女似的粉妆，晶莹的露水，自溢自品的莲香——白莲形神俱得，遗世独立。经过作者精心刻画后，白莲便具备了顾影自怜、孤芳自赏的魂魄。虽然荻花飞扬，秋水波冷，白莲一概熟视无睹，自满自足地抱定粉红色的花蕊，欣赏着自己在湖面上的倩影。

此时作者凝望眼前这一片清碧的湖水，仰望空寂的苍穹，想到即将到来的秋风秋雨，不禁为白莲的命运担忧起来：未来哪里是它的归宿呢？词人为白莲设问，说的却是他自己。我们知道，明清交替之际，王夫之参加抗清活动，事败隐居衡阳石船山，闭门著书以终。他借白莲写自身，因为他心目中的白莲，无论是其形貌神态，还是品格以及归宿，似乎都是他的化身。

张煌言

张煌言（1620—1664年），字玄著，号苍水，浙江鄞县（今宁波市）人。1645年在浙东一带起兵抗清，南明桂王立，任兵部尚书。1659年与郑成功合兵包围南京，终因郑兵败，孤军无援而退。后又与荆襄农民军联络抗清，然大势已去，遂解散余部，隐居悬岙岛（在今浙江省象山南），不久被俘殉难。其诗词反映反清复明之战争生涯，格调激越，辞采英赡。后人辑有《张苍水集》。

柳梢青

锦样山河，何人坏了，雨嶂烟峦。故苑莺花，旧家燕子，一例阑珊[1]。　此身付与天顽[2]，休更问，秦关汉关。白发镜中，青萍[3]匣里，和泪相看。

【注释】

〔1〕阑珊：穷尽、衰落。这里的意思是以莺花和燕子象征故国家园都已经不复存在了。

〔2〕天顽：自谓之谦辞，意思是说自己天生愚昧无知，不能顺随时势之大流，俯首向清廷称臣。

〔3〕青萍：宝剑名。

国学经典精神家园丛书

【赏析】

　　抗清复国失败，退隐到孤岛上的张煌言，开始思考亡国悲剧的根源。这是非常符合思维逻辑的。作者在这首词中，劈口便问：大好的锦绣河山，到底是坏在了哪些人的手里，让山河——笼罩在烟雨雾嶂中？这里的"何人"，作者虽然没有明说，但在他心里必然是指由万历到福王这些明太祖的不肖子孙以及马士英一类祸国殃民的历史罪人。接下来的三句，化用前人成句所淀积的兴亡离合之意象，寄托了深沉的亡国之痛。

　　下片回手写自己。"此身"句意谓自己生来愚顽，无法改变，只好随它去了。"休更问"句暗含万般无奈的痛楚，秦汉时期，尚有李广那样的英雄人物抵御异族入侵，如今大势已去，说什么都没用了。结尾三句沉痛之至：看看镜中的自己，虽然不到五十，已是满头白发；抚弄匣中宝剑，深感有负此君，壮志未酬，遗恨满怀，只能"和泪相看"了。

　　耿耿忠怀以含蓄且自嘲的笔墨书写，豪气磅礴而又不失审美情趣，深得词法三昧。

夏完淳

　　夏完淳（小传见诗卷一）。

烛影摇红·寓怨

　　孤负天工[1]，九重[2]自有春如海。佳期一梦断人肠，静倚银釭[3]待。隔浦红兰[4]堪采。上扁舟、伤心欸乃。梨花带雨，柳絮迎风，一番愁债。　　回首当年，绮缕画阁生光彩。朝弹瑶瑟夜银筝，歌舞人潇洒。一自市朝更改，暗销魂、繁华难再。金钗十二[5]，珠履三千[6]，凄凉千载。

【注释】

　　[1]天工：大自然之工巧。语本陆游《新燕》："天工不用剪刀催，山杏溪桃次第开。"

　　[2]九重：九重天。

　　[3]银釭（gāng）：以银质为托盘的油灯。

〔4〕红兰：兰花。

〔5〕金钗十二：形容侍女之多。

〔6〕珠履三千：典出《史记·春申君列传》："春申君客三千余人，其上客皆蹑珠履。"

【赏析】

词作于南京陷落、南明小王朝覆亡之后，字面上好像是写男女恋情，实则是寄故国之思。其在艺术构思上是《离骚》所开创的"美人香草"传统手法的延续。

上片以故乡松江景物起兴。阳春三月，春意如海，浩荡无际。九天赠送如此美景，却无心欣赏，委实有负大自然之厚爱。女主人公说，她夜里梦见与情人欢会，醒后徒然令人断肠，静悄悄地斜倚灯下，思绪万千。她有所期待，但期待什么，连她自己也一时说不明白。难熬的夜总算过去了，为了排遣昨晚的愁怀，她去乘舟采兰，孰知更添"愁债"。

下片回忆当年南都旧事，绮楼画阁，瑶瑟银筝，歌伎舞女，一旦改朝换代，都随逝水而去，只留下销魂情债。往日侍女环绕，门客如云，繁花似锦的盛况如今胜景难再，只留下"凄凉千载"的悲哀。

长调假托一个青楼女子的闺情幽怨，倾吐亡国之恨，黍离之悲，表现出一个少年英豪的无限感伤，委婉低回，情致婉转。倘若不是借美人写悲情，恐怕难以达到这样的艺术效果。

卜算子

秋色到空闺，夜扫梧桐叶。谁料同心结不成，翻就相思结。十二玉阑干，风有灯明灭。立尽黄昏泪几行，一片鸦啼月。

【赏析】

夏完淳十五岁与名门闺秀钱秦篆喜结连理，不久随父起兵抗清，十七岁时被俘就义，轰轰烈烈地走完了他短暂的一生。为此，他与妻子离多聚少，对娇妻充满愧疚，写下不少诗文表达他的悲伤和内疚。这首题名"断肠"的小令，即其中之一。

清冷的秋色侵入了空寂的闺房，思妇长夜无眠，来到庭院，借清扫梧桐叶来打发无聊的时光。随着身子的晃动，腰上的佩饰也有节奏地摆动起来，这时她突然发现，原本与丈夫发誓常相厮守的同心结，竟然成了相思结。这一细节的描写别出心裁，它把思妇的愁怨

国学经典精神家园丛书

表现得格外生动感人。

下片转入对思妇盼望丈夫归来心理的刻画。她独上层楼，倚栏眺望，希望有奇迹发生，能看见丈夫策马归来，出现在楼前的路上。但她倚遍栏杆不见丈夫的身影，只觉得秋风又起，看见远处的灯光明灭不定。她从傍晚守候到黄昏，夜色越来越浓，一群还巢的乌鸦在冷月寒星下凄厉地鸣叫着，从她的身旁飞过。这时她绝望了，眼泪禁不住潸然而下。

这思妇很明显就是作者独守空房的妻子。词人采用换位法，从妻子的角度设想她的相思之苦，写得缠绵悱恻，如诗如画。

李天植

李天植，生卒年不详。字因仲，号蠡园居士，浙江嘉兴人。崇祯六年（1633年）进士。明亡，易名，字潜初，隐居龙湫山。有《蠡园集》等。

唐多令

新绿满沧洲^{〔1〕}，孤帆带远流。更甚人同倚南楼？一片伤心烟雨里，犹记似，别时秋。华发渐蒙头，相思如旧否？怪江山不管离愁。二十年前曾载酒，都作了，梦中游。

【注释】

〔1〕沧洲：水边。

【赏析】

南宋刘过有同调小令，其词曰：

"芦叶满汀洲，寒沙带浅流。二十年重过南楼。柳下系舟犹未稳，能几日，又中秋。黄鹤断矶头，故人今在否？旧江山浑是新愁。欲买桂花同载酒，终不似，少年游。"

词人依原韵写易代之悲。上片写倚楼忆旧，忧伤满怀，不能自己。春去春回，山河依旧，水边新绿的青草一望无际，一片孤帆从遥远的江流上漂来。故人在改朝换代的战乱中死的死，逃的逃，还有谁会和我"同倚南楼"呢？记得二十年前，他们也是在这里握手话别的，那是一个秋日，其情其景历历在目，如今全都化作满腹悲伤，弥漫在苍茫的烟雨中了。

下片仍以今昔对比，抒写沉淀在心底的漫天哀愁。二十年过去了，昔日豪情满怀，风华正茂，如今都已须发花白，不知故人可还像从前一样，思念我这个孤苦的老人？"怪江山不管离愁"一句寓意甚深，意思是说，从前我们曾经为这大好河山抗争过，悲痛过，可这"江山"何曾理会过我们的感受？二十年前载酒中流，指点江山，意气风发，现在来看，有什么用，还不是一场春梦！

统观全词，有亡国之思的伤痛，也会对晚明政要的怨恨，上下阕皆以今昔对比抒发沉淀日久的内心悲愤，哀思委婉，意境浑成，具有较强的审美内涵。

国学经典精神家园丛书

柳如是

柳如是（小传见诗卷二）。

金明池·咏寒柳

有恨寒潮，无情残照，正是萧萧南浦[1]。更吹起、霜条孤影，还记得、旧时飞絮。况晚来、烟浪迷离，见行客、特地瘦腰如舞。总一种凄凉，十分憔悴，尚有燕台佳句[2]。　　春日酿成秋日雨。念畴昔风流，暗伤如许。纵饶有、绕堤画舫，冷落尽、水云犹故。念从前，一点春风，几隔着重帘，眉儿愁苦。待约个梅魂，黄昏月淡，与伊深怜低语[3]。

【注释】

〔1〕南浦：语本江淹《别赋》："送君南浦，伤如之何?"南浦泛指面向南的水边，这里是指几社成员活动的基地——娄县陆氏南园和与陈子龙同居的南楼。

〔2〕燕台佳句：借用燕昭王筑黄金台招揽贤士之典，暗含与陈子龙诗词唱和结为知音，又同松江名士诗酒集会所度过的美好时光。

〔3〕"待约个"三句：暗用汤显祖《牡丹亭》杜丽娘和柳梦梅的还魂梦，同时化用苏轼《复出东门》诗中"长与东风约今日，暗香先返玉梅魂"的意韵。这里既表明词人的心迹，又流露出对未来的憧憬。

【赏析】

词作于陈子龙死后、与钱谦益结缡不久，时间在1641年左右。副题"寒柳"暗嵌作者当时所改之姓"柳"，且与题旨契合无间，可谓大有深意。欣赏柳如是的这首词，可以感受到她那独特的主体意识，领略到一种说不清道不明的生命感伤。

"有恨寒潮……"三句与下片"纵饶有、绕堤画舫"化用汤显祖《紫钗记》传奇中的句子，既切题又不露痕迹。"南浦"特指她和陈同居的南楼；"更吹起"暗喻她被陈家驱逐，真成"孤影"一事，暗嵌其名"影怜"。与陈相爱时，她是几社的编外女社员，几社诸生为一位青楼女子提供指点江山的论坛，这在中国文学史上是绝无仅有之事。也正是在那种自由开明的氛围中，培养了她"天下兴亡，匹'妇'有责"的历史使命感，也才会有规劝钱大学士以身殉国的壮举。可惜陈死后，她不得不再次回到青楼归家院。"况晚来"以下，通过对寒柳飞絮的描摹，表述的正是自己隐痛难言的身世之感和充溢心中的悲怆凄苦。"飞絮"既写当时自己的漂泊不定，又嵌入了她的本姓"杨"。不是黠慧过人，难得结构出如此水乳交融、不着痕迹的妙文。

下片一句"春日酿成秋日雨"既是对上片意绪的总括，又为下面的夹叙夹议拓展了空间。从前那么多风流知己，现在却只能独自承担凄风苦雨了；纵然有那么多名士捧她宠她，可始终无法安身立命，怎不叫人"暗伤"？纵然"水云犹故"，但已物是人非；纵有"绕堤画舫"，又当如何？"一点东风"暗指陈子龙，而"几隔着重帘"则是指陈家众多女性的从中作梗，致使"眉儿愁苦"。然后词人以"待约个梅魂，黄昏月淡，与伊深怜低语"，透露出她对往昔真爱的款款深情和对未来的殷殷期望，是酸语，苦语，更是痛彻心脾的情语。放在明末清初特定的时代大背景下，柳如是虽然写的是自己的悲伤，自己的命运，却又那么奇妙地传达出了山雨欲来前的貌似什么事都没有、其实却已相当阴沉的时代悲剧感。没过多久，1645年，清军兵临南京城下，柳如是劝钱一起投水殉国，钱却选择了屈膝降敌。为此，柳对钱的数典忘祖深感失望。

柳如是与陈子龙的爱情本来出自惺惺相惜，她在茫茫人海中以为终于找到了自己的另一半。两个人乐极生悲，复归孤独的个体，对一个情人的失恋，变成了对社会的失恋。故而全词字字凄楚，句句悱恻，真挚得让人心动，深沉得让人悲伤。

国学经典精神家园丛书

吴伟业

吴伟业（小传见诗卷二）。

临江仙·逢旧

落拓江湖常载酒，十年重见云英[1]。依然绰约掌中轻[2]。灯前才一笑，偷解砑罗[3]裙。　薄幸萧郎[4]憔悴甚，此身终负卿卿。姑苏城外月黄昏。绿窗[5]人去住，红粉[6]泪纵横。

【注释】

〔1〕云英：唐代钟陵妓女。罗隐少游钟陵，识云英。十二年后重见，赠诗调侃。这里是借喻卞玉京。

〔2〕掌中轻：典出《飞燕别传》，言赵飞燕体轻，可于掌上舞。后喻善舞的美女。杜牧《遣怀》有云："落魄江湖载酒行，楚腰纤细掌中轻。"

〔3〕砑罗：经碾压其面使之闪射光彩的绫罗。

〔4〕萧郎：诗词中常用以指女子的恋人。语出崔郊《赠去婢》："侯门一入深如海，从此萧郎是路人。"

〔5〕绿窗：指女子所居地。

〔6〕红粉：代指美女，此指卞玉京。

【赏析】

词为秦淮名妓卞玉京作。顺治八年（1651年）春，作者与玉京重逢，"共载钱塘"，把酒话别，作词以纪之。

前三句化用前人成句，写身世之感与重逢之乐。四五句直接写其颠鸾倒凤，浓艳之至。然陈延焯说："极淫亵事，偏写得如许婉丽。"

过片似自责，似道歉，措辞婉转，既可获得女方之同情，又表示旧情难忘，不愧才子用心。"姑苏"一句极为潇洒超脱：当年结缘在姑苏，如今重逢又是姑苏。月明依旧，浓情依旧，幸何如哉！结拍写足匆匆相逢，匆匆而别，悲情难禁，令人抱憾之意。"绿窗"与"红粉"对举，哀伤时仍不失审美情趣。词美不为情掩，情伤而具美感，才情不足，难有此妙。

宋徵舆

宋徵舆（1618—1667年），字直方、辕文，江苏华亭人。少与同里陈子龙、李雯倡几社，称"云间三子"。顺治四年（1647年）进士，历刑部主事、福建布政使，终左副都御史。有《林屋诗文稿》《海间香词》。

浪淘沙令·秣陵[1]秋旅

雁字起江干[2]，红藕花残。月明昨夜照更阑。酒醒忽惊秋色近，回首长安[3]。　　零落晓风寒，乡梦须还。凤城衰柳不堪攀[4]。木落秦淮人欲去，无限关山。

【注释】

〔1〕秣陵：秦改楚金陵邑为秣陵，后作南京别称。

〔2〕江干：江岸。

〔3〕长安：借指南明故都南京。

〔4〕"凤城"句典出《晋书·桓温传》："温自江陵北伐，行经金城（在南京附近），见少为琅琊时所种柳皆已十围，慨然曰：'木犹如此，人何以堪！'攀枝执条，泫然流涕。"凤城：春秋时秦国都城名丹凤城，故址在今西安，这里借指南京。

【赏析】

与陈子龙、宋雯同称"云间三子"的宋辕文比陈、宋二人小十岁。河东君十七岁那年，已是青楼花魁。宋与之约见，去得早了，柳还未起，传话说："要是有情人，就跳到水里等着吧。"宋当即遵命。柳急忙让船夫救起，感其一片至诚，"拥怀中温之"。这一让柳意想不到的举动，竟使宋一时间独占花魁。

小令紧扣副题秋旅南京、漂泊天涯之悲怀，倾诉了往事不堪回首之哀伤。起首两句写景，极力渲染秦淮凉秋引发的无穷愁思。南翔的鸿雁勾起的岂止是悲秋和乡愁，更多的是哀婉和凄凉。"一声才断千行泪，长空写尽相思字。"（宋琬《踏莎行》）当他夜来更尽月明，秋风萧瑟，酒醒倚楼的时候，"回首长安"，一幕幕浮现在眼前的，全是从前与柳如是的美好回忆。此时，当他驻足料峭的晓风中，蓦然心惊，觉得该是从羁旅漂泊的"乡梦"中醒来的时候了。"凤城衰柳不堪攀"嵌入一"柳"字，显然别有隐情。此时的"柳"已入他人怀抱，红颜已衰，岂可再攀！这层言外之意，结拍两句说得更明白。"木落秦淮"不正是说柳如是吗？"人欲去"意思是说，自己无须自作多情了吧，既然人家去意已决，何必一厢情愿地去做"乡梦须还"的妄想呢！"无限江山"显而易见是援引李煜名篇《浪淘沙》的"独自莫凭栏，无限江山，别时容易见时难。流水落花春去也，天上人间"。但李煜抒写的是亡国之恨，宋徵舆有的只是失恋之痛，所以把李煜的悼亡咏叹套在宋辕文的头上显然是张冠李戴。

尤侗

尤侗（小传见诗卷二）。

行香子·春暮

紫陌金车，绿浦兰槎，〔1〕共追寻、大地芳华。三分春色，分与谁家？有一分山，一分水，一分花。　雨打檐牙，月落窗纱，恨韶光、转盼天涯。小庭寂寞，底事争哗？是一声莺，一声燕，一声鸦。

【注释】

〔1〕"紫陌"二句：金车、兰槎均极言陆地和水路车船之华美。紫陌指京师郊野的道路。绿浦指绿色的水滨。晏几道《浪淘沙》："绿浦归帆看不见，还是斜阳。"

【赏析】

尤侗的长短句是典型的才子之词，文人之词。这一首就很有代表性。

词写暮春时节，人们因爱春、惜春而游春的郊游盛况。开篇三句，分写陆路和水路游春情景。"三分春色"以下数句，受苏东坡《水龙吟》"春色三分，二分尘土，一分流水"意境的启发，把春光满人间写得更充分、更生动。

换头写游春归来后的失落感。词人先以夜雨打檐、冷月侵窗，衬托喧哗热闹过后的寂寞萧条，再感叹"恨韶光转盼天涯"之时光流转、好景不长。这一句是词的主旨，也是"词眼"，犹如辐射的焦点，具有"一动万随"的作用，让人不由自主会回顾春光在此时是何景象，同时引出春光去后的描写。寂寞无聊中的词人这时忽然听见庭院里一片喧哗，凝神细听，原来是黄莺、紫燕、乌鸦在啼叫。它们为什么要如此聒噪？难道也是在为春光已去而悲鸣？词人将答案留给读者去想象。

尤侗的这首词意境华美含蓄，笔致空灵剔透，此即"境生象外，意在言表"之谓也。

徐　灿

徐灿（约1618—1698年），字湘苹、明深、明霞，号深明，苏州人。光禄丞徐子懋女，弘文院大学士、海宁陈之遴继室。从夫宦游，封一品夫人。陈因罪流亡塞外十二年，陈死后，她奉骨南归，因盐官陈氏故居籍没，改居新仓，长斋念佛而终。"蕉园五子"之一，工诗，尤长于词学。所画仕女设色淡雅，笔法古秀，深得北宋笔法。晚年画水墨观音，间作花草。有《拙政园诗馀》。

踏莎行·初春

　　芳草才芽，梨花未雨，春魂已作天涯絮。晶帘宛转为谁垂，金衣[1]飞上樱桃树。　　故国茫茫，扁舟何许？夕阳一片江流去。碧云犹叠旧河山，月痕休到深深处。

【注释】

〔1〕金衣：黄莺。《天宝遗事》："唐明皇于禁宛中见黄莺，常呼为金衣公子。"

【赏析】

徐灿是明末清初易代之际出现的又一位才女。她的际遇几乎和李清照一样，其花季妙龄时期，同样过着安逸富贵的生活，婚姻美满幸福，情趣风致高雅；不久惨遭社会动荡、国破家亡的人生苦难。徐灿大约在二十岁嫁给著名诗人、大学士陈之遴，两人情投意合，吟诗作画，生活十分美满。后来明清易代，夫妇二人在金戈铁马中患难与共；清顺治二年，陈之遴降清，不久因罪被贬，在全家流亡塞外的十二年中，她经历了丈夫病死、诸子皆殁的剧挫，但她凭借坚强的毅力，用自己营造的精神家园抗拒着命运的打击。

词写的是初春的景象。然而刚刚吐芽的芳草也罢，含苞待放的梨花也罢，透过水晶帘看到的飞上樱桃树的黄莺也罢，都丝毫不能引起她对春天的喜悦之情。因为她的"春魂"早已随着飘飞"天涯"的柳絮而不能自已了。

故国沦亡，身世浮沉，丈夫和她本来应该像范蠡当年那样，功成身退，泛舟五湖，可是业已覆灭的故国如今在哪里？那一叶可以自由漂游的扁舟又在哪里？碧云覆盖的虽然仍旧是昔日的河山，可是江山依旧，人世已换。故国哪怕是一片"夕阳"呢，然而时光连这最后的一抹余晖都带走了。在这惨痛不能言传的时候，无情的月光偏偏无处不在地照射下来，因此她不得不祈求道："月痕休到深深处"吧，如将残山剩水、空谷幽人都暴露无遗，岂不叫人痛绝！

这首词写得情景交融，笔致蕴藉，把沉郁悲凉的时代感和悲凄惨痛的身世感表达得既委婉又深沉，因而受到高度评价。陈廷焯《白雨斋词话》赞其末二句云："既超逸，又和雅，笔意在五代北宋之间。"

唐多令·感怀

玉笛撇〔1〕清秋，红蕉露未收。晚香残，莫倚危楼。寒月多情怜远客，长伴我，滞幽州。　小苑入边愁，金戈满旧游。问五湖、那有扁舟〔2〕？梦里江声和泪咽，频洒向，故园流。

【注释】

〔1〕撧（yè）：用手指压住笛孔吹奏。

〔2〕"问五湖"二句：用范蠡辅佐越王勾践复国灭吴，功成身退，载西施乘舟归隐五湖之典故。事见《史记》《越绝书》等典籍。

【赏析】

开篇以"玉笛""红蕉"起兴，引出"莫倚危楼"之伤情语。自"寒月多情"三句以下，语气渐趋悲苦。"小苑入边愁，金戈满旧游"参以诗法，直言内心的愤激与痛楚。"问五湖"二句设问，追悔之情悠然而至。末二句以"梦里江声"作结，坦言思念故国家园之无尽情怀，与《踏莎行·初春》"碧云犹叠旧河山，月痕休到深深处"之隐微幽深同为名句，各尽其妙。

顾贞立

顾贞立（1623—1699年），原名文婉，字碧汾，自号避秦人，江苏无锡人。顾贞观之姊。出嫁后因其夫平庸不才，家境贫困，靠她刺绣做女红度日。中岁抑郁愁苦，晚景萧条，贫病交迫，其词风格一变而为悲凉幽怨，少年时之豪情逸致消磨尽矣。著有《餐霞子集》及《栖香阁词》。

满江红·楚黄署中闻警

仆本恨人[1]，那禁得、悲哉秋气！恰又是、将归送别，登山临水。一派角声烟霭外，数行雁字波光里。试凭高觅取旧妆楼，谁同倚？　乡梦远，书迢递。人半载，辞家矣。叹吴头楚尾[2]，翛然[3]孤寄。江上空怜商女曲[4]，闺中漫洒神州泪。算缟綦[5]何必让男儿，天应忌[6]。

【注释】

〔1〕仆本恨人：意谓我本是失意抱恨之人。

〔2〕吴头楚尾：今江西北部是春秋时吴楚两国交界处，地处吴地上游，楚地下游，故称。

〔3〕倏然：无拘无束、自由自在的样子。

〔4〕"江上"句：语本杜牧《泊秦淮》："商女不知亡国恨，隔江犹唱后庭花。"

〔5〕缟綦："缟衣綦巾"之缩写，白上衣、青围裙的意思，是古时女性的服饰，这里代指女子。

〔6〕天应忌：上天应该对这种重男轻女的现象禁止、忌讳才是。

【赏析】

顾贞立是我们下文要讲到的顾贞观的姐姐。在清初，她算得上是一位最有个性的女词人，所作长短句大多豪情磅礴，苍劲孤傲。这首作于她十八岁出嫁后的长调颇能代表她的词风。

起句即不同凡响。写送行，却首先声明自己是一个失意抱恨之人，这已不是古代女子敢说出口的。身为女子，又兼满腹幽恨，时逢秋风萧瑟，偏偏要送别亲人回乡，叫我"怎一个愁字了得"！当时的具体情况，可能是家乡的亲人来探望已经出阁的她，所以有此"登山临水"送行之事。

"一派角声"四句，是写亲人已然远去，词人依旧恋恋不舍，眺望亲人身影消失的远方，只听见有连绵不断的号角声从烟霭迷蒙中传来，数行大雁掠过光波闪闪的水面。任凭怎样登高，待字出嫁时的妆楼已了不可觅，自己与兄弟姐妹们并肩同倚的亲密也已了不可觅矣。伤痛之情，令人鼻酸。

下片承接思乡余绪，实写当下境况。四个三字短句，音节紧凑，读之都能感觉到作者发自内心的急促的哽咽声。自从出嫁"辞家"半年来，无论是梦中回乡，还是投书寄信，都已遥不可及。如今与家人分隔两地，自己仿佛成了孤苦伶仃寄生于天地之间的弃子。无知的商女固然可怜，幽居闺中为神州大地漫洒伤时之泪的女子岂不更可悲！结拍不啻为一声呐喊：为什么女人就一定不如男儿，自古以来的这种不公平，老天爷你应当禁忌吧！

词由思乡转入对男女平等的呼喊，看似突兀，其实事出有因。顾贞立这样的才女，出嫁后因家境贫寒，丈夫平庸无能，不得不靠她出售女红养家糊口，这样的切身感受，让她发出这样的不平之鸣，也就不足为奇了。

朱彝尊

朱彝尊（小传见诗卷二）。

忆少年

飞花时节，垂杨巷陌，东风庭院。垂帘尚如昔，但窥帘人远[1]。叶底歌莺梁上燕，一声声，伴人幽怨。相思了无益，悔当初相见。[2]

【注释】

〔1〕窥帘人远：意谓情人不在眼前。暗用西晋尚书令贾充之女隔帘偷窥美少年韩寿之典。事见《晋书·贾充传》。

〔2〕"相思"二句：合用李商隐"直道相思了无益"和姜夔"当初不合种相思"的句意。

【赏析】

这首词是为怀念作者终生难忘的一个情人而作。在朱彝尊的词集《静志居琴趣》中，有多篇长短句是记述他的这个青年时代的恋人的。他在晚年编定全集时甚至声明，宁可身后不配享孔庙，也决不删除这些情歌。可见这位女子在他心目中的分量。

上片概述旧地重游。时间是在晚春，词人走过垂杨夹道的街巷，来到情人住过的庭院，一阵春风拂面，吹去了心头岁月的尘埃。这时他看见帘帷仍旧像从前一样垂挂着，绣阁内外一派寂寥，可是幕后再没有隔帘偷窥的纯情少女了。万念俱灰的失落感蓦地袭上心来。

下片直接抒写自己的幽怨。绿叶中的夜莺在欢乐歌唱，梁上的双燕在呢喃絮语，似乎都在嘲笑他，以往在心底潜流的"幽怨"瞬间吞噬了他。以"相思了无益，悔当初相见"结束失恋的痛楚，似悔恨，似反省，实则是以反语吐真情。

国学经典精神家园丛书

卖花声·雨花台

　　衰柳白门[1]湾，潮打城还。小长干接大长干[2]。歌板酒旗零落尽，剩有渔竿。　秋草六朝寒，花雨空坛。更无人处一凭栏。燕子斜阳来又去，如此江山！

【注释】

　　〔1〕白门：南京正阳门、宣阳门俗称白门。

　　〔2〕小长干、大长干：皆为南京地名，一在城东，一在城西。

【赏析】

　　这是一首作者游览雨花台吊古伤今的名篇。

　　《卖花声》即《浪淘沙》。前代词家以此调所作词，笔力雄健者甚少，如五代李煜的"独自莫凭栏，无限江山"即以伤怀悲怆而知名。朱彝尊此作却写得遒劲健朗，在艺术上有其独到之处。

　　雨花台所在地南京，不仅是六朝都会，而且也是明朝开国的都城，明末福王也曾妄图以此为基地完成复国大业。作者生活在明清易代之际，游雨花台难免有所感触。词写昔日繁华的都市荒凉了，歌板酒旗零落了，雨花台已成空坛，豪门贵族的燕子飞到寻常百姓人家中去了。特别是结尾两句，运用唐人诗意，写出作者对时过境迁而江山依旧的人世沧桑之感慨。

解佩令·自题词集

　　十年磨剑，五陵结客[1]，把平生、涕泪都飘尽。老去填词，一半是、空中传恨[2]。几曾围、燕钗蝉鬓[3]？　不师秦七[4]，不师黄九[5]，倚新声、玉田[6]差近。落拓江湖，且吩咐、歌筵红粉，[7]料封侯、白头无分！

【注释】

〔1〕五陵结客：意谓朋友很多。汉代皇帝长陵、安陵、阳陵、茂陵、平陵墓葬群使达官显宦皆迁居其地，故五陵多阔少豪侠。

〔2〕空中传恨：语出自《冷斋夜话》："法云师谓鲁直（黄庭坚）曰：'诗多作无害，艳歌小词可罢之。'鲁直曰：'空中语耳，非杀非偷，终不坐此堕恶道。'"

〔3〕燕钗蝉鬓：以女子头饰与发式借指女性。

〔4〕秦七：指北宋诗人秦观，排行第七，故云。

〔5〕黄九：黄庭坚排行第九，故云。

〔6〕玉田：指南宋诗人张炎，号玉田。

〔7〕"且吩咐"二句：意谓吩咐歌妓为他唱歌斟酒。语本辛弃疾《水龙吟》"倩何人唤取，红巾翠袖，搵英雄泪"。

【赏析】

上片写自己在事业和交友方面的失意以及自己填词是为了抒发愁情而已，不像达官贵人那样，身边有许多娇娃围绕。下片也有两层含意：自己的词风不学秦观的柔婉，也不学黄庭坚的奇崛，追求的是张炎所主张的"清空"；二写自己落拓江湖，与辛弃疾"倩何人唤取，红巾翠袖，搵英雄泪"的意趣相同。全诗的结语与"把平生涕泪都飘零"照应，构思严谨。

朱彝尊的词学反复主张词品要骚雅，词境要清空，所以论词推崇张炎（玉田）的"清空"说，言词称赏姜夔（白石）"野云孤飞，去留无迹"的风格。为推行他的词论，甚至不惜贬低苏轼和辛弃疾的豪放词作。可是这首词的结末三句，还是落入了辛稼轩的巢臼。

高阳台

吴江叶元礼[1]，少日过流虹桥，有女子在楼上见而慕之，竟至病死。气方绝，适元礼复过其门，女之母以女临终之言告叶，叶入哭，女目始瞑。友人为作传，余记以词。

桥影流虹，湖光映雪，翠帘不卷春深。一寸横波，断肠人在楼阴[2]。游丝不系羊车[3]住，倩何人、传语青禽[4]？最难禁，倚遍雕阑，梦遍罗衾。　　重来已是朝云散，怅明珠佩冷[5]，紫玉烟沉[6]。前度桃花，依然开满江浔。[7]钟情怕到相思路，盼长堤、草尽红心[8]。动愁吟，碧落黄泉[9]，两处难寻。

【注释】

〔1〕叶元礼：叶舒崇，字元礼。少负俊才，美丰姿。康熙十五年（1676年）进士，曾官内阁中书。

〔2〕楼阴：形容少女深居闺阁，与外界隔绝。

〔3〕羊车：古代一种制作精美的车，羊拉之，故称。典出《晋书·胡贵嫔传》。

〔4〕青禽：青鸟，神话中西王母使者。后用以指传递爱情的信使。

〔5〕明珠佩冷：传说郑交甫于汉皋见二女，以所佩明珠遗交甫，转眼二女不见，明珠亦失。详见《列仙传》。

〔6〕紫玉烟沉：传说吴王夫差小女名紫玉，悦韩重，私许之，王不允，紫玉气结而死。后韩去玉墓吊祭，玉现形，重欲抱之，玉如烟而没。详见《搜神记》。

〔7〕"前度"二句：典出钟情唐诗人崔护的少女未能与之终成佳偶之事。崔护有诗纪其事云："去年今日此门中，人面桃花相映红。人面不知何处去，桃花依旧笑春风。"浔：江边。

〔8〕草尽红心：谓精诚所至，草亦红心。语本《异闻录》："王生梦侍吴王，闻葬西施，生应声为诗曰：'满地红心草，三层碧玉阶。春风无处所，凄恨不胜怀。'"

〔9〕碧落黄泉：语本白居易《长恨歌》："上穷碧落下黄泉，两处茫茫皆不见。"

【赏析】

长调歌咏的是一个真实的爱情悲剧。

小序告诉我们，有美男名叶元礼者，从流虹桥经过，楼上少女一见钟情，相思成疾，竟至一病归天。叶闻其情，前往吊唁，少女这才瞑目。在现代人看来，这样的悲剧简直匪夷所思，但在"非礼勿视，非礼勿听，非礼勿言，非礼勿动"的古代，对被幽闭深闺的怀春少女来说，完全是可能的。《牡丹亭》中的杜丽娘单只是看见柳梦梅悬挂在花园中的自画像，都因害相思病而"魂归离恨天"，何况此少女见到的是有血有肉的梦中人呢！

对于这一悲剧，作者满怀同情，以如诗如画的笔墨，娓娓道来，荡气回肠，我们不妨当作是一曲词意化的《牡丹亭》来欣赏。

词的上片描写了怀春少女因相思而逝的经过。少女怀春，往往是因春光怡荡而起。春天好景不长，很容易让怀春的少女产生青春易逝的联想，自然会激发她们求爱求偶的强烈愿望。《牡丹亭》中的杜丽娘，就是因为禁不住撩人春色的诱惑，所以引出了"游园惊梦"的故事。

朱彝尊的这首《高阳台》，也是从描绘太湖春色如何引诱楼中少女翠帘不卷，推窗赏景时种下情缘的。当她看见风度潇洒的美男子从眼前经过，于是春心荡漾，想传情恨无信使，因此朝思暮想，白日里倚遍雕栏，盼望再见意中人而不得；夜夜梦中相会，销魂蚀骨，醒后徒增惆怅。"人间最苦是相思"——其结果不言而喻。

下片写叶公子闻讯前来悼念为他而死的痴情少女。词人连用四个典故，形容少女之死如同朝云已散，明珠已失，紫玉烟销，桃花凋谢一样，使叶公子追悔莫及，遗恨无穷。当他此次重来，得知少女的种种详情后，深感愧疚。想到此女子竟然钟情一至于此，今后恐怕不敢再走这段"相思路"了；他只能盼望长堤上的芳草，年年长出鲜红的心叶，来替他报答少女的痴情。最后以叶公子悲叹佳人已逝，阴阳相隔，彼此永无相见之可能收束全词。通篇悱恻缠绵，哀艳不伤，应当看作是作者标举的词贵"淳雅清空"的创作实践。

长调用了多个神话传说和历史典实。这固然增加了艺术鉴赏的难度，但好处是可以省却一首小词无法完成的太多的情节描叙，让读者通过典故的内容，在想象中补充、丰富故事；同时可以使叙事产生一种有如水中月、雾中花般的朦胧美。

水龙吟·谒张子房[1]祠

当年博浪金椎[2]，惜乎不中秦皇帝！咸阳大索，下邳亡命，全身非易。纵汉当兴，使韩成[3]在，肯臣刘季[4]？算论功三杰，封留万户，[5]都未是，平生意。　遗庙彭城旧里，有苍苔、断碑横地。千盘驿路，满山枫叶，一湾河水。沧海人归，圯桥石杳[6]，古墙空闭。怅萧萧白发，经过揽涕，向斜阳里。

【注释】

〔1〕张子房：即张良。其祖、父五世相韩。秦灭韩，良散家财求力士，为韩报仇。秦始皇东游，良与客狙击之于博浪沙，误中副车。始皇怒，大索天下，良更名亡匿下邳。

后佐刘邦定天下，多出奇谋，为兴汉三杰士之一。详见《史记·留侯世家》。子房祠庙在今徐州沛县东南。

〔2〕博浪：即博浪沙，在今河南省原阳县。金椎：铁槌。

〔3〕韩成：韩国贵族，封横阳君，张良请项梁立为韩王。秦亡后，项羽不遣韩成归国，降为侯，继杀之，使张良复韩无望。

〔4〕刘季：即刘邦。

〔5〕"算论"二句：佐刘邦亡秦灭项的三杰是萧何、韩信和张良。张始遇刘于留（今江苏省）沛县东，后封为留侯。

〔6〕圯（yí）桥石杳：意谓张良昔日遇黄石公处的石已不在。圯桥：即沂水桥。在今江苏省邳州市南。楚方言称桥为"圯"。张良于下邳（在今江苏省睢宁西北）遇一老父，授以《太公兵法》，并对他说："后十年兴，十三年孺子见济北谷城山下黄石，即我矣。"

【赏析】

与通常借古迹起兴，寄托个人情怀的吊古之作不同，朱彝尊的这首《水龙吟》意蕴更深邃，寄托更悠远。词通过寻访张子房的遗址，探究的是张良和自己的精神世界。

作者开篇首先选取张良一生中最有象征意义的几件大事：博浪沙阻击秦始皇，投身项家军谋求复国而失败，辅佐刘邦一统天下，与萧何、韩信同为三杰受封留侯。然而作者紧接着说，这都不是张良终生为之奋斗的"本意"。《史记·留侯世家》记载张良受封后说："封万户，位列侯，此布衣之极，于良足矣！愿弃人间事，欲从赤松子游。"词人认为，这才是貌若妇人的张子房的人生价值取向。

下片结合与张良有关的遗址景象，寄托作者自己的难言之隐。词人凭吊之地，既是张良与刘邦相逢之处，又是他的封地。作者凭吊时，这里残留着的只有断碑古墙，旧桥虽在，古贤已去，驿道弯弯，枫叶苍苍。白发萧萧的词人怀古伤世，怅立在夕照的余晖中，禁不住为古人，也为自己一洒悲泪。

词人为什么会有"揽涕"之悲呢？因为他的身世际遇与张良有许多相似之处。他的祖辈是明朝的重臣；明亡时，他与当年韩亡时张良的年岁相仿，也曾参加过抗敌复国活动。后来虽受知于康熙，但深藏于心底的那份复国的情结始终困扰着他。他揭示张良的"平生意"不在于求取功名，而在于了结纵然不能回天复国，也要倾覆灭国仇首的心愿。可悲的是张良的这一心愿实现了，可以从赤松而游了，而他只能为自己留下"萧萧白发"立夕阳的晚照。

清代的词论家几乎都主张词贵"寄托"一说，周济甚至说："夫词，非寄托不入。"所谓寄托，就是以具有特殊价值的个别形象，揭示具有普遍意义的审美典型。比如这首"谒张子房祠"中的人物形象和遗址景象，任何艺术家都可以拿来作为表达自己的审美主题的"个别"，只要他的思想情感具有普遍意义，反映了"一般"，无论采用什么样的艺术形式，都可以获得被欣赏者认可的艺术价值。

屈大均

屈大均（小传见诗卷二）。

鹊踏枝

乍似榆钱飞片片。湿尽花烟，珠泪无人见。江水添将愁更满，茫茫直与长天远。　已过清明风未转。妾处春寒，郎处春应暖。枉作金炉朱火断，水沉多日无香篆。

【赏析】

屈大均终生致力于反清复明，他的诗词主要是表现这一主题的。他自认为是屈原的苗裔，屈原开创的以香草美人寄故国情思的传统，也成了他格外喜欢使用的艺术手法。这首小令就是其中之一。

作者精心刻画的抒情主人公是一个孤寂独处的女子。在上片中，词人特意将萧瑟连绵的春雨与女子流溢难止的相思之泪融合在一起，来形容女子相思之苦；再以浩茫无际的江水来形容女子的相思之愁，用笔曲致，韵味委婉。

下片写女子希望的破灭。她虽然处境凄凉，对"夫君"依然深情款款——希望他那里是一个春暖花开的季节。为等待恋人早日归来，她焚香以待，无奈天气太残酷，香火还没有点燃，就被无情的雨水打灭了。为什么不说"红火断"，而说"赤火断"？明眼人一看便知，"朱"乃明王朝之国姓也。"朱火断"暗示明朝的覆灭。

词学家张惠言说，绣帷儿女，烟花衰柳，鸟喉虫鸣，都可以寄托作者的"贤人君子幽约怨悱不能自言之情"。古人常常用恋人的关系比对君臣的关系，以思妇怀人，寄托忠君爱国的情感，是古诗词中触目皆是的手法。这首词也一样，作者以女子的相思之苦比喻自己对大明王朝旧情难忘，以雨打香灭比喻复国无望，深情俱出，愁苦难言。

彭孙遹

彭孙遹（1631—1700年），字骏孙，号羡门、金粟山人，浙江海盐人。顺治十六年（1659年）进士。康熙十八年（1679年）举博学鸿词科第一，授编修。历吏部侍郎兼翰林掌院学士。《明史》总裁。诗工整和谐，长五七言。词工小令，多香艳之作，有"吹气如兰彭十郎"之称。著有《松桂堂集》《金粟词话》等。

生查子·旅夜

薄醉不成乡，转觉春寒重。鸳枕有谁同？夜夜和愁共。
梦好却如真，事往翻如梦。起立悄无言，残月生西弄。

【赏析】

作者在行旅他乡时的春天的一个夜间，薄醉思乡，好梦成真，醒后反而更添惆怅。淡淡写来，情思迭出，句句耐人品味。

上片写梦前。词人说，他本想借酒酣眠，孰料春寒袭人，辗转反侧，不由自主地想起寒夜孤眠的妻子来。"鸳枕有谁同？夜夜和愁共"笔花双照，既是对自己孤苦无依的描写，也是对妻子此时此刻情状的想象。

下片前两句写梦中，后两句写梦醒。因为辗转难眠，不停地重温与妻子的恩爱缠绵，入睡后那种柔情似水的快慰还真的出现了。然而好梦一醒，幻灭感反而让人觉得眼下的境况恍惚迷茫，仿佛真成梦了。"庄生晓梦迷蝴蝶"，到底梦境是真，还是现实是梦，连他自己都无法分辨了。这时，一轮残月正从西邻的墙头缓缓升起，他呆呆地站在万籁俱寂的窗前，陷入了对人生的深度思索中……

清代词学大家刘熙载讲到词的艺术技巧时说："词之妙莫妙于……寄深于浅，寄厚于轻，寄劲于婉，寄真于曲，寄实于虚。"孙遹的这首小令，可谓深得"词之妙"矣。

少年游·席上有赠

　　花底新声，尊前旧侣，一醉尽生平。司马[1]无家，文鸳未嫁，赢得是虚名。　　当时顾曲[2]朱楼上，烟月[3]十年更。老我青衫[4]，误人红粉，相对不胜情。

【注释】

　　〔1〕司马：指司马相如。

　　〔2〕顾曲：典出《三国志·周瑜传》。周瑜精通音乐，听人弹琴有误，必知之，故时人谣曰："曲有误，周郎顾。"

　　〔3〕烟月：烟花风月的缩写，指男女风流事。语见孔尚任《桃花扇》："陈隋烟月恨茫茫，井带胭脂土带香。"

　　〔4〕青衫：古代没有当官的儒士所穿衣着。

【赏析】

　　词中描写的这位红粉佳人，是作者十年前的情侣。今日一见，把酒言欢，自然写得荡气回肠，风韵婉转。

　　上片一韵写宴席重逢之惊喜；一韵写盟约不偕之惆怅。心潮起伏于眼下与过往之间，情趣盎然。"一醉尽平生"写尽了豪情足以慰惆怅，可以看作是"未妨惆怅是轻狂"式的豁达襟怀的生动表述。因彼此未成婚嫁，纵然赢得"薄倖"，也就虚有其名了。

　　下片承接前意，回忆十年前两情相悦时的情景。红楼中琴瑟相和，烟花风月，极尽风流。如今回首，十年岁月，老了情郎，误了丽人；眼下把酒同欢，情何以堪！

蒲松龄

　　蒲松龄（小传见诗卷二）。

国学经典精神家园丛书

大江东去·寄王如水[1]

天孙[2]老矣，颠倒了、天下几多杰士。蕊宫[3]榜放，直教那、抱玉卞和哭死[4]。病鲤暴腮[5]，飞鸿铩羽，同吊寒江水。见时相对，将从何处说起？　每每顾影自悲，可怜骯髒[6]骨，消磨如此！糊眼冬烘[7]鬼梦时，憎命文章[8]难恃。数卷残书，半窗寒烛，冷落荒斋里。未能免俗，亦云聊复尔耳。[9]

【注释】

〔1〕王如水：作者的同乡、朋友，同是落榜的贡生。

〔2〕天孙：本为织女星。这里代指主考官，语本柳宗元《乞巧文》。

〔3〕蕊宫：即蕊珠宫，道教传说中的仙宫。蕊宫榜即后世科举考试中揭晓名次的榜文。

〔4〕"抱玉"句：典出《韩非子·和氏篇》，大意是说，楚人卞和在荆山得一玉璞，献给厉王，厉王不识，以欺君罪断其左足；武王即位，卞和再献，又断其右足。后文王即位，卞和抱玉恸哭于荆山下，文王令人剖璞，果得宝玉。

〔5〕病鲤暴腮：典出《三秦记》，大意是说，黄河龙门下游，鲤鱼云集，跃过龙门者即可为龙，否则额破腮暴。

〔6〕骯髒：今已简化为"肮脏"。古文为刚强耿直的意思。语本汉赵壹《疾邪诗》："伊优北堂上，骯髒倚门边。"

〔7〕冬烘：糊涂迂腐。典出王定保《唐摭言》，略云唐郑薰主考，误以为鲁标是鲁公颜真卿后人，遂取为状元。时人写诗嘲笑云："主司头脑太冬烘，错认颜标作鲁公。"

〔8〕憎命文章：语本杜甫《天末怀李白》："文章憎命达，魑魅喜人过。"意思是说，命运好的人写不出好文章，地狱里的鬼魂喜欢他人犯错。

〔9〕"未能免俗"二句：典出《晋书·阮咸传》，民俗七月七晒衣，阮见邻家衣服鲜亮，于是也把自己的短裤挂晒。人怪而问之，阮道："未能免俗，聊复尔耳。"

【赏析】

蒲松龄考场蹉跎，屡试屡败，到七十一岁才考了个贡生。因此他恨透了科举制度，在

《聊斋》中写有《司文郎》《叶生》等，以小说的形式对科举考试给予辛辣的抨击。康熙十七年（1678年），他与同乡王如水在济南乡试，再次落榜，于是写了这首义愤填膺的长短句，对科举考试制度予以痛斥。

整首词不讲究词法，无所顾忌，直言不讳，然悲愤之言句句出自真情，读起来痛快淋漓。我们不妨将词用现代语言串演之，效果可能更好。

现今的考官真的都老喽，国家让他们选拔人才，谁知道有多少英才恰恰毁在了他们手里！你看看每次考试的录取名单吧，纵然是卞和抱着和氏璧前来应试，不把他气得哭死才怪。想跃过龙门的鲤鱼被碰得头破血流，想展翅高飞的鸿雁被打得羽毛零落。我们名落孙山的两个苦命人，一同来这寒江边痛哭吧！除此之外，还有什么好说的？

这也不是第一次了，以往每一次铩羽归来，顾影自怜，青壮年时的一身刚强傲骨，已经被磨的一点儿棱角都没有了。怪谁呢？主考官的脑袋进水了，眼睛被屎糊了，他们的标准答案鬼才知道！你文章再好，命运再糟，在这帮浑蛋主考官面前，腰杆也直不起来。从前总以为"书中自有黄金屋，书中自有颜如玉"，现在只好把那堆废纸，那盏残灯，统统抛弃在书斋中，任凭尘封虫蛀去吧。也许有人会问我："那你为什么还要年年应考？"我只能说："生此凡尘俗世，人人如此，我又岂能免俗。就当是陪他们玩玩儿吧。"

陆次云

陆次云（1636—1690年），字云士，号北墅。浙江钱塘（今杭州市）人。康熙十八年（1679年）举博学鸿词，以拔贡选授郏县知县。丁忧归里，后复起，授江阴知县。以风雅好客闻名。诗本性情，沉着有味。有《澄江集》《玉山词》。

卜算子·古意

早上望江亭，望见朝晖出。天际归舟[1]竟不来，自向风前立。　晚上望江亭，望见夕阳入。天际归舟仍不来，自向风前泣。

【注释】

〔1〕天际归舟：借用诗词中常见如谢朓"天际识归舟，云中辨江树"；柳永"想佳

人妆楼颙望，误几回天际识归舟"等，喻闺妇望远怀归之情。

【赏析】

小令的上下片只变换了六个字，选取了两个几乎相似的画面，反映思妇的相思望归之情，可是只要用心咀嚼，含蓄悠长的情感耐人寻味。

早晨天一亮，闺妇就登上望江亭，朝晖中江上归舟千帆过尽，唯独不见自己盼望的那一艘。江风习习，她仍旧呆呆地站在风中。此时她是何心情，不难想见。

晚上依然是在同一地方，同样的江面；不同的是此时已经夕阳西下，她所盼望的归舟仍旧不来。如果说一整天的痴望，天际归舟"竟"不来，还让她抱有幻想；那么，此刻已然天黑，天际归舟"仍"不来，她已经彻底绝望了，只能在风中哭泣了。从"早"到"晚"（而且可以想见，女主人公几乎天天这样），传达出了思念之殷切；一"竟"一"仍"，表明了不同的企盼心情；一"立"一"泣"，充分体现出闺妇截然不同的两种心态。

词题"古意"，说明作者意欲表现一种古往今来的思妇所共有的望远盼归的心意。

顾贞观

顾贞观（1637—1714年），原名华文，字远平、华峰，号梁汾，江苏省无锡人。明末东林党人顾宪成四世孙。康熙五年（1666年）举人，擢秘书院典籍。曾馆明珠相国家，与相国子纳兰性德交契。康熙二十三年（1684年）致仕，读书终老。贞观工诗文，词名尤著，著有《弹指词》《积书岩集》等。与陈维崧、朱彝尊并称明末清初"词家三绝"，同时又与纳兰性德、曹贞吉共享"京华三绝"之誉。

浣溪沙·梅

物外幽情世外姿，冻云深护最高枝。小楼风月独醒时。　一片冷香惟有梦，十分清瘦更无诗。待他移影说相思。

【赏析】

顾贞观不愧是江南俊彦，词家一绝。咏梅诗词历来多有，但是像这一首，能给人以清秀绝俗、形神俱佳者，并不多见。

一般咏物之作，大多借题发挥，重在寄托。这一首将寄托化为无形，完全隐藏在对梅的深情观照中。作者不用典故，不借成语，读之让人感到平和亲切，韵味儒雅。

首句总括性地突出梅之不同流俗的姿容与品格，然后展开细节性的描写。"冻云"是对梅的生存环境的描述，突出了梅所以作为岁寒三友的雅品，是因为她出处之不同凡俗。当万物沉迷于酒色财气的平庸污浊中时，她却不畏严寒，把自己的绝世姿质隐藏在"冻云"中，交给不染尘污的严寒保护。她俯视着小楼里的芸芸众生，如何岁月情浓，如何颠倒痴迷，只有她在万籁俱寂的夜空中保持着我行我素的清醒。

下阕深入梅的内在品格，揭示梅的精神世界。"一片"说的是她的遗世独立、卓尔不群；"冷香"是只有超凡脱俗的幽人才有的内在美；"惟有梦"是说她始终不渝地守候着自己的梦想，宁肯抱死枝头也不愿与凡夫俗子同流合污。梅花清瘦绝俗，令人怜爱，却从不招摇过市，卖弄风情；其实她才情卓绝，艳压群芳，否则高人雅士也不会在她"疏影横斜水清浅，暗香浮动月黄昏"的时候向她倾诉相思之情了。

细心咀嚼作者对梅花发自肺腑的礼赞，我们同时也不难体味到作者品格高古、贞洁孤傲的内在气质。这才是咏物之作的极致。

金缕曲

寄吴汉槎宁古塔，以词代书。丙辰冬，寓京师千佛寺冰雪中作。

季子平安否[1]？便归来、平生万事，那堪回首！行路悠悠谁慰藉？母老家贫子幼[2]。记不起、从前杯酒。魑魅择人应见惯，总输他、覆雨翻云手。冰与雪，周旋久。　泪痕莫滴牛衣[3]透。数天涯、依然骨肉，几家能彀？比似红颜多命薄，更不如今还有。只绝塞、苦寒难受。廿载包胥承一诺[4]，盼乌头马角终相救[5]。置此札，君怀袖。

我亦飘零久。十年来，深恩负尽，死生师友。宿昔齐名非忝窃，试看杜陵消瘦。曾不减，夜郎僝僽[6]。薄命长辞知己别，问人生，到此凄凉否？千万恨，从兄剖。　兄生辛未吾丁丑[7]，共些时，冰霜摧折，早衰蒲柳。词赋从今须少作，留取心魂相守。但愿得，河清人寿。归日急翻行戍稿[8]，把空名、料理传身后。言不尽，观顿首。

【注释】

〔1〕季子：即吴兆骞，其上有二兄，故称。

〔2〕"母老"句：吴汉槎老母在家乡，身边有一子三女，极为困苦。

〔3〕牛衣：用乱麻编织的给牛御寒之物。语出《汉书·王章传》，略言西汉王章为诸生时极穷困，游学长安，"独与妻居。章疾病，无被，卧牛衣中。"

〔4〕"廿载"句：典出《史记·伍子胥列传》，大略是说，伍破楚郢都，楚大夫申包胥赴秦求援，痛哭秦廷七日七夜，至于泪尽流血，终于感动了秦哀公，遂出师，吴兵退。

〔5〕"盼乌头"句：典出《史记·刺客列传》。战国时燕太子丹为秦人质，求归国，秦王曰："乌头白，马生角，乃许尔。"意思是永远不许其归国。这里反用其意，表示纵然等到乌头白、马生角也一定相救。

〔6〕夜郎：在今贵州省境内。李白于唐肃宗朝因入永王璘幕获罪，流放夜郎。僝僽：憔悴貌。此处自比杜甫，以汉槎比李白。

〔7〕辛未：明崇祯四年（1631年）。丁丑：明崇祯十年（1637年）。

〔8〕行戍稿：指吴汉槎戍边时的手稿。

【赏析】

公元1657年，即顺治十四年，大清王朝发生了一桩震惊全国的文坛冤案，各省参加科举考试的学子因群起抗议主考官受贿舞弊，清政府在惩治涉案者的同时，借故残酷迫害了一大批汉族考生。其中有一些影响力较大的知名学者被籍没家产，父母、兄弟、妻女一并流放宁古塔，江南才子吴兆骞赫然即在其中。

吴兆骞（1631—1684年），字汉槎，吴江人。自幼聪睿，人称神童。后与陈维崧、彭师度被誉为"江左三凤凰"。清初词坛中兴时，他不满三十岁，正是才高气盛之时。他被冤家诬陷考场作弊，银铛入狱，在狱中高呼"冤如精卫悲难尽，哀比啼鹃血未干"，随后便成了宁古塔（今黑龙江省宁安市）的流放犯。一去就是二十年。

宁古塔，光看字面，可能会误以为那该是个多少有点诗意的地方吧，起码有一些残砖破瓦吧？非也。宁古塔是满语"六个"的释音，相传清朝皇族远祖有兄弟六人曾在此居住，后来变成了荒无人烟、猛兽出没的死亡之地。汉槎要去的就是这样一个地方。在他临行前，生死之交顾贞观握着他的手，哽咽道："汉槎你去吧。如果有幸活到五十，我将用二十年的时间冒死救你。"

　　古人剑胆侠骨，一诺千金，顾为营救朋友，想尽一切方法，可是眼看"二十年"的承诺屈指即至，仍然一筹莫展。时下他是一介布衣，既无权也无财。顾贞观因此悲痛、绝望、内疚、焦灼，却只能以词代书，写下这两首《金缕曲》，准备寄给备受煎熬的好友。

　　首篇作者将全部心事放在了朋友的身上。如果能想到汉槎所处的那种饥寒交迫、生死一线的险恶环境，起首的这句"季子平安否"在普通书信中看似平常的问候，所包含的情感就足以撼动人心了。紧接着作者突然转身，横跨二十年的时空，写尽了不堪回首的辛酸苦辣，千难万险。远行苦寒之地，无人慰藉；母子一同蒙难，从前纵酒高谈的朋友也记不起来了；陷害你的那些鬼魅小人虽然现在依旧施展"翻云覆雨手"害人，可你无处申冤，无处辩白，却只能在边地与冰雪搏斗，苟延残喘。

　　下片转入对朋友的深情宽慰。他说，我知道你看了这封"信"一定会泪如雨下，但千万不要绝望，哭的把"牛衣"都湿透。你不妨退一步想想，天下还有多少流亡者，不能像你，有发妻和子女陪伴，能够骨肉团聚；当年科场案发，有多少倖倖学子犹如薄命佳丽一样丧生，你现在起码还保全了性命。只不过眼下绝寒之地苦痛难挨，能有这些聊以自慰的幸运，就应当顽强地活下去，更何况还有申包胥那样一诺千金的朋友，"明知不可为而为之"地正在倾力援救你呢！所以你把我的信札好好珍藏在袖中，等着好消息吧！

　　第二首将笔墨放在了作者自己身上。"我亦飘零久"一句领起对自己十余年来奔走京师、漂泊异乡而一事无成的回顾。他觉得至今不能兑现营救"死生师友"的承诺而深感愧疚。然而，"飘零"只是他不堪言说的痛苦之一。想起从前二人"齐名"文坛，而且从未辱没亦师亦友的生死情谊，如今遭受的磨难也彼此相当：一个有如杜甫似的漂泊四方，一个有如李白似的流放夜郎——一个"穷瘦"，一个凄惶。更让人悲痛的是"我"的妻子也薄命身亡，知己好友又天各一方。人生在世，还有比这更凄惨的吗？正像你有三大痛心事，我也有此等不堪回首的往事，现在只能向好友你不厌其烦地剖诉。

　　痛诉过自己的苦楚后，作者再将难兄难弟放在一起合写。两个年岁相仿，共同受过沧桑巨变的"冰霜摧折"，都成了"蒲柳之姿，望秋而落"的可怜人，所以希望来日"河清"，养精蓄锐，把友人戍边时的诗稿整理出来，哪怕是一纸空名，流传后世，权当是一段悲情往事吧——若能如此，对于像吴兆骞这样把"文以载道"看作人生大事的传统文人来说，实在是无上的安慰了。

　　顾贞观对朋友的这份生死相与的情谊，或许是感动了上苍。他把写好的这两首词放在千佛寺寓所的书桌上，正好被他的莫逆之交纳兰性德看到了。字字血泪，如泣如诉，感动得纳兰热泪盈眶。他几经踌躇，生平第一次为一个汉族落拓文人向父亲求情。在他的谋划运作下，凭宰辅明珠的权势，吴兆骞终于得救。康熙二十年（1681年），流放长白山宁古塔的吴兆骞终于回来了。纳兰告诉他，父亲要接见他。当吴兆骞走进明珠正坐在那里等着他的客厅，看见迎面的墙上挂着一款条幅，上面是纳兰书写的八个大字："顾梁汾为友屈膝处"。吴兆骞不由自主地跪在地上，号啕大哭……

　　大清王朝的两个异姓挚友，共同谱写了中国文学史上的这篇感天动地的佳话；顾贞观的这两篇长调，也成了至今传诵不衰的名篇。

纳兰性德

　　纳兰性德（小传见诗卷二）。

长相思

　　山一程，水一程，身向榆关那畔行[1]。夜深千帐灯。
　　风一更，雪一更，聒碎乡心梦不成[2]。故园无此声[3]。

【注释】

　　〔1〕榆关：指山海关。

　　〔2〕聒：吵闹声。

　　〔3〕此声：风雪交加之声。

【赏析】

　　康熙二十一年（1682年）二月，爱新觉罗玄烨出山海关至盛京告祭祖陵，纳兰性德作为一等侍卫扈从。出关时冰雪未消，对于生于关内、长于京城的性德而言，那么荒凉，那么寂寞，于是不由得思念亲朋好友，有感而发，写下这首《长相思》。上片写行军和宿营，下片写深夜乡思。词人这次特殊的经历，经其非凡才华的渲染，使小令成了一首以小见大的佳作。

"一程"又"一程"的重复吟哦，突出了随着皇家军团向山海关（榆关）那边的推进，与京城的距离越来越远，思情反而越来越强烈的反差，"夜深千帐灯"——军队宿营的景象虽然壮观，词人目睹此景，却因思乡而无法入眠。于是下片自然而然转入对乡情思恋的具体描述。

"一更"又"一更"再次重叠。年轻的词人躺在帐篷中，听见外面风吼雪啸，声声扑打在心上，让人无法入睡。于是他心烦意乱地想：在故乡是绝对不会有这种令人烦乱的古怪声响的。将自己的心神不安，迁怒于外物的写法，充分表现了词人心情之烦乱。

小令遣词造句质朴流畅，初读不见其妙，细玩方可体味出其中的玄旨。作者用上片传达的是一种身不由己的无奈，下片传达的是心不能安的痛苦。正是这种身心之交瘁，导致了这个天才诗人的英年早逝。

沁园春

　　丁巳[1]重阳前三日，梦亡妇淡妆素服，执手硬咽。语多不复能记。但临别有云："衔恨愿为天上月，年年犹得向郎圆。"妇素未工诗，不知何以得此也？觉后感赋。

　　瞬息浮生，薄命如斯，低徊怎忘？记绣榻闲时，并吹红雨[2]，雕阑曲处，同倚斜阳。梦好难留，诗残莫续，赢得更深哭一场。遗容在，只灵飙[3]一转，未许端详。　重寻碧落[4]茫茫，料短发，朝来定有霜。便人间天上，尘缘未断，春花秋叶，触绪还伤。欲结绸缪[5]，翻惊摇落[6]，减尽荀衣昨日香[7]。真无奈！倩声声邻笛，谱出回肠。

【注释】

〔1〕丁巳：康熙十六年（1677年），时纳兰二十三岁。

〔2〕红雨：这里指落花。

〔3〕灵飙：神风。

〔4〕碧落：天界。《度人经》注："东方第一天，有碧霞遍满，是云碧落。"

〔5〕绸缪：缠绵的情缘。

〔6〕摇落：原指木叶凋落，这里是亡逝之意。

〔7〕"减尽"句：这里两典合用，一是指东汉荀彧曾官尚书令，坐处生香，人称"荀令香"；一是三国时荀粲与妇感情至笃，妇病亡，荀痛悼不已，岁余亦亡。

【赏析】

"忽如一夜春风来，千树万树梨花开"——突然间，纳兰性德成了当代青年人崇拜的偶像。此无他，因为纳兰无疑是以长短句描写爱情的情圣；更因为他的爱情诗尤其是悼亡词写出了人类对情爱的痴迷，极具动人心弦的艺术美感。这首《沁园春》（亦作《金缕曲》）即其代表作之一。

由题下小序可知，词是写给亡妻卢氏的。卢氏是两广总督、兵部尚书卢兴祖的女儿，十八岁嫁纳兰，二十一岁去世。那是妻子逝世当年重阳节前三天的夜晚，妻子突然在梦中与他相见。这是自从妻子去世后第一次与他在梦里相逢。爱妻淡妆素服，紧握他的手呜咽哽噎，思念的话说了许多。次日醒来，妻子的音容笑貌仍然历历在目，临别咐嘱言犹在耳。他感到蹊跷：妻子生前并不善吟诗，梦中给他留下的这两句诗让他惊诧不已。

作者起头三句，感叹生死无常，惋惜佳人薄命，表达了对亡妻的一往情深，难以忘怀。以下四句，用"记"字领起，回忆他们婚后恩爱无比的幸福生活：他们曾并排坐在床上，一起口吹飘飞的花瓣嬉戏，也曾在雕阑的隐蔽处，偎依着观赏过红霞满天的斜阳。

"梦好"三句，写梦醒后的悲伤：好不容易梦中相见，可是梦再好，一醒即空；虽有妙语相赠，可是不知道她后面想说的是什么；结果只能害得我夜半更深，痛哭一场。思念不已，悲痛不已，他不知不觉来到了亡妻的灵堂，望着她的遗容端详，没想到阴风飘旋，都不允许他细看娇容，以慰愁肠。词写到这里，真让人肝肠寸断矣！

于是，多情公子只能仰天长叹，到天上去寻找亡灵了。同时想，经此一夜悲伤，自己已经脱落了不少的短发上，大概有了点点白霜吧。这时，痴情的他似乎打定了主意，要与命运抗争了："便人间天上，尘缘未断；春花秋叶，触绪还伤。"即便今生已经人天相隔，但我们的情缘仍然未断；纵然不能像凡夫俗子那样厮守，每当春日花发、暮秋落叶的时候，我们依旧相思相望。接下来词人对亡灵倾诉自己今生的遗憾：我本想和你白头偕老，孰料你却有如落花般凋谢，只怕从今以后，我也要香销骨蚀了。果不其然，数年后，刚到而立之年的这位情种真的飘然而去了。

结尾是一声近乎绝望的自慰：万般无奈，我只好一边听着邻里悲怆的笛声，一边写下这篇令人断肠的悼词，来告慰亡灵，安抚自己。

词人在这首长调中，充分利用其篇幅长、容量大的特点，交替铺叙梦境与现实对主人公情感的冲击，回环往复，哀伤顽艳，极具艺术震撼力和审美效应。

金缕曲·亡妇忌日有感

此恨何时已？滴空阶，寒更雨歇，葬花天气。三载悠悠魂梦杳，是梦久应醒矣，料也觉、人间无味。不及夜台[1]尘土隔，冷清清，一片埋愁地。钗钿[2]约，竟抛弃！　重泉[3]若有双鱼[4]寄。好知他、年来苦乐，与谁相倚。我自终宵成转侧，忍听湘弦[5]重理。待结个、他生知己。还怕两人俱薄命，再缘悭[6]，剩月零风[7]里。清泪尽，纸灰起。

【注释】

〔1〕夜台：坟墓。

〔2〕钗钿：女性的首饰。白居易《长恨歌》写方士为明皇到海上找到了贵妃，杨以钿钗托方士与明皇。词借此典，谓夫人一去杳然，连钿钗之约也已抛弃。

〔3〕重泉：阴曹地府。

〔4〕双鱼：书信。古时投寄书信用鱼形木函封装，故代称之。

〔5〕湘弦：指琴。

〔6〕缘悭：没有缘分。

〔7〕剩月零风：喻好景不长。

【赏析】

词作于康熙十九年（1680年）五月三十日，是为纳兰性德爱妻辞世三周年忌日。

又是一个花飞花落的春天。每年到了这一天，他都要独自面对亡妻的遗物黯然神伤。夜幕降临时，他手捧卢氏的小照热泪盈眶，再次提笔写下这个永恒的绝望。

"人生一世，情之一字而已！"这个天生的情种用一句没有人可以回答的诘问领起全词："此恨何时已？"妻子去世后，悼亡词写过几十首，他想借此安抚一下滴血的心，这一次他又起用了这个词牌——《金缕曲》。他仿佛觉得，只有这抑扬顿挫、回肠荡气的曲调才能包容他心中太多的悲伤。

寒夜里突然降落的雨声敲打着台阶，凋零着春花，在伤心人听来，仿佛是亡妻的眼泪在为他哭泣。他一遍又一遍地考问："你香魂一去三年，一次也不让我梦见你；可既然是梦，也该有醒的时候吧？人常说，人生如梦，莫非是你觉得这人世间太乏味了，从此以后不再做梦，不再重返这人间看一眼了吗？如今你躺在墓穴中，虽然冷清孤寂，却终于找到了埋愁泯恨的无忧地，再不用忍受这五浊恶世的困扰了。可你忘了我们之间的誓言了吗？'但令心似金钿坚，天上人间会相见'。为什么你竟然忍心把我一个人遗弃在这无味的人间呢？"

接下来痴情人做出了种种痴想：倘若九泉之下有书信寄来该有多好！她一定很想知道，这几年来我生活中的所有苦和乐；想知道我是否又有新欢，新人是否也像她一样，与我心心相印，体贴温柔。我也一定要回信告诉她：自从你走后，我终宵辗转难眠，相思成疾，哪还有心思琴瑟相和，再结连理！此时纳兰一边听着夜雨如泣，一边在灵堂前点燃祭奠亡灵的纸钱，突然生出了一个痴情的奇想：今生既然缘尽，那么我们来生再续前缘吧。他转而又想，倘若我们俩来世再结连理，比翼双飞，两个人依然同样命薄，情缘太浅，重复今生之苦，飘零在凄风苦雨里，岂不更悲哀？今生相会无望，已是一恨；幻想天国相逢，已不可能，此为二恨；退而希求来世再续前缘，又怕两个人命薄福浅，此为三恨。"此恨何时已？"清泪已尽，言语道断。灵风骤起，纸灰在他的周围飞旋而起……他呆若木鸡，痴痴迷迷地伫立在夜空中，形影相吊，茕茕孑立。

这是一首凄美绝伦的悼亡绝唱，是一曲永恒的爱情悲歌。对人生充满了绮丽幻想的青年诗人，失去的是生命中唯一的红颜知己，璀璨的憧憬，眼前的景，心中的梦，天上，人间，词人跨越了时空的阻隔，冲决了生死的界限，在希望、失望、再希望、再失望中挣扎，三年来刻骨铭心的思念，柔肠寸断的伤痛，顷刻间喷涌而出，化作永恒的绝望——"清泪尽，纸灰起。"

蝶恋花（一）

辛苦最怜天上月。一昔[1]如环，昔昔都成玦[2]。若似月轮终皎洁，不辞冰雪为卿热[3]。　　无那[4]尘缘容易绝。燕子依然，软踏帘钩说。唱罢秋坟愁未歇[5]，春丛认取双栖蝶[6]。

【注释】

〔1〕昔：同夕。

〔2〕玦（jué）：玉玦，半环形的玉，借喻不满之月。

〔3〕"不辞"句：典出《世说新语·惑溺》，大意是说，荀粲（字奉倩）与妻恩爱非常，妻冬天高烧，他赤身站雪中，等身子冰凉时回屋给妻子降温。

〔4〕无那：无奈，无可奈何。

〔5〕"唱罢"句：化用李贺《秋来》"秋坟鬼唱鲍家诗，恨血千年土中碧"之句意。这里表示哀悼过亡灵，满怀愁情仍不能消释。

〔6〕"春丛"句：花丛中的蝴蝶可以成双成对，人却生死分离，不能团聚，愿自己死后同亡妻一起化作双飞双宿的蝴蝶。化用李商隐《偶题》"春丛定是双栖夜，饮罢莫持红烛行"语意。认取：注视着。

【赏析】

纳兰共有《蝶恋花》五首，这里所选的都是怀念亡妻卢氏的。

梦中，妻子是在月夜来见他的，于是他便从"天上月"写起。

上片三句借月亮为喻，写爱情的欢乐转瞬即逝，恨多乐少，有如月之少圆多缺，又如娇妻貌若天仙，绝色不永。后两句，写假如爱情能像月亮那样皎洁圆满，付出再大的代价都愿意。"环"和"玦"皆为美玉制成的饰物。"环"似满月，"玦"似缺月。此处以"辛苦最怜"四字领起，顿使天边那一泓寒碧，漾起许多情思。在难以释怀的悲痛中，词人心中的亡妻此时仿佛化成了一轮皎洁的明月，正在深情地照拂着他。爱妻辞世后，曾在梦中给他留下过两句诗："衔恨愿为天上月，年年犹得向郎圆。"因此他说，如果你真的变成了月亮，我一定会不畏冰雪风寒，用自己的身、自己的心去拥抱你、温暖你。荀奉倩妻子高烧，他能赤身裸体站在雪地里，然后回去抱住妻子给她降温；现在我要拥抱明月般的你，给你安慰，给你柔情，给你温暖。

下片用一句万般无奈的感叹，把镜头拉回到了现实中来。词人觉得世俗的因缘太容易终结了，如今室在人亡，梁燕依然。它们身形娇小，正轻盈地踏着帘钩，软语呢喃，闲叙家常。它们在说什么呢？是说当年这室中曾有"一生一代一双人"的卿卿我我吗？连它们都为此间曾经有过的绮旎柔情所感动，至今"依然"在呢喃絮语呢。词人不自己亲口说出他们曾经有过的甜蜜美满，却让燕子的细语来证明。这真是"不着一字，尽得风流"！

结语那么沉挚，又是纳兰性德式的爱情表述法。他说，在你的坟前我悲歌当哭，唱罢了挽歌，悲哀依然得不到解脱，我只好明年春天到这里来仔细观察，看花丛中可有栖香的双蝶。为什么要说"认取"呢？因为以前曾经见过。他的笔下不是出现过这样的镜头吗："露下庭柯蝉响歇，沙碧如烟，烟里玲珑月。并着香肩无可说，樱桃暗吐丁香结。笑卷轻衫鱼子缬，试扑流萤，惊起双栖蝶……"这不就是那难得的"一昔如环"、彩蝶双栖的花月良宵吗？所以他要去寻觅，去重温旧梦。或许他的想象飞腾得比这更加神奇：我泪已尽，悲歌已歇，我不如索性和爱妻一同化作一双蝴蝶；来年在百花丛中的双飞双栖的彩蝶，那就是我们俩啊！

真是奇绝艳绝，只有千古情种才能写出如此美妙的情歌。

蝶恋花（二）

萧瑟兰成[1]看老去。为怕多情，不作怜花句。阁泪倚花愁不语，暗香飘尽知何处？　重到旧时明月路。袖口香寒，心比秋莲苦。休说生生花里住，惜花人去花无主。

【注释】

〔1〕兰成：指南北朝时诗人庾信，小名兰成。这里化用杜甫《咏怀古迹》"庾信平生最萧瑟，暮年诗赋动江关"句意，感慨光阴易逝，人生易老。

【赏析】

自从卢氏在纳兰二十三时因难产去世，七年间，纳兰写了多篇诗词来抒发他对爱妻终生无法释怀的思念。这也是其中的一首。

纳兰一起手，就直接宣说他内心深处无法掩饰的伤痛。妻子过世，词人刚到而立之年也溘然而逝，恰是风华正茂之际，可他却觉得爱妻一走，自己也在一年年老去。心境之萧瑟，相思之难释，使他都不敢用情太深了，也不敢再作"怜花"惜玉的歌词了。这"怕多情"，这"不作"，恰恰说明他这个未亡人自从妻子走后，心头的创伤是多么敏感，多么沉重；敏感、沉重到了稍微一触动就会滴血的地步；敏感、沉重到了伤心的泪水一旦噙不住，悲愁就会像决堤的狂涛一泻千里。因此，今天他虽然倚傍在他们从前相偎相依的花前，却必须强忍泪水，不让它流出来；尽管愁绪万端，却一句话都不敢说出来。他只是在心中悄悄地问：在我们共同偎依过的这丛花树下，不知你从前留下的"暗香"如今飘向了

"何处"？

思绪自然而然地回到了昔日的恩爱缠绵。携手并肩，缓步而行的路，还是旧时的路；月亮还是那个月亮。从前你总是在我的袖子里暖手，我仿佛闻见袖口还留有你的余香。可今夜我形单影只地重又走在这条小路上，感觉到心儿比莲子都苦。结尾两句，一笔绾合今昔，写相思之苦，令人鼻酸；生花妙笔，令人心醉。毅然决然做撇开状之"休说"二字，恰好透露出昔日他们在花前月下时曾经有过"生生世世花里住"的誓约。可如今爱花之人已经一去杳然，此"花"也已经再不会有人呵护、关爱了，所以"花里住"的誓约还是不要再说了吧！看似埋怨，实则饱含着"为怕多情"的生生世世铭刻入骨的相思和怀念。

全词紧紧围绕着"怜花""倚花""惜花"构思措意。"生生花里住"的奇思妙想，"惜花人"已去、"花无主"的悲哀，让人不由自主地想起《红楼梦》中的那个多情种子贾宝玉来，生活在明珠相府的纳兰性德与贾宝玉何其相似乃尔！

金缕曲·赠顾梁汾[1]

德[2]也狂生耳！偶然间，缁尘京国[3]，乌衣门第[4]。有酒惟浇赵州土，谁会成生此意？[5]不信道[6]、遂成知己。青眼高歌俱未老[7]，向樽前、拭尽英雄泪。君不见，月如水。　　共君此夜须沉醉。且由他，蛾眉谣诼，古今同忌。[8]身世悠悠何足问，冷笑置之而已！寻思起、从头翻悔。一日心期千劫在，后生缘、恐结他生里。然诺重，君须记。

【注释】

〔1〕梁汾：顾贞观的号。

〔2〕德：纳兰性德自称。

〔3〕缁尘京国：语本陆机《为顾彦先赠妇》诗："京洛多风尘，素衣化为缁。"意谓自己奔走京都，衣服都给染黑了。

〔4〕乌衣门第：东晋时王谢豪门子弟皆着乌衣，所居处称乌衣巷。此谓自己出身于贵族之家。

〔5〕"有酒"二句：借用李贺《浩歌》"买丝绣作平原君，有酒唯浇赵州土"句意，暗示自己要以平原君为榜样，结纳天下英才。

〔6〕不信道：想不到的意思。

〔7〕"青眼"句：语出阮籍见俗人以白眼视之，见正人以青眼视之一典。杜甫《短歌行》有"青眼高歌望吾子，眼中之人吾老矣"句，纳兰反其意而用之。时贞观年四十，性德年二十三，故曰"俱未老"。

〔8〕"蛾眉"二句：化用《楚辞·离骚》"众女疾余之蛾眉兮，谣诼谓余以善淫"句意，犹言自古以来，凡是美物，就一定会遭到嫉妒和诽谤。

【赏析】

这首饮誉清代词坛的长调，是纳兰性德题写观贞观的画像的，也可以看作是他们的订交之作。词作于康熙十五年丙辰（1676年）作者二十二岁时。顾读后，附识云：

"岁丙辰，容若年二十有二，乃一见即恨识余之晚。阅数日，填此曲为余题照。

"极感其意，而私讶他生再结语不祥，何意竟为乙丑五月之谶也。伤哉！"

古人有"诗谶"之说，想不到纳兰词中的"后生缘、恐结他生里"一语竟尔成谶，他真的病逝于康熙乙丑年五月。

"德也狂生耳"，起句十分奇兀，使人陡然一惊。权倾朝野的宰辅明珠的这位贵公子，当时正处在人生春风得意的时期，青春健康、功名富贵、如意娇妻，一个人所想要拥有的，应有尽有。为什么突然劈头自称"我也是一个狂生啊"？噢，友谊！他现在唯一没有的是友谊，是那种生死相许的友谊！这就是他为什么会与比他大十八岁的顾梁汾建立"忘年交"的真正原因。

顾贞观何许人也？值得康熙大帝的堂堂侍卫、才貌双全的相国贵公子如此青睐？别的不说，就凭他是与朱彝尊、陈维崧同称全国闻名的词坛三绝的"弹指词人"这一点，就足以让纳兰心仪了。不久前，什刹海的一次酒会上，当他第一次与之见面、长谈后，就引为知己，决心视这位汉族俊才为异姓同胞了。为了打消对方因身份、地位、种族等客观原因可能造成的隔阂或疑虑，接下来他迫不及待地坦白道："偶然间，缁尘京国，乌衣门第。"我不过是由于命运的安排才生长在锦衣玉食之家，蒙受这尘世的污浊而已。他希望出身寒素的朋友们能理解他，不要把他看成是通常的纨绔子弟。"有酒"两句进一步表明他不仅不会以身份和地位而自视甚高，相反，他要像战国时的平原君那样结交天下名士，可有谁能理解我的一片诚意呢？就在这时候，想不到喜从天降，竟得知己！常言道：千古难逢一知己。我纳兰容若何德何能，居然求仁得仁，求友得友，一夕倾谈，"遂成知己"！

接下来的四句是词人回忆他与梁汾初次见面、月夜共饮的情景，说他们相遇时，彼此正当盛年，都还未老，青眼相向，慷慨高歌。酒席筵前，两个人边饮边谈，慷慨陈词，英雄失路的悲哀，知音相得的欢欣，顿时化作盈眶之热泪。词人把歌、哭、笑、啼交错在一起，变成了两句语重心长的提醒和叮咛："君不见，月如水。"君子相交，明如月，淡如水。对朋友突如其来的提醒，看似无关紧要的闲笔，实则意味深长；行文至此，言语道断，再做申述，则将破坏已经营造出来的意境。

下阕传达的是对友人的一片至诚的情意。"须沉醉"说明他们仿佛已经成了推心置腹、无话不谈的金兰之交，话题已经涉及一些敏感的社会问题。他向朋友坦陈了自己对英才多难的看法。顾贞观当时正遭小人暗算，愤而弃官，以一布衣之身奔走于荒蛮之野，饱受风霜之苦，空有满腹才华，却无施展之地……所以词人安慰他："且由他，蛾眉谣诼，古今同忌。"古往今来，才识卓越之士被排斥者数不胜数，随他去吧。"能遭天磨乃真汉，不招人妒是庸才"。然后，词人又表明了自己对"身世"的态度：悠悠万世，任何人的出身都不是能由自己选择的，在达士眼里，根本不值得一提。"身世"四句既是对朋友的安慰，也流露了对自己出身于显赫门第的不以为然。纵观纳兰的一生，不慕虚荣、厌恶尘嚣的心性似乎是与生俱来的，他后来甚至放弃了对儒家思想的信仰，转向佛老，去寻找一个可以安顿自己心灵的净土——"慈云稽首返生香，妙莲花说试推详"（《浣溪沙》）。也就是在写作此词的那一年，他在应殿试、赐进士后，却"闭门扫轨，萧然若寒素。客或诣者，辄避匿。拥书数千卷，弹琴咏诗，自娱乐而已"（徐乾学《墓志铭》）。

"一日心期"三句如同誓言，表明了他对与顾订交的决心和期望：今日既然倾心相交，唯愿我们的友谊地久天长，纵然经历千年万载，永不相负；不但今生，即使是来生，我们也仍然是知心好友，永不背弃。结句再以"然诺重，君须记"反复叮咛，说明他对"人生得一知己足矣"的热切期待终于如愿有多么欣喜，又有多么珍惜。日后的事实也证明了，他们几乎是用生死荣辱守护了这份友情，实践了"一日心期千劫在"的庄严承诺。

木兰花·拟古决绝词

人生若只如初见，何事秋风悲画扇[1]？等闲变却故人心，却道故心人易变。 骊山语罢清宵半，泪雨霖铃终不怨。[2] 何如薄幸锦衣郎，比翼连枝当日愿。[3]

【注释】

〔1〕"何事"句：典出汉班婕妤被弃。婕妤为汉成帝妃，被赵飞燕谗害，退居冷宫，后有诗《怨歌行》，以秋扇抒发被弃之怨情。化用刘孝绰《班婕妤怨》"妾身似秋扇"句意。

〔2〕"骊山"二句：事具白居易《长恨歌》与《太真外传》。诗中有"在天愿作比翼鸟，在地愿为连理枝""行宫见月伤心色，夜雨闻铃肠断声"之类的描述。这里以此典说明即使最后诀别，也不怨恨。

〔3〕"何如"二句：化用李商隐《马嵬》"如何四纪为天子，不及卢家有莫愁"句意。锦衣郎：指唐明皇。

【赏析】

词题一作《木兰词拟古决绝词柬友》。《木兰花令》原为唐教坊曲，后用为词牌，始见《花间集》韦庄词。在历代长短句中不常见。

在纳兰性德的诗词中，这首小令比较费解，一般有两种解读法。

其一，理解为只是泛指日常生活中男女之间或朋友之间的喜新厌旧，忘恩负义。引用班婕妤和唐杨典故，意在说明彩云易散，情感多变，虽说自古皆然，但总不能颠倒是非吧。恋人如能永远像初恋那样就好了。不幸喜新厌旧是人之常情，当年爱得要死要活的恋人，"枕上发尽千般愿"，一旦人老珠黄，就会如同秋风一起，扔掉一把扇子般地被遗弃。平白无故变了心，却说别人背叛了他，实际上连当年的唐明皇都不如。唐明皇在逃往四川的路上虽然忍心赐死了杨贵妃，可他毕竟有过"世世为夫妻"的誓愿，写过《雨霖铃》寄托哀思。如是，可以解释成以女子口吻恨男方薄情，表示从今以后，要与之一刀两断；也可以理解成是以男女情爱为喻，说明交友之道也应始终如一，生死不渝。

其二，如果按照另题，是以词代"柬"，是安慰朋友的诗词性的箴言，那就有针对性，是为具体人、具体事而作。根据纳兰的性格和词风，小令恐怕是为了安慰一位失恋的男性朋友。上片是写女子的抱怨，她说如果一直能像初恋时那样就好了，为什么要像"秋扇见弃"似的，不把我当回事呢？因此女方离开了他，男方无法接受，痛不欲生。三四句是这位失恋男子的埋怨：是你无缘无故变心了，却反咬一口，说我三心二意，爱心不坚。

对男女双方的情况，看来词人是知情人，所以下片不去触及二人的隐私，而是借用唐杨往事，委婉地劝慰这位男朋友（很可能与作者同为侍卫），说他自己也有过错，不能全怨女方。唐明皇那么宠爱杨贵妃，在马嵬坡不也铸成了赐死爱妃的大错吗？如今事已至此，作者劝朋友面对现实，感情的事自古如此，过去的就让它过去吧，没必要像唐明皇那样，去写什么《雨霖铃》了。

这样看来，纳兰因别有隐情，不便明说，而后世读者，做出种种猜测，亦在情理之中。此即曹雪芹的所谓"将真事隐去，用假语衬言"的笔法；读者完全有根据自己的人生经历体味其意趣的自由，此即"作者之用心未必然，读者之用心何必不然"。诚如英国文论家艾略特所言："一首诗，对于不同的读者，会显示出各种不同的意义。而这些意义，和作者所想到的极为差异。……读者的解释虽不同于作者的原义，有时却同样的确当——甚至比作者的原义更好。因为一首诗原可能存在着为作者所未曾意识到的更多的意义。"

赵执信

赵执信（小传见诗卷二）。

蝶恋花·题画扇留别蕊枝

秋老家山红万叠。何意淹留，断送重阳节。醉里情怀空自结，弯环低尽湘帘月〔1〕。　总为相逢教惜别。明月风帆，乱落霜林叶。暮雨迷离天外歇，寒花付于纷纷蝶。

【注释】

〔1〕"弯环"句：化用晏几道《鹧鸪天》"舞低杨柳楼心月，歌尽桃花扇底风"句意。

【赏析】

由副题可知，这首词是写在扇面上留赠一个叫蕊枝的舞女的。

第一句写景，可能是离别之地的实景，也可能是扇子的画面。接下来写重阳节将到，我却滞留在此，不能与家人团聚。惜别之情与思乡之愁交织在一起，有如那重重叠叠的枫叶，让人心如火燃。然后以自己借酒浇愁、情怀郁结和蕊枝舞姿婆娑、月影徘徊，形容临别之际的心神不安。

下片情景交融，抒发离愁别恨。词人首先以充满伤感的笔触指出，人生有相逢就有离别，这是无可奈何的缺憾。感慨中充满了惋惜和依恋。想到自己明日就要扬帆西去，心绪有如纷纷乱落的枫叶，失落、怅惘、伤感，同时涌上心头。结尾两句取意言外，心思曲折。当他终于不得不乘船驶向暮雨迷茫的远方，蕊枝的身影消失在烟雨中的时候，想到从今以后，他不能再与她一同漫步在丝丝暮雨中，携手赏花，不得不把寒秋中残存的花朵让纷飞的蝴蝶去戏弄，心中的阴暗有如烟雨般迷离惆怅。他真的是在惦记与情人结伴赏花吗？恐怕没有那么简单。既然蕊枝是个舞伎，招蜂惹蝶是情理中事，他自己不也是其中的一只采花之蝶吗？构成整首词的全部情结不也正在这里吗？

厉 鹗

厉鹗（小传见诗卷二）。

眼儿媚

一寸横波惹春留，何止最宜秋。妆残粉薄，矜严[1]消尽，只有温柔。　当时底事匆匆去？悔不载扁舟[2]。分明记得，吹花小径，听雨高楼。

【注释】

〔1〕矜严：矜持庄重，亦即平时形容"冷美人"的意思。

〔2〕悔不载扁舟：用范蠡载西施泛五湖之典。详见徐灿《唐多令》注。

【赏析】

厉鹗在22至26岁时，曾于杭州汪氏听雨楼设馆，其间有过一段恋情。事后回忆昔日的恩爱，写此词以怀念之。

作者起首用一往情深的笔墨，描写了昔日情人勾魂摄魄的美艳：迷人的明眸秋波流转，宛若一汪清澈的秋水；淡扫蛾眉，回归本然，令人感到是那么温柔可爱。过片的追悔，让人回想起往日漫步花园小径，互吹花瓣调情，并肩楼上听雨，其情其景，历历在目。此时他真后悔，为什么没有像范蠡带着西施泛舟五湖那样，带着她比翼双飞呢？

郑板桥

郑板桥（小传见诗卷二）。

瑞鹤仙·帝王家

　　山河同敝屣[1]，羡废子传贤，陶唐[2]妙理。禹汤无算计。把乾坤重担，儿孙挑起。千祀万祀，淘多少、英雄闲气。到如今、故纸纷纷，何恨秦头楚尾[3]。　休倚。几家宦寺，几遍藩王，几回戚里[4]。东扶西倒，偏重处，成乖戾。待他年、一片宫墙瓦砾，荷叶乱翻秋水。剩野人、破舫斜阳，闲收菰米[5]。

【注释】

〔1〕"山河"句：语本《孟子·尽心上》："尧视弃天下犹弃敝屣也。"敝屣：破鞋。

〔2〕陶唐：即帝尧。尧先居于陶，后封于唐，故名。

〔3〕"何恨"句：何必怨恨秦始皇开了"父传子，家天下"的头，楚霸王结束了秦王朝的一统天下，却换来了汉高祖另一轮的王权世袭。

〔4〕戚里：犹言外戚。

〔5〕菰（gū）米：古称雕胡米，即茭白，六谷之一。

【赏析】

　　以一首词，列数五千年的兴亡更替，不是对中国历史烂熟于心，且有高超的文字功底，这几乎是不可能的。

　　作者将焦点对准历代帝王的治国方略，着眼于择贤禅让和王权世袭两种截然不同的政治体制，概述其利弊得失，夹叙夹议，或取具有象征性的景物反映历史的变迁。作者的史学观的沛然生气流注其间，使之显得情理俱佳。

开篇三句，词人首先赞颂帝尧礼让天下于贤者的高风亮节。唐尧为什么能做到这一点？因为这些上古时代的帝王没有把天下当作自家的私有财产，甚至视之如破鞋。史载，尧在位七十年，见子丹朱愚顽，便传位给贤明的舜。作者着一"美"字，表明了他对王位禅让制度的肯定和赞扬。随后，开始对世袭制予以无情批判。从大禹、商汤数起，作者认为他们"把乾坤重担"让"儿孙挑起"，天下从此纷争不断。自"千祀万祀"起，至上片结束，大意是说，数千年来，英雄豪杰数不胜数，为了争夺天下，战火连绵，民生涂炭，无一不是"淘闲气"——无事生非，争强斗胜，结果搞得九州动荡，民不聊生。到如今，历史典籍连篇累牍，记载的无非是改朝换代的事情，所以也就不必再说秦始皇、汉高祖了。

下片"休倚"二字下得斩钉截铁，断然否定了"家天下"这种政治体制。词人指出，秦汉伊始，帝王之家代代相因，没有哪一个逃脱了自相残杀，终至覆灭的悲剧，其根源就在于王权世袭。宦官弄权也罢，藩镇割据也罢，外戚专政也罢，你方唱罢我方登场，结果致使"帝王家"的这棵大树根基不稳，东倒西歪，王家原想倚重的势力，到头来反而成了冤家对头，倾毁帝国大厦的异己劲敌。所以说，权力世袭的结局必然是王室的国破家亡。

"帝王家"无一避免的覆灭是一种什么样的景象呢？词人用形象化的语言做了描写：一个王朝灭亡后，昔日壮丽辉煌的宫殿变成了野草丛生的瓦砾场；御花园的池塘中，残荷败叶在萧瑟的秋风中翻滚摇荡；逃难进城的农人在夕阳西下时分划着破船，来湖里采收芰白。从前锦衣玉食的皇家子孙们，此时已经完全退出了历史的舞台。

这首词的真正价值在于，通过生活在十八世纪的郑板桥对沿袭了几千年世袭政体的毅然决然的否定，对礼贤禅让政治体制的赞扬，使我们终于看到了闪耀于华夏大地的民主意识的曙光。

沁园春·恨

花亦无知，月亦无聊，酒亦无灵。把夭桃斫断，煞他风景；鹦哥煮熟，佐我杯羹。焚砚烧书，椎琴裂画，毁尽文章抹尽名。荥阳郑，有慕歌家世，乞食风情[1]。　单寒骨相难更，笑席帽青衫太瘦生[2]。看蓬门秋草，年年破巷；疏窗细雨，夜夜孤灯。难道天公，还钳恨口，不许长叹一两声？颠狂甚，取乌丝[3]百幅，细写凄清。

【注释】

〔1〕"荥阳郑"三句：典出唐白行简写的传奇《李娃传》，内容大略是说男子荥阳生赴京赶考，爱上名妓李娃，为博取青睐而挥金如土。后来乐极生悲，流落街头，"以乞食为事"。郑姓郡望在荥阳，且郑燮常常喜欢自称是荥阳生的后代。

〔2〕太瘦生：唐时口语，十分消瘦的意思。"生"是语气助词。李白《戏赠杜甫》："借问别来太瘦生，总为从前作诗苦。"

〔3〕乌丝：用墨线画格的书写纸。

【赏析】

这是作者四十岁中举前的一幅自画像。题名单着一"恨"字，已叫人感到震惊，再读词文，不禁为之击节三叹。

花、月、酒本是郑板桥情有独钟的遣兴妙物，他有诗曾说："看月不妨人去尽，对花只恨酒来迟。"现在却一反常态，恨花不能解语，恨月冷漠无情，恨酒不能消愁，没有了灵性。恨恨不平之气冲天而来，我们仿佛都能听见作者心中的怒吼之声。接下来的举动就更其惊世骇俗了，他要把开满美丽花朵的桃树砍断，把鹦鹉宰杀下酒，琴棋书画、纸墨笔砚一样也不存，统统烧掉；自己写下的所有文章也全部烧光；凡是留有他的名字的痕迹一概抹去。哪怕是到了当年荥阳生那般地步，乞食街头也无所谓……这一系列反常的行为，让人误以为他已经"疯"了。

他确实快要被逼疯了。姑且不说骨相生来孤寒，已是命中注定，无法更改；头戴席帽，身着青衫，骨瘦如柴，形象穷酸；住所贫寒，居室凄凉——诸如此类生活上的清贫也就罢了，让人痛不欲生的是老天爷都不允许我"长吁一两声"！

对于文名早播、书画冠世的郑板桥，如果说仕途淹蹇、生活清贫尚可咬牙忍受，可精神上的压抑和摧残才是使他几近崩溃的真正原因。大清王朝的文字狱太恐怖了，有人因风掀书页，随口吟了一句"清风不识字，何必乱翻书"就掉了脑袋。诸如此类的文祸，郑板桥知道的太多了，他的好几个朋友就是因文字惹祸，或者被罢官，或者被处死。他为苟全性命，不得不从已经刻板的《诗钞》中删除可能招惹麻烦的诗章。正是在这样的背景下，他终于按捺不住，做出了这一系列反常的举动，喊出了"难道天公，还钳恨口，不许长吁一两声"的怒吼。"天公"在这里分明是直指清王朝的最高统治者。

悲愤到极点，如果得不到宣泄，真会疯的。好在郑板桥自有他发泄的方法。狂怒过了，呐喊过了，最后他说：人们说我太"癫狂"，就算是吧。"天公"既然不让我"长吁"，可总不能不让我把自己的"凄清"写在乌丝纸上吧！

这首长调把这位奇才的个性表现得格外鲜明。亏他后来悟出了"难得糊涂"，否则真不知道他后半生会是什么样的命运。

贺双卿

贺双卿（1713—1736年），字秋碧，江苏丹阳人，嫁金坛农家。天资聪颖，灵慧过人，姿容绝伦，为恶姑愚夫所不容，虐待致死。所作诗词自伤身世，凄苦悲切，堪称古今逸品。后人辑其词为《雪压轩词》。

望江南

春不见，寻过野桥西。染梦淡红欺粉蝶，锁愁浓绿骗黄鹂。幽恨莫重提。

人不见，相见是还非。拜月有香空惹袖，惜花无泪可沾衣。山远夕阳低。

【赏析】

历代女词人中，贺双卿的命运最悲惨，也最值得我们同情。读过《贺双卿集》的，没有不含泪掩卷的。

双卿出身于江苏丹阳的一个农家，生性敏慧，自幼嗜学，家贫无以就读，则于邻家私塾窗外偷听，并刺绣变卖，购书自学。由于敏而好学，恒持日久，十几岁上即可写出秀丽的诗词，成了一个无师自通的田家女词人。不幸的是，十八岁左右，家里把她嫁给了金坛绡山（今方山）周姓樵夫为妻。其夫是个白丁，且嗜赌性暴，对双卿动辄拳脚相加。其婆又蛮横顽劣，呵斥咒骂之声日盈于耳。在当时那样的社会环境和主流意识下，上天无路、入地无门的双卿只能逆来顺受，对暴夫恶姑"事之善，意虽弗欢，见夫未尝无愉色，饥倦忧悴，言笑犹晏晏也"（史震林《西青散记》）。

祸不单行仿佛是人生的潜规则。双卿到周家不久，便患上严重的疟疾，夫家不但不给她治病，而且还让她干许多农活。生活本已暗无天日，再加上劳累与疾病的折磨，二十二岁上，她劳瘁而死，含恨辞世。她短促的一生，犹如茫茫夜空中稍纵即逝的耀眼流星，一闪而过。所幸她为我们留下了"笔墨无多泪点多"弥足珍贵的五十余首诗词，内容主要是她对本人艰苦劳动的记载，对不幸婚姻的悲叹，对爱情自由的向往以及病痛折磨的实录。

这首小令是女词人的伤春怀旧之作。全词笼罩在凄冷欲绝的情调中，透露出满腔的幽恨。从全词的语意，我们不难想象词人也有过情窦初开的青春年华，还似乎有过甜蜜的私恋，有过自己的心上人，然而这一切统统被封建礼教无情地毁灭了。"春不见"，暗喻只有她自己知道的青春韶华已经一去不返了，尽管如此，她还在寻寻觅觅，下意识地踱过"野桥西"，希望有奇迹出现。然而出现在她眼前的却是连粉蝶都欺骗的淡红色的梦幻，连黄鹂都噤声的牢笼般的浓绿。事已至此，即便"幽恨"如海，重提又有什么用呢！此生已经注定不会再有春天；即使春天来了，你不是在欺骗中被瞒哄，就是在暴力下被压抑，春天也不再属于你了。人生在世，还有比这更惨痛更无奈的吗？

从下片的"人不见，相见是还非"二句，我们不难想象女词人承受着怎样的矛盾心理的折磨。见不到日思夜想的心上人，自然备受相思的悲苦；可万一真的见到了，是好是坏，是对是错，又有谁能知道呢？世人会怎么看？如狼似虎的姑婿会怎么对待自己？心上人和自己又该如何收场？这一切都是无法想象的。想到这些，她只能在夜深人静的时候，焚香拜月，默默地为对方也为自己祈祷、祝福。他从前曾对"我"情意款款，疼爱备至，如今纵然"惜花"，也欲哭无泪了。她知道，尽管香烟满袖，充盈有如心愿；尽管终归是空，于事无补，可毕竟聊胜于无，尚可聊以自慰啊！虽然心上人与自己远隔万水千山，在"山远夕阳低"的天之涯、海之角，但她深信，他一定能遥感到自己发自心底的祝愿和怀念。

全词写情细腻婉转，凄恻动人。上下片中间对句工整新奇，设想奇妙，为读者营造了充分的幻想空间和审美意趣。

黄花慢·孤雁

碧尽遥天，但暮霞散绮，碎剪红鲜。听时愁近，望时怕远，孤鸿一个，去向谁边？素霜已冷芦花渚，更休倩、鸥鹭相怜。暗自眠，凤凰纵好，宁是姻缘！　凄凉劝你无言。趁一沙半水，且度流年。稻粱初尽，网罗正苦，梦魂易警，几处寒烟。断肠可似婵娟意，寸心里，多少缠绵！夜未闲，倦飞误宿平田。

【赏析】

身世凄惨的贺双卿，通过咏孤雁，寄托了她自己太多的艰难和悲伤。

一日黄昏，将近晚炊时，病中的双卿携畚箕从打谷场上归来，听见一只孤雁在远方的芦苇丛中无助的哀鸣，她伫立西望，情不自禁想起了自己，不由得潸然泪下。她婆婆看见她嗒然若丧的模样，大声呵斥，恶语相加。双卿素来胆小易惊，且久病体虚，被吓得畚箕落地，惊恐失色，数日后和泪写下了这首词。

碧空无际，晚霞宛若四散的彩绮。作者突然发现有一只孤雁，鸣叫声是那么凄厉，身影是那么孤单。她以"无缘大慈、同体大悲"之心，禁不住对这只孤雁满怀同情和关切。她担忧它那可怜无助的悲鸣离自己太近，让她听着心碎；可又怕它飞得太远，离开了她关切的目光。这时她不由得满怀忧虑地问："孤鸿一个，去向谁边？"接下来词人自然而然要想到孤雁的归宿：平日栖息的芦花丛渚，现下清霜萧瑟，况且成双成对的鸥鹭也不会可怜它；凤凰虽好，与它无缘。等待它的只能是孤苦伶仃地蜷缩在哪个角落里，独自过夜了。

孤雁的处境如此凄凉可怜，下片自然引出词人给它的殷勤寄语。这些规劝，句句发自肺腑，是"同是天涯沦落人"的相互慰藉。她对雁说：既然没有什么可选择可期待的，那么只要有"一沙半水"可以将就的地方，也就不必太挑剔了吧。以下"稻粱初尽"四句，描写孤雁饥寒交迫、危机四伏的艰难境况，让人惨然心伤。维持生命的粮食已经所剩无几，到处是捕杀它的罗网，睡梦中都胆战心惊，梦醒后看到的与现实中的一模一样，到处是凄风苦雨，严寒和危险。体贴入微的女词人甚至从孤雁的哀鸣声中听出了相思之意，于是问道："断肠可似婵娟意"？不然的话，方寸间，为什么还会有哪些缠绵悱恻的情思？读到这里，真让人为之心酸。从女词人对孤雁的殷勤致意中，我们难道体测不到积压在她心间的悲苦何其深重吗？

结语"夜未闲，倦飞误宿平田"看似平平道出，却是对孤雁，也是对自身悲剧的一个沉痛概括：孤雁白天为生存奔波，夜晚四处逃避捕杀，日夜不得安闲，只能偷空随地歇息片刻，结果一失足成千古恨，错误地把农家的田园当成了自己的归宿。这里说的不就是她自己吗？

通览历代女诗人的作品，绝大部分写的不是寻愁觅恨的幽怨，就是离别相思的悲苦，表现得主要是上层妇女的情怀，其中多多少少还掺杂着"为赋新词强说愁"的成分。这种情调代表了古代闺秀诗词普遍的审美取向，这种"诗化的痛苦"与普遍劳动妇女在贫困而粗野的生活中所经历的人生悲剧有着天壤之别。在整个诗歌史上，只有贺双卿一人，在她的作品中反映了下层妇女的艰难悲苦。

蒋士铨

蒋士铨（小传见诗卷二）。

水调歌头·舟次感成

偶为共命鸟[1]，都是可怜虫。泪与秋河相似，点点注天东。十载楼中新妇，九载天涯夫婿，首已似飞蓬。年光愁病里，心绪别离中。　咏春蚕，疑夏雁，泣秋蛩。几见珠围翠绕，含笑坐东风。闻道十分消瘦，为我两番磨折，辛苦念梁鸿[2]。谁知千里夜，各对一灯红。

【注释】

〔1〕共命鸟：语本《翻译名义集·杂宝藏经》：“雪山有鸟，名为共命，一身二头，识神各异，同共报命，故曰共命。”

〔2〕梁鸿：字伯鸾，东汉初扶风平陵（今陕西省咸阳西北）人。家贫博学，其妻孟光贤惠，送食与梁鸿，每次都举案齐眉。后与其隐霸陵山中，又一同流浪齐鲁，远至吴中。事见《后汉书·梁鸿传》。

【赏析】

词作于乾隆十九年（1754年）。作者于十年前与妻张氏完婚，此后长年在外，聚少离多，连儿子出生的消息也是在旅途中得知。这一年十月，他有望与家人团聚，南归途中写下这首词，记述了他对妻子的愧疚和对即将相聚的期待。

起首两句是总述。作者觉得与张氏结为夫妻，看似偶然，实则是命中注定，可惜一对“共命鸟”，却成了以泪洗面的“可怜虫”。结褵十载，让妻子九年独守空房，和牛郎织女一样，九年来对“天涯夫婿”的相思，使当日容光焕发的新娘变成了首似“飞蓬”的怨妇，为此作者只能自责，深感内疚。

下片词人进一步深入抒发其内疚之情。古时女子，以夫为天，一旦出阁，丈夫就成了她的终生的依靠，成了唯一的希望。对此，词人很明白，所以他说，让妻子"珠围翠绕，含笑坐东风"，跟着他享荣华富贵，本来是他义不容辞的责任，然而这似乎成了妻子遥不可及的憧憬。"几见"的意思是"一次也没有见到"。接着作者将此意再转进一层，说妻子岂止是心愿成空，自己在旅途中听到的消息是她如今消瘦不堪，为了他经受了"两番磨折"，可她依然像贤惠的孟光一样，含辛茹苦地等待着丈夫。词人一方面从妻子的角度，写做丈夫的失职；另一方面从自己的角度写妻子的贤惠，用笔曲折有致，殊为感人。"谁知千里夜，各对一灯红"写自己和妻子虽然远隔千里，但相思相忆之情是一样的。这似乎是对妻子遥致慰藉，又像是给自己的愧疚寻求心理补偿。下片写的一波三折，情思婉转，十分耐人寻味。

值得注意的是下片起头的三个三字叠句："咏春蚕，疑夏雁，泣秋蛩。"为什么不写"冬"呢？词作于十月南归之际，这说明词人准备在年底前能回到家乡，决心用实际行动补偿贤妻十年来所受的苦难和做出的牺牲。

蒋士铨论词主性灵说，此词字字句句出自真情实感，兼之构思用笔深婉曲致，颇具艺术魅力。

黄景仁

黄景仁（小传见诗卷二）。

贺新郎·太白墓和稚存[1]韵

何事催人老？是几处、残山剩水，闲凭闲吊。此是青莲埋骨地，宅近谢家之脁[2]。总一样，文人宿草[3]。只为先生名在上[4]，问青天，有句何能好？打一幅，思君稿。　梦中昨来逢君笑。把千年，蓬莱清浅[5]，旧游[6]相告。更问后来谁似我，我道才如君少。有亦是，寒郊瘦岛[7]。语罢看君长揖去，顿身轻、一叶如飞鸟。残梦醒，鸡鸣了。

【注释】

〔1〕太白墓：在今安徽省当涂采石矶。稚存：洪亮吉（1746—1809年）字，清经学家、文学家，江苏常州人。作者同乡、好友。

〔2〕谢家之朓：指南北朝诗人谢朓。采石矶有谢公山，李白诗曰："宅近青山同谢朓，门垂碧柳似陶潜。"

〔3〕宿草：隔年之草，借指文人墓。《礼记》："朋友之墓，有宿草而不哭焉。"

〔4〕先生名在上：采石矶太白楼有楹联云："我辈登楼惟饮酒，先生在上莫题诗。"先生指李白。

〔5〕蓬莱清浅：典出葛洪《神仙传》，略言麻姑自云已见东海三为桑田。后世遂以"沧海桑田""蓬莱清浅"比喻人世变化之大。

〔6〕旧游：这里是指李白生前的老朋友。

〔7〕寒郊瘦岛：指唐代诗人孟郊和贾岛，论者评他们的诗风为"郊寒岛瘦"。

【赏析】

词写因文人墨客宴集太白楼，作者夜梦李白，互相对话以及梦醒后的怅惘。词写得灵动多姿，神采飞扬，引人入胜。

黄景仁才华出众，英年早逝，三十五岁短暂的一生于贫病愁苦中度过。四岁丧父，十六岁童子乡试，在三千人中名列第一，但接下来屡试落榜，从二十岁开始不得不为生计、仕途周游四方。乾隆三十八年（1773年），安徽学政朱筠（学者称笥河先生）于采石矶太白楼大宴宾客，时在朱府的景仁偕好友洪亮吉与焉。席间景仁赋《笥河先生偕宴太白楼醉中作歌》数百言，宾客叹服。事后不久，他依洪原韵，概括长诗意旨，写下这首《贺新郎》。

李白墓与谢朓宅相近，黄景仁诗学李白，洪亮吉说他是"谪仙人复出"。适逢太白楼盛会，激情澎湃，诗兴大发，自在情理之中。词以慨然一问开篇，为后面纵横捭阖的直抒胸臆创造了诸多方便。"残山剩水"而"闲凭闲吊"，饱含着无限沧桑之感，悲伤之情。谢朓故居，李白坟宅，古人怀才不遇、平生蹉跎的际遇，如今又在自己身上重演，想必古往今来，才华盖世之辈命运都一样——壮志难酬，悲倾风骚，到头来只落得坟头宿草萋萋，供人凭吊。这样看来，"文章憎命达，魑魅喜人过"（杜甫），哪有不被摧残而先衰的？词人想把凭吊自己崇拜的古贤遗址时，充溢胸臆的这些感想吟咏给诗仙听，又觉得是班门弄斧，不敢造次。但仰慕之情、身世之悲又不吐不快，因此才有"打一幅，思君稿"

的意愿。

下片自然引出因打腹稿而思情萦绕所至之梦境。作者对梦中情节的描写形象逼真，情趣盎然。他说李白在梦中微笑着向自己讲述了千百年来的人世沧桑以及在世时的老朋友现今的情况，然后问：后人如何评价他？有没有可以和他媲美的后来人？词人的答复是：你仙逝后，再难见到像你那样才情绝世的诗人了；如果有，孟郊和贾岛还差强人意。李白听后，满意地飘然而去。身轻如鸟的描述印证了诗仙是天人的传说，同时表现了词人对他心中偶像的崇拜。

结尾"残梦醒，鸡鸣了"收束得简洁而余味未尽。鸡鸣声把他从亦真亦幻的梦境中唤醒，不得不重新回到前路渺茫的现实中来。这一结尾，是对"何事催人老"起句的巧妙回应。

左 辅

左辅（1751—1833年），字仲甫，一字蘅友，号杏庄，江苏阳湖（今常州）人。乾隆五十八年（1793年）进士。授南陵知县，调霍邱，治行素著，颇得民心。历官浙江按察使、湖南巡抚等。工诗词古文，著有《念宛斋集》。

浪淘沙

曹溪驿[1]折得桃花一枝，数日零落，裹花片投之涪江，歌此送之。

水软橹声柔，草绿芳洲。碧桃几树隐红楼。者是[2]空山魂一片，招入孤舟。 乡梦不曾休，惹甚闲愁？忠州[3]过了又涪州[4]。掷与巴江[5]流到海，切莫回头。

【注释】

〔1〕曹溪驿：明置，在今重庆市成县南武陵镇。

〔2〕者是：即这是。

〔3〕忠州：今四川忠县。

〔4〕涪州：今四川涪陵。

〔5〕巴江：长江流经四川省东部的一段。

【赏析】

写作此词的本事，题注已交代得很清楚。上片说明为何要采折桃枝；下片解释为何又要投之于江。

江水潺湲，橹声轻柔。绿草掩隐的江渚。红楼外的桃树烂漫如霞，春意喧闹。作者是常州人，行舟长江，意外见此美景，惊喜万分，因为这使他顿然仿佛回到了家乡。"孤舟一系故园心"（杜甫《秋兴八首》）——于是他折下一枝鲜艳夺目的桃花，把它放入舟中。这是故乡春山飞来的一片魂啊，有它相伴，即可慰与我随行一路的乡愁矣。说"招"而不说"带"，与"一片魂"情思默契，心神俱醉。

"乡梦不曾休"证实了上面的解读。下片五句，意境却有三折，每一转折，所含意蕴也更进一层。一是词人看到折来的桃花很快就憔悴零落了，懊悔在自己夜夜"乡梦"不休的时候，何必要又惹"闲愁"；二是长途客路，走了一程又一程，过了一州又一州，桃花"数日零落"，如何能安慰无穷无尽的乡愁？于是便产生了将花投入江流的举动。作者希望桃花随流水一路东去，不要回头。在他的内心深处，隐隐然寄希望于桃枝，能把他对家乡的思念带给亲人。这是第三折。

词写至此，情韵悠然，思乡之殷借一桃枝表达得香味淋漓尽致。词的意境、构思、比兴，皆前人所未有，实是清词之佳品。

熊 琏

熊琏，字商珍，号澹仙、茹雪山人，江苏如皋人。生卒年不详。才慧命舛，苦节一生。家贫，晚为闺塾师，依母弟居。有诗词文赋传世，颇多佳作，罕为人知。集中屡有惊人之句，造语哀切，读之泪下。有《淡仙词钞》《淡仙诗话》等。

金缕曲

薄命千般苦。极堪哀，生生死死，情痴何补？多少幽贞人未识，兰消蕙息荒圃，埋不了、茫茫黄土。花落鹃啼凄欲绝，剪轻绡，那是招魂处？静里把，芳名数。　同声一哭三生〔1〕误。恁无端，聪明磨折，无分今古。玉貌清才凭吊里，望断天风海雾。未全人，江郎《恨赋》〔2〕。我为红颜频吐气，拂醉毫，几按凄凉谱。闺怨切，共谁诉？

【注释】

〔1〕三生：即三生石，又名姻缘石。前人依佛理对人之婚丧嫁娶，解释为一个人的情恋婚嫁，取决于数生数劫的恩怨情仇，早在三生石写好了，个人是做不了主的。

〔2〕江郎《恨赋》：南朝梁文学家江淹的名作《恨赋》，其主要内容是概述各种人生的幽怨和遗恨。

【赏析】

　　熊琏是乾嘉年间的一个苦命的女诗人。据《国朝诗萃初集》载，她自幼丧父，姐弟二人与寡母相依为命。幼许同邑陈遵，未几，陈遵染病痴呆。陈父允悔婚，而琏"坚持不可"，里邻称其贤。出嫁后，家贫不能给，熊琏为女性设帐为师，指导其读书作文。

　　熊琏与曹雪芹是同时代人。雪芹写《红楼梦》，为"千红一窟（哭），万艳同杯（悲）"；澹仙此词，同样是在为古今薄命女代言诉苦。

　　起句"薄命千般苦"是全词的主旋律，也是对封建时代女性命运的总结。女子自来天生多情，甚至痴情到会为情而生，为情而死，可女词人问：这太可悲了，"情痴"如此，于生何用？于事何补？接着她为自己的这一结论陈述理由。她说，世上从一而终、贞节刚烈的女子数不胜数，可有谁知道她们呢？倘若她们一旦命归离恨天，还不是如同兰蕙凋谢，"荒冢一堆草没了"？她们的命都比不上黄土，掩埋她们的是那"茫茫黄土"，留在世人印象中的也是那"茫茫黄土"，而不是哪个"节妇"；甚至连招魂的地方都没有！能为普天下的女性如此大放悲声的，在熊琏之前的所有古诗词中，还从未看到过。"静里把，芳名数"，如果把女词人闲暇时列举的那些苦命女子一一铺写下来，恐怕撰写一部丛书也不够吧。

　　下片她要与"静里"想到的所有苦命人"同声一哭"了。哭她们都是"姻缘皆前定，半点不由人"的冤魂。她义愤填膺地责问：为什么平白无故，不分古今，越是聪明美慧，就越苦难重重，受尽折磨呢？我现在放眼苍天，为古往今来所有才貌双全的薄命女追悼凭吊了！江淹当年撰写《恨赋》，为什么一个女子都不提？她们的优美诗章，她们的旷世怨恨，不是更应当写入《恨赋》中吗！既然江郎未作，那就让我来为薄命红颜们醮血墨、挥霜笔，一吐胸中恶气，谱写"红颜薄命"篇吧。然而光有我一个人呐喊是不行的，谁能与我同声疾呼呢？

这首悲词有诸多值得关注之处。一是没有作者自己痛不欲生的切身体验，写不出这种冤气冲天的辞章；二是词中连用四问，无不切中要害，发人深省；三是通篇选用的字和词都具有强烈的感情色彩，使辞章充满了抒情泄愤的张力；尤其值得注意的是作者不是出于一己之愤，囿于个人的悲情，而是站在古今所有女性的立场，并呼吁一切与她有同样思想觉悟的女性，一齐来揭露这种不合理的社会现象，来为男女平等大声疾呼。这样的意识也许还是朦胧的，感性的，却是弥足珍贵的。

张惠言

张惠言（1761—1802年），字皋文，号茗柯。江苏武进（今常州）人。嘉庆四年（1799年）进士。授编修。精通经义，时称今文经学大师。常州词派代表人物，于词学贡献甚巨，论词主"意内言外"，重视比兴寄托。自为词沉着醇厚，因其精于《易经》，填词善于从具体的"象"来推求抽象的"理"。编有《词选》，著有《茗柯词》等。

水调歌头·春日赋示杨生子掞[1]（其三）

疏帘卷春晓，蝴蝶忽飞来。游丝飞絮无绪，乱点碧云钗。肠断江南春思，粘着天涯残梦，剩有首重回。银蒜[2]且深押，疏影任徘徊。　罗帷卷，明月入，似人开。一尊属月起舞，流影入谁怀？迎得一钩月到，送得三更月去，莺燕不相猜。但莫凭阑久，重露湿苍苔。

【注释】

〔1〕杨生子掞：张惠言的入门弟子。

〔2〕银蒜：压帘之物，银制，形似蒜头。

【赏析】

组词共五首，皆写于作者三十三岁时。此为其三。

词为劝勉弟子切勿心外求道以及如何对待已经失去的美好，使之成为人生永恒的财富，找到人生的真谛而作。将一个纯属理论性的问题，形象化为具有审美意义的艺术品，没有对诗词这种艺术载体的深刻认知和把握，是根本不可能的。所以谭献赞赏说："胸襟学问，酝酿喷薄而出。"

上片写面对瞬息万变的自然景象，如何保持"疏影任徘徊"的内心平静。

写春景倏忽而去，先从室内写起。春天的早晨，帘内的人为迎纳春色，卷起帘帷，彩翅轻盈的蝴蝶意外地飞了进来，使卷帘人意识到夏天悄然而至，春天即将过去，不由得怦然心动。女主人公于是情不自禁地走到室外。漫天飞扬的游丝和飞絮，没头没脑地扑到绾结她的一头秀发的玉钗上来。柔弱无助的游丝和飞絮，无端地牵惹起她的愁怀，春思已被撩拨；它们"黏着天涯残梦"，不远万里地追寻到这里来，可惜太无力了，一切都已无可挽回，只能回首来时路，悲叹春光已去，春思暗淡，残梦难续。既然春光难留，那就牢牢压住珠帘，不要让它再卷起来——压住帘子，也就压住了思绪，不会再被外景影响，即便有光影徘徊，也任随春来春去，不要妄想挽留什么了吧。

词人在这里真正要说的是：美好的事物总有一天要消逝的，我们在拥有的时候不知爱惜，一旦失去又要懊恼。其实过去的终归要过去，既然人无回天之力，不如我们把它珍藏在心间。于物顺其自然，于我永葆心之坦然、情之美好，这才合乎天道。

不以物悲，不以物喜，永远坚守着自己内心的清净坦荡，可能会导致"重露湿苍苔"的无奈，又当如何？这就是下片所要解决的难题。

帘幕虽被压住了，白日的纷扰也屏蔽了，总算可以回归清洁澄明的本心了。可这时明月却悄悄掀起了心之"罗帷"，叫人不能安宁。那就与明月共舞吧。女主人公万般无奈，举杯请明月为她起舞。李白"举杯邀明月"是要共舞，而她却要明月为她起舞。其实明月未动，其心已动。"既非风动，亦非幡动，乃尔心动也"。可是这流光会"入谁怀"？我的这份守望又有谁会容纳呢？

尽管心事茫茫，迎明月、送明月，毕竟是夜深人静的自家事，不会引起春光丽日下那些争风吃醋的莺莺燕燕们的猜忌。虽然寂寥，但内心感到充实而坦然。自家情怀自家了，这才是真正的心法。

李煜说："独自莫凭栏。"这里说："但莫凭栏久。"为什么？因为夜露太浓太重，把苍苔都打湿了，凭栏太久，凭栏人自然会受风寒。倘若只顾与明月交流心声，尽管可以忘掉春来春去，也不屑参与莺燕争风，然而太执着于自心，招惹来的可能是另样的困扰。执着于物，则心神外逸；执着于心，则不容于世。解脱之道，在甘于寂寞，唯道是求。

　　用唯美的词句和生动的形象解读学道的心得体会，把词的潜能发挥到极致，这就是张惠言的修养和境界。

龚自珍

　　龚自珍（小传见诗卷二）。

鹊踏枝·过人家废园作

　　漠漠春芜春不住，藤刺牵衣，碍却行人路。偏是无情偏解舞，濛濛扑面皆飞絮。　绣院深沉谁是主？一朵孤花，墙角明如许。莫怨无人来折取，花开不合阳春暮。

【赏析】

　　描写一处废弃的花园，如何取景，如何剪裁，才能将其荒凉破败真实地展示出来，像龚自珍这样，真不容易。即使做到了，也不过是摄影式的自然主义的作品，不会引发读者的思索，不能激发感情的波澜。要想达到更高的艺术境界，就得有所寄托，让读者从写景的表象后面读出更多的东西。但作者不应把这些更深层次的内涵直接诉诸字面——此即所谓"以无寄托入"；而读者却可以结合其创作背景、作者的身世从中体悟出更深的意趣——此即所谓"以有寄托出"。我们可以把这种填词奥义称之为"词学三昧"。龚自珍的这首《鹊踏枝》，可谓深得填词三昧。

　　作者走进一处废园，举目环顾，只见众芳荒芜，残红狼藉，密密匝匝的荒草成了这片天地唯一的主人——春天已经彻底抛弃了这里。词人举步向前，野藤的荆棘牵扯着他的衣衫，阻碍着他的脚步，而那些扑面乱飞的柳絮，自不量力，偏偏满天飞舞。

　　过片作者情不自禁地问道：谁是这处本该百花争艳、满目锦绣的园林的主人呢？正当他心意沉沉地寻找答案时，突然眼睛一亮，看到僻静的角落里，有一朵明丽的小花正在灿然绽放，在漠漠春芜、濛濛飞絮中，是那么令人惊喜，让人意外。词人不禁精神为之一爽！可惜它开放得太隐蔽也太不合时宜了，因此直到现在还无人赏识，无人眷顾。

这是在写花写草吗？表面上是，其实也不是。想想作者所处的那个时代吧，闭关锁国的清王朝，在帝国主义列强的坚船利炮下，已经犹如将倾之大厦，岌岌可危了——很快就要变成一座废园，要被人遗弃了。可是再看看那些主宰着这个国家的居高位者吧，有的犹如"藤刺"，有的犹如"飞絮"，一个个浑浑噩噩，蝇营狗苟，不以为耻，反以为荣，不是钳制有识之士，就是迷乱民众的目光。一个国家的命运掌握在这样一帮人手里，还有什么指望！

绽放在幽僻角落里的那朵"孤花"，不就是作者自身的生动写照吗？"莫怨"两句，不正是作者怀才不遇、生不逢时的悲叹吗？

当然，作者在这首小令中所寄托的意旨也许更丰富，更深广，如何开掘，如何鉴赏，全在于读者的慧眼了。这就是高尔基所说的"形象大于思想"。

湘 月

壬申夏[1]，泛舟西湖，述怀有赋，时予别杭州盖十年矣。

天风吹我，堕湖山一角，果然清丽。曾是东华生小客[2]，回首苍茫无际。屠狗功名[3]，雕龙文卷，岂是平生意？乡亲苏小[4]，定应笑我非计。　才见一抹斜阳，半堤香草，顿惹清愁起。罗袜音尘何处觅？渺渺予怀孤寄[5]。怨去吹箫，狂来说剑，两样销魂味。两般春梦[6]，橹声荡入云水。

【注释】

〔1〕壬申：嘉庆十七年（1812年）。

〔2〕东华生小客：意谓小时候曾客居京城。东华：北京紫禁城东门曰东华门。生小：小时候。

〔3〕屠狗功名：意思是说，屠狗人得到了功名。

〔4〕乡亲苏小：意谓和钱塘名妓苏小小是乡亲。作者是杭州人，故云。

〔5〕"罗袜"二句：前用曹植《洛神赋》"罗袜生尘"之典，后用苏轼《前赤壁赋》"渺渺兮予怀，望美人兮天一方"之句。

〔6〕两般春梦：意谓功名和文名都如春梦。

【赏析】

　　这是龚自珍的代表作，写于嘉庆十七年（1812年），作者时年二十一岁。旷别故乡十年后，作者回到杭州，荡舟西湖，重新牵动了他少年时"吹箫说剑"的豪情，遂挥毫赋此名篇。

　　词人着墨之前，意在笔先，神思奇特。他说自己本是天界仙人，因被天风吹落，偶然降临到这西子湖畔，见风光"果然清丽"，因而决定暂时寄居下来。只此三句，便已经不但使词有了灵魂，也使主人公的形象具有了超凡入圣的气质。至于小住京华，那不过是回首天宇和人世的随心所欲的游览而已。这样概述自己少壮岁月的非凡，逗出"屠狗功名，雕龙文卷，岂是平生意"，也就顺理成章了。词人认为，世人所谓的"功名"，不过是屠狗贩浆之辈的伎俩；文人所谓的典籍，不过是寻章摘句的把戏。这岂是天降大任者的理想！如若那样，长眠地下的苏小小也要耻笑我英雄气短了。作者动笔如风，横扫天上地下，寥寥数句，就把一个壮志逸飞、气吞四海的青年俊才的形象勾勒得栩栩如生。

　　下片这才回过头来描写西湖，但在词人的笔下，写景依然是为了抒情。斜阳芳草牵惹的是"清愁"；凌波而降的神女在哪里？欲寄幽怀的"美人"也还在上下求索。词至此，前阕的豪情壮怀开始转入了怅惘迷茫，"怨""狂"之情喷薄而出。怨气无处发泄，只好吹箫抒郁；狂情无法挥洒，只好舞剑泄愤。吹箫、舞剑，是龚自珍的两个极其富有个性特征的写意，直到晚年，他还在诗中提起"少年击剑更吹箫，剑气箫心一例消"来。可以说，箫与剑，是这位末世奇才阴柔与阳刚二美兼具的生动写照。所以词人用结拍两句，在箫与剑和功与文两两相比之后，断然说，功名利禄、文章得失等同"两般春梦"，让它们随橹声一齐荡进空虚不实的云水中去吧。

　　关注国家的命运，民族的兴亡，是龚自珍诗词的重要内容。欣赏这首词，我们不难体会到这位改良主义先驱者的悲壮慷慨的情怀。

百字令·投袁大琴南〔1〕

　　深情似海，问相逢初度，是何年纪？依约〔2〕而今还记取，不是前生夙世〔3〕。放学花前，题诗石上，春水园亭里。逢君一笑，人间无此欢喜〔4〕。　　无奈苍狗看云〔5〕，红羊数劫〔6〕，惘惘休提

起。客气渐多真气少，汩没心灵何已！千古声名，百年担负，事事
违初意。心头阁〔7〕住，儿时那种情味。

【注释】

〔1〕袁大琴南：即袁桐，定庵少年同学，共师事宋璠。余不详。

〔2〕依约：隐约。

〔3〕夙世：前世。

〔4〕人间无此欢喜：句下作者有注云："乃十二岁时情事。"

〔5〕苍狗看云：语本杜甫《可叹》："天上浮云如白衣，斯须改变如苍狗。"意谓
时间流转，世事变幻之速。

〔6〕红羊数劫：宋柴望著《丙丁龟鉴》，举例证明历代丙午（马年）、丁未（羊
年）变乱最多。丙丁为火，色红；未为羊，故称世道动乱为"红羊劫"。

〔7〕阁：包含，包蕴。语本王维《书事》："轻阴阁小雨，深院昼慵开。"

【赏析】

词为赠友而作，抒发的是人生感慨。词作于嘉庆二十一年（1816年），作者时年
二十五岁。

词以追问幼时的友谊何以"深情似海"开篇。词人觉得他们在很早以前就认识，并不
是在前生前世，隐隐约约觉得仿佛几生几世前就相识相知了，但初次相逢是在哪一世哪一
年就不知道了。古代读书人，儒释道三教皆通，大多相信前生和来世。作者试图寻找他们
"深情似海"的友谊之缘由，因而有此猜想。以下对少年时代的金兰之谊给自己带来的无
尽欣悦予以深情回顾，笔调跳荡轻快，天趣荡漾。"放学"三句，是回忆他们在作者外祖
父段玉裁（《说文解字注》作者）家的春水园中花前嬉戏、石上题诗的纯朴天真、无忧无
虑。"人间无此欢喜"——作者在这句下面，特别加注说，这是"十二岁时情事"。与朋
友旷别已有十多年了，"相逢一笑"，一同回忆儿时往事，都感到十分开心；可作者同时
又感慨从今往后，再也不会有如此快乐美好的时光了。情感也一下从无限欣喜滑到了感慨
万端。

过片以"无奈"二字领起，由烂漫的年少时代走进了"事事违初意"的成人世界。
"苍狗看云，红羊数劫"两个短语写尽了人情世故的瞬息万变。"惘惘休提起"反映出
难以言表的凄楚。他从自己身上都感觉到虚与委蛇的客套越来越多了，而童稚时期的"真
气"越来越少了。五浊恶世的污秽，与自性本然的清纯，本来是一种彼长此消的关系。作

者痛切地感受到他所生活的时代之腐朽没落，正在以怎样无法阻止的力量败坏、腐蚀着人们的心性，因此情不自禁地悲哀地问："汩没心灵何已？"这种扭曲、毒害人心的世风什么时候才能终结呢？一个有良知的知识分子所追求的"千古声名，百年担负"处处受制，步步难行，没有一样不是违背本意。然而这些发自内心的悲愤之言，今天只能和少时的挚友敞开心扉，一吐为快。因此词人用"心头阁住，儿时那种情味"就显得特别意味深长。把儿童时代的率真纯朴、清澄圣洁永远收藏在心底吧，这才是人生真正值得珍惜的宝藏。

人生最美好的时光尽在儿童时代，童年伴侣的友情让人终生难忘。龚自珍的这首追忆儿时情谊，感叹人情世故的华章，传达的是人所共有的情思，所以具有异乎寻常的感人魅力，柔美与悲楚兼具的审美力度。

吴　藻

吴藻（1799—1862年），字苹香，自号玉岑子，仁和（今杭州）人。同邑商人妻。幼而好学，肆力于词，又精书画，尝作《饮酒读骚图》。自制传奇《乔影》，吴中好事者被之管弦，一时传唱。后移家南湖，颜其室曰"香南雪北庐"，自画小影做男子装。皈依佛门，不染红尘。与徐灿、顾春并称闺秀三大家。著有《香南雪北庐集》《花帘词》等。

行香子

长夜迢迢，落叶萧萧，纸窗儿，不住风敲。茶温烟冷，炉暗香销。正小庭空，双扉掩，一灯挑。　愁也难抛，梦也难招，拥寒衾、睡也无聊。凄凉景况，齐作今宵。有漏声沉，铃声苦，雁声高。

【赏析】

吴藻是道光、咸丰年间的杭州才女，闺秀派代表作家之一。因其特殊的身世经历和过人的智慧，移居南湖。自皈依佛门后，精研佛法的同时，以诗词销愁遣怀，不问世事。因是佛家弟子，所以诗词不写情爱、相思之类的题材，写凄凉愁苦，别有风味。

上片起首三句从长夜、落叶、秋风三个方面写孤凄之愁情。透过室内景物之清冷，可以想象出隐身幕后的女主人公的空寂无聊。结尾三句以居所之冷落显现长夜难眠之凄楚。

下片从愁、梦、睡三个方面先写主人公之百无聊赖。她觉得似乎人生的全部"凄凉"都集中到了这个夜晚。连漏声都显得格外沉重，铃声似乎在诉苦，雁声也那么高亢。"云笼月，风弄铁"，也不过是"两般儿助人凄切"，现在可倒好，是"诸般儿助人凄切"！

这首词的"核心"不是写"愁"，而是写"凄凉"。这，词人已经说得很明白了。词的艺术特点是一波三叠的音乐性。这是"行香子"这一词牌特有的品性，再加上女词人对节奏的敏感，读之抑扬顿挫，如歌如诉，自然动人心弦。

乳燕飞·读《红楼梦》

欲补天何用？月销魂、红楼深处，翠围香拥。骎女痴儿愁不醒，日日苦将精种。问谁个、是真情种？顽石有灵仙有恨，只蚕丝烛泪三生共。勾却了，太虚梦。　喁喁〔1〕话向苍苔空。似依依、玉钗头上，桐花小凤〔2〕。黄土茜纱成语谶〔3〕，消得〔4〕美人心痛。何处吊、埋香故冢？花落花开人不见，哭春风、有泪和花恸。花不语，泪如涌。

【注释】

〔1〕喁喁：形容小声说话。

〔2〕"似依依"三句：化用唐李德裕《画桐花凤扇赋序》语意："成都夹岷江，矶岸多植紫桐。每至暮春，有灵禽五色，小于玄鸟，来集桐花，以饮朝露。及花落则烟飞雨散，不知其所往。"

〔3〕"黄土"句：简述《红楼梦》第七十八与七十九回，大意是说，林黛玉偷听了贾宝玉祭奠晴雯《芙蓉诔》，与他讨论修改诔文，黛玉从宝玉的修改中听出了他的心意，乍喜乍嗔，明白了宝玉之心，疑虑之情顿时冰释。

〔4〕消得：消除、化解的意思。

【赏析】

这是《红楼梦》问世不久，一位稍晚于曹雪芹的女诗人对这部杰作的观感和评价。作者出生于曹雪芹过世不到四十年之后，正是《红楼梦》风行的时候。她以女性和诗人的敏感，对这部小说的宗旨阐述了自己独特的见解，认为曹雪芹创作这部"情史"的目的是揭示"情缘情孽"，痴男怨女的人生悲剧之根源，全在于一个"情"字。正如纳兰性德所言："人生一世，情之一字而已。"

我们知道，大凡长篇小说的名著，无论中外，都是多重主题重叠，《红楼梦》也一样。正因为此，所以"经学家看见《易》，道学家看见淫，才子看见缠绵，革命家看见排满，流言家看见宫闱秘事"（鲁迅），而新红学家看见的则是"阶级斗争"。贾宝玉和林黛玉的爱情悲剧既然是在一个封建大家族盛极而衰的大背景下展开的，他们的一言一行、喜怒哀乐自然与其生活环境无法脱节，但不能因此就说，他们是在用自己的生死恋情反抗封建礼教，正如不能说巡娜·卡列尼娜以死殉情不是为了反抗宗法农奴制一样。在小说中，曹雪芹对这一悲剧的因由说得明明白白，是前生情孽所至，而不是别人的蓄意安排。

正是从这个意义上说，女诗人吴藻的这首词，紧扣一个"情"字，独具慧眼，参透了曹雪芹的本意，点明了《红楼梦》的核心意蕴。

词的上片依据原作的"还泪说"，聚焦于"情"字，谱写了词人的感慨。"苦将情种"之"种"字为动词；"真情种"之"种"字为名词。词人问：痴男怨女们"无故寻愁觅恨"，辛辛苦苦将"情"播种，可到底谁是真正的"情种"呢？倘若想找到真正的情种，只有像神瑛侍者和绛珠仙子那样，在前生前世种下了情缘的人，才有资格享此"殊荣"；今生才会像"春蚕到死丝方尽，蜡炬成灰泪始干"那样痴迷执着，以今生的生死恋了却前生的"太虚梦"。

换头前五句以特写镜头写黛玉，后五句写作者自己。

"喁喁话向苍苔空"一句是对林黛玉个性特征的形象概括。大观园上上下下、形形色色几百号人，什么事儿没有，什么话不说？偏偏这位"无故寻愁觅恨"的主儿，生性太过敏感，太过多疑，稍有风吹草动，便会"闲愁万种"；可憋在心里的话，连她视为唯一知心的贾宝玉都不愿向其启齿，却常常对苍苔、落花曲诉衷肠。可惜所有的窃窃私语都是空话，都随风飘散了，犹如紫桐稍头的五色小鸟，一旦桐花飘零，全都"烟飞雨散"。"黄土蒨纱"二句，是宝玉修改祭奠晴雯诔文中一句词语"蒨纱窗下，我本无缘；黄土垄中，卿何薄命"的缩写。黛玉因为听了，明白了宝玉的心意，既感动，又悲伤，同时从前埋藏在心底的痛楚终于烟消云散，因此说"消得美人心痛"。

揭示了黛玉的个性和内心的隐秘后，词人以沉痛的笔墨表述了她对这位为情而生、为情而活、为情而情的"情种"的由衷悲悼。她说，如今葬花人已经"质本洁来还洁去"，想去"埋香故冢"为她祭奠，可哪里是其遗址呢？现在我只能泪洒春风，与花同哭；花露有如泪倾，却沉默不语，而我的眼泪止不住有如泉涌。痴情的林妹妹，不妨将我的眼泪也视作"勾却了，太虚梦"吧。

《红楼梦》自始至终贯串着沉郁的佛教思想。晚年皈依佛门的吴藻自然与之心有灵犀，"同声相应，同气相求"，很容易体悟出其中的玄机，因此才能以如此优美的辞章，把握小说的真实底蕴。

翁瑞恩

翁瑞恩（1826—1892年），字璇华，常熟人，翁同龢姊，钱振伦继室。幼承庭训，雅好吟咏。归钱后，夫妻唱和甚得。诗词皆工。有《簪花阁诗钞》等。

行香子

絮扑成烟，荷小浮钱。燕归梁、软语缠绵。酒醒鸳枕，诗寄鱼笺。望山重重，云淡淡，月娟娟。　花影池边，人影帘前，数更筹、独倚栏干。欲将心事，诉与青天。是一分悲，三分恨，十分酸。

【赏析】

对于这位女诗人的词，当时就有人将她与李清照比肩，可见其在清代词坛之地位。

作者是一位典型的大家闺秀，父亲是体仁阁大学士，弟弟是协办大学士，丈夫是国子监司业，所以她的词风表现出一种规范的优雅。

上片以暮春之景衬托深闺的孤寂。柳絮如同轻烟般飞扬，嫩荷如圆圆的钱币漂浮在水面上。暮色较浓，双燕回到了梁上，相倚缠绵。此情此景，与深闺中孤独的女主人公正好形成了鲜明的对比。酒醒了，鸳鸯枕只有自己一人享用；诗寄了，至今仍然没有回音。换作别的词人，行文至此，势必会刻意抒发愁苦相思之情。然而作者却只用平和的一"望"，将郁结于心的浓情，让"山重重，云淡淡，月娟娟"去舒缓。此即词论家所说的"雅正"。

过头词人通过对池边看花影，帘前数更筹，孤独地遍倚栏杆一系列富于象征性的动作描写，来表现其寂寞无聊。然而内心的郁闷实在无法排遣，于是抬望眼，诉青天，而且用

"一分悲，三分恨，十分酸"来形容自己的心理状态。是压抑不住的慨叹，然而依然十分克制，她感到更多的是"酸"。

艺术源于生活。女词人特殊的生活经历，决定了她的诗词风格。

张景祁

张景祁，原名左钺，字蘩甫，号韵梅、新蘅主人，浙江钱塘人。同治十三年（1874年）进士。曾任福安、连江等地知县。晚年渡海去台湾，宦游淡水、基隆等地。工诗词。历经世变，多感伤之音。作品贴近时代，多叙事咏史之作。有《新蘅词》等。

秋霁·基隆秋感

盘岛浮螺，痛万里胡尘，海上吹落。锁甲烟销，大旗云掩，燕巢[1]自惊危幕。乍闻唳鹤[2]，健儿罢唱从军乐。念卫霍[3]，谁是汉家图画壮麟阁[4]？　遥望故垒，毳帐[5]凌霜，月华当天，空想横槊[6]。卷西风、寒鸦阵黑，青林凋尽怎栖托？归计未成情味恶。最断魂处，惟见莽莽神州，幕山衔照，数声哀角。

【注释】

〔1〕燕巢：语本南朝梁丘迟《与陈伯之书》："鱼游于沸鼎之中，燕巢于危幕之上。"比喻身临绝境。

〔2〕唳鹤：即风声鹤唳之缩写。

〔3〕卫霍：指汉代名将卫青、霍去病。

〔4〕麟阁：指汉代陈列功臣像的麒麟阁。

〔5〕毳帐：用兽毛做的帐篷。

〔6〕横槊：意谓威武不可一世。语本苏轼《前赤壁赋》，写曹操大军南下伐吴，"酾酒临江，横槊赋诗"。

【赏析】

　　光绪十年（1884年），中法海战时，清军曾大败法国海军。但因清政府抱定妥协求和的国策，致使福建水师在马尾遭到毁灭性的打击，基隆终告失守。宦游台湾的张景祁闻讯，悲愤填膺，赋词抒怀，表达了忧时伤事的爱国之心。

　　基隆失守，已经是第二次鸦片战争后的事了。作者想不到远在欧洲的法兰西对台湾这样一片"浮螺"般的小岛也会垂涎三尺。他感到堂堂大中华沦落到这种地步，实在令人痛心。他既为侵略者欺人太甚而愤愤不平，更为军政大员的软弱昏聩致使国土沦陷、生灵涂炭而悲痛。"燕巢自惊""乍闻鹤唳"表达了词人对清军决策者的鄙夷不屑，为世无英雄，再没有卫青、霍去病那样的名将而遗憾。

　　下片表达了作者深深的失望和无奈。他在痛心疾首之际，遥望海峡对岸的故园，想象能在月华当天、营帐连绵的沙场上，横戈马上，保家卫国。然而他清楚地知道，这只能是"空想"。如今恐怕大陆也已经是寒鸦悲鸣、青林凋尽的一派凄凉景象了，即便回到故乡，又哪里有自己的栖身之处。生不能报国，死不能尽孝，七尺昂扬之躯，居然有家难回，想起来真叫人恶气横胸，不是滋味！最让人魂断心碎的还不是个人的心愿能否实现，而是"莽莽神州"，泱泱大国，却落到了日薄西山、角声哀号的境地。

　　怀才不遇、壮志难酬，这仅仅是个人的不幸，也许还不是真正的悲剧；眼看着山河破碎、大地沉沦，却只能仰天长叹，以泪洗面，这才是最大的不幸，真正的悲剧！

明清诗词三百首

庄　械

　　庄械（1830—1878年），字希祖，号中白、蒿庵，江苏省丹徒人。盐商后裔，家道中落，游京师，困顿无所依。依附曾国藩，倦怠请归。通经术，精研《周易》。尤致力于词，与谭献并称。著有《蒿庵遗稿》。

蝶恋花

　　城上斜阳依碧树。门外斑骓[1]，见了还相顾。玉勒珠鞭[2]何处住？回头不觉天将暮。　　风里余花都散去。不省分开，何日能重遇？凝睇窥君君莫误，几多心事从君诉。

【注释】

〔1〕斑骓：毛色青白相间的马。

〔2〕玉勒珠鞭：马络、马鞭的美称。

【赏析】

庄棫的《蝶恋花》共四首，分别写与意中人将别、乍见、相思、绝望。这是第一首。

作者首先描绘了离别时的景象：城垣、斜阳、绿树，都在渲染依依惜别之情。最有意思的是，连门外已经整装待发的斑骓马，见了女主人公都与她频频"相顾"——马犹如此，何况是人呢！此女子更关心的是，"韦郎"今天会在哪里住宿。她回头观望，天色已晚，他能不能等明天再走呢？"回头"的动作大有深意，把热恋中的女子内心的隐私暴露无遗。

下片起句渲染了离别在即的凄凉。情人别离，有如风扫残花般的无情。因为不知道经此一别，何时才能重逢，所以她痴痴地"窥"视着他，同时希望他不要误会，因为她实在有太多的知心话要向他倾诉。"窥"字说明她是从外向里看，还没有和情人见面或者是不能或不便见面。为什么？是偷情？是暗恋？词人不说，把悬念留给读者去发挥自己的想象力。这就叫"境生象外，意在言表"。

谭　献

谭献（1832—1901年），初名廷献，字仲修，号复堂。浙江仁和（今杭州市）人。同治举人，官秀水教谕，历知合肥、宿松、含山等县。晚岁为湖广总督张之洞延主经心书院讲席。词学承张惠言、周济之绪，词风隽秀，以小令为长。著有《复堂类集》，包括文、诗、词、日记等。

蝶恋花

庭院深深人悄悄。埋怨鹦哥，错报韦郎〔1〕到。压鬓钗梁金凤小，低头只是闲烦恼。　花发江南年正少。红袖高楼，争抵还乡好？遮断行人西去道，轻躯愿化车前草。

【注释】

〔1〕韦郎：诗词中常代指情郎。典出范摅《云溪友议》，略言韦皋游江夏，与小青衣玉箫相约七年内接之。八年不至，玉箫遂绝食死。

【赏析】

这组《蝶恋花》共有六首，这是其中的第五首，写闺妇忠贞不渝的爱情。

词人首先描写思妇居所之沉寂冷落，以衬托主人公的内心世界。"庭院深深"是宋人写闺怨时特别喜欢摄取的一个镜头，比如欧阳修有"庭院深深深几许"，李清照甚至说："欧阳公作《蝶恋花》，有'深深深几许'之句，予酷爱之。用其语作'庭院深深'数阕。"下面的两句通过女子因鹦鹉报告虚假消息而埋怨，将其思郎心切刻画得活灵活现。接下来描写女子的相貌和举止，为下片伏笔。

次阕是女子对情郎江南行旅的想象。情郎青春年少，江南又是群芳争妍的季节，她担心情郎移情别恋，从另一个角度说明她对心上人的一往情深。纵然是雕梁画栋，红袖如云，怎如回来欢聚，共度良宵？这是痴情女子内心深处的自说自话。结拍奇绝妙绝，这位用情至深的女子，为了不让情郎继续漫游，竟至甘愿化身为车前草，挡住他前行的车马，让他明白自己的心意，早日还家，早日团聚。情深若此，感人肺腑。

王鹏运

王鹏运（1849—1904年），字佑遐、幼霞，号半塘老人、半塘僧骛。广西临桂（今桂林）人，原籍浙江山阴。同治九年（1870年）举人，官至礼科给事中、监察御史，上疏数十，皆关政要。光绪二十八年（1902年）离京，至扬州主学堂，卒于苏州。工词，与况周颐、朱孝臧、郑文焯合称"清末四大家"，鹏运居首。著有《半塘定稿》。

点绛唇·饯春

抛尽榆钱，依然难买春光驻。饯春无语，肠断春归路。　春去能来，人去能来否？长亭暮，乱山无数，只有鹃声苦。

【赏析】

榆荚似钱，词人于是突发奇想：难道不能用榆钱买下春光，令其永驻？可惜春去如流水，榆钱抛尽，依然没有将春留住。抛榆钱买春光，生此奇想的是人，付诸行动的是树。在词人眼里，连树都希望留春永驻，人就更不必说了。作者一笔双照，这是前人没有的。

既然春去难留，只好备酒饯春，为春送行。春归花残，长亭饯行，千言万语，难以启齿，反而让人肝肠寸断——恋春、惜春之情再递进一层。当行文转至下片，方才明白此番为春而伤情的痴语，原来是为人之青春而发。"春去能来，人去能来否？"词人终于道破天机，以平常语说出人皆有之的凄苦与迷惘，扣人心弦，余味悠长。然而"天意从来高难问"，词人万般无奈，不得不将郁结于心的惆怅虚化到夕阳中的长亭上，乱山中。杜鹃的啼叫声仿佛是对他痴情一问的回应，然而这种悲苦的回应更加增添了他心中的哀痛。

小令虽短，词语似乎也很浅显，但构思新奇，寓意深长，确实是词中之佳品。

沁园春

岛佛祭诗[1]，艳传千古。八百年来，未有为词修祀事者。

今年辛峰[2]来京度岁，唱酬之乐，雅擅一时。因于除夕，

陈词以祭，谱此迎神，而以送神之曲属吾弟焉。

词汝来前，酹汝一杯，汝敬听之。念百年歌哭，谁知我者？千秋沉灉[3]，若有人兮。芒角撑肠[4]，清寒入骨，底事穷人独坐诗[5]？空中语，问绮情忏否？几度然疑。[6]　玉梅冷缀苔枝，似笑我吟魂荡不支。叹春江花月，竞传宫体；[7]楚山云雨，枉托微词[8]。画虎文章，屠龙事业，凄绝商歌入破时。[9]长安陌，听喧阗箫鼓[10]，良夜

何其?

【注释】

〔1〕岛佛：指唐诗人贾岛。《全唐诗话》载：李洞仰慕贾岛，铸其像顶戴，念贾岛名如念佛。祭诗：贾岛每于除夕夜，取一年所得诗，以酒酹之，曰："劳吾精神，以是补之。"事见《金门岁节》。

〔2〕辛峰：作者之弟。

〔3〕沆瀣：露气。沆瀣一气比喻朋友相得。

〔4〕芒角撑肠：比喻吃酒后，肠胃中仿佛有棱角之物撑着。

〔5〕"底事"句：意谓为什么说人穷是由于作诗呢？

〔6〕"空中语"三句：作者问词，你真因以美人艳情入词而忏悔吗？词的答复是不置可否。

〔7〕"叹春江"二句：叹息词坛从花间派开始，竟以艳情入词，和宫体诗差不多了。

〔8〕"楚山"二句：意谓词多写艳情，表达方式则要求含蓄。

〔9〕"画虎"三句：作者自谓文章没有学好，尽全力学词，技成而无所用其巧，结果搞得穷困潦倒。

〔10〕喧阗箫鼓：意谓音乐合奏得很热闹。

【赏析】

词牌下之序文，对作者为何要写此词，已经交代得很明白了。唐诗人贾岛每年除夕之夜都要祭拜他的诗稿，词人效仿，也在除夕夜祭词。他把这首《沁园春》当作"迎神"之作，还让他弟弟写了一篇"送神之曲"唱和。通过祭词，作者表述了他对词的认知，可以说，这是作者韵文化的词学主张。

词中使事用典甚多，其中心意思，简略言之，是说他对于词的认识，近百年来未遇知音，万般无奈，只好把自己创作的词当作知音。只因为自己锋芒毕露、风骨清寒，所以一生蹉跎，屡遭苦厄。古人云：文章憎命达。为什么要让作诗赋词的人承担穷苦呢？如果要问"我"是否为制作艳情词而忏悔过，"我"实在不知道该如何回答。

感慨过命运与诗词的关系后，作者坦陈了他的词学观。抒发了怀才不遇的悲哀，又说他学词大成，却无用武之地，所以每当高歌时，不禁为之凄绝。结尾以除夕之夜的喧嚣，反衬自己的凄凉。

谭嗣同

谭嗣同（小传见诗卷二）。

望海潮·自题小影

曾经沧海，又来沙漠，四千里外关河。骨相空谈，肠轮自转，回头十八年过。春梦醒来么？对春帆细雨，独自吟哦。惟有瓶花，数枝相伴不须多。　寒江才脱渔蓑。剩风尘面貌，自看如何？鉴不因人[1]，形还问影，岂缘醉后颜酡。拔剑欲高歌。有几根侠骨，禁得揉搓？忽说此人是我，睁眼细瞧科[2]。

【注释】

〔1〕鉴不因人：活用"以人为鉴，可明得失"（《新唐书·魏征传》）句意。鉴：同镜。

〔2〕科：戏剧中表示动作的词。

【赏析】

词作于光绪八年（1882年），作者时年十八。

上片是作者对自己十八年生命历程的回顾和总结。作者幼居京师，十三岁随父至甘肃任所，十五岁回湖南浏阳拜师读书，再返西北，天南海北，道路遥远，故颇多感慨。借用元稹"曾经沧海难为水"作起句，以三句先往返南北的漂泊踪迹。"骨相空谈"三句，谓己少有壮志，岁月匆匆已历十八春秋却一事无成，只有肠轮自转，暗自感叹。"春梦"以下两韵说他曾面对春帆细雨，独自将满怀豪情放声高歌；而今面对自己与几枝瓶花相伴的"小影"（小照），他不禁要对自己大喝一声："春梦醒来么？"

下片从观看自己的个人小照引发的万般感慨，转而抒发当下的处境和壮怀。刚脱下渔人的蓑衣，从湖南水乡来到西北高原，对镜自照，风尘满面。"鉴不因人"以下三句是对前句"自看如何"的自问自答，意思是说，他不以别人如何看待来评价自己，他向来是自己对自己做判断。镜中显示的是自己的真容，观察自己的影子就能知道自己的形象，怎么能用醉后的红颜来判断一个人的内心世界呢！这一回答充分显示了作者独立不依的自信感，且隐隐流露出了"天将降大任于斯人也"的使命感。"拔剑"句写足了词人慷慨磊落、感慨莫名的情怀。一片剑花飞舞，一腔豪气冲天。"有几根侠骨，禁得揉搓"是全词情感的高潮。本想"拔剑欲高歌"，一吐冲天豪情，突然又顾影徘徊，对自己能否经得起艰难时世的"揉搓"心生疑虑了。起伏跌宕的问答，充分反映了这位少年才俊根植于内心深处的抑郁悲壮的世纪情怀。

结尾两句情意极佳，既是对"自题小像"的呼应，又是全词意旨的综括。作者再次回过头定睛审视案头的照片，发觉那上面气宇轩昂的男儿还真是自己！当时他一定既惊喜，又自负，也一定有所决断，有所期盼。十五年后所发生的"我自横刀向天笑，去留肝胆两昆仑"悲壮的一幕，印证了他的自我判断。

英雄已矣，浩气长存。此词所题写的那张小照，我们今天已经看不到了。所幸有这曲长调在。这位浩气薄云的变法志士，自来不喜填词，这首词是他给我们留下的唯一的一首长短句，虽然绝无仅有，初唱即为绝唱，毕竟不同凡响。

黄　人

黄人（1866—1913年），字摩西，原名震元，字慕韩、慕庵。中年更名黄人。江苏省常熟人。1900年后任东吴大学文学教授，后入南社。博学多才，对文学史研究卓有成效。善诗词，作品多见于《南社丛刊》中。才华横溢，言谈怪异，举止狂野，与苏州的李思慎、沈修、朱锡梁合称"苏州四奇人"，后因精神病死于苏州。词集名《摩西词》。

木兰花慢

问情为何物，深似海，几人沉？算麝到成尘，蚕空遗蜕，生死相寻。英雄拔山盖世，也暗哑叱咤变哀吟。[1]何况痴男怨女，天荒地老惴惴[2]。　　沾襟，有千丝万缕系双心。总慧多福[3]少，别长会短，欢浅愁深。无论人间天上，便一般，煮鹤与焚琴[4]。牛女离长间岁，纯孤寡到如今。[5]

【注释】

〔1〕"英雄"二句：用霸王别姬之典。详见《史记·项羽本纪》。

〔2〕愔愔：安静无声，默默无言。

〔3〕慧、福：佛法中指智慧与福报。意谓如想得到世俗的圆满显达，就必须福、慧双修。

〔4〕煮鹤与焚琴：意谓糟蹋美物的大煞风景之事，语见《醒世恒言》"焚琴煮鹤从来有，惜玉怜香几个知"，源自宋蔡绦《西清诗话》："义山《杂纂》，品目数十，盖以文滑稽者。其一曰煞风景，谓清泉濯足，背山起楼，烧琴煮鹤，对花啜茶，松下喝道。"。

〔5〕"牛女"二句：前指牛郎织女之事。秦观《鹊桥仙》："一年一度一相逢，便胜却人间无数"。后指嫦娥偷不死之药奔月之事。李商隐《嫦娥》："嫦娥应悔偷灵药，碧海青天夜夜心。"

【赏析】

　　为一个"情"字，古往今来，痴男怨女们上演了多少悲喜剧，于是"情为何物"，也成了古往今来经久不衰的热门命题。古印度有《爱经》，许多名家写有《爱情论》，元好问的《摸鱼儿》"问世间情为何物，直教人生死相许"成了少男少女曲诉衷肠的名篇。黄人的这首词，同样是为探究"情为何物"而作。

　　元好问探究"情为何物"，首先是为"情"可以让人乃至鸟兽生死相许。黄人奇怪的是"情"深似海，让人心甘情愿沉溺深渊。词人说，麝香纵然化作微尘，香气仍旧不散，那是因为香是它的灵魂。春蚕蜕化，遗弃空壳，是为了求生；痴男怨女们为了"情"而将生死置之度外，到底是什么样的情愫？找不到答案，词人再到历史和现实中去求索：楚霸王英雄盖世，叱咤风云，临死之前却偏偏放不下虞美人，悲歌哀吟。他那么"情深似海"是因为"美"吗？而红尘中的男男女女，虽然不见得个个倾国倾城，可他们天荒地老，仍旧默默厮守，他们是为什么？这样看来，词人在上片，对"情为何物"并没有找到答案，只是提出了一连串疑问。

　　下片展示由"情"执导，天上人间演出的情场万象。"沾襟"二字，既承接前阕列数的种种情萃，又带出后阕种种情事。"沾襟"者，因情而涕泣之泪也。泪是心中血，不痛不会落。所以滴滴清泪，"千丝万缕系双心"，亦所谓"系我一生心，负你千行泪"也。放眼红尘，有的因离别而悲涕，有的因相思而暗泣，失恋的痛不欲生，孤寡的挥泪抱怨……要而言之，根源皆因命薄福浅却才思过人、情深意长也。进而言之，一旦到了情迷意乱的地步，无论天上的神仙，地上的情种，都可能做出毁灭尤物的疯狂之事。此类悲剧一旦发生，纵然海誓山盟、风情万种，也有如"良辰美景谁家院，赏心乐事奈何天"，皆成虚妄！否则，不是像"一年一度一相逢"的牛郎织女，殷殷期盼，就是像"碧海青天夜夜心"的嫦娥，苦苦守望。凡此种种，皆因"情"深所致啊！

统观全词，上片说的是"情"深之辈会有怎样出格的表现；下片说的是天上人间因"情"而上演的故事。到底"情为何物"却始终没有一个明确的答案。这个答案在世法中是找不到的。其实释迦牟尼在三千年前对这个问题就做出了明确的回答。当阿难为情所迷，险些坏了法身慧命，向释尊请教何以至此的时候，佛祖告诉他："明见想成，异见成憎。同想成爱，流爱为种。纳想为胎，交媾发生。吸引同业，故有因缘……汝爱我心，我怜汝色，以是因缘，经百千劫，常在缠缚。"芸芸众生之所以在六道轮回不已，其根源全在于此。

词的作者虽然用心良苦，俨然以一位勘破情缘的导师身份，想为沉浮于情海中的落难者导航，可他不知道渡海的大船早已停靠在那里，自己反而像一个在茫茫大海中迷失方向的人，却想救他人脱离苦海，岂不荒唐。

梁启超

梁启超（小传见诗卷二）。

金缕曲

丁未[1]五月归国，旋复东渡，却寄沪上诸子。

瀚海飘流燕。乍归来、依依难认，旧家庭院。惟有年时芳俦[2]在，一例差池双剪[3]。相对向、斜阳凄怨。欲诉奇愁无可诉，算兴亡、已惯司空见[4]。忍抛得，泪如线。　　故巢似与人留恋。最多情、欲粘还坠，落泥片片。我自殷勤衔来补，珍重断红[5]犹软。又生恐、重帘不卷。十二曲阑春寂寂，隔蓬山、何处窥人面？休更问，恨深浅。

【注释】

〔1〕丁未：光绪三十三年（1907年）。

〔2〕俦：同辈。

〔3〕差池双剪：燕尾如剪。语本《诗经》"燕燕于飞，差池其羽"。

〔4〕惯司空见：即司空见惯。

〔5〕断红：指落花。

【赏析】

戊戌变法失败后，逃往日本九年的梁启超一度回上海，见国事亦不可为，次年再度东渡。该词即写于他回国期间。词人借燕立意，人燕合写，虚实相间，以境生象外之语，抒低回幽愤之情，具有较强的审美情趣和艺术魅力。

作者以瀚海飘流之燕自喻，开篇四句写尽了一个海外游子的辛酸悲戚。"年时芳俦"至"泪如线"写当年变法同伴如同"差池双剪"的燕子，"相对向"三句，借燕子相逢时之情景，写作者与"沪上诸子"久别重逢时的无穷感慨以及目睹国已不国的"奇愁"深恨。

过片以"故巢"表达对归来燕即故人的留恋，反衬词人自己对故园的眷恋。无情之物尚且如此，有情之人自不必言。下面词人反复申诉有心修复"故巢"而犹疑不决，语意双关。"落泥片片"暗喻百日维新的功败垂成；"断红犹软"以落花还没有完全枯萎，比喻一起变法维新的志士同仁尚在，救国济世的希望还有。"又生恐重帘不卷"是比喻慈禧太后还在垂帘听政，"十二曲阑"三句是暗示支持变法的光绪被禁闭在瀛台，无法与之见面。"休更问，恨深浅"——国家到了这种地步，已经无话可说了，于是作者在绝望之余，只好再度漂洋出海。

作者为近代史的直接参与者，用词来记述那段云谲波诡的历史，其情感之真切，意蕴之浑厚，自非他人可望其项背。"相思树底说相思，思郎恨郎郎不知。"我们不妨将梁启超的这句名言，当作他爱国主义的心灵写照。

秋　瑾

秋瑾（小传见诗卷二）。

鹧鸪天

　　祖国沉沦感不禁，闲来海外觅知音。金瓯已缺[1]总须补，为国牺牲敢惜身。　　嗟险阻，叹飘零，关山万里作雄行[2]。休言女子非英物，夜夜龙泉壁上鸣。

【注释】

　　[1]金瓯已缺：指国土被列强瓜分。语本《南史·朱异传》："我国家犹若金瓯，无一伤缺。"

　　[2]作雄行：指女扮男装。

【赏析】

　　词作于1904年，秋瑾赴日不久。清绍兴府将此词稿作为"罪状"公布，可见此词在当时的巨大号召力和影响力。

　　秋瑾的词不像晚清一些名人的词作温柔敦厚，但她的精神境界是象牙塔中唯美派诗人不能比拟的。诚如其友人吴江菀所言："秋雨秋风亘耐寒，敢抛性命壮河山。鉴湖自是英雄侠，莫作词人一例看。"

　　开篇两句，点明远行海外的因由和国家局势的危急。当山河破碎，家国沉沦之际，词人拍案而起，慷慨高歌："为国牺牲敢惜身？"如此振聋发聩之雄声，出自一女子之口，不知当时的堂堂须眉做何感想？

　　"嗟险阻，叹飘零，关山万里作雄行。"这是她对自己冲破封建牢笼，独行海外的回顾。千难万险、飘零流离的前程没有吓退她，反而让她对自己能像男子汉似的行万里、闯关山，从心底升腾着一股自我欣赏的骄傲，因此她用反驳的语气说道："休言女子非英物，夜夜龙泉壁上鸣。"歇拍一韵，似洞天石扉，訇然中开。这是女侠渴望为国献身的誓言，是近代史上第一个新女性宣告新时代即将到来的檄文。

王国维

王国维（小传见诗卷二）。

浣溪沙

山寺微茫背夕曛[1]，鸟飞不到半山昏。上方[2]孤磬定行云[3]。
试上高峰窥皓月，偶开天眼觑红尘。可怜身是眼中人。

【注释】

〔1〕夕曛：日落后的余光。

〔2〕上方：指佛寺。

〔3〕定行云：意谓磬铃声使山中的环境更加幽静。

【赏析】

这首《浣溪沙》词充满了禅意。

落日的余晖笼罩着山间的寺院。山势高峻，寺院微茫，山鸟飞到半山腰就迷失了方向。恰巧在这时，从山顶传来了清心悦耳的一声磬响，那么清脆，那么悠扬，余音袅袅，久久地在深山绝壁间回荡。

过片境界一换，词人设想此时倘若身处最高峰，展现在他眼前的定然是另一番景象：皓月当空，脚下云海茫茫。这时候天眼忽开，鸟瞰人间，熙熙攘攘，纷纷扰扰，说到底，芸芸众生都不过滚滚尘劳中的一粒微尘罢了。就在顿悟的同时，作者倏然惊觉：自己也只是这芸芸众生眼中的微尘一粒罢了！

众所周知，王国维论词标举"境界说"。"境界"一词，源自佛经。他提出"境界说"，自然与佛理密切相关。他想站在佛陀的"境界"看清人世的真相，却意外地发现自己也只不过是凡夫俗子一个。于是又回到了他深受影响的叔本华的悲观主义人生观上来，发出了"可怜身"的无奈的哀叹。这种纠缠了他一生的悲哀和无奈，恐怕就是他后来自沉

国学经典精神家园丛书

昆明湖的深层次的心理原因吧。

蝶恋花（一）

　　阅尽天涯离别苦。不道归来，零落花如许。花底相看无一语，绿窗春与天俱暮。　　待把相思灯下诉。一缕新欢，旧恨千千缕。最是人间留不住，朱颜辞镜花辞树。

【赏析】

　　我们在"诗卷二"中欣赏王国维的《红豆词》时，知道他在客游他乡之际，是如何手持妻子临行前给他的红豆，暗诉相思之情的。"匀圆万颗争相似，暗数千回不厌痴。留取他年银烛下，拈来细与话相思。"现在他终于回来了，终于可以与妻子"灯下诉相思"了。

　　上片起手一句"阅尽天涯离别苦"悲伤之至，对数年来夫妻久别，在相思中苦苦守望，即已概括殆尽。第三句的"花"，明显是指妻子。他的夫人莫氏原本体弱多病，几年的孤苦相思，只见她更加容颜憔悴，竟至于此，这是他始料不及的，悔恨痛怜一齐涌上心头，以至千言万语不知从何说起。"花底相看无一语"之"花"，无疑是庭院之花，花底看"花"，自然之花与人间之"花"，不是在风霜雨露中，就是在七情六欲的摧残中，都开始一步步走向零落枯萎，终归都要"与天俱暮"！

　　过片的情节在室内展开，时间是在夜晚。夫妻二人本想在灯下曲诉衷肠，倾吐相思之苦，但久别重逢的欢欣虽然短暂，却急不可待；想说的话太多了，他们来不及一一细说。久别胜新婚，"一缕新欢"，足以抵消千般"旧恨"。用这样的曲笔描写夫妻重逢的欢悦，已经曲尽其妙了，结拍两句再从心灵深处把久别之贪欢予以剖析——花容月貌能有几时？如同树上争奇斗艳的花一样，转瞬间就要凋谢。这是人世间最容易消逝、最难挽留的两样东西。此时此刻不珍惜这"良宵一刻值千金"的赏心乐事，岂不冤哉枉也！

　　我们知道，王国维反复强调填词要有境界。何为词之境界？他提出三个要素：一是真切自然，二是直观，三是寄兴深微。这三点，在这首小令中都有所体现。你看他，写夫妻久别重逢的情感是那么真切自然；花之零落，人之憔悴，灯下无语，贪欢惜春，无一不是从直观之眼中而来；结拍把青春易逝的深邃的人生哲理寓于一夕贪欢中，即使一般的词人能够悟出，也难道来。

蝶恋花（二）

　　百尺朱楼临大道。楼外轻雷[1]，不问昏和晓。独倚阑干人窈窕，闲中数尽行人小。　　一霎车尘生树杪。陌上楼头，都向尘中老。薄晚西风吹雨到，明朝又是伤流潦[2]。

国学经典精神家园丛书

【注释】

　　〔1〕轻雷：指大道上的车轮滚动声。

　　〔2〕流潦：雨后流水。

【赏析】

　　王国维特别喜欢用《蝶恋花》这个词牌。他自认为这首词是"成功之作"。《人间词话》托名樊氏序言称其"意境两忘，物我一体，高蹈乎八荒之表，而抗心于千秋之间"。此意云何？让我们略做分析。

　　尘世纷纷攘攘，站在楼头，听如雷之车声昼夜不断即可知晓。一个遗世独立的窈窕佳人，居高临下，耐心地观望蝼蚁般的行人如何穿梭奔波。芸芸众生为名利所率，固然逃不脱红尘的痛苦和烦恼，自视高人一等的美人也无一例外的与芸芸众生一样要在尘嚣中衰老。何况傍晚时分，又有西风吹雨，楼上楼下，同样流水如注；明朝起身，恐怕还得为人世间的洪浊泥泞而伤感吧。人生在世，苦难重重，何时有过清净？高贵者也罢，贫贱者也罢，还不都得在这喧嚣纷乱的尘劳中了此一生！

　　王国维认为，词之境界唯有从"无我之境"方可体现。他著名的"三境界"说，第一种境界"昨夜西风凋碧树，独上高楼，望尽天涯路"，还是"有我之境"，还处在上下求索的层面上；第二种境界"衣带渐宽终不悔，为伊消得人憔悴"，这才开始渐至"无我"的境地，作为主体的我，逐渐达到超越功利关系的"忘我"状态了；只有到了"众里寻他千百度，蓦然回首，那人却在，灯火阑珊处"，才会灵感突发，苦心孤诣追求的"真义"原来隐现于无人问津之处。这时候一种快慰之情便会油然而生，此即禅家所谓禅悦，佛家所谓法喜。明乎此理，我们再回过头看这首词。其境是楼上楼下，高者低者，无一不被笼罩在"尘缘"之中；其意是"窈窕"也罢，渺小也罢，都得在"尘劳"中老死。万物皆是直观所见，我也是这尘埃中之一粒，不用明言，无须议论。小而言之，这一切景象，人人皆见；大而言之，无处不在的"尘"岂非佛法所说之"六尘"？唯有参透其"言外之意"，即可体悟人生之真谛。以概念解说此真谛，世人不易领会；以富于审美情趣的艺术形象将读者带入其中，自己去体悟，这才是艺术家的崇高使命。

李叔同

李叔同（1880—1942年），初名文涛，改名岸、成蹊、广侯等。浙江省平湖人。留学日本归国后，曾任教师、编辑。后于杭州虎跑寺剃度为僧，受戒于灵隐寺。法名演音，号弘一。多才多艺，诗词曲艺无一不精。有《弘一法师文钞》等。

金缕曲·东渡留别祖国

披发佯狂走[1]。莽中原，暮鸦啼彻，几枝衰柳。破碎山河谁收拾？零落西风依旧[2]。便惹得离人消瘦。行矣临流重太息[3]，说相思，刻骨双红豆。愁黯黯，浓于酒。　漾情不断淞波溜[4]。恨年年，絮飘萍泊[5]，总难回首。二十文章惊海内，毕竟空谈何有。听匣底，苍龙狂吼[6]。长夜凄风眠不得，度群生，那惜心肝剖[7]！是祖国，忍辜负！

【注释】

〔1〕"披发"句：典出《史记·宋微子世家》。商纣王无道，箕子苦谏不听，遂"披发佯狂为奴"，被纣王囚禁。武王灭商后解放。

〔2〕"零落"句：化用李白《忆秦娥》"西风残照，汉家陵阙"句意，暗喻祖国濒临危难，有如夕阳西下。

〔3〕太息：叹息。

〔4〕淞波溜：意谓吴淞江波涛奔流。淞江即今苏州河，流经上海市区。溜：水流貌。

〔5〕絮飘萍泊：可参照文天祥《过零丁洋》"山河破碎风飘絮，身世浮沉雨打萍"句意。

〔6〕"听匣底"二句：典出王嘉《拾遗记》："帝颛顼有曳影之剑……未用之时，常于匣里如龙虎之吟。"

〔7〕心肝剖：用比干因忠于王室而被纣王剖腹视心之典。事见《史记·殷本纪》。

【赏析】

光绪三十一年（1905年），叔同东渡日本，词即写于去国之际，时年二十六岁。

起句出手不凡，推到读者眼前的是一个快被黑暗现实逼疯的忠烈悲愤的志士形象。引用典实，读者自然会联想到被残暴无道的商纣王逼疯的贤士箕子，这也就揭示了中原大地危机重重的乱象和逃离故土的主人公之悲伤与失望。以下顺势转入对山河破碎、家国危亡的描述，揭示作者因迷茫而憔悴的客观原因。当他即将启航，远涉重洋的时候，面对茫茫大海，情不自禁深深叹息。从今往后，对祖国眷恋有如情人的刻骨铭心的相思，就要无时无刻不在折磨他了。"愁黯黯，浓于酒"，以酒之浓烈伤神，写愁之黯然销魂，比"举杯销愁愁更愁"显得更加伤惨。

下片抒发的情思包含四层内容。当作者登上航船，回望身后吴淞江的时候，"浓于酒"的愁情有如那滚滚波涛涌上心来。他首先想到的是，一旦移居他国，年年岁岁，漂泊异域的愁苦必将让人不堪回首。此其一。回想几年前，自己文章名世，震惊国人，现在深长反省，又有何用！充其量不过是书生意气，一纸空文罢了。否定过去是为了寻找正确的救国之道，这也正是他要远渡重洋的目的。此其二。英雄仗剑行天下，扫尽人间不平事，是古往今来英雄豪杰的行径。如今长剑已在匣中怒吼，呼唤我报效祖国，拯救苍生。当祖国处在凄风苦雨、内忧外患之际，作为一个有血性的年轻人，岂可坦腹沉睡！为度苍生，死不足惜，值此万方危难之际，理当披肝沥胆，让历史来证明自己的一腔热血，一片丹心。此其三。"是祖国，忍孤负！"收束得慷慨激昂，掷地作金石声。"忍孤负"是怎忍孤负的意思。

送　别

长亭外，古道边，芳草碧连天。

晚风拂柳笛声残，夕阳山外山。

天之涯，地之角，知交半零落。

一瓢浊酒尽余欢，今宵别梦寒。

【赏析】

《送别》虽是歌词，不是严格意义上词，但从歌与词同为音乐性的艺术形式的角度来看，可以将其视作词的变体。它对近代词曲影响太大了，而且为广大音乐喜好者歌之咏之，历久不衰，且被誉为二十世纪最优美的歌词。从某种程度上讲，它宣告了一个新时代的到来。

歌词语言精练，感情真挚，意境深邃。音律平缓起伏，舒展悠扬，并在眼前展现出长亭、古道、拂柳、夕阳和碧天无际的芳草，在夕阳残照中，群山连绵，笛声凄婉。充斥天宇下的色彩、景物、声响，在凄美的景象中，有一种既伤感又凄凉的情思在不知不觉牵动你的心。

第二乐段第一乐句呼应首段，情绪变成了深沉的感叹。回首往事，知心朋友已有半数作古，今天又有友人离别在即，不知他日何时相见。等待着他的是"天之涯，地之角"，留给"我"的是寒夜别梦，悲情无限。让我们浊酒尽欢，共同庆幸交情仍旧，友谊长存吧！

真奇怪，这首恬淡舒缓、柔情委婉的歌曲，音乐与修辞的结合堪称完美，然而传达出来的却是生又何欢、万物无常的"言外之意"。从中不难体悟到弘一法师善于以世法表达佛法的高明，而这正是他为我们留下的最为珍贵的文化遗产。

吕碧城

吕碧城（1883—1943年），字圣因、兰清、兰因，法号宝莲，安徽旌德人。吕家有姐妹四人，碧城排行三，与其姐惠如、美荪皆以诗文闻名于世，号称"淮南三吕，天下知名"。女权运动的首倡者之一，女子教育的先驱，中国第一位动物保护主义者，中国新闻史上第一位女编辑，并开创近代教育史上女子执掌校政先例的民国奇女。晚年皈依佛法，寓居瑞士。词镕幽婉柔媚与矫健豪放于一炉。有《信芳集》。

浪淘沙

　　寒意透云帱，宝篆烟浮。夜深听雨小红楼。姹紫嫣红零落否？人替花愁。　临远怕凝眸，草腻波柔。隔帘咫尺是西洲〔1〕。来日送春兼送别，花替人愁。

【注释】

　　〔1〕西洲：南朝民歌、抒情长诗《西洲曲》歌咏男女相思，其中有句云："西洲在何处？两桨桥头渡。"这里化用情人话别意，借喻言姐妹情谊。

【赏析】

　　这是宝莲居士少女时代的抒怀之作。小令以春雨落花为背景，刻画了一个多愁善感的少女形象。

　　作者一开始就将自己置身于凄清的氛围中：春寒透过罗帐使人夜不成眠，袅袅飘浮的炉香撩人情思，这时偏偏又春雨萧瑟，更让人辗转不安。这时，少女情不自禁浮想联翩，她担忧起姹紫嫣红的她们，在寒风冷雨中是否会凋零？深夜听雨，夜不成寐，正是多愁善感的青春期的少女，反而"人替花愁"起来，莫非她真的没有想到自己？非也。

　　碧城十二岁丧父，孤儿寡母屡受恶族欺凌，万般无奈，母亲把她寄养在居官的舅父家中，开始了寄人篱下的生活。母亲和最小的妹妹在恶人的唆使下，曾被土匪劫持……在这春寒夜深、雨打花残的悲景中，替"花愁"之人，不也是在为自己不幸的命运悲愁吗？

　　下片的镜头由室内转向室外。清晨出门，女词人放眼远望，意外地发现，一夜春雨，花未凋零，水波反倒更其柔碧，绿草更其青翠。那她为什么还要"怕凝眸"呢？因为不远的地方就是"西洲"，那可是她们姐妹话别之地啊！碧城姐妹四人，个个命运多舛，自己曾被逼退婚，小妹曾被土匪绑架，大姐为营救母妹四处求援……思量姐妹们所遭受的外人意想不到的磨难，"一朝春尽红颜老"，生逢乱世，等待她们的命运会是什么呢？人在"凝眸"之际，难免杂念纷飞，以往种种已经够让人忧愁满怀了，想想来日，真叫人不寒而栗！这恐怕要"花替人愁"了吧。

　　回过头来再看上片的"人替花愁"，真是妙不可言！前述"人替花愁"，表达的是一种万物同体的博大情怀；而"花替人愁"更深入一层，表达的是人不如花的悲哀。春去春来，春花纵然凋谢于凄风苦雨之中，但是来年春回，照旧姹紫嫣红；可人呢，"一年三百六十日，风刀霜剑严相逼。明媚鲜妍能几时，一朝漂泊难寻觅。"这才是碧城内心深处一言难尽的大悲哀。